U0743731

天津市文史研究馆馆员著述系列

# 王辛铭诗文集

王辛铭 著

天津出版传媒集团
天津人民出版社

图书在版编目(CIP)数据

王辛铭诗文集 / 王辛铭著. -- 天津 : 天津人民出版社, 2017.11
(天津市文史研究馆馆员著述系列)
ISBN 978-7-201-12514-5

Ⅰ. ①王… Ⅱ. ①王… Ⅲ. ①诗集－中国－当代②散文集－中国－当代 Ⅳ. ①I217.2

中国版本图书馆 CIP 数据核字(2017)第 277942 号

王辛铭诗文集
WANGXINMINGSHIWENJI

出　　版　天津人民出版社
出 版 人　黄　沛
地　　址　天津市和平区西康路 35 号康岳大厦
邮政编码　300051
邮购电话　(022) 23332469
网　　址　http://www.tjrmcbs.com
电子信箱　tjrmcbs@126.com

责任编辑　刘子伯
装帧设计　汤　磊

制版印刷　高教社（天津）印务有限公司
经　　销　新华书店
开　　本　787×1092 毫米　1/16
印　　张　29.25
插　　页　2
字　　数　420 千字
版次印次　2017 年 11 月第 1 版　2017 年 11 月第 1 次印刷
定　　价　89.00 元

## 编委会名单

# 目　录



## 教育改革篇





## 作文教学篇

# 教育改革篇

# 做一名合格的教师

2002.11.5 为河北区新教师培训班作讲座

2003 为南开区教育中心作讲座



要点：1. 强化自身的职业道德

2. 强化自身的心理素质

3. 强化自身的教学基本功

今天一是可以向大家汇报思想；二是可以听到大家的意见和批评；三是可以学习南开区最新的经验和信息。我最怕讲座，它不如座谈，可以互动、讨论，“一言堂”容易掩盖问题。恳请大家只要发现问题，立刻写条子给我，力求做到当场纠正，以免流毒扩散。拜托了！

## 一、强化自身的职业道德

怎么才算是一个合格的教师？有没有“格”，也就是标准？有的。

1. 要做一个好老师，首先必须做一个好人，一个好公民。

好人的标准是什么？国家颁布的《公民道德建设实施纲要》二十个字，既是高标准，又是行为底线，不能再降低了：“爱国守法，明礼诚信，团结友善，勤俭自强，敬业奉献。”（注，2015 又颁布了

《社会主义核心价值观》二十四个字："富强民主，文明和谐，自由平等，公正法制，爱国敬业，诚信友善"，更加凝练集中，同《纲要》精神一致，特作补充。）此外还有《八荣八耻》，标准不可谓不多，不可谓不具体。

一个好教师，必须时时处处自觉地用《纲要》标准自律，至少不能突破底线。

朱镕基总理绝少题词。2001 年 4 月 16 日，他在视察上海国家会计学院时，亲笔为该校题词："不做假账"，引起巨大反响。媒体评价是"惊世骇俗"。这行为底线就是实事求是。

我们做不到完人，起码要做好人。本来教师就应该属于人才群中高层次的，不能不是好人。

一个在华德国企业的老总，招聘中国员工考试时，只考汉语，他的同事很惊奇地问他，为什么不考英语、德语，他回答说，如果一个人连他祖国的母语都没有责任心去学好，这样的人我敢用吗？这位德国老板考核的是责任心、爱国心这个道德基准线。那我们连母语都没好好学的人能做人民教师吗？

对国家要热爱，自然对事业要忠诚。既然站在这三尺讲台上了，就要敢于把这里全部应负的责任担当起来。

2. 把握自己，有所追求。

为什么要强调把握自己？因为在当今这个社会大转型，经济大转轨，价值取向多元化的特定条件下，人际关系也比以前复杂化了。教师也是人，既有诱惑，又有困惑。孔子说要"慎独"，那么，理性地把握住自己就成了一件并不容易，却必须做到的事情。

何况，教育这个事业太博大精深了，不仅是大科学，大学问，而且是大艺术。没有甘坐冷板凳，淡泊名利，潜心研究，深入探索，勇敢开拓的精神准备，就有可能误尽苍生。

为什么要强调有所追求？一个教师奋斗半生，熬白了头，呕心沥血，绝不仅仅是熬个年头，评个职称就算奔到头了。我们这一代人，教了四十多年了，受的罪、遭的难无数，但没见过一个追名逐利半途而废之徒，倒是有不少，没到退休年龄就累垮在校园里的，有的甚至就死在讲台上。他们图的什么？他们之所以自找压力，自生动力，生命不息，奋斗不止，就是因为有个信念支撑着，有个目标吸引着。有个高尚的价值观的追求，才有可能一路崎岖地走过来。

在雪地里，有个孩子同父亲比赛：同时向远方的一棵大树进发，不比谁走得快，只比谁走得直。儿子小心翼翼盯着自己的脚尖走，等到了大树跟前，发现父亲早在那里等他了。回过头来一看，父亲走的一趟线笔直，而自己走了一个大弯。孩子大惑不解，问这是怎么回事，父亲说，你走路只看自己的脚，能不弯吗？我走路，盯着的是那棵树。盯着目标走，才不会走弯路！

我们作为教师该盯着什么目标走呢？这不就是我们的追求吗？千千万万教师以育人为光荣，以事业为己任，已经把这种精神融化在血液里，尽在不言中了。一位老教师退休了，退休后第一天的任务是上街买菜。结果没奔菜市场，又走到学校里去了。一个教师的幸福感同环境的优劣、财富的多少没有必然的联系。他的学生考上了理想的初中、高中、大学，老师比吃蜜还甜！

各行各业的劳动者，虽然职业不同，但他们的价值观、幸福观如果一致，那他们走的绝对是同一条光荣之路。

上海的徐虎是个工人，但他的话也说到我们教师心里了。他讲："钱可以买到房屋，但买不到家；钱可以买到珠宝，但买不到美；钱可以买到小人之心，但买不到君子之志。"

我们的教师队伍，就是这样一个君子群体。所以一百年来，我们国家的教育之树才能长青，我们的校园才能走出一批又一批栋梁之材。这正是一代又一代教师毕生的追求。

教育工作者的责任感，使命感，光荣感，成就感，无法拿钱衡量。你说，用心血浇灌出一个德才兼备的人才，你给我多少钱算值？多少教师为了学生，把自己的孩子都耽误了，要过赔偿费吗？多少教师操劳过度英年早逝了，要过赔偿费吗？

3．言传身教，全面育人。

大家都是学师范出身吧？什么是师范？有的说："德高为师，身正为范。”西汉的杨雄说：“师者，人之模范。”启功先生为北师大题写的校训是：“学为人师，行为世范。”《北史》则说：“经师易求，人师难得。”

可见，教师既要教书，更要育人；既要言传，更要身教。要身体力行，率先垂范，给学生做出做人和做学问的样子。这正是全社会提倡“尊师重教”的原因所在。

现在我们花心思最多的，还是把分数搞上去，把升学率搞上去。班主任带班，就是把班维持住，控制住，把学习秩序和学习氛围保持住。这一切都合情合理，无可非议。但德育首位，落实到每一个人，就显得力不从心，尤其是面对社会环境的诸多干扰，家庭教育的诸多不力，应试教育的诸多缺失，青少年的思想品德教育就面临着前所未有的挑战和困难。

但是，如果学生的思想品德上不去，如果学生在人生观、价值观方面缺乏正确引导，那升学率上得去吗？没有无教育的教学，也没有无教学的教育。德智体美是一个不可或缺的系统工程，不可能靠“单打一”奏效。

因此，言传身教，全面育人，虽然任重道远，但这是我们每一位教师推却不掉的神圣职责。

举例来讲：就说“明礼”，就说“友善”，那就必须要讲社会公德。2002年国庆假期，金街上就有四万多块口香糖吐在地砖上，环卫工人蹲在地上铲了半个月，结果还留下了一片黑点洗不下去，这可是天津的名片啊！（注：到2007年4月26日报载，金街的口香糖就由02年的4万块变成了40万块。）而02年的天安门广场的口香糖就已经达到60万块！这都是在学或刚出校门的年轻人干的吧！那么，在上学的时候，上过这一课吗？

各大城市街头都有些塑像。我们天津学子有的骑在鲁迅脖子上照相；外省市一些青年踩在烈士塑像的头上照相；他们在学校上过这一课吗？

育人之难，难于各行各业。但是我们当老师的责无旁贷啊！

应该讲清楚的是，育人，绝不仅仅是班主任和德育处的事，它必须是一个教育工作者的责任。

原一中校长袁克群认为，每个教师都应该是高素质、复合型、导师型的人才，他应该担任“多重角色”。具体讲，三条：

①既是某学科的专家，又是“杂家”；

②既是科学文化知识的传递者，又是新生一代灵魂的塑造者；

③既能建立民主平等、和谐融洽的师生关系，又能对不同心理状态的学生进行心理调整和保健。（见于2001.7.11《今晚报》）

我非常赞成他的观点。在我们这个教育大舞台上，只有小演员，没有小角色；人人独挡一面，都是主演，没有配角！

## 二、强化自身的心理素质

如果说，我们学生的心理健康已经成为一个带有普遍性的问题了，我们做老师的就回避不开，也不应回避。倘若我们自己再有一些心理问题，又不得医治，那又怎么能成为学生的心理医生呢？

先说学生吧，较普遍的有三种情况：

①不能正确对待和参与竞争，特别是公平竞争，更不能做到既竞争，又合作，与竞争对手互助双赢。对于比自己学习好、表现好的同学嫉妒心理强烈。大学生还有给比自己优秀的同学牛奶里下毒的。

②抑郁，忧愁，甚至长期焦虑。排名靠后的焦虑，排在前三名的也焦虑。精神压力过大，丧失自信，有的甚至轻生。高考前夕绝望跳楼的有的还是班干部，尖子生。

③拜金主义、享乐主义、极端利己主义派生出来的各种阴暗心理，骄娇二气，自私、贪婪、冷漠、消极、任性、偏执、攀比、自闭等等不良情绪使之不能自拔。

有些学生——包括大学生，学习无动力，生活无乐趣，人生无目标，百无聊赖，得了“无气力症”。有的从厌学，到厌家，到厌世。有的与父母有矛盾轻生，与老师有矛盾轻生，与同学有矛盾轻生，甚至高考考了590分就因上不了清华也轻生。

面对教育教学工作的难度和压力，我们教师自己的心理素质又如何呢？我们的心理承受能力有多大？

我们能不能理智地对待成功与失败，顺利与挫折？

我们能不能理智地对待上下级之间、同事之间、家庭成员之间、甚至同孩子、学生之间的矛盾？

我们能不能以最佳的心态冷静而又乐观地工作、生活？

教师的胸襟该有多大？——他能包容学生及其家长，包容领导和同事，包容老人、爱人和孩子，包容学校、家庭和社会，包容荣辱、功过和是非，包容昨天、今天和明天，包容教育、教学和各种考核、检查、讲课和竞赛、评比。

一个人又有理智又有感情，而且理智总能大于感情，自控能力特别强，甚至喜怒不形于色。怎么来的？——修养。

一个人始终从容淡定，处乱不惊，忙不垮，累不垮，急不垮，韧劲儿十足，总能保持热烈而镇定的情绪，紧张而有秩序的工作。组织学生有条有理，指挥若定，有大将风度。怎么来的？——修养。

一个人胜不骄，败不馁，不浮不躁，平易谦和，待人接物谦恭有礼，严谨有度。表扬批评有尺寸，不过头。凡事皆有度，无过无不及，不温不火，老练成熟。怎么来的？——修养。

一个教师的威信从哪里来？——人格魅力，个人修养。

强化自己的心理素质可以从以下六个方面下功夫：

①树立正确的人生观，世界观，价值观，坚定自己的信念和操守，不为环境所动，不为名利所动。

②有主见，不从众，不从俗，不为舆论所惑，时刻保持清醒和理智。

③学哲学，用哲学，自觉用哲学武器武装头脑，用诸实践。能用全面的、发展的、联系的观点看问题，分析问题、解决问题。坚持用两点论看待周围的人和事。

④培养自己坚韧的性格。站得高些，看得远些，想得宽些，承受力强些。不纠缠小事，不因小失大。凡事能看得透，想得开，拿得起，放得下，受得了，过得去。有些时候要“跳出去”，因为“不识庐山真面目，只缘身在此山中”。有些时候要“登上去”，因为“不畏浮云遮望眼，只缘身在最高层”。

⑤要修炼自己刚柔相济的性格。柔而不刚是软弱；刚而不柔是脆弱，刚柔相济是坚韧，百炼钢化作绕指柔，那就难不倒，压不垮。钢是在烈火和急剧冷却中炼成的。

⑥一言一行严于律己，不苟且，不懈怠，养成习惯，终身受益。荀子说：“积行成习，积习成性，积性成命。”这就是说，行为决定习惯，习惯决定性格，性格决定命运。不要忽略小事，放松小节。曾国藩说：“天下事当于大处着眼，小处着手。”而宋代的《太平御览》则云：“亿万千百十皆起于一。”

以上六点，愿与老师们共勉。

## 三、强化自身的教学基本功

教学基本功的强化不是一朝一夕一蹴而就的事。这是终生的事，一辈子没有止境。广义地理解基本功的加强，其实就是指的业务素质的强化。

为什么要把强化业务素质摆在非常重要的位置上呢？

一是因为教育这个系统工程太大了，太宽了，太深了，涉及的因素太多了。它既是一门科学，又是一门艺术，理论性强，实践性更强。而我们大学学的那点东西太少了，太窄了，太不够用了。现在我们使的、会的，统计一下，属于工作以后边教边学从实践中学来的，得占多大比例！

二是因为教学工作不是孤立的，静止的，而是同无数领域的相关知识紧密联系的，同时又是不断发展变化的。我们的教学改革往往是滞后的，有时是治标不治本，想超前一点，彻底一点，谈何容易！旧知识不断更新，新信息不断涌现，新问题层出不穷。这届学生同上届就不同，与前三届学生就有代沟。有句老话说："一天不学难行车，一月不学问题多，一年不学滚下坡！"原前苏联科学院把没有现实意义的论文评为"0级论文"。何况而今已是网络时代！

三是因为终生学习已成全球共识，既然21世纪不会学习的人是文盲，那不学习的人又该是什么？

所以，不但要肯学，勤学，而且要善学，会学，活到老学到老。而学习就是强化教学基本功的重要途径之一。裘法祖院士说："做人要知足，做事要知不足，做学问要不知足。"

此外，光学习还不行，还要肯探究，肯钻研，边实践，边思考，边改革，边总结。我们的科研论文不是有教学经验型、调查研究型和教学实验型吗？至少都需要有坚实的教学基本功做支撑吧。没有过硬的教学业务功底，只凭一时的聪明，充其量只能是应付常态教学。至于高质量的、领先的、超前的教学实验，怕是弄不来。

我以为，强化教学基本功，应该有个目标，有个追求：

把教学规范的东西做精；把教学改革探索做新；把教学质量和效果做实；把教研和教科研做深。

教学研究和教育科研的关系怎么处理？教学研究科学化；教育科研应用化。教学研究不能脱离科学理论，教育科研不能脱离应用实践，分工不同，角度不同，但你中有我，我中有你，形成合力，形成系统工程。

现在有个倾向，轻视教学规范和教学规律，也缺乏教学机制。一切为了应试，一切为了分数，不问教活教死，教错教对，不问过程，只要结果。举两个最小的例子：

①下课随意拖堂。如果每节课都拖堂，学生怎么办？一个众所周知的最起码的教学规范就变得形同虚设，无所谓了。

②教研组不教研，至多碰碰进度，那有什么用？同心协力，深入探讨，取长补短，互通有无，资源共享，信息交流，该有多好！如果教研都名存实亡了，那科研还往哪儿摆？不都成单干户了？

谈到教学基本功，涉及的面很多，这里只谈几点我认为值得大家深入研究的题目，以提供给大家参考。

1. 备课的基本功：

大家都教学多年了，谁不会备课呀！我认为事情并不那么简单。我绝不相信备课仅仅是熟练工，也不相信有本《教参》就够了。我教了四十多年语文，从来没感到备课很轻松，而且感到越教越不会教。我说四点体会——

①没有一节课能用老教案，尽管教过多少遍。

②没有一节课能按照备课设想的那样，完完全全顺顺当当地教下来，想慢的地方快了，想快的地方慢了，想增的地方减了，想减的地方增了。这是常事。

③同一个教案于两个班上，感觉也好，效果也好，从来没完全一样过。这班活了，那班死了；这班会了，那班夹生了。

④实验课、观摩课、创优课、评比竞赛课同常态课区别之大，令人惊诧，连学生们都纳闷儿。

这说明什么？备课的弹性太大了。

那么，可不可以这样认为：哪节课上失败了，上别扭了，上得出乎意料了，上得效率低了，沉闷了，失控了，与其在课堂上找原因，不如从备课中找原因。恐怕至少是没备到，没备透，没备细，没考虑大纲、教材和学生实际的关系。要么就是没写成分课时教案，要么是分课时教案写得不合理。建议研究几个小题目：

①确定重点、难点、疑点、特点、学生的参与点、互动点、探究点、练习点、活动点这九个点的功夫。（提两个醒：千万别只重教参，忽略大纲；千万别只重教材，忽略学生。）突出重点有措施，突破难点有办法，组织活动有设计。

②厚书读薄，薄书读厚的功夫，还要把这功夫教给学生。（分析→综合，抽象，概括→举一反三，触类旁通，搭起“知识货架”，形成知识结构）

③既备教法，又备学法的功夫。

总之，什么是“最佳教案”？我看绝不仅仅是“最佳教材分析方案”，而是“最佳教材效率方案”。否则，把教参一抄，岂不就成好教案了？何况现在学生人人手里都有教参（书店有售），你要照本宣科，学生会说：这么讲，我也会。那不就失去自我了吗？

好的教案里至少要能看出45分钟的知识密度、练习强度是否适度，考没考虑学生的当堂吸收率和巩固率。

北京八十中学特级教师宁鸿斌说得好：“教材不是知识的解说形式，而是知识的使用形式。”叶圣陶老部长说：“课文只是样子。”值得深思。只备教法不备学法，怎么能让学生从爱学到要学，从要学到会学？怎样达到叶老说的“教是为了不教”？根子全在备课这儿。

我常想，我们备课，都有个学习、研究、思考的过程，到了课堂上，给的只是结果。可学生呢？他们没有这个研究过程，直接从我们这里吸收结果。他们事先没有自学过程。

长期以来，我们就是灌输结果，不给过程。学生总是佩服老师高明，老师什么都懂，什么都会，就是不知老师是怎么把这结果弄出来的。现在教材越编越多，课时越来越不够用，老师只好把知识浓缩，取其精华，用大漏斗快速“填鸭”，那学生当堂能吃多少，会多少，忘多少，巩固多少？我们清楚吗？

我们备课，如果忽略了这些，尽管货真价实分量足，但对于没有自学过程的学生来说，这里会掩盖多少跑冒滴漏的无用功？学生总也不明白：我们阅读分析总不对，老师总对，这到底是为什么？就是因为老师聪明，自己太笨？其实课上再给他们几分钟，让他们自己探究一会儿，他们也能得出正确的结果来。

要想减少我们课堂上的形而上学，形式主义，请从备课做起！

2. 驾驭课堂的基本功：

我以为目前课堂上的主要弊端，依然是讲风太盛。

把课堂办成“讲堂”是容易的，办成“学堂”是难的。

怎么把教师的一个积极性变成师生两个积极性，把一个主动性变成两个主动性，依然是个大课题，千万别光琢磨“我怎么讲好”。

课堂教学涉及的面也很多，如教学语言能力问题，板书能力问题，组织能力问题，训练能力问题，利用网络和制作课件的技术能力问题等等。这里一概不谈。

这里只想谈三个自己长期感到艰难的问题，求教于大家。

①课堂教学的实效性问题。这里需要做许多哲学思考。

比如课课离不开的提问。该问谁不该问谁；该怎么问不该怎么问；学生有几种回答的可能，我们该怎么处理。

总之，绝不能信口问，信口答，信口处理。提问如果没有明确的目的和周密的计划，无助于培养学生提出问题，分析问题，解决问题的能力。仅此一项，就要做多少无用功，浪费多少宝贵时间！

再如，长期以来，课堂上程式化的东西太多。一位老师一套习惯，讲到哪儿，学生就知道他又要干什么说什么了。怎么落实因班制宜，因课制宜，因时制宜和因人制宜？

教无定法，但有规律。如果失去了针对性，就没了科学性，更谈不上艺术性，那还有什么实效性呢？

我们现在的教育是培养“标准件”的教育，塑造的学生没有个性可言，千人一面，千校一面，究其原因，几十年不变的程式化教学代代相传，不能不说是原因之一吧。

所以我以为，一节课好不好，不管你用什么教法，归根到底要看效率二字。是以学生为本还是以课本为本；是以几个尖子生为本，还是以全班学生为本；是几个学生学会了，还是全班学生都学会了，这是衡量一节课的出发点和归宿。

围绕课堂教学效率，就该研究一系列的哲学命题。如：教与学的关系，讲与练的关系，多与少的关系，深与浅的关系，死与活的关系，智力与能力的关系，课内与课外的关系，教书与育人的关系，继承与创新的关系，规范与改革的关系，等等。

45分钟的效率不仅仅在于我们给了多少，而在于学生会了多少，能会多少。教对是前提，但教对不等于学会。“少而精”总比“多而杂”好，“伤其十指不如断其一指”。我当年搞“一课一得，得得相连”，就是基于这个想法。

②教学民主问题。

现在课堂上还有没有“陪坐生”？有没有“陪练生”？有多少？倘若多了，岂不就成了尖子课了？时间再长，就成了老师的“独角戏”了。须知，一个班，一门课，是不能有“替补队员”的。

教学民主的关键在于，我们必须从内心深处承认，每一个学生都是学习的主体。要充分发动和发展这个主体，首先就得充分理解、尊重和信任这个主体。我们不能怠慢、甚至放弃一个“学困生”。而真正需要关注、体贴、帮助的，恰恰首先是这样一些“弱势群体”。

方才介绍过的北京八十中的宁鸿彬老师，每教一个班，都要先宣布他的“五个允许”和“四个守则”：

他的“五个允许”是：

（1）在课堂上，听说读写允许学生有错误。

（2）允许学生随时改变自己看法。

（3）允许学生跟老师争论问题。

（4）允许学生保留不同于老师的意见。

（5）允许学生在老师讲课中间随时举手质疑。

他取消了层层提问，代之以通读以后的集中质疑、研究过程中的分散质疑、针对某一部分的专题质疑，由我问你们变成了你们问我。

性质变了，气氛变了，效果也变了。提问中体现了民主。

他的“四个守则”是他规定自己要遵守的守则。

（1）保证表彰和采纳学生的正确方法和见解。

（2）保证肯定学生发言中的正确因素。

（3）保证妥善处理学生的错误答案，不使学生有压力。

（4）老师要说了错话或有疏漏，要作自我批评，纠正。

他的教育理念，正合于苏霍姆林斯基说的“谅解孩子们的无知”。倘没有这样的理念，就谈不到教学民主，那么近些年倡导的什么“愉快教学”“快乐教学”“和谐教学”“创新教学”，全是一句空话。

与学生做知心朋友、贴心朋友，难就难在教育观念的转变上。我们常常厌烦那些笨孩子、倔孩子、刺儿孩子、腻味人的孩子、有逆反倾向的孩子以至于富二代、官二代。我们总是习惯于我训你听，我管你服，填鸭式地灌，烙饼式地练，轰炸式地考，然后分出三六九等，区别对待，一碗水总也端不平。

当然，放手不等于放羊。为了培养学生良好的学习习惯和探究精神，做学习的主人，变被动学习为主动学习，我们就必须突破老八股、新八股，精心设计并长期建立一套新的教学常规，以确保管而不死，活而不乱。

举个小例子：要求学生在课堂上默读教材，同时思考问题，老师为了掌握进度，常常问："看完了吗?""想好了吗?"其实这种"碎嘴子"势必干扰学生的阅读与思考，只要有几个学生喊"看完啦"！老师就立刻让打住，那大半班没看完的也就没法看下去了。宁鸿彬老师为此也做了新规定：读想的时候把课本立起来，读完了把它放平，老师一目了然，而且可以不催不问不干扰。学生心里很温暖，很踏实。就这样一个小小的教学细节的改革，体现了一个深刻的教育理念：尊重爱护每 ·个学生，体贴入微。这就是宏观着眼，微观着手。教学是否民主，无处不在。

③教师的应变能力问题。

学生的思路不可能与教师备课、讲课时的思路完全同步。有时甚至会出现横向、逆向、多向思维。这很正常，但课堂有时就会显得乱一些，甚至会出现难于应付的尴尬局面。然而，这正是我们引导学生向纵深开拓，进行创新教育的大好时机。处理得当与否，效果大相径庭。

反之，"堂上一呼，阶下百诺"，对答如流，倒不一定是好现象。教学机制、应变能力倒是用不着了，探索创新也完了。

3. 研究学生的学习规律。

学生从听课、读书，到考试成功，究竟是怎样一个学习过程?

也就是说，学生从信息输入，到信息输出，这里的机理和规律究竟是什么?

这可能正是学生学习优劣成败的关键所在。研究并指导学生学会学习，正是我们教学基本功非常重要的一环。

我以为，这是个永恒的话题，研究来研究去，最大的漏洞，就是我们忽略了从信息输入到信息输出这中间的信息转化环节。这信息转化的核心，就是思维能力的培养、开发与强化。这是所有学科教学的重中之重。林崇德教授在《中学生心理学》一书中说："思维是认识活动的核心成分。思维能力是认识能力，即智力的核心。"学生的所有能力都受思维能力制约，不是吗?

以语文教学为例：

信息输入—— 包括听课，课内外阅读，观察，以及网络和报刊媒体信息输入能力。

信息输出——包括作业答题，考试答卷、作文、说话、演讲、辩论、探究和解决问题以及思辨、创新等能力。

那么，信息输入了，就自然能转为输出吗? 不可能。重要的是，在学生头脑中必然要有一个复杂的消化吸收的转化过程。其核心就是思维能力。比如：分析—综合；理解—吸收；探究—深化；局部—拓展；类比推理，举一反三，触类旁通，等等等等。这样的一些思维能力，学生之间是有差异的，会不会学习，学习效率高不高，主要是从这里拉开了当子。这是一个智力因素系统。有强有弱。

思维能力既是智力的核心——认识范畴聪明与否的问题；又是能力的核心——活动范畴能不能、会不会的问题。

思维能力的水平如何，那是看得见，摸得着的。检测的尺度就是思维品质：思维的准确性、深刻性、严密性、敏锐性、灵活性(即多向性)、思辨性、创新性。用这七把尺子一量，每个人的思维能力就量出了差距，哪里强哪里弱，哪里长哪里短，各不相同。优秀生优在哪里，"学困生"困在何处，倘若教师心里有本明白账，这才是因材施教落实到人的根据。学生自己心里也清楚，才能自觉地强化“短板”，有效提高自己的学习效率。学会学习，这是前提。

抓住了这个信息转化的枢纽，就是抓住了学生学习过程的核心，抓住了提高教学效果的关键。

如果教学只忙碌于知识传授，只忙碌于一般化的能力要求，而忽略了每个学生思维品质的调查研究和有的放矢的强化培养，难免事倍功半。

这正如同，吃了食物，倘消化功能有障碍，营养能吸收吗?

当然，学生的学习与发展，还有许多其他的制约因素，诸如：

①学生自身的非智力因素：动机，兴趣，情感，意志，心理，性格，习惯等。这是又一个系统工程。

②先天因素，基因。

③外部环境因素：家庭教育质量、学校教育质量、社会影响，等等。

上述制约因素，不属于教学基本功范畴，这里不再赘述。就教学基本功而言，也绝不仅限于以上三个方面，此外还有许多课题值得研究探讨。如：

①专业知识的学习与更新。

②大纲与教材的钻研。

③知识结构的构建与应用。

④教育理论学习与教育科研能力。

⑤网络、软件与媒体信息的研究。

⑥相关科学的学习与应用。(如哲学、美学、科技，等等)

⑦专业能力的强化。(如听、说、读、写作、书写，等等)

可见，学无涯，教也无涯。重要的是思路，思路决定出路，

以上所说，只是个人的学习体会，浅陋与错误之处，请老师们指正。

# 素质教育是二十一世纪人才资源开发的基础工程

邓小平同志一贯重视人才的培养，始终坚持“百年大计，教育为本”的战略，并且强调指出，忽视教育的领导者，是缺乏远见的、不成熟的领导者，是领导不了现代化建设的。

我们现在正站在新世纪的起跑线上。在今天的百年竞争中，我们靠什么来赶上和超过世界各国的竞争对手的？靠强大的科技力量领先，靠强大的人才队伍领先。说到底，教育必须冲在最前列，别无选择。教育竞争是全部竞争的第一回合较量。没有领先的教育，就没有领先的人才，更谈不到领先的科技。

在这历史的分界线上，每当我们重温邓小平同志语重心长的深刻论述，就不能不对自己肩负的历史重任以及教育发展的策略做出如下理性的思考。

## 一、树立正确的人才观和教育观是发展素质教育的前提

正确的教育观是建立在正确的人才观的基础之上的。

小平同志曾强调指出：“一个十亿人口的大国，教育搞上去了，人才资源的巨大优势是任何国家比不了的。”他还说，“我们完全有能力把教育搞上去，提高我国的科学技术水平，培养出数以亿计的

各级各类人才。”（邓小平同志 1985 年 5 月 19 日在全国教育工作会议上的讲话）

请注意，这里对人才的数量和规格的要求是“数以亿计”，而且是“各级各类”，这就对我国所需人才的数量和质量提出了相当高的标准。

在未来的世界范围内，人类生产及社会服务的高度自动化、信息化、智能化的竞争使得我们必须大大提高广大劳动者中科技人才的比例，同时，必须提高全体劳动者的整体素质。我们的教育观就必须也只能建立在这个基点上。倘若依然因循守旧，驾轻就熟；依然只管耕耘，不问收获；依然只管应试，不问素质，只重视少数学习尖子，无视大多数学生，只重视智商，无视德育、体育、美育、劳动教育，只把升学率作为唯一的办学标准，长此以往，能培养出数以亿计的人才来吗？

究竟什么是“人才”？我以为绝不能仅仅理解为“智商超常”的顶尖人物。人才，既包括科技精英，又包括高素质高质量的各行各业的广大劳动者。尽管在人才概念的具体界定上还有许多说法，但，从广义上看小平同志提出的德才兼备、又红又专的人才标准是非常科学、非常实际的。小平同志还指出：“一个重要的问题，是对又红又专要有正确的理解，合理的要求。”他说，“专并不等于红，但是红一定要专。”他甚至说，“不能解决这个问题，不可能实现现代化。”（邓小平同志在全国科学大会开幕式上的讲话。）

看来，培养数以亿计德才兼备的人才，这正是我们实施素质教育所要达到的目标。

目前，在世界范围内，人们普遍把人力物力财力和信息四大资源中的人力资源摆在第一位。尤其是当我们面临着全球知识经济挑战的时候作为人才奠基工程的中小学教育，其重要意义不言而喻。如果我们基础教育培养出来的广大劳动者只具有最起码的劳动愿望和体力，而不具备应有的德才素质条件，那么充其量他们也只能叫作“人力”；而升入大学的还有一些人达不到“德才兼备”，要么高分低能，要么有才无德，他们只是“应试机器”，那么到什么时候我们才能拥有包括尖子在内的数以亿计的人才呢？

作为基础教育，必须为每一个中小学生将来能成为合格的人才打下坚实的基础。他们必须会做人，会求知，会劳动，会生活，会健体，会审美，全面达标。这就是素质教育的实质所在，是丝毫不能含糊的。如果说，教育是人才的基地，科技的先行，那么中小学的素质教育就是基地的基地，先行的先行。只有全面贯彻教育方针，面向全体学生，全面提高教育教学质量，才有可能为21世纪的第一生产力提供最大数量、最高质量的人才资源，这就是我们的人才观和教育观，这就是我们素质教育的出发点和归宿。

## 二、深化教育改革是发展素质教育的保证

没有改革就没有发展，没有发展就没有人才。发展是硬道理，这既适用于经济，也适应于教育。

几十年的应试教育发展到了登峰造极的地步，先不要说大批的劳动者是以“应试失败者”的身份与被淘汰的心态走向社会，就是进了大学门的，也大多带有鲜明的应试教育的印记。从种种弊端来看，中小学深化教育改革不但势在必行，而且任重道远，绝不是三招两式就能完成，更不是任何形式主义所能奏效的。

首先，产生应试教育的根源远不仅仅在于中小学本身。广大教育工作者并不甘心走进这条死胡同去。应试教育早已把中小学校长、教师、学生和家长弄得高度紧张，心力交瘁，但还要年复一年地拼升学率。尽管几年来，我市及各区采取了各项改革措施，不断加大改革力度，确实取得了显著的成效，但它毕竟触及不了高考制度，而这恰恰是基础教育摆脱不了应试教育的桎梏的要害所在。它影响制约着整个社会。用应试教育的权威高考指挥棒来指挥中小学的素质教育，其尴尬与无奈可想而知。教育改革本来就是一项全社会、全方位的系统工程，它容不得哪一个局部——特别是关键部分按兵不动，甚至二十年不变。“题海”里出人才，这科学吗？

## 三、开发教师人才资源是发展素质教育的关键

人才只能由人才来培养，心灵只能由心灵来塑造，开发人才资源的人才更需要重点开发。没有高素质的师资队伍，怎么能实施高水平的素质教育？

中小学教师一只手要托起未来领先于世界尖端的科技精英，另一只手要托起大量的德才兼备身心健康的能适应21世纪社会生产需要的劳动者。这是多么高的需求！未来的胜负就取决于这支队伍的建设。

世纪之交的素质教育，不但要求教师具有真才实学，掌握教育规律，积累丰富经验，在学科教学中取得显著成果，逐步成为业务尖子，教学能手和学科带头人，而且还要具有高尚的师德，良好的作风，在教书育人，为人师表，强化德育和美育，塑造学生美好心灵，增进学生身心健康上成为表率和专家。他们应该是全社会精神文化建设的榜样和中坚。

就这一点来说，尊重知识，尊重人才首先应该尊重教师。不重视教师的劳动，不重视教师队伍的建设，就是从根本上无视21世纪国家的前途和民族的命运，无疑是一种不负责任的急功近利的行为。倘若只讲“科技兴国”而不是在国兴上想实招，办实事，求实效，特别是不在重视开发、培养与合理使用教师人才资源上下功夫，花本钱，那恐怕就不仅仅是不成熟和没远见了。这是该防止的。

怎样进一步开发教师人才资源，强化师资队伍建设，谨提出几点不成熟的建议，供各级领导参考。

1. 对目前师资队伍的数量和质量状况进行全面细致的调查研究，并对可预见的21世纪初的教育对师资的需求做出估计，连同逐年退休减员等等动态因素估计在内，做出准确的分析判断，既弄清我们的优势跟强项，又找到我们的弱势和不足。在此基础上，制定出市区师资队伍建设的五年或十年规划，使这项人才资源的开发建

立在计划和制度保证的基础之上。

2. 人才流动是大势所趋。如何在流动中保持教师队伍的相对稳定，特别是优秀师资人才能进得来，留得住，不合格师资能下得来，出得去，这除了增强系统和单位的吸引力、凝聚力以外，强化有制约力和可操作性的管理制度是十分必要的。优秀青年教师“跳槽”现象值得深思。

3. 重视在合理使用中使老师增长才干，积累才干，改革创新，勇攀高峰。不能只管使用，不管培养。疑人不用，用人不疑。在使用中要给予真心实意的尊重，满腔热忱的关心，千方百计的指导，无微不至的帮助。在使用中要使教师不断接受继续教育，以更新观念，更新知识，不断“充电”，不断进取，成为行家、里手、教育家。

4. 要形成一整套良好的竞争机制和激励机制，使一切优秀教师无论老中青都能及时得到激励和表彰，青年教师都能脱颖而出，中老年教师都能超越自己，带好徒弟，从而使人人都能敬业爱岗，发挥自己的一切聪明才智与特长，创造最佳业绩。

5. 要了解教师疾苦，关心教师生活，及时主动帮助他们排忧解难，以使他们没有后顾之忧。在待遇上要不断加以改善，加以提高。广大知识分子历来是讲骨气、讲气节、将真情的，他们的热情不单单是用钱可以调动起来的，更重要的是“为知己者所用”。

6. 要高度重视并全力办好师范院校、各区教师进修学校和市区教研室。这是师资的摇篮，加油站和充电器。这是师资岗位继续教育的基地，是不断开发师资人才资源的中心。这些单位的师资应该是师表中的师表，精华中的精华。强化这些单位的师资队伍建设，加大投入和加大工作力度，给予必要的政策保证，应该说是本中之本，重中之重。倘如此，21 世纪的人才，就有了无穷无尽的源泉！

1999 年 2 月

# 教师素质与素质教育

## （一）

建设一支数量足够、素质优良、结构合理、相对稳定的教师队伍，是实施素质教育的关键；而其中的“素质优良”这一条，则更是关键的关键。

首先，从宏观角度看，提高教师素质既有强烈的现实意义，又有深远的历史意义。从横向看，世界各国已经普遍对这项工作给予了高度重视，并且制定了各种法规，采取了多种措施，以强化教师在新技术革命这场世界性竞争中的地位和作用；从纵向看，日益重视教师素质的提高，并不断探索有效提高教师素质的规律和途径，已经成为历史发展的必然趋势。看来，谁抓住了这一条，谁就抓住了21世纪。

对于我们中国的教师队伍来讲，一方面要有高度的觉悟，坚定的信念，远大的理想，崇高的品德，要有坚持党的基本路线，实现社会主义现代化的历史使命感；另一方面又要有深厚的业务功底，有较高的教育理论和专业知识水平，有较强的教育教学能力，一句话，就是德才兼备，又红又专，非此不能适应时代要求。因此，今天我们强调教师素质，具有特殊重要的意义。

其次，就素质教育本身而言。如果说，素质教育的实施要比应试教育的实施难度大得多，要求高得多的话，那么，难就难在它首先也对执教者提出了远比应试教育要高得多的要求。如果没有一支素质很高的教师队伍，素质教育的实施就只能是一种美好的愿望。因此，我们可以说，优良的教师素质是实施素质教育的根本保证。

长期以来，我们的学校，我们的学生、家长乃至社会，对我们教师的衡量标准——或者说期望值，并不是特别高的。只要老师们负责任，爱学生，工作勤恳，作风正派，特别是有较好的业务能力，能把课教对，把学生教会，考试成绩不错，这就难能可贵，很值得爱戴和称道了。而应试教育发展的结果又把教师的标准降低到只要有本事保住和提高升学率，有本事让学生大面积或大幅度拿分，这就是好老师了；要再押上两道题，那知名度就更高了。对于素质教育的实施者来说，前面所说的通常衡量标准已经是远远不够的了；而同应试教育的标准相比，则更有本质的区别。应该说，应试教育不仅误了学生，也误了教师。为了分数，我们有的教师已经到了不择手段的地步，无计师生同作弊，有门父母尽托人，这实在是教育的悲剧。

素质教育，要求我们树立正确的教育观，自然也要求我们树立正确的教师观。只重“经师”，不重“人师”，这有它深刻的历史根源和社会根源，当然也来源于认识上的片面性。自古以来，人们就哀叹“经师易遇，人师难遭”。可我们的教育已经进入了20世纪的最后十年，我们的社会主义制度为我们提供了前所未有的良好机遇和良好条件。我国改革开放的新形势和建立社会主义市场经济体制，对我们来说是压力也是动力。在建设有中国特色的社会主义教育体系的过程中，培养和造就千千万万能够适应和实施素质教育的教师不仅成为必需，而且成为可能。提高广大教师素质的目标不但历史地摆上了我们的议事日程，而且我们确信它也是完全可以实现的，关键在于认识，在于工作。

## （二）

素质教育，要求我们广大中小学教师需要具备哪些基本素质呢？主要有以下四个方面：

1. 政治思想素质。主要包括三项内容：

（1）马克思主义理论水平、立场、观点、方法；

（2）教育思想，献身精神；

（3）道德修养，师表作风。

2. 业务素质。主要包括七项内容：

（1）专业知识、专业技能和治学态度；

（2）教育理论水平，教育科研能力；

（3）思想教育和组织管理能力；

（4）教学能力；

（5）语言表达能力和书写能力；

（6）思维能力；

（7）审美观，美育能力；

3. 心理素质。主要包括四项内容：

（1）意志；

（2）性格；

（3）情趣；

（4）自控能力。

4. 身体素质。应是身体健康，精力充沛。

当然这种概括不一定准确，也不一定全面，但它们无论如何是一个有机的整体。把它们割裂开来，看成是孤立的、静止的，可以任意地强调某一方面而忽视或削弱其他方面，那是不可取的。同时，我们又不能用一种规格、一种模式去要求和衡量我们的教师。基本素质是大家都应该具备的，但这绝不能影响广大教师充分发挥自己的特长，形成自己的特点与风格。恰恰相反，基本素质的全面加强既有利于个人风格、特点的形成，在这一过程中又有助于基本素质的强化与提高。教师的各项基本素质永远不会停留在一个水平上，只要不断加强素质意识与素质修养，我们就一定能在教育实践中不断跨越新的高度，成为素质教育的良师。

## （三）

教师素质的提高，当然归根到底得通过教师自身的努力来实现。但是，作为一项全局性的系统工程，从教育管理的角度来说，不但要有足够的重视，正确的摆位和宏观的战略目标，而且要有扎扎实实的工作，理论上要深入探讨，实践中要狠抓落实。

1. 要抓整体规划和实施。

提高教师素质不能只局限于少数质量不太合格的教师，而应该着眼于全体教师。没有全系统教师队伍素质的整体优化，素质教育仍然只是一句空话。就普教而言，中教、小教、幼教、职教特点各异。而每所学校教师队伍的实际状况也各有不同，但有一点是共同的，即，无论是博学多才、经验丰富的老教师，还是年富力强、肩负重任的中年教师，或是初登讲台，刚刚起步的青年教师，他们都需要有所组织，有所引导，有所扶持，有所帮助，都需要为他们创设有利的机制和条件，从而由各自的起点开始，向不同的高度攀登。继续教育方面我市已有很好的法规，市、区有关院校和基层单位已经形成了协同开展工作的网络，但是有计划、有步骤、有层次地抓出实效，还需要付出极大的努力，克服很多的困难。重要的在于细致的规划，严密的组织，科学的管理，再加上广大教师的高度的主观能动作用和各级政府以及全社会的有力支持和教育立法的保证。

提高教师素质的工作没有强有力的教育管理肯定不能奏效；但是，不从实际出发改善教师的待遇，解决他们的问题（比如结构失调，负担不均，健康不佳，住房困难，等等），只靠行政命令，效果也只能适得其反。讲实效，就得探索具有各自特色的途径和方法，把师资队伍的建设和管理做通盘考虑，最终调动起广大教师的积极性，使之自身产生接受继续教育的渴望，从而把全面提高自身素质变成一种自觉行动。否则，就会流于形式，甚至连形式都会落空。

2. 加强教师队伍政治思想工作的实效性，切实提高广大教师的政治思想素质。

这项工作应该摆在师资队伍建设工作的首位。毫无疑义，在亿万社会主义建设大军中，我们整个教师队伍的政治思想素质是比较高的。成千上万名优秀教师的爱国主义情操，忠于党，忠于人民，热爱教育事业的献身精神感人至深，赢得了全社会的尊敬。但是，我们没有任何理由满足于这种现状，甚至降低这个标准，因为，在教师素质的整体结构中，政治思想素质是起决定性作用的，它决定着其他各项素质的发展与否，更决定着我们教师自身的社会主义性质。

加强对广大教师政治思想工作的实效性，最终应落实到三个方面：

一是有效地提高马克思主义的理论水平，树立正确的立场、观点、方法，特别是要懂得哲学的基本原理，掌握科学的世界观和方法论，坚定共产主义信念，坚持四项基本原则。

二是有效地端正教育思想，培养对教育工作、对全体学生的深厚感情和全身心投入教育事业的献身精神。

三是有效地加强道德修养，全面贯彻国家教委和全国教育工会1991年8月26日正式颁发的《中小学教师职业道德规范》，培养良好的师表作风。

3. 千方百计提高教师的业务素质。

业务素质既包括专业知识、专业技能水平、相关知识水平和治学态度，又包括教育理论水平和教育实践水平；在教育实践水平中，既包括教学水平，又包括育人水平；在教学水平中，既包括课内外教学能力、语言文字表达能力、思维能力、审美能力，又包括教学研究能力和教育科研能力；在育人水平中，既包括全面贯彻教育方针，落实德育首位，加强政治思想教育和年级、班级组织管理能力，又包括通过学科教学育人，寓德育，美育于教学之中的能力。

与上述业务能力结构紧密相关的，则是教师的心理素质——包括意志、性格、情趣、自控能力和应变能力等等。如果没有良好的心理素质，业务素质的提高毕竟是有限度的，因为它不可避免地要遇到障碍。作为教育管理者不能不注意这个重要环节，及时地给予正确的引导；而这个环节的加强，主要还要靠教师自身的修养，要善于自我调节，培养良好的心理素质。

提高教师的业务素质，从管理工作角度讲，工作量是非常大的，也相当复杂，相当艰巨。重要的在于抓好以下四个环节：

（1）具体落实国家和天津市继续教育的方针、政策、法规，落实市、区、校继续教育规划，使教师业务素质的提高规范化，系统化，阶段化，科学化。

（2）坚持开展教育理论的学习，高度重视并充分发挥教育情报工作的效益，深化教育教学改革，注重从改革实践中提高教师的业务素质。

（3）加强教学常规管理，加强教学研究和教育科研工作管理，向常规要保证，向教研要质量，向科研要突破，要改革。这既是大面积提高教学质量的必由之路，又是大面积提高教师业务素质的必经之途。

（4）开展新老教师互帮互学的双优活动。大力总结和宣传优秀教师的宝贵经验。大力开展校内外以及地区之间的交流研讨活动，变封闭系统为开放系统。大办交流推广教改实验点、示范点和国家、市、区，校各级各类教育科研成果，使教师学有榜样，赶有目标，胸中有方向，手中有课题，身边有气氛，切磋有乐趣，经常能在探讨教育规律的过程中受到启迪，受到推动，受到激励，同时还可以少走弯路。

当然还需要指出，对任何经验和成果都不要照抄照搬。从教育规律出发，从教育实际出发，创造性地学习他人的经验，总结自己的成果，这本身，就是提高教师业务素质的过程。

## (四)

提高素质教育实施者的素质，已经越来越受到社会各界，特别是教育部门各级领导和广大教师的重视。近几年来涌现的大批先进教育工作者的感人事迹，标志着新的素质高度，带着新的时代气息。体现在我市教育决策上，最突出的事例，是天津市对在职教师继续教育工作的战略部署和《天津市中小学领导干部素养规范》与《天津市中小学教师素养规范》的颁布。至于调查研究之风的普遍兴起，教育科研工作的蓬勃发展，教育情报工作的方兴未艾，德育工作的落实与加强，整体改革的不断深化，教育督导、教育评价的不断完善，则更为教师素质的不断提高提供了动力和机制。

当然，提高教师素质的工作绝不是一朝一夕一蹴而就的事情，还有相当多的困难与阻力需要全社会来正视，来克服。比如，片面追求升学率的歪风还需要得到有效的抵制和削弱；教师应该享有的待遇和条件还需要进一步得到提高与改善；尊师重教的社会风气 还需要进一步得到弘扬：整个社会的大教育环境和文化环境还需要得到相应的改善与净化；师范院校以及各区教育中心、教师进修学校的工作还需要在摆位以及人力、财力、物力等方面得到更大的支持。而这一切，都和提高广大教师素质的工作不无关系，正像对学 生的素质教育需要优化学校教育体制和优化整个大教育环境一样。提高教师素质绝不是在理论上探讨清楚，然后发个号召就能大功告成的，因为它毕竟是整个素质教育这项系统工程中的有机的组成部分，而不是游离的、孤立的一环。

提高教师素质，这是发展素质教育，提高全民族素质的根本保证，是我们共和国千秋大业的基石。我们相信这项工作一定会不断走上新的台阶，取得丰硕成果，因为我们相信自己的队伍，相信自己的事业，相信自己的未来！

本文收入香港新世纪出版社《素质教育研究》一书

1992 年 12 月

## 教育事业·教育科学·教育艺术

——为二十一中副校长姜若《师爱若水》一书作序



姜若这部书稿我读过不止一遍了。每读一遍，都有新的感觉，新的启迪，新的收获，当然，还有新的激励，新的喜悦。

姜若把新书稿拿给我看，并嘱我作序。此时的她已经历了16年教育工作的风雨磨砺，年近不惑了；此时的我则步入了古稀岁月，从教48年了，现在还教着。能为老学生服务，更是我的荣幸。

姜若读初中的时候，我是她的老师和副校长。我对这个学生印象深刻，是由于以下三个原因：一，她人品好，思想好，谦和宽厚，关心他人，有爱心，有奉献精神，学习刻苦，有责任感，有威信，有人气，是一班之长，深得老师和同学喜爱。二，她爱运动，坚持体育锻炼，长跑、短跑都有不错的成绩。三，她文笔好，文章在刊物上发表过；朗诵也好，得过天津市电台主办的全市朗诵大赛二等奖，且读的是自己的作品；在我主持的晨曦文学社里，她是骨干；她还是学校学生会的宣传部长。这样的学生能忘吗？那时，她只有十五岁。

初中毕业后，姜若到了五十七中读高中。不久，我也调到河北区教师进修学校当副校长，兼任河北区教科室主任。师生分手了，但联系没断。



1988年9月，考入天津师大政教系的姜若给我寄来一封信，信中说："我的性格时时在提醒我永远不做落伍者。再过四年，十年，二十年，我绝不相信比别人差！您说呢？"

我说：我信！十年后，我果然看到了辉煌的姜若和姜若的辉煌。《后汉书》有句云："精诚所至，金石为开。"予信然。

弹指一挥间，我们这"忘年交"二十多年了。我们成了同行，我们都在自己的岗位上苦苦拼搏、苦苦探索九死而不悔；我们都获得了市劳动模范和全国优秀教师的荣誉。所不同者，是我干得不如她。我是既欣慰，又惭愧。桐花万里丹山路，雏凤清于老凤声！

其实这符合自然发展规律和社会发展规律。这正说明时代发展了，社会进步了，教育强化了，师资和管理水平提高了。正所谓"芳林新叶催陈叶，流水前波让后波"。不是吗？

作为一个同行，我深知姜若的成功来得多么不容易！

这本书是知识的结晶，理论的结晶，实践的结晶，心血的结晶，生命的结晶，当然也是二十一中学团队精神的结晶，整体改革的结晶和集体劳动的结晶。否则，一个人浑身是铁，能打几颗钉？

教育是职业，更是事业；教育是杂学，更是科学；教育是技术，更是艺术。还有什么事业比育人的事业更神圣？还有什么科学比塑造人的科学更尖端？还有什么艺术比认知人、鉴赏人、陶冶和美化人的心灵的艺术更崇高？

姜若的这本书里三者具备，这正是它的价值所在。从二十几岁干到三十几岁，居然能诠释教育事业、教育科学、教育艺术的真谛，十年辛苦不寻常，岂能是一个"爱"字了得！

当然，作为事业，任重而道远；作为科学，探索无穷期；作为艺术，没有最好，只有更好。

我历来不赞成治标不治本地搞什么"模式"。教育对象是个性化的，师资队伍是个性化的，教育工作是个性化的，不同地区不同学校也是个性化的，为什么非要"模式化"？我们吃"标准件化"、"预制件化"的亏半个世纪了，"千人一面化"、"千校一面化"、"千考一面化"，唯独少了"个性化"。可谁也没办法，应试教育使然。什么时候“高考指挥棒”不再做教育的主了，教育就有希望了。这是我干了一辈子教育未了的心愿。

改革、发展、强化、优化我们的教育，只能寄希望于姜若诸君，哪怕要代代传承，薪火相继。拜托了。

有一点我是坚信的：倘若我们一代代教育工作者都能像姜若这样热爱学生，尊重学生，宽容学生，理解学生，善待学生，全身心地爱护、培养、帮助学生，把“以人为本”的人文精神理念，真正融化在自己的心灵血液中、一言一行里；都能像姜若这样勤于学习，勤于探索，勇于开拓，勇于创新，善于总结，善于改进，那我们的教育总会一步步突破，一步步发展，一步步走向现代化，走向中国和世界的未来。

谢谢姜若以及和她同样优秀的千千万万朋友们，功在千秋啊！

2008 年春

（《师爱若水》，姜若著，天津社会科学院出版社 2008 年 5 月版。本文是该书的序言）

# 家庭美育及其潜移默化的作用

## 第一节　美育的特殊魅力

一、什么是美育

要弄清楚这个问题，先得从什么是“美”谈起。简单地说，“美”可以分为自然美、社会美、艺术美三大形态。

1. 大自然充满了美

感受到了自然美，才能热爱大自然，保护大自然，进而热爱自己的家乡，热爱自己的祖国，净化自己的心灵。

2. 社会充满了美

不深知真、善、美，怎么能识别假、恶、丑？社会中，一切符合客观规律的事物，一切按照客观规律改造主、客观世界的先进的人，先进的思想，先进的行为，以及良好的社会风尚和社会成果，都表现为真，表现为善，而真与善的辩证统一则表现为美。没有真与善做前提，就谈不到美。所以，对孩子进行社会美的教育，是十分重要的。集中起来讲，就是要做到心灵美，语言美，行为美，环境美，具体体现在讲文明，讲礼貌，讲卫生，讲秩序，讲道德等许多方面。家庭，作为社会的细胞，当然也是充满了美的，它每时每刻都在陶冶着孩子的心灵。

3. 艺术美则是美的集中表现

小说、散文、诗歌、戏剧、音乐、舞蹈、美术、书法、篆刻、电影、电视、摄影等等，无不体现着艺术美。就连孩子上课用的课本以及天天使用的书包、钢笔、文具盒、台灯也处处洋溢着艺术美。就怕我们司空见惯，视而不见，感觉不到。

总起来说，美无处不在，生活中处处有美。因为美是人类文明的产物，所以美总是能够使人心旷神怡，精神焕发，文明高尚，乐观进取。

正因为美是人类文明的产物，所以，以这些文明成果为教育内容的美育，自然是社会主义精神文明建设的一个重要组成部分。

美育，为什么会对孩子有那么强的吸引力呢？这是两个方面的原因形成的，它既来源于美育本身的特征，又来源于孩子的心理特征，一拍即合。

二、美育的特征和孩子的特点

1. 美育的直觉性

美育的内容都是通过生动鲜明的形象这种具体的形式表现出来的。看碧绿的田野，听悠扬的琴声，读神奇的童话，访建设的标兵，孩子们喜闻乐见，这无疑比空洞的说教和枯燥的概念更具有吸引力。小学生对事物的感知，总是由简到繁，由整体到细部的。美育，正适于培养孩子的观察能力和想象能力，进而发展他们的思维能力和创造能力。

2. 美育的情感性

美育总是让孩子们动情的。小学生的感知活动，带有强烈的感情色彩，他们对那些美好、新奇的事物充满了求知欲和好奇心。他们同情善良的小白兔，他们憎恨残暴的大灰狼。他们为开心的节目拼命鼓掌，他们为本班同学在运动会上的胜利纵情欢呼。即使看到的是英雄壮烈牺牲的悲剧，从影院里出来泪水还挂在脸上，心里也充满了崇高的情感，这悲壮的美的教育是他心甘情愿接受的，而且确实能够起到潜移默化的作用。

3. 美育的愉悦性

美育总是让孩子们感到一种精神的享受与满足。美育激发的是孩子们的美感，它更能激励孩子们积极向上，乐于追求。孩子们会在兴高采烈之中萌生理想，净化心灵，学习也变得快乐起来，产生浓厚的学习兴趣，渴求获得知识和技能，正所谓“寓教于乐”。

正因为如此，美育才对孩子们有着特殊的魅力。

也正因为如此，美育才具有十分重要的意义：

①要促使孩子们全面发展，美育必不可少。

②要使孩子们愉快地学习，愉快地生活，愉快地度过金色的童年，愉快地成长，美育必不可少。

③要使孩子们从应试教育的束缚下解放出来，接受良好的素质教育，美育必不可少。

④要优化孩子成长的环境，使他们所处的学校、家庭、社会充满高尚、和谐、健康、友爱，美育必不可少。

总之，要提高全民族的素质，要使我们的国家两个文明高度发达，走在世界文明的前列，美育应该说是至关重要的。

三、小学生美育的主要任务

美育又称审美教育。它的主要任务有两个方面：一是培养和提高孩子们对自然美、社会美、艺术美的感知能力、识别欣赏能力和创造能力；二是通过感知美、识别欣赏美和创造美，来陶冶孩子的情操，提高孩子的情趣，培养孩子的品德，使孩子的思想感情积极，健康，高尚，从而在德、智、体、美、劳诸方面得到全面发展。

怎样才能完成这两项任务，达到这两个目的呢？光靠学校不行，光靠家长也不行，二者必须紧密结合起来，配合默契，使孩子们在不知不觉当中自然而然地受到良好的美育教育，得到全面的发展。

1. 怎样才能有效地培养和提高孩子们的审美能力

审美能力首先是以对美的感知能力为基础的。那么，我们首要的任务，就是要千方百计为孩子们创设充分的美育条件，不但让孩子们多接触美，而且帮助孩子们学会感知美、认识美。一山一水，一花一木，一画一曲，一诗一文，孩子们看了，听了，唱了，读了，可能会从直觉上感到兴奋，感到美好，感到愉悦，但他的认识可能是朦胧的，体会可能是肤浅的。这时候，家长的指导是极其重要的。要教给孩子怎么样由此及彼，由表及里，去粗取精，去伪存真，使他真正理解这个事物究竟美在何处，为什么说它是美的，反之，怎么样就是不美。这样的实践机会多了，点拨、指导跟上了，孩子的感知美、识别美、欣赏美的能力就渐渐强了。久而久之，积累得多了，孩子记忆中储存的各种美的印象（即审美表象）也丰富起来了，这就又为他的审美联想，审美想象提供了源泉，最后达到创造美的最高阶段。创造美，也别想得高不可攀，玄不可测。每个孩子在他现有水平上拿出的美的图画，美的歌唱，美的泥塑，美的手工，美的作文，美的作业，乃至他种的花，养的鱼，布置的教室，出版的墙报，美化的校园，整理的居室，都有他对美的理解、想象和创造在里边。

怎样才能帮助孩子们在这样一个循环往复的美育过程中确有所获呢？这就需要我们在以下几个方面下一些功夫：

①加强我们自身的美学修养，提高我们自身的审美情绪，审美能力和美育水平。

②加强美育意识，时时、事事、处处留心发现生活中的美育因素，及时抓住它们，充分并善于利用它们，提高美育的实效性。

③在美育实施过程中，要讲求点方法，讲求点艺术，不露痕迹，却又合情入理，使孩子受到熏陶，受到感染，“润物细无声”。

2. 美育，不仅要使孩子学会按照美的规律去认识和建设客观世界，更要学会按照美的规律来发展和完善自己

美育，根本的任务是育人。孩子们审美和创造美能力的提高，最终的落脚点还是培育一代全面发展的人。美育要造就的绝不仅仅是几个艺术家，而是一代代具有高度文明，具有良好素质的建设者和接班人。

当我们在对孩子进行自然美的熏陶时，就不能满足于听他惊叹：

"这山多么雄伟!""这海多么辽阔!"应该让他感受到的是大自然的巨大生命力：山川不朽，日月无穷；是祖国的壮丽和伟大；是中华民族历史的灿烂和悠久；是我们的人民改天换地的智慧和力量。这时候，他会为他是炎黄子孙而感到幸福和自豪，同时想到自己肩上的责任和要面对的未来。这时候，他的心灵就得到了净化，感情就得到了升华，这正是我们所要达到的根本目的。

当我们在对孩子进行社会美的陶冶时，不能仅仅满足于他对真与假、善与恶、美与丑的客观世界、彼人彼事做出的判断与评价，最根本地，还是要落脚到他自己决心走什么路，办什么事，做什么人。进行社会美的教育，当然离不开欣赏什么，羡慕什么，追求什么和反对什么，厌恶什么，鄙弃什么。在这当中，我们应该关注的是，孩子是否逐渐形成了正确的是非标准，是否逐渐形成了识别香花与毒草的能力，是否逐渐形成了自己美好理想的萌芽和比较坚实的精神支柱，是否逐渐树立了人与人之间的真善美的关系准则。

当我们在对孩子进行艺术美的感染时，也不能仅仅满足于他对这幅画爱不爱看，他对那首歌爱不爱听上，我们更多地应该关心的是孩子的欣赏趣味是高还是低，是雅还是俗；孩子的感知是敏锐还是迟钝，是准确还是偏颇；孩子的欣赏是主动还是被动，是积极还是消极；孩子在审美过程中是浅尝辄止，还是勤问多思，是猎奇娱乐，还是跃跃欲试，进入能动的创造境界。

一句话，育人，是我们美育活动的出发点和归宿。

3. 美育与德育、智育、体育、劳动技术教育是相辅相成，互相渗透，不可分割的

德、智、体、美、劳诸育不是孤立存在的，当然也就不可能单独进行。

德育如果离开了美育，它就可能陷入空洞的说教；反之，美育离开了德育，也就成了为美而美，失去了育人的根本意义。美育是生动的情感教育，正像苏霍姆林斯基所说的"要使美成为道德教育的强大手段"，它怎么能离得开德育呢？

智育如果离开了美育，数学就只剩下了一堆干巴巴的数字和枯燥的运算，语文也只剩下了一堆干巴巴的字、词、句。什么科学美，对称美，和谐美，文学美，语言美，意境美，韵律美，本来是课本中比比皆是的美育因素，则被埋入黄沙，本来应有的快乐教学变成了苦累教学。反之，美育离开了智育，也就只剩了感觉，什么感知，识别，欣赏，创造，也就成了无源之水。美学本来就是一门内容极为丰富，极为深刻的知识，而这些知识又是渗透于各学科乃至全社会的。美育当然能够促进孩子智力的发展，加深孩子对科学知识的理解，有助于孩子对各科知识的掌握和运用，它怎么能跟智育离得开呢？

至于体育、劳动技术教育，更是蕴涵着大量的美育因素：体育技能是美的，运动过程是美的，健康的体魄是美的，劳动技能是美的，劳动成果更是美的，它们和美育又怎么能分得开呢？

从上面这些道理不难看出：美育对孩子是有着特殊的魅力的，而美育的领域又是那么宽阔，内容又是那么丰富，它同德、智、体、劳诸育的关系，对孩子的全面发展都是十分至关重要的。

## 第二节 丰富多彩的家庭美育

家庭，作为社会的细胞。它和社会息息相通。自然美、社会美、艺术美不但在家庭中可以得到充分的体现，而且可以得到充分的利用，这就为家庭美育提供了广阔的天地与极大的可能。何况，家家都有各具特色的“家庭美”呢！

一、怎样充分利用自然美对孩子进行美育

1. 尽力让孩子多接触大自然，多观察大自然，并且指导他们感知大自然，欣赏大自然，教育他们热爱大自然，保护大自然

星期天，节日，寒暑假，建议家长不要老把孩子关在家里。为了孩子，家长要尽力克服各种困难，挤出些时间来，带孩子逛逛公园，转转动物园，哪怕是经常带孩子到户外散散步也是好的。如果

条件许可，最好能带孩子到远一些的地方去，看看山，看看海，看看名胜古迹，这实在是最好的课堂，是无声的导师，无字的教科书。它给孩子带来的幸福与欢乐是巧克力、夹克衫、电子游戏机之类所绝对代替不了的。走一趟，孩子会留下终生美好的记忆，会感谢爸爸、妈妈一辈子的。

我们不妨想一想，我们自己当初第一次登上长城，第一次见到大海，第一次来到泰山，第一次跨过长江时，是怎样的心情吧。

对于孩子来说，一片红叶都能使他惊喜，一条金鱼都能使他凝神，一座小山都能使他雀跃，一只小船都能使他欢欣，一阵鸟鸣都能使他心醉，一缕白云都能使他遐思。

下雨了，下雪了，大人们往屋里跑，孩子们却往外跑，欢呼着奔向大自然。

我们万不可以认为带孩子出去走一走就仅仅是玩。玩也是教育，玩也是学习。足不出户的孩子终日与墙壁、家具为伍，只剩了电视这一个信息源，还不准孩子看，他怎么能有开阔的胸襟，开阔的视野，丰富的想象和豪爽的性格？他只能从书本里去抽象地认识什么叫“雄伟”，什么叫“壮观”，什么叫“秀丽”，什么叫“和谐”，那又怎么能激起他审美的情趣和感情的波澜呢？

我们只有让孩子到大自然中去，他才能深切地感受到祖国的伟大，感受到劳动人民改天换地的智慧和力量，感受到家乡的美，家乡的亲，感受到作为一个中国人的幸福与自豪。

我们只有让孩子到名胜古迹中去，他才能深切地感受到我们民族悠久的历史和灿烂的文化，感受到人民是历史的创造者。千百年来给我们留下了那么多可歌可泣的不朽的丰碑。

当自然美的感性体验上升到理性认识的时候，孩子的内心世界正在悄然丰富并走向成熟。



孩子需要呼吸新鲜的空气，需要沐浴明媚的阳光，需要扎根于肥沃的土壤，需要翱翔于广阔的蓝天。有经验的家长，不会仅仅满足于“领孩子去过了”，更会当好“导游”，当好“讲解员”，当好

“现场辅导老师”，指导孩子学会观察，学会体验，学会思考，学会联想，学会判断，学会积累，进而使孩子热爱我们的祖国，热爱我们的历史，热爱古往今来的英雄人物，热爱劳动人民。

2. 创设条件，使孩子在保护和发展自然美中受到教育

不攀折花木，不践踏草地，不在建筑物和树干上乱写乱画乱刻，不捕鸟，不捉蜻蜓、青蛙、蝌蚪，不虐待折磨小动物，不破坏公共设施和建筑，不随地乱泼乱倒、投掷、吐痰等等。这一切，显然会在培养孩子热爱、欣赏、保护自然美和环境美的同时，培养了孩子的心灵美、行为美。

除了不破坏自然美之外，还要引导孩子去发展、创造美。比如，让孩子参加保护生态、美化环境的公益劳动；让孩子参加植树活动；让学生参加爱鸟月活动等等。

苏联教育家苏霍姆林斯基还举过这样一个例子：把花秧分给学生，让每个孩子回家栽几株玫瑰，照料好，“创造出美来，给母亲、父亲、祖母、祖父带来快乐”。还必须时时提醒他：要松土，浇水，保护玫瑰不冻坏。孩子们不习惯于操这些心和干日常劳动，距劳动成为他们的乐趣还很远，他们还不善于耐心等待并力争达到目的，因此，要教他们这样做，而且通过劳动来教。

等到出现了第一个花蕾，接着又有了第二个、第三个，等到花蕾开放了，鲜红的，粉红的，蓝色的，淡蓝的花瓣在阳光下闪耀，儿童目光中高兴的神采，简直不可比拟。这不是从家长手中得到礼物时感受到的快乐，而是为亲爱的母亲、父亲、祖母、祖父做好事而产生的快乐。

这就是从审美到创造美的过程。

二、怎样充分利用社会美对孩子进行美育

1. 时时、事事、处处以社会为课堂进行美育

社会美更是无处不在。雷锋、赖宁身上的美，千千万万平凡、善良、勤劳、朴实的劳动者身上的美，都是美育的好教材。细心的家长会从家庭到单位，从身边到古今中外，会找到无穷无尽的心灵

美、语言美、行为美的范例，用它来陶冶自己孩子的情操。

2. 充分利用家庭生活中的美育因素对孩子进行教育

就地取材进行美育，既直接，又方便；既丰富，又持久，具有得天独厚的优势。

家庭美育的根本前提是要有一个完美和睦，尊老爱幼，生活俭朴，精神充实的文明家庭。家长必须十分重视自身的修养，人与人的关系应该十分和谐。

再没有比一个文明、幸福、温暖、安宁的家庭更能让孩子直接感受到什么叫真，什么叫善，什么叫美的了。这一条，金钱代替不了，优越的物质生活条件代替不了。为什么？因为核心的问题在于奉献。无论贫富，不分长幼，只要人人心里装着他人，人人愿意为他人献出自己的一片真情，一片爱心，一分力量，这不就是最好的美育吗？这样熏陶出来的孩子，不自私，不虚伪，不懒惰，不刻薄，不油滑，不贪婪，这就是家庭美育最大的成功。

家庭美育还要求创造比较浓厚的家庭文化气氛，这对提高孩子的审美情绪和审美能力，无疑是至关重要的。生活在文化荒漠中的孩子是非常可悲的，生活在酗酒打牌气氛中的孩子是非常不幸的。低俗的生活只能培养粗野的孩子。

列宁的父母十分重视家庭文化生活。家里的政治、历史以及自然科学书籍已经构成了数百册藏书的家庭图书馆。读书，成了这个家庭的基本生活内容之一。列宁就是从这里起步的。

家长的语言修养同样在家庭美育中起着十分重要的作用。家长语言文明，说话得体，幽默高雅，热情谦恭，不嘲笑人，不挖苦人，不当面奉承背后诋毁，不轻薄，不说脏话，不开过火的玩笑，不取笑有生理缺欠的人，这本身就是美育的身教。

如果想培养美的孩子，那就请建设一个美的家庭吧！



3. 关于外在美和内在美

通过家庭美育，把社会美变成孩子的营养，这终归要在孩子身上体现出美来。

孩子身上的美，无非包含着两个方面：外在美和内在美。外在美是我们看得见的；内在美是我们透过外在美了解到的。外在美指的是语言美，行为美，当然也包括仪表美，气质美。内在美则指的是思想品德美，也就是心灵美。

外在美重要，内在美更重要。二者不可分割，辩证统一。这里不可能做全面分析，只想结合当前实际说点看法，供家长探讨。

我们究竟应该让孩子具有什么样的仪表美和气质美？

孩子的仪表，一在长相，二在衣着。长相无关紧要。孩子天真，也不把这方面看得很重。倒是衣着打扮，越来越为家长和孩子所重视，甚至有的到了引人注目的地步。

我们觉得，孩子的衣着美，美在朴素，整洁，谐调，舒适，美观，得体。既不妨碍发育，又不妨碍活动。

仪表应该和孩子的气质是一致的。孩子的气质美，美在纯真，正派，热情，开朗，落落大方，严肃认真而不失其天真，生动活泼而不流于粗野。长大了，也就不愁没有风度美。

遗憾的是，现在有些小学生也开始梳妆打扮起来了，追时髦，赶新潮，玩“名牌”。更有甚者，有的家长在孩子身上重金装饰，把个小孩子打扮得浑身珠光宝气：胭脂口红，珍珠项链，戒指耳环，浓妆艳抹，俨然一个微型小姐，成了小怪人。对于家长来说，欲显其富，反露其俗；欲显其贵，反露其低，更重要的是毁了孩子。如果孩子自己感到难堪，觉得十目所视，十手所指，不好做人，那还有救；如果洋洋得意，自以为美，那就意味着心灵的污染，心态的畸形。想想她将来会追求什么，向何处去，我们能心安理得吗？

还孩子以本来面目，那才是真正的美！

至于怎样培养孩子的语言美、行为美，以至最终达到心灵美，这里就不再一一赘述了。

4. 社会美不仅体现在人与人之间的关系上，也体现在人与物之间的关系上。物也是人创造的，作为社会的产品，它们也有各自的审美价值。

鲁迅说："在一切人类所以为美的东西，就在于他有用。"

孩子们从五彩缤纷、琳琅满目的各种社会产品中既看到了这些东西本身焕发出来的美，又看到了创造这些东西的人的智慧和力量，这也是一种美的感受。家长可不可以充分利用这一切来对孩子进行美育呢？

一只精美的茶杯，一个淡雅的冰箱，一辆新颖的自行车，一个多用的文具盒，一个双肩背的书包，这里凝聚着多少精巧的构思，多少为人类造福的心血，多少神奇的想象和科学的道理！

5. 把辅导孩子学习同美育结合起来，寓美育于智育之中

可以说，没有一门学科的知识和技能之中不蕴藏着丰富的美育因素的。忽视了这些因素，学习就只能成为沉重的负担。

科学知识本身就是美的。任何科学法则、科学规律的发现，表述及其运用过程，都能体现出高度的严谨，准确，和谐，凝练，体现出高度的科学美。那么，对孩子的学习进行辅导的过程也应该是美的，以唤起孩子对知识的热爱和求知的渴望，唤起学习和运用这些知识的主动性、积极性。也只有这样，才能提高孩子的学习效率，减轻孩子的学习负担。倘如此，孩子的学习过程自然也是愉快的，幸福的，美的。

要说孩子学习负担重，与其说是课业负担重，倒不如说是精神负担更重。归根到底，重在一个"分数"上。衡量孩子学不学，会不会，好不好，行不行，有出息没出息，有前途没前途，唯一的标准就是分。如果孩子的全部学习就是为了拼高分，拿"双百"（现在连同英语已经成了三百），哪里还有半点美可言？

建议家长不要总拿"确保二百九，考进重点校"作为鞭策孩子学习的武器。榨干了油水死记硬背带押题，即使升入了重点校，高分低能，不会学习，思维僵化，没有后劲儿，又会有什么美的结果，美的未来呢？

通过家庭辅导，一定要引导孩子学得轻松些，愉快些，主动些。要让孩子感到知识是那么有趣，学习是那么美，自己的学习成果又

是那么令人喜悦和自信。这时，他不再是为分数而受苦受累挨打挨骂的奴隶，而真正成为学习的主人。这才是真正的美！

三、怎样充分利用艺术美对孩子进行美育

①首先，应该积极鼓励和支持孩子学好音乐、美术、写字课程，积极鼓励和支持孩子参加学校的各种课外活动小组，投入课内外丰富多彩的艺术实践活动。

那种把音、体、美看作“小三门”之类的观点，把课外活动看作“白耽误功夫”之类的观点，显然是太陈旧，太片面了。

连孔夫子都十分重视美育的作用，他说：“兴于诗，立于礼，成于乐。”他这个“乐”很宽，包括歌、舞、曲等等，实际就是指的艺术教育。难道我们还不如孔夫子吗？

音乐、美术、书法、篆刻、手工、雕塑、摄影、舞蹈、戏剧、曲艺等等，众多的艺术活动都以它强烈的艺术感染力培养学生健康的审美情趣和形象思维能力，培养学生丰富的艺术感知能力，识别欣赏能力和创作表现技巧，从而提高孩子的艺术修养和文化素质，这必将使孩子终身受益，更会使我们整个民族的素质得到提高。

②要尽量利用闲暇带孩子去参观好的美术、工艺美术、书法、摄影艺术展览，以开阔他们的眼界，开拓他们的思路，激起他们的模仿欲望，提高他们的创作水平。

③要尽可能带孩子去观看好的、健康的文艺演出，包括歌舞、器乐、戏剧、曲艺等等。还要鼓励和支持孩子积极参加学校乃至社会组织的文艺演出，在艺术实践中培养他们的欣赏和表演能力，发展他们的特长。

这里需要说明一点。目前有很多家长逼着年幼的孩子花大量的时间和精力去学绘画，学弹琴，不管他到底辨不辨颜色，有没有乐感，一味地企盼他将来能出人头地，成个什么“家”，什么“星”。这同我们说的对每一个孩子加强艺术教育完全是两回事，走上了另一个极端。

我们当然需要艺术家，越多越好，而且未来的艺术家必然要从我们这些孩子中间诞生。但，那毕竟是少数。绝不可能所有的孩子将来都能成为艺术家。再说，艺术家也绝不是凭空“逼”出来的。望子成龙，逼子成家，往往事与愿违，不但容易浅尝辄止，半途而废，而且会使孩子反而对艺术倒了胃口，甚至还会影响孩子的身体和学业，影响孩子全面发展。

发展孩子的艺术才干也要因人而异，因材施教，注意早期发现，长期培养，全面发展，打好基础，充分发挥其特长，不要急于定向，走向偏颇。确有一些孩子已经学有所成，画得一手好画，拉得一手好琴，写得一手好字，那就要继续培养，助他成才。美育也要坚持实事求是的原则。

总之，绚丽多彩、气象万千的自然美、社会美、艺术美为我们的孩子提供了美育的丰富的教材，无尽的源泉。而美育在家庭中进行，又有着明显的优势。大量的课余生活，各具特色的家庭生活，广阔的社会生活，又为家长对孩子进行美的陶冶提供了无比广阔的空间和灵活而充裕的时间。相信家长们一定会紧紧把握这个优势，精心塑造出一代美的新人，塑造出他们美的形象，美的口，美的手和美的心灵！

这里再为家长同志们提个醒。在当今改革开放的大潮中，在商品经济的大潮中，孩子们接受的各种信息量要比我们自己年幼时大得多了，真是不可同日而语。这里就难免鱼龙混杂，良莠并存。真善美当然是主流，但假恶丑也混杂其间，甚至有时还打着“真善美”的旗号出现。我们的孩子毕竟还没有那么强的识别、判断能力。因此，我们做老师的、当家长的，都有责任多给孩子以具体指导，帮助孩子掌握识别香花与毒草的武器。我们还要帮助孩子精心选择那些好的书刊杂志、好的影视节目。“儿童不宜”的牌子并不是哪里都挂的，然而，“儿童不宜”的货色却哪里都有。把孩子封闭起来不是办法，而且也封闭不住。积极的办法，还是随时随地教给孩子辨别真伪、善恶、美丑的标准，增强孩子的抵抗力和免疫力，使他有个主心骨，逐渐能够自己去解除困惑，形成较强的审美能力。这才是以不变应万变的办法。

本文与黄立新合作，收入新蕾出版社《小学家长学校教材》一书1991年12月1版

# 责任重于山

## ——在求真高中的讲座

学校给我这个任务，让我谈谈中华民族传统美德。我想，无论是“十大传统美德”，还是《公民道德建设实施纲要》。大家都早已耳熟能详了。问题在于，怎么才能把这些道德理念、道德要求变成自觉的道德行为呢？这里需要个动力，需要个能源。它是什么呢？——责任感。如果我们没有强烈的责任感，那一切道德要求就都是纸上谈兵。因此我就同大家交流一下对于“责任”的看法。我这个发言的题目叫作“责任重于山”。

### 一、什么是责任？什么是责任感？

为了弄清楚这个道理，我们先举个比较近的例子。

今年7月，重庆理念科技产业有限公司招聘了21名大学生，其中20名本科毕业，一名大专毕业。截止到目前，不到四个月，20名大本已陆续全部开除，只剩下一个大专生。

第一批开除的两个是某重点大学毕业的计算机高才生，全无责任感，第一次与客户谈完生意，就把价值三万多的公司设备丢在出租车上了。面对经理的批评还振振有词，说：“我们是刚毕业的学生，犯点错是常事。”见其毫无愧疚之心，干脆开除。

第三名被开除的是个女生，就爱睡懒觉，上班老迟到，而且工作时间不干正事，上网聊天，被多次警告仍置若罔闻，只能让她回家。

另有三个是因为太张狂被炒鱿鱼。现在讲“张扬个性”误了不少人，个性只需发展，何须张扬？何况张扬过头，就是张狂！你要是经理，你愿意要谦虚的，还是愿意要张狂傲慢，桀骜不驯的？领导请客户吃工作餐，这三人作陪旁若无人，夸夸其谈，令领导与客户已经无法交谈，还一口痰吐在客户脚边，吓得客户跳了起来。这种人还能留着？

最令人难以容忍的，是一次公司老总带领公司员工到外地搞促销，租了海边别墅，有二十多间客房，但员工有一百多人，很多老员工甚至老总都只能睡在过道上，但新来的大学生却迅速抢占好房间，然后把门锁上独自看电视。他们曾多次走出房间，看见长辈和领导睡在地上，却无动于衷，只好开除。

最后开除的是一名男生，还没同对方谈妥业务就私自飞往南京玩去了，糟蹋了公司几千元飞机票。领导问他，他还不依不饶，说：“我没错！你是领导我也不怕！”

就这样，20个大本毕业生，全开除了。不是他们计算机不行，是没学会做人，不知天下有“道德”二字，不知天下有“责任”二字，也不知天下有“羞耻”二字。（原载于《中国青年报》，《今晚报》04.11.14转载）

说到这儿，我们可以明白了：

什么是“责任”？“责任”有两个含义——

1.“责任”就是“分内应做的事”。如：公司老总说：“及时开除这20个大本生，就是我们应尽的责任。”责任需要担当。

2.“责任”就是没做好分内应做的事而必须承担的过失。罪责需要承担。如：“我们必须追究这二十个大学生的责任。”

什么是“责任感”？——就是自觉地要把分内的事做好的心情。也叫“责任心”。

由此，我们可以得出三个观点：

1. 责任，就是一个人应该做的，必须做的分内的事。如果连分外的事也做好了，那就是高尚，就是见义勇为。分内的事没做好，就要承担责任。

2. 责任，人人肩上都有。世上没有无责任之人，也没有无责任之时。不想承担任何责任，那只是无知和幻想。生命不息，责任不止。而且更多的时候，每人都要身担数责，即使是在座的学生，也不止一责。你要对学生的学业负责，要对班集体负责，要对老师、同学、学校负责，还要对学生的家长负责。因为，学校、老师、同学、班集体和家长也正在对你负责。

3. 责任，对人是个约束和督促。有人说，“无责一身轻”该多好？能推掉吗？——不能。责任是推不掉的，更不能把自己应负的责任推到别人身上。这就叫“责无旁贷”。还别说是人，即使自己惹了祸，把责任推到小猫小狗身上，那都是不道德的，良心要受谴责的。

因此，与其被动地痛苦地承担多种责任，不如主动地快乐地把多种责任担起来，敢于担当，做一个敢于负责的人！做一个“以天下为己任”的人！

## 二、我们为什么把“责任”看得特别重，甚至“重于山”？

这是因为我们每个人能不能培养起来强烈的责任感，能不能尽职尽责，事关国家的安危，民族的兴衰，人民的生死，历史的进退。

最近一个时期，空难、水难、矿难连续不断，多少人死于非命？

特别是煤矿瓦斯爆炸，哪次不是几十条人命群死群伤，事后总结，“当地政府高度重视”，那事前为什么对安全生产不高度重视？都等死了六十多人才高度重视？——其实也并非真的“高度”。瞒报死亡人数不也屡见不鲜吗？光在山坡上写大标语：“责任重于山，人命大于天”，那没用，因为煤矿主和局长县长们想的只是利润，而不是矿工的死活。

从 1998 年大洪水泛滥不难看出：这几年花巨资建设的防洪堤坝有多少豆腐渣工程？国务院狠抓了，可今年又检查出，长江重要地段的新建堤坝还是豆腐渣工程。这将以多少人命作代价？赚了昧心钱的人们拿什么来承担这个责任？

今年湖南衡阳大火，二十多名消防队员征服了烈火，却被豆腐渣工程的大楼塌下来活埋了。在法庭上，建筑商和官员都逃避责任，烈士家属悲愤交加。

反之，抗洪前线的解放军官兵，为了抢救水中的老人和儿童，多少人奋不顾身英勇牺牲了，源于什么？——高度的责任感！就连美国那样以极端利己主义著称的资本主义国家，在 2001 年“9.11”大楼被炸后，大家都拼命往下跑夺路逃生，可上千名消防队员却拼命往上跑，救火，救人，这是他们的天职。结果牺牲最多的，就是消防队员。就连布什都说：“倒下了一座楼，竖起了一座丰碑！”其中为救人而牺牲的还有我们华人。

你说，这都是大事，可我们平时遇到的都是小事。可不要小看小事！第一，小事情往往有大后果，还含着大道理；第二，任何大事都是由小事积累、演变来的。量变到质变！

足球场上的一次黑哨、一次假球、一次赌球、一次打架、一次罢踢，导致了多么严重的后果！引起世界关注不说，他们想没想过，几万名观众、球迷是花了几百元一张的门票钱坐在那里的，这些球员、裁判、俱乐部乃至中国足协有谁说过及时对他们负责！

印一本书，只丢了一个字，几千本书全部作废，进了造纸厂，损失国家多少万！为什么丢了一个字就要承担严重后果——“共产党”丢了一个“产”字！一字小不小？

新疆特产，为了出口，改善包装，花巨资到国外印制，十分精美，但多了一个点，全部作废，损失数十万！乌鲁木齐的“乌”印成“鸟”了。一点小不小？

外科医生开出手术单子，应写“截取食指”，“食”误写为

“十”，多大的责任？

近年来，我们总是强调人要有爱心，好像有了爱心就什么都有了，“只要人人都献出一点爱”，世界就会如何如何，这当然是再好也没有了，这标志着我们社会的进步。但是光有爱心够吗？如果没了责任心，爱心也会把人引入歧途的。

多少父母太爱自己的孩子了，忘了对他们的一生负责，结果把孩子溺爱成了骄娇二气十足的少爷小姐。

多少人太爱自己的宠物了，结果满街满花园狗屎，还时不时地有恶犬伤人。他只爱宠物，不对公共环境和社会公德负责。最近东北和安徽都出现了有财有势的人，狗被车撞了一下，对老司机殴打之后还强令给他的狗下跪的恶行。

多少人太爱网络了，爱得聊天成瘾，游戏成癖，不能自拔，忘了学生的责任。

所以，没有责任感的爱，就是没有舵的船，没有方向盘的车，没有线的风筝。应该说，爱是一种善意的、健康的、美好的情感，而责任感则是一种自觉的、深刻的理性的情感。爱心应该包含着责任感，责任感应该体现着爱心。只有包含责任感的爱，才能爱得理智，爱得深刻，爱得高尚，爱得长久，爱得脱俗，爱得感人肺腑，刻骨铭心。

## 三、我们需要担当的责任有哪些？

1. 对国家、对民族的责任。以天下为己任。

“国家兴亡，匹夫有责。”（匹，Pǐ，量词，一个。匹夫，一个人，一个平常的人。）

大禹治水十三年，三过家门而不入，就因为这高度的责任感，舜才把部族联盟的领导权传给了他。作为传统美德的典范，上下五千年了。

陆游晚年诗《病起书怀》有句云：“位卑未敢忘忧国。”这种高度的责任感使他连遗嘱都不忘“王师北定中原日，家祭无忘告乃翁”。

我们究竟是为什么读书，恐怕小学生都会说：做老板，挣大钱，住别墅，坐小车，吃好吃的。而周恩来的“为中华之崛起而读书”就让我们无地自容了。

我以为，对国家，对民族的责任，并非老生常谈，因为它不是空的，而是实的，真负责假负责，不是嘴里的、墙上的、纸上的，而是学习上的、工作上的、行动上的。

公安民警刘东宁就在十天前（11月19日）在河西区美宁公寓抓捕撬盗华苑产业园区鑫茂科技园保险柜的歹徒乔东玉的时候，身负重伤，仍英勇搏斗，拼死夺下歹徒企图引爆的爆炸装置，光荣牺牲了。这非凡的勇气是从哪里来的？——责任感，对祖国、对事业的忠诚！其实他本是书生，是杭州大学学古汉语的。所以，人一旦有了对祖国的责任感，他就无所畏惧了。一有大的考验，大的灾难或是有人把战争强加到我们头上，有没有责任感，就成了谁忠谁奸的分水岭和试金石。在华投资的德国企业家招聘中方员工时只考中国语文。人们大惑不解。他解释说：“如果这都不及格，说明他对自己国家的母语都不负责任，我们能指望他什么呢？”

2. 对社会，对人民的责任。

载人航天工程的总设计师王永志功高至伟，是幕后英雄，因他负的是全责！任何环节，倘有0.00001的失误，杨利伟要么上不去天，要么回不来。杨利伟当然是把生死置之度外的英雄，而王永志同样是生死攸关、万责集于一身的英雄。前不久，中央电视台10频道记者采访他时，问他对当代青年有什么嘱咐和期望时，他只说了三句话，高度简练：1. 责任感，事业心；2. 自强不息，奋斗不止；3. 实事求是。（责任心＋拼搏精神＋科学态度）这应该是他一生成功经验的总结，完全可以作为我们一生的座右铭。

武汉市武昌区政府信访干部吴天祥，为全国树立了一个对社会、对人民尽职尽责的基层干部的典型。被党中央授予“全国优秀共产党员”称号。后来他当了副区长，但负责的精神始终没变。他把自家电话向全区几十万老百姓公布，“谁有困难就找我！”他叮嘱家人，不论谁在家，只要群众有困难打来电话，都得认真记录！

坐落在武昌区的江南制革厂的化粪池堵了，吴天祥带着环卫局长等很多干部一起去看，井盖一打开，粪便都满了，臭气冲天，还净是砖头石子儿，机器根本无法作业。有人建议让民工下去，吴天祥不同意，说民工也是人。他自己跳下去了，把粪便一桶一桶舀上来。紧跟着，环卫局长和其他领导也跳下去了，终于把井疏通了。中央电视台记者采访他，他也说了三句非常简练的话：

1. 公仆的职责不能丢！2. 百姓的疾苦不能忘！3. 群众的心不能冷！

吴天祥和王永志的话就是对社会、对人民的责任感的最好的诠释。

我们还应把“人民”的概念扩展到“全人类”。未来的国际交往，维护和平，保护环境，肯定都在你们的职责范围之内，应该站得高些，看得远些，想得深些。

3. 对家庭，对亲人的责任。

这是任何一个家庭成员都不可推卸，也推卸不了的责任。那些对孩子高度负责的父母是可敬重的；那些终生孝敬老人并且对老人负责到底的孩子同样值得敬重。

当空中缆车的钢缆突然断了，缆车意外地掉下来坠入山谷时，里面只有一个孩子活了下来，原来是他的父母至死还高举双手托着孩子。难道这仅仅是本能的父爱、母爱吗？这里蕴含着多强的责任感！

4. 对朋友，对同学的责任。

有责任感的人绝不交酒肉朋友，绝不交扯后腿、一起干坏事的朋友。

庄子说：“君子之交淡若水，小人之交甘若醴（甜酒）。”对朋友负责，就不能光让朋友满足我，为我负责。反之，选择朋友，也要选择有责任感的人。这同“哥们儿义气”“两肋插刀”绝对有本质的区别。

5．对集体负责。

包括对学校、班级、宿舍、共青团组织乃至课外活动社团负责。将来在大学，在工作单位都离不开集体。那么遵守规章制度，遵纪守法，创造和维护集体荣誉，绝对需要高度的责任感。什么时候也不要游离于集体之外。突破自我封闭，走出孤独，同样需要责任感。

6．对自己负责。

人这一生都要对自己的一言一行以及大小过失负责，不文过饰非。我们既要对自己的现在负责，更要对自己的前途负责。当今社会既有诱惑，又有困惑，既有竞争，又有机遇，怎么才能一路走好？靠天靠地靠父母靠关系都没用。靠父母啃老是“空饭碗”，会光的；靠关系是“泥饭碗”，会碎的；靠学历是“铁饭碗”，会锈的；只有责任感加真学问、真本事才是“金饭碗”，吃不光，摔不碎，锈不了，抢不走，而且会不断升值。信乎？不要迷信别人，不要信不过自己！

大家熟知的本校首届女毕业生王雁北，入学的时候也是连区重点和普通高中的分数线都不够，要怎么说“走进求真的是一个失落的我”呢！那为什么三年之后“走出求真的是一个自信的我”呢？怎么会以617分的高分考入南大呢？为什么在南大三年之后，又成为南大唯一一名被保送中国科学院物理化学研究所硕博连读的尖子了呢？一次大逆转，两次大飞跃，这转化的动力是什么呢？——对自己的现在、对自己的未来高度负责。强烈的责任感能把人的潜能最大限度地激活。责任感改变了观念，观念改变了行为，行为改变了习惯，习惯改变了性格，性格改变了命运。人人都可以做到，连我也走过这样一条大同小异的成长轨迹。

人的潜在的能量是大得惊人的，自己往往不相信。这是个盲区。人的潜能究竟有多大？我给你再举个例子：1993年，日本札幌的一个4岁的小男孩从八楼掉了下来。他的妈妈小山美真子正在楼下晾衣服，她一眼看到，飞跑过去，刚好孩子要落地的一刹那把孩子抱在了怀里。当时正在日本执教的法国田径教练布莱默从《读卖新闻》上看到这则消息后难以置信，就去现场调查采访，一量，楼高 25.6 米，妈妈跑过去的距离是 20 米开外，她接住了孩子，意味着跑出了每秒 9.65 米。这速度，就是日本最好的田径运动员也跑不出来。布莱默采访这位母亲时，发现她身高不足 1.6 米，很瘦弱。布莱默回到法国后，在巴黎又开了个田径俱乐部，就以小山美真子的名字法文字头命了名，以示敬仰。你说人的潜能有多大！为什么平时我们不相信它，不激活它，不开发它？就因为缺乏动力机制——责任感。信不信由你！列夫·托尔斯泰说："竭力履行你的义务，尽你的责任，你立刻就会知道，你到底有多大价值！"

## 四、缺乏责任感的根源是什么？

责任感的三大敌人是拜金主义，享乐主义，极端利己主义。他们比当年的"三座大山"还厉害，它是隐藏在人们心里，侵蚀人们灵魂的癌细胞。

拜金主义——如果一个人把钱当作命，除了钱别的都不关心，甚至六亲不认，连爹妈在他眼里也只是个钱罐，你能指望他把亲情、友情看得很重吗？你能指望他把国家、民族的存亡荣辱当回事吗？为了钱，多少亲人、朋友反目成仇了。只要敌人给钱，他可以叛变投敌当汉奸，把国格人格都卖了。这种人不可能有责任感。

享乐主义——如果一个人的人生观就以享乐为追求的终极目标，他还有什么责任可负呢？小孩子贪玩那是儿童本性，高中生再贪玩那是胸无大志，不负责任。

西安一个来自贫困山区的新大学生，入学第一周就把可怜的父母挨家挨户借来的凝聚着全村乡亲血汗的 1400 元挥霍光了，天天出入高级酒店与新同学吃喝摆阔。全不想父母天天在家里喝稀粥，更为还债发愁。他们再也想不到，一周后儿子就来信了，没有对父母的问候，只有一句话："钱花完了，速寄款来!"还有人心吗？其实乌鸦还知道反哺了，贪图享乐会把人扭曲得不如禽兽，警惕呀！20世纪50年代，1953－1956年，我在天津一中读高中，就有过一次大讨论，总结人演变堕落的规律：懒－馋－占－贪－变－烂！唯一能把自己控制住的，还是责任感！

极端利己主义——其实这是万恶总根源。拜金主义、享乐主义本质上就是极端利己。

如果一个人把极端利己奉为人生观、价值观的标准，责任感就不存在了。

他就会损人利己，伤天害理，为所欲为。人之所以吃大亏，倒大霉，就是因为他总想占便宜。一个极端利己的人，往往非得把自己弄到绝境上才知道后悔。马加爵之流最后不都后悔了吗？晚了！

我们求真高中没有这样的人。我把这三大害摆出来，就是让大家记住它，用一生来警惕它，观察它，剖析它，从中汲取教训，反其道而行之。有法儿防吗？或者说，已经有点病症了，有法儿治吗？有法子。最主要的是两条：一要知利害；二要知羞耻。所谓"知利害"，就是要明白拜金、享乐、自私的危害和树立责任感脱胎换骨做个好人的光明前途。懂得利害，才能重新选择自己的道路。所谓"知羞耻"，就是以真善美为荣，以假恶丑为耻。《礼记·中庸》说："好学近乎知（智）；力行近乎仁；知耻近乎勇。"以失职失责为羞耻，能有负疚感，有愧疚心，有畏惧心，这需要很大的勇气。连鲁迅都常用解剖刀解剖自己，我们有什么不敢认账的？非此不能进步。英国教育家洛克说："只有出自衷心的羞耻心和不愿见恶于人的畏惧心，才是一种真正的约束。"它比外在的法纪约束力还强。如能做到知利害，知羞耻，我们就会防止拜金主义、享乐主义、极端利己主义病毒的侵蚀，甚至能悬崖勒马，重新走上锦绣前程。

根据我们对求真高中六年办学辉煌成就的了解，根据我们在求真文学社大家接触并且读了那么多精彩感人的文章，根据我们从社会上听到对求真高中有口皆碑的一片赞扬声，我们有理由相信，只要我们求真学子能自尊、自重、自强、自信，树立起高度的历史使命感和社会责任感，并且把它作为自己成长的动力，成熟的标志和自觉的行动，勇于担当责任，大家就一定能塑造崭新的自我，人人都会拥有一块终生闪亮的，让祖国和人民信得过的金色品牌！

2004 年 11 月 29 日

# 《中华经典伴我成长》一书的编写思路



《中华经典伴我成长》这套书是集体创作的成果，我只是三十三人编委会当中的一员。

天津市语言文字培训测试中心和天津市汉文化培训中心发起并主持了这套书的编写工作。

编写前，中心邀请了各方面的领导和专家对这套书的编写作了深入的科学论证，特别是对这套书的编写目的、编写体例、编写原则和编写特色作了反复推敲。编写方案反复修改，全书已数不清几易其稿，大的变动就达三四次。

编写过程中，一直得到国家教育部与语言文字工作委员会的关怀、鼓励、支持和具体指导。

这套书的主编王登峰是国家语委语用司司长。

编委会主任张世平是语用司副司长。

另一位主任林炎生是天津市教委副主任，市语委常务副主任。

编委会副主任焦罕珍是市教委语委办公室老主任。

副主任王福才是市教委语委办公室主任。

副主任张健昌是市教研室老主任。

副主任赵红骅是市语言文字培训测试中心和市汉文化培训中心主任。

由此可见国家和天津市对这套书的重视程度。

2007年5月21日编写工作正式开始，8月19日基本结束，历时整三个月。其间，赵宏弢主任、赵德韵主任、赵艾菁老师、王义明老师、张杰老师和我，自始至终参加了编写工作，王锋老师也参加了部分编写工作。其间有时日夜奋战，几次工作到深夜一两点钟。三个月完成全书编写任务，应该说速度不慢。我们查阅了中华经典书籍数十部、诗词曲过千首，涵盖了古代和近、现代的经典诗文，共选出263条经典中的经典，精华里的精华。虽北京大学出版社出得晚了一些，但见到这套书，作为编者，我们还是感到无比兴奋和欣慰的。

下面分别谈谈这套书的编写目的，编写体例，编写原则和特色。

## 一、编写目的

为什么要编这么一套书？我们主要从两个方面考虑。

1. 教育工作的需要。

首先是思想品德教育的需要。

大家都知道，尽管学校是教育的主阵地，但单靠学校，单靠课堂是远远不够的。一是要学校、家庭、社会三位一体高度谐调，高度一致，互为补充，互为动力；二要课内课外互相结合，形成合力。这是一个德育的系统工程。

同时我们也看到，我们共同面对的教育环境、社会条件越来越复杂了，市场经济的发展，开放力度的加大，文化的多元化，网络的普及，传媒的影响力，对学校教育和家庭教育无疑既提供了积极因素，又形成了巨大挑战。

在这种情况下，我们不能不对20世纪末和21世纪初诞生的少年儿童的成长与发展给予更大的关注。当代的孩子们生活条件越优越，就越可能导致诸多方面的思想缺失，道德缺失，情感缺失和习惯缺失。与其等到缺失了再弥补，不如在缺失前就树立。这就需要多方进行正面教育。

那么，用什么来帮他们树立正确的人生观、价值观，奠定良好的思想品德基础呢？空洞的说教显然没用；强迫施压更不对。我们以为，弘扬中华民族的传统美德，传承中华文化的优良传统，从娃娃开始，就让中华经典伴随他们成长、发展，乃至影响他们一生，这才是一条有效的途径。这正是我们迫切想要编写这套书的重要原因之一。

其次是生动活泼的教育方式探索的需要。

目前我们从小学到中学，从初中至高中，课程改革已经全面铺开，只重知识忽视能力的教学，只重灌输忽视活动的教学，只重结果忽视探索的教学，只重应试忽视素质的教学正在受到冲击，课堂教学或死气沉沉，或花里胡哨，或一呼百诺，或千人一面，这些束缚个性僵化刻板的局面正在得到改善。那么，课外阅读是清一色的教辅材料、练习题集的局面怎么突破呢？这也是我们编写这套读物的一个重要目的。它既不应该是习题册，也不应该是故事书，更不应该是经典著作的大翻版。它应该是中华经典的内容，同时既能阅读，又能自学；既能讲解，又能诵读；既能拓展，又能书写。它必须突破死读书，读死书，转变为活读书，读活书。它应该编成能让师生互动，兴趣盎然地一起学经典，诵经典，讲经典，写经典，用经典的工具书。这对教学改革、课程改革不也是一个补充，一个推动吗？

从以上两个角度不难看出，这套书的编写意图，主要是针对着教育工作的需要。它不是为了加重学生的课业负担，而恰恰相反，它恰好是为着减轻学生的课业负担，创造一种生动活泼的教育方式和快乐有效的教育途径。

2. 弘扬民族文化的需要。

中华民族的传统文化博大精深源远流长，是我们珍贵的文化遗产和精神财富。越是在改革开放带来文化多元化的形势下，越要有我们民族文化的自珍自重，大力传承弘扬。其实越是民族的越是世界的。作为学生的课外阅读和课外活动，以中华经典作为载体，无论启蒙还是提高，它都再合适不过了。我们从低幼启蒙册，就以

《弟子规》为切入点，然后逐渐加入《增广贤文》《论语》《孟子》《治家格言》。小学低、中、高三册逐步加量加深，力求做到诗文并茂。

弘扬民族文化，普及中华经典，还不能忽视一个现象，那就是“国学热”带来的图书市场的“抢抓机遇”，大量翻版，豪华高价，良莠杂陈。不少家长也恨不得让自己的孩子广泛涉猎。各地还涌现了一些“国学班”，有的让学生通读通背各种经典。有些学校也增加了不少国学的内容。这种热情无可厚非，但一方面加重了学生的课业负担和家长的经济负担；另一方面死记硬背，生吞活剥，囫囵吞枣，事倍功半。还有一些追风赶热，盲目从众，一哄而起，半途而废的，更是一种形式主义的浮躁。20世纪曾经“全盘打倒”，现在又“全盘都好”。从这个意义上讲，这套书也想正本清源，以科学态度，取其精华，去其糟粕，力求选取那些内涵精当、文质兼美的诗文，使之能够学以致用，引领一个正确的学风。虽然一套书的力量毕竟是微薄的，不可能有影响乾坤的力量，但以一个崭新的面貌出现，再组织大家付诸教学研究和实践，至少可以同那些浮躁的不太科学的学习国学的方法形成一个对比。

全国卷Ⅱ

06. 高考作文题　据有关部门调查，多年来，我国国民图书阅读率持续走低：

06年调查　1999.60.4%

2001.54.2%

2003.51.7%

2005.48.7%　（首次低于50%）

原因：中年人：没时间

青年人：不习惯

还有人：买不起，没地方借

学生：只买教辅书和动漫书

网上阅读率迅速增长：

1999.3.7%

2003.18.3%

2005.27.8%

2007.44%（张建昌主任提供）“打平了！”

估计：2009，超过50%了！

## 二、编写体例和原则

编排体例时，我们力求做到四个统一。

1. 德育内容和美育内容的统一

每一册都分为两大板块："读诗文学做人"和"读诗文欣赏美"。

第一板块："读诗文学做人"——

低幼册四个单元是：好习惯，懂礼貌，讲诚实，要节约

小学低年级册是：惜时间，善学习，知感恩，明是非

小学中年级册是：励志，修身，劝学，交友

小学高年级册是：爱国，立志，明理，奋斗

这样的德育内容，包括了修身立志、思想品德的十六个方面，而且形成了由低到高的不同层次，倘能明之以理，动之以情，导之以行，这就把经典学习落到了实处。

第二板块："读诗文欣赏美"——

低幼启蒙册是：花、鸟、鱼、虫

小学低年级册是：山，水，日，月

小学中年级册是：春曲，夏歌，秋色，冬韵

小学高年级册是：时节，气候，民情，游历

这部分有诗词曲，有美文，集中体现了经典诗文的文学美，语言美，韵律美，意境美和智慧美。集中同类诗文从不同侧面来学习，则是形成了不同梯度的审美教育。这里，美的三大形态自然美、社会美、艺术美基本都涉及了，通过学习，记孩子们感知美，鉴赏美，创造美的能力得到强化，最终使学生心灵美，语言美，行为美，这有多重要！

其实，人文科学也好，自然科学也好，都包含着丰富的德育和美育的内容。因此，德育和美育是不可割裂的，是相互蕴涵、相辅相成的。德育中也有美育，美育中也有德育。正如苏霍姆林斯基说的，"要使美成为道德教育的强大手段"，所以这两大板块不是孤立

的，而是统一的。它们同样能够陶冶人的情操，提升人的品位，净化人的心灵。美中有德，德中有美，故称“美德”。

2. 丰富多彩和精要适用地统一

丰富不等于多，多而杂那是罗列、堆砌，而丰富则体现着多角度，多内涵，多姿多彩。精也不等于少，少要少得精要，倘少而不精，那就是浅薄。丰富多彩，才能让学生多有所获；精要适用，才不致让学生陷入繁杂混乱，疲惫低效。

我们除了每册八个单元所选用的诗文要体现丰富多彩，还特意在每个单元的后面加上若干相关链接的诗文，这样就使全书更加厚实，更加多姿多彩。

丰富多彩和精要适用是对立的统一。多而不杂，少而不薄，它们是一致的。苏东坡云：“博观而约取，厚积而薄发。”这就是它们的辩证关系。

《低幼启蒙册》：诗文 31 条，链接 19 条，共 50 条。

《小学低年级册》：诗文 32 条，链接 37 条，共 69 条。

《小学中年级册》：诗文 37 条，链接 33 条，共 70 条。

《小学高年级册》：诗文 40 条，链接 34 条，共 74 条。

全套四册共选诗文 140 条，链接 123 条，总计 263 条。

3. 知识积累和能力培养的统一

每条诗文都通过七个环节来学习，只是要求循序渐进：

| 低幼启蒙册 | 小学低年级册 | 小学中年级册 | 小学高年级册 |
| --- | --- | --- | --- |
| 1. 原诗文 | 1. 原诗文 | 1. 原诗文 | 1. 原诗文 |
| 2. 我读懂了（翻译） | 2. 我读懂了（翻译） | 2. 我能读懂（注释） | 2. 我读懂了（注释） |
| 3. 我知道了（主题引申，知识扩展。） | 3. 我能读好（诵读） | 3. 我能讲明白（翻译） | 3. 我能讲明白（翻译） |
| 4. 我学朗读（节奏） | 4. 我知道了（知识引申） | 4. 我能读好（诵读） | 4. 我能读好（诵读） |

| 低幼启蒙册 | 小学低年级册 | 小学中年级册 | 小学高年级册 |
| --- | --- | --- | --- |
| 5. 我学写字（印刷楷体）识字，会写 | 5. 我在玩中学（趣味练习） | 5. 我由诗文说开来（知识深化） | 5. 我由诗文说开来（深化，练习） |
| 6. 我来做游戏（学以致用） | 6. 我能写美 硬笔楷书） | 6. 我能写美（硬笔楷书） | 6. 我能写美（硬笔楷书） |
| 7. 相关链接（阅读扩展） | 7. 相关链接（阅读扩展） | 7. 相关链接（阅读扩展） | 7. 相关链接（阅读扩展） |

以上七个阅读环节，主要包括：一要读明白；二要会讲解；三要会诵读；四要会扩展；五要会书写。这里面既有知识积累，又有能力培养。能力以知识为基础，知识以能力为应用。知行相依存，相统一，这是动态的学习过程。

就语文能力而言，它的能力结构应该是：

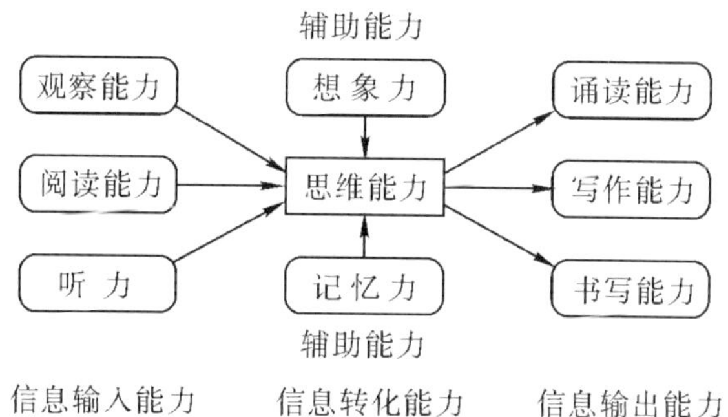


这九种能力在本套书的学习阅读过程中，在知识积累过程中，都会得到训练和培养，无一缺失。不是吗？我们只是没有要求背诵，但这样一个读写过程完成了，自然就记住了，还用死记硬背吗？不强行要求背诵，是不是更自然，更轻松？

4. 经典内容和艺术形式的统一

这套书，我们一方面要力求好读、好练、好用，另一方面，我们还力求它好看，因为它毕竟是少年儿童读物。小读者们审美情趣与成人是不同的。

这套书在装帧上，包括插图、版面、封面、装订等等，都考虑要力求朴素，美观，活泼，大方，清朗，适合少年儿童阅读，避免成人化。一方面要有艺术性，吸引力，同时又要避免豪华，昂贵，华而不实，喧宾夺主。总之，要精品意识，精品制作。

这套书虽然内容古色古香，但版面、插图大胆采取了漫画形式，有现代感。这种古典与现代的结合、统一，孩子们还是欢迎的。

## 三、编写特色

根据上述编写目的、编写体例、编写原则，我们以为，这套书的特色应该是具有一定的思想性、知识性、实践性、趣味性和创新性。这是我们追求的目标。是否达到了？最有权威的评判者应该是广大的小读者和教师、家长。希望得到大家的批评指正，我们诚恳地期待着。谢谢！

# 怎样写好教育信息稿

河北区教师进修学校教育信息站早在 1987 年 3 月我调来不久就正式建立了。市教科院建一级站，区级为二级站，校级为三级站。89 年《教育信息》改版，报头由红变绿。那时还是打字油印版。坚持至今，我们的信息已经出版了十八年了。我来之前，虽无正规的二级站，但《信息》也至少编印过两年，那就是二十年的历史了。

一份《信息》坚持了二十年，这段历史本身就弥足珍贵！

我们的《信息》在市教科院多次获奖，一级站曾给过我们很高评价。有的同志还被评为先进个人。

这次来，有游子回归故乡的感觉。见到在座的通讯员如逢故人。

更令人兴奋和激动的，是此前我把近期的十几期《信息》都仔细拜读了。真的是有质量，有新意，确实是与时俱进了。从内容到版面，同当年相比，真不可同日而语了。

大家一边搞教科研，一边编印信息，是在做双重奉献；既有科研水平，又有写作水平，可敬！你们是教育前沿的排头兵！

怎样使我们的刊物办得更好，怎样进一步提高稿件水平，提三点建议，供大家参考。

## 一、不断强化理论功底

我们必须喜欢理论，喜欢不停顿地学习最新、最前沿的理论。既关心教育、教科研理论，又关心政治理论。

现在大家都在研究怎么课改，研究怎么以人为本，研究怎么探究，怎么发现，怎么自主，怎么合作，怎么开展和深化校本教研，怎么教好新课程，怎么培养学生的创新精神和实践能力，怎么让学生学会学习，怎么反思，怎么互动，怎么深化德育改革强化德育的实效性。这些大大小小的课题，没有理论功底，没有高人一筹、领先一步的理论功底，你就无法站在理论前沿，教改前沿。理论滞后了，思想滞后了，文章也只能是滞后的，原苏联科学院谓之“零级论文”。

理论领先，思想领先，就有了望远镜和显微镜，就有了深邃而敏锐的目光，就能独具慧眼，一眼看出一位老师、一节课、一个新探索、新举措的内涵和价值，及时报道，及时宣传。

没有理论武装的头脑，就会视而不见，听而不闻，食而不知其味。

例如，最新的热点话题：科学发展观，构建和谐社会。什么是和谐社会？民主法制；公平正义；诚信友爱；充满活力；安定有序；人与自然和谐相处。对这些基础理论理解深刻了，再看教育，看学校、看家庭、看社会，感觉就不一样了。不和谐因素就跃入眼帘了。我们如何构建和谐教育、和谐校园、和谐班集体就会提到议事日程了。这是我们必须关注的。

教研工作、教科研工作、信息工作，总是理论做先导的。斯大林有句名言：“没有实践的理论是空洞的理论；没有理论的实践是盲目的实践。”

除了教育理论和政治理论之外，我以为从事信息工作的同志们广泛涉猎一下哲学、美学、心理学等等相关理论，提高自己的理论修养，也是大有裨益的。理论修养高了，看问题就会透过现象看本质，透过结果看原因，由表及里，由此及彼，由点到面，由局部到整体，深刻认识和敏锐捕捉具有典型价值的事物。所写信息也就有了深度和广度，有了较强的先进性。

从纵向思维找深度，从横向思维找广度，从启发性和典型性上找力度，以小见大，见微知著，理论修养是根基。

## 二、不断强化前瞻意识

信息属于应用文，应用文的目的在于有用。

信息的生命力在于实效，信息的实效性在于超前。

可我们所报道的信息又都是已经做过或正在做着的事，那怎么才能有前瞻性呢？

一是抓创新，抓改革，抓苗头，抓新鲜事物，抓新生事物。陈旧的信息失去现实意义了，人所共知，没有应用价值了。

二是心里要有读者。对各基层校来说，他们希望能看到可供借鉴的先进经验；对于教育决策者和教育管理者来说，他们希望能看到可供研究的形势、动态、趋势和改革创新成果，并及时发现问题。总之，什么样的信息最有价值？——有用，有现实意义，有前瞻性。因此我们必须善于捕捉和报道有生命力的信息。

三是我们广大第一线的教师普遍感到困难，感到困惑，感到犹豫，或目前还没有意识到的问题，我们的信息能给大家以帮助、启发，也就是要比现实快半拍，有新意。这就是比较解渴，能让人有所触动的信息。

前瞻性的信息必须具有先进性和导向性。既立足于现实，又着眼于长远；既符合学校实际，又能体现教育的方针、政策和重要部署；既符合教育教学规律，又有创新举措；既有改革探索的过程，又有初见成效的结果。哪怕刚刚起步，只是苗头、设想，还没有阶段性成果，更远没有结题，也值得报道。等到有了成熟的经验，大概也失去最佳的报道时机了。

## 三、不断提高写作技巧

1. 真与伪：信息的生命在于真材实料，真情实感，真知灼见。通讯报道的真实性、准确性是第一位的。现在媒体上的假信息已屡有发现，我们教育信息尚未发现。说明大家有很高的职业道德和高度的责任感。我们不要说“假”，就是“虚”也一定要避免。虚了一点点，就可能产生误导。千万要防止道听途说，捕风捉影，更不能想当然。要经得住考核推敲。切忌追求抢先争速，更不可盲目跟风，盲从网络不实之词。我们绝不要抓住一点，掺杂兑水，夸大其词。我们倡导朴实的文风，做老实人，说老实话，写老实文。

2. 长与短：处理材料一般来说，有话则长，无话则短，但还要看内容。倘材料重要，那就展开一些，细致一些，充实一些。倘材料掌握得不够，那就先搞些调查、采访、挖掘。如果必要性不是很大，那就写成一二百字的简讯、新闻稿，告诉人有这样一件事、一个动态。倘涉及整体改革、全局工作，或多层次、多环节、多侧面的事件，可写成专题报道或情况综述。重要的，还可以写成调研报告或经验介绍。总之，长短贵在适度，讲求效益。

3. 死与活：教育信息是应用文，尽管它也包含着许多体裁，诸如新闻、简讯、报道、综述、调研报告、实验报告、学访随笔、交流纪实、改革花絮、听课随想、课改前沿、经验点滴，等等，但它们共同的特点是规范多，灵活少；严肃多，活泼少；纪实多，想象少；逻辑多，形象少，总之，它不同于散文、杂文，也不同于纯议论文。应该说，死多活少。

那么，怎么才能死活相济，死中求活？

我们要力求在规范中有文采，在纪实中有亮点；在刻板中有灵活。虽然信息中不可能有夸张，有遐想，有描写，有抒情，但我们可以力求精练、提纯，力求语言准确流畅，表现力强，有内涵、有意蕴，有启发性，这同样是一种美。朴素，也能有滋有味，引人入胜，令人回味。庄子说：“朴素而天下莫能与之争美。”

4. 创与转：“创”是我们各校自己在改革发展中创造的成果以及一切创新的举措。“转”是转载借鉴报刊网络上发表的好信息。创新的信息反映本土的形势和动态，经验珍贵，更接地气。转载的信息时效性强，导向性强。二者都要，以创为主。

2004 年 3 月 17 日

# 在市咨询委视察求真高中座谈会上的发言

我原在河北区教师进修学校任副校长，兼河北区教育科学研究室主任。教了一辈子语文，其中作文教学一天也没放下，至今44年。我1998年退休，现在66岁了。

2003年3月，我同区教研室副主任，天津市语文教学研究会副秘书长王义明一起被聘到求真高中，进入中心教研组，专门从事作文教学及研究工作。一所高中校，专门安排两名教师抓作文教学，我市尚不多见，这也是求真特色之一。

高一、高二我们是通过课外活动创办求真文学社来落实；高三则由我们两个人搞专题讲座，面向全年级。从建校至今，四届毕业生中，除首届外，二、三、四届我们都教过了。

总的来看，我们的收获主要体现在以下四个方面：

收获之一，是既教作文，又教做人，互相渗透，密不可分。我们在互动过程中同学生民主、平等，结成忘年交。以文会友，敞开心扉，口谈笔谈，一起研究怎么把文章改成正品，改成精品，以改代批，从中使学生的思想观点、思想方法、思维能力、认识水平得到提高，育人自然就在其中了。现在的学生，普遍存在的问题是：信息多，困惑多，自主意识强烈，但是认识肤浅，分析问题解决问题的能力差，思维品质也有许多薄弱环节，这是作文水平上不去的根本原因。培养学生理性思考的水平和习惯的过程，必然是育人的过程。有效地使学生的思想修养同文学修养、语言修养同步提高，这是我们的出发点和归宿，是我们的着眼点和着力点。

收获之二，是使学生由怕作文，怵作文，甚至恨作文，变成敢作文，会作文，爱作文，从而获得自信。学生在作文中获得的自信还可以迁移到其他各科的学习。对求真这类学校来说，帮学生树立自信显得格外重要。

收获之三，是培养了一批特长生。四年中，我们先后编印了三辑《求真集》，收入了学生很有特色的文章；据不完全统计，学生在市级以上报刊发表的文章已经超过了三十篇；去年，全国第五届中学生作文大赛中，二等奖十篇，其中天津有两篇，一篇是南开中学的，另一篇是求真高中的，作者就是文学社成员。

收获之四，是学生听说读写的语文综合能力得到了强化。作文能力只是各项能力中的一环，它们不是孤立的，静止的，割裂的。因此，除了写作文外，我们还开展了讲演、朗诵、作品欣赏、对对联、实话实说、师生对话等等各种活动，使学生得到了锻炼。我们带学生参观大沽口炮台、开发区，了解今昔巨变，到大港青少年绿色基地采风。我们把兄弟校的演讲高手请进来交流表演，把外国语学校的校刊小编辑请来交流经验，把电视台主持人王玉芬、播音艺术家连凯、《作文通讯》副主编苏丹、《希望报》副主任滕安利、《每日新报》主任梁嘉琦先后请进来为文学社社员作辅导。总之，我们几年来把文学社活动搞成一个系统工程，这就使学生开阔了眼界，提高了层次，强化了综合能力，让他终生难忘，终身受益。

文学社高一、高二学生始终保持百人左右，最多的时候达到二百多人。积极性高的学生每学期主动写 8～10 篇文章，有的学生三年写诗过百首，我们篇篇精心修改，有时一学期改文过千篇。我们累一点，但学生上瘾了，练出来了。

为避免纸上谈兵，我们两个辅导教师也动笔同学生一起写，并在市级以上报刊发表了近三十篇文章、诗词，还合作出版了两本书。这就可以教学相长，互相促进。

关于作文教学工作，就汇报这些。

下面谈两点对求真高中办学的认识和感受。

感受之一，民办高中虽然是个新生事物，但它始终是在困境中挣扎，始终是在不公平竞争中顽强奋斗以求得生存和发展的。在这种情况下，求真高中从上到下不怨天，不怨地，自强不息，拧成一股绳，一年一个台阶，就差吐血了。校长贺莹体力严重透支，累得一年住了三次院。这里没有闲白儿，没有扯皮，没有内耗，只有人自为战。我们冷眼观察，这里的领导有四个长处：一是教育理念，二是管理智慧，三是领导魄力，四是身先士卒。这种民办高中的办学，是没有任何先例可供借鉴的。管理者如果没有正确的判断和大胆的决断，没有实事求是的科学管理和开拓创新，就很难创造并充分发挥自己的优势。

这里最大的优势，就是体制新，机制活。体制新，整体全新；机制活，满盘皆活。光靠拼不行。

感受之二，这所学校最难能可贵的，是不把“以人为本”挂在墙上，挂在嘴上，而是从1998年建校还没有这个口号时就坚持这样做了。以人为本，是这里教育理念的核心，教育管理的前提。对于领导者，管理者来说，以人为本有双重内涵：既要以全体学生为本，又要以全体教职工为本。以全体学生为本，以全体学生的发展为本，集中体现在对学生和家长承诺“低进高出”上。不真心实意、全心全意为全体学生服务，只拿家长当“摇钱树”，拿学生当“人质”，低进高出就是空话，四年连上四个台阶就不可思议了。

对于老师们来说，尊重，信任，宽厚的容人之量加上科学的管理，同样体现着以人为本。这里的师资队伍，档次高，年龄也高，多数年过花甲，有的年逾古稀。这一代人早已淡泊名利，他们绝不是上这儿来当“打工仔”的。凡追名逐利要钱不要命的，业务上也大多是假冒伪劣，到不了求真。大家到这里来图的是什么呢？一可以继续丰富自己的教学经验；二可以继续进行自己的教改实验；三可以继续扩大自己的教学成果，奉献自己的残年余力，多帮助几个孩子；四可以同学生一起多想今天、明天，少想昨天、前天，从年轻人那里增强生命力，延缓衰老。这一切，都无法用钱来衡量。一句话，教了一辈子了，难以割舍，已经形成惯性运动了。这是求真高中师资队伍的特点，领导对这一点既关注，又理解。任课教师可以不坐班，实际上大家在家里备课、批改作业更充分，更认真，效率更高，就连寒、暑假大家都用大量时间和精力去做研究，做储备，为学校备课、编书。

应该说，这里确实为大家创设了一个相当宽松，相当和谐，相当有人情味的工作环境。这里的吸引力、凝聚力、亲和力和向心力形成了一个强有力的磁场，这正是全市各区那么多的优秀教师都愿意到这里来的原因所在。

与此同时，这里还下大力气建设了另外一支队伍：专职班主任队伍。德育处—年级组—班主任这支队伍相当强大，这就形成了思想政治工作和班级管理工作的有力保障。

总之，以人为本，不是放任自流；发展个性，也不是不辨是非。它的精神实质，就是解放思想，实事求是。

2004 年 9 月 14 日

# 关于研究性学习策略

中学教育对于未来的高等教育和工作后的岗位学习乃至终生学习，都具有至关重要的奠基作用。基础教育的意义绝不只在于知识的积累和能力的培养，学会学习显得尤为重要。

联合国教科文组织早在1972年《学会生存》的报告中就提出："未来的文盲将不是不识字的人，而是没有学会学习的人。"因此，我们的教学目标绝不能只停留在要学生"学会"，而要责无旁贷地帮助学生"会学"。当年叶圣陶老人提出"教是为了不教"，精髓即在于此。

怎么学才能达到"会学"？怎么教才能达到"不教"？我以为，研究性学习当是诸多教育策略、教育途径中相当重要的一条。

## 一、研究性学习策略提出的背景

长期以来，中学教学只有教师知识结论的灌输，没有学生自己提出问题——分析问题——解决问题的探索研究过程。在长达六年的中学学习过程中，学生大多只习惯于听、写、背、默、考，只满足于完成作业、应付考试，即使课上吸收率低，课下巩固率差，也从不想主动探究，深入研讨，及时质疑，查漏补缺。这种只满足于知其然而不想深究其所以然，只满足于一知半解而不求甚解，只满足于被动接受而不想主动进取的学习状态，就意味着学生并没有做自己学习的主人，当然更谈不到成为具有创新意识、创新思想和创新能力的创新人才。

为了改变这种持续了近一个世纪的陈旧的学习方式，二十多年来，广大教育工作者进行了深入的改革探索，创造了多种多样的“教学模式”，取得了丰硕的实验成果，并为我们提供了有益的启示。同时我们也感到，作为一种“模式”，它不可能面面俱到，更不可能完成课堂教学的整体改革，有的可能治标不治本，有的则难以操作，曲高和寡。不能普及推广，怎么发挥“模式”作用呢？

我想，“研究性学习”，最好不把它作为一种“教学模式”，它不是一种程式化、模式化的教学“标准件”，不是每节课、每章每节都可以照着做的标准样式。它是一种学习思想，学习策略，学习方式，学习途径，它的目标是让学生想自学，肯自学，能自学，会自学，通过自己的探索研究和师生、生生合作的探索研究，使学生真正成为学习的主人，以至在将来的高一级学校和终生学习中，都能够会学，学会。

研究性学习的主要着眼点是学生，但它也必然促使教师既要加强自身的研究性学习，又要改进自己的课堂教学，对学生的研究性学习提供环境，创造条件，给予指导，参与合作。学生的研究性学习是促进教学整体改革的突破口。因此，我以为称之为“策略”比称之为“模式”更准确、也更谋略一些。

## 二、研究性学习策略提出的理论依据

1. 教育必须以人为本，以人的发展为本，以全体学生的发展为本，这就必须以树立“学生主体观”的教育理念为前提。

学生是一个个完整、鲜活、有不同个性的生命体。他们有强烈的好奇心、求知欲，他们喜欢想象，喜欢探索，喜欢发现，喜欢创新，喜欢动手操作，更喜欢独立自主。可我们为了让他们听话，就范，尽快成为一部驯服的优秀的应试机器，总是有意无意地扼杀他们的这些天性，还认为这是为他们好，为他们的前途尽职尽责。其实，青少年的健全个性不但要保护，要发展，而且要“可持续发展”，这是他们的权力。我们已别无选择：一要让学生的学习兴趣、学习动机不断得到强化；二要让学生的学习情感、学习意志不断得到培养；三要让学生的学习潜能、学习后劲儿不断得到开发；四要让学生的学习特长、学习能力不断得到发展。

我们面临的问题是，不少学生从小学就被过重的、烦琐的、低效的、被动的、甚至惩罚性的课业、考试和心理负担压得厌学了。到了中学，厌学、怵学乃至恨学、逃学的学生有增无减，那还谈什么“可持续发展”？这一教育顽疾的形成，除了家庭教育的弊端、社会不良因素的影响、学生自身素质的欠缺外，就教育教学而言，以教师为中心，以课本为中心，以教参为中心，以考试为主线，只有单向灌输，没有学生研讨，更无平等对话、合作交流、互动实践，不能不说是一个重要原因。

细想想，老师有备课，有教研，还有教科研，可学生呢？不要说“研”，连预习都没有，上课总是习惯性地带着一片空白，从零开始。他什么时候才能学会自己学习？突破口在哪里？

以人为本，以全体学生的发展为本的教育理念，呼唤研究性学习。

2. 学习过程是从信息输入到信息输出的过程，是从吸取知识到转化为能力的过程。这中间的转化枢纽，内化关键，是思维。思维能力的强弱又取决于思维品质的优势。思维品质的培养却是各种教学中最容易被忽略的一环。第一，它是隐性的；第二，它因人而异；第三，它同学生的学习方法、学习过程、学习习惯有直接关系。越是会学习的学生，思维品质发展越快、越好；反之，越是不会学习，思维品质发展越慢、越差。研究性学习，无疑有助于思维品质的发展，即，思维的准确性、深刻性、灵活性（多向性）、敏锐性、周密性（逻辑性）、创造性、批判性（思辨性）必然会得到优化，而思维品质的优化又反过来促进研究性学习效率的提高，从而形成良性循环。思维能力是学生一切能力的核心，而研究性学习恰恰是强化学生思维能力的重要途径。思维能力只有在质疑——析疑——迁移的过程中才能获得强化和发展。那种只习惯于被动接受成果灌输的学习方式只能培养惰性思维，学生的健全个性也不可能得到发展。由表及里，由果及因，由此及彼，由点到面，靠研究。

3．从辩证唯物主义的观点来看，任何门类的知识都不是孤立的、静止的、割裂的，他们内部无不具备完整的、多层次的、充满有机联系的、不断运动发展的知识结构；各门类知识之间也充满着有机联系。大量的跨学科知识日益展示出其重要作用。学生在学习过程中必须不断地把新知识内化为自己的知识体系储备，从而逐渐形成一门门、一个个完整的知识结构，搭起“知识货架”。学习中，如果没有知识结构的构建过程，新知识没处放，进不来；旧知识找不出，用不上，当然也落不住；更谈不上举一反三，迁移应用。一个杂乱无章乱堆乱放的仓库，货再多也没用。学习过程中，如果不研究，不探究，不分析，不综合，不梳理，不归类，不把知识的关系与联系弄清楚，头脑中的知识只是一知半解，若明若暗，支离破碎，彼此游离，那就是一团乱麻，这样的知识点怎么能变成能力？怎么能激起连续学习、深入学习、自主学习的兴趣与渴望？

知识结构的建构靠什么？还得靠研究性学习。

4．从1999年第三次全国教育工作会议以后，创新教育在全国兴起。这是时代发展的必然，教育发展的必然。创新教育的兴起，是我们教育工作的一个新的里程碑。

创新教育是以培养人的创新精神和创新能力为基本价值取向的教育，它必将成为我国创新人才的摇篮。创新教育不可避免地要涉及教师角色的转变，学生地位的转变，教学过程的转变和学习策略的转变。毫无疑问，研究性学习必将成为创新教育的重要学习方式。创新教育需要研究性学习，研究性学习是创新教育的载体。没有研究性学习，创新教育就只能是一个美好的愿望。

1999年颁布的《中共中央国务院关于深化教育改革全面推进素质教育的决定》中说："要让学生感受、理解知识产生和发展的过程，培养学生的科学精神和创新思维习惯，重视培养学生收集处理信息的能力、获取新知识的能力、分析和解决问题的能力、语言文字表达能力以及团结协作和社会活动的能力。"

为了贯彻落实中央决定和全教会精神，为了深入持久地开展创新教育，研究性学习的实施也势在必行。

## 三、研究性学习策略的实施要点建议

1. 必须制定研究性学习策略实施方案，纳入学校整体工作和教学管理系统程序。统一规划，统一管理，健全组织，专人负责，建立有效的信息和控制系统机制。

2. 调查研究，收集信息，学习理论，研究资料，统一思想，转变观念，建立自己的理论体系，加强实验的针对性、科学性、可操作性和实效性。

3. 确立目标、班级、课程、重点、步骤、方法、督导、评价，防止随意性、盲目性和短期行为。

4. 科学处理研究性学习与常规性教学的关系。研究性学习中的重点课题须纳入教学计划，有课时安排，由教师制定具体实施方案和指导方案。

5. 研究性学习可分为两类：一类应作为全体学生日常学习的普遍规律和普遍要求，进而普及宣传和广泛指导，大面积逐步推广；另一类作为各学科教学中有价值的重点研究课题，可在学生独立研究的基础上组成研究小组，在课上组织安排分组研究、全班讨论，老师负责指导和总结。学习经验可进行推广交流。这样不仅可以在全校形成研究性学习的氛围，而且可以促进提高指导下的普及和普及基础上的提高，最终使全体学生改进自己的学习方法，自主学习，学会学习，养成研究性学习习惯，既提高学习效率，扩大学习成果，又提高学习兴趣，强化学习动机。

6．研究性学习策略实施的成功和深入持久的开展，关键在于师资。教师的教育理念的深度，策略把握的高度，组织实施的力度，普及落实的广度，决定着这项实验的成果。教师自身也要在备课过程中亲自体验研究性学习的方法与甘苦，发挥才智，总结规律，创造经验，做出榜样，以言传身教，指导学生。

只有擅长并坚持研究性学习的教师，才能教出学会研究性学习的学生。

7．研究性学习策略的实施，要防止浅尝辄止，半途而废，重要的一环是抓好信息反馈。研究过程、实施过程都是控制系统，控制系统的信息反馈线路必须畅通无阻。教师不仅要有长期指导，更要有根据学生信息的反馈及时做出的调节和不断更新的评价，只有这样，才能实现有效的控制。当然，科学的评价体制的建立也是十分必要的。

8．充分利用现代信息技术，充分开发网络功能，以促进研究性学习策略的实施。网络已不仅仅是教师的黑板与粉笔的代用品，它应该成为学生在研究性学习过程中获取知识、获取信息、强化研究能力、应用能力和创新能力的重要工具，成为学生发现问题、分析问题、解决问题的重要平台。网络平台的探究性、实践性、交互性、过程性和开放性使其具有极大的优势，它为帮助学生进行研究性学习提供了可能。

2004年4月

# 我和语文教学

从20世纪60年代第一秋走出大学校门踏上工作岗位那一刻算起，我就同语文教学结下了不解之缘。去来三十七载，也许这篇文章没写完就虚度六十了。

几十年来，风云变幻，步履蹒跚，长进不多，毛病不少，成果有限，困惑犹深。常想从正反两方面做一些反思，以为后来者垫几块铺路石，又恐质地不坚，摆放不正，坑人车马，误人子弟。想来想去，这篇东西只能供大家做个批评研究的靶子，至多算是一束荒草，倘能做燃料或是做肥料，那我就心满意足了。

1960年，我从河北大学中文系毕业，同另外四位同学一起分配到塘沽师范专科学校任教。刚一报到，校长就让我们自报任教的课程，我毫不犹豫地选教了文选习作课。其实，我对古典文学、现代汉语两门课程也颇有偏爱，但相比之下，却偏偏选择了没人爱教的文选习作。为什么呢？其一，我觉得上了文学史的著作虽属经典，但并不都很可爱，也不一定都很有用，倒是一些名不见经传的作品——特别是现代、当代的文章，却颇有异彩，耐读而有用，堪为写作范本。尽管这门课程还没有现成的教材，需要“自编、自导、自演”，看似增加了困难和负担，然而正合我意；其二，我对“学院派”的独角戏教学模式十分反感，自己刚刚还是大学生，对那种耳边轰轰，脑中嗡嗡，手中空空的学习怕得要命，实在不愿再趸了去害我的学生；加之自己平时也爱动笔写点东西，真不如同学生一起练练笔，练练眼，练练脑，研究研究写作规律，探讨探讨读写关系，也许这对他们将来毕业后去教中学语文课倒是真刀真枪用得着的东西。

我不愿意教那些很现成，很好看，很庞大，但不解渴，离得远，没大用的东西。我不光选小说、散文的精品，也选议论文和各种应用文的范例；我不光选各类作品，也选作家们的写作经验，研究他们的成功之道。尽管这门课程同古典文学、现代文学、外国文学、古汉语、现代汉语等等课程比较起来更像是一门副科，但我不在乎什么主科副科；尽管这门课还多了作文这样一项自讨苦吃的麻烦，但我从不把写文章、改文章、分析研究文章当成苦差使，反觉得乐在其中，十分有趣，至今不悔。

这就是我那时对我教的这门大专课程的认识、理解和态度。如果说，这是一个二十二岁初出茅庐的年轻人的简单、无知、头脑发热、匹夫之勇，可奇怪的是，我已经到了花甲之年了，对文选和习作的这些认识和感情不但丝毫没有淡化，而且变得更执着、更强烈了。这大约也是我一生从事语文教学至今不厌、不悔、甚至还没有教够的一个渊源和佐证吧。我爱我的专业、我的职业三十七年不变，而且越老爱之越深。我想，有这种同感和同好的同行一定不在少数，这绝不只是我自己的体验。要不，怎么叫“不解之缘”呢？

教了一年之后，到一九六一年秋，我又接了一届新生，而且兼了这个班的班主任。两年后，这个班毕业了，学校也根据中央“调整，巩固，充实，提高”的方针停办了——全国的师专统统下马。这三载的艰苦，三载的快乐，三载的成败得失，三载的经验教训，对我这一生来说，实在是太珍贵了，它对我后来这三十多年如何做人、做事、做教师的重要意义怎么估计都不过分。这个问题越到老年看得越清楚。

记得刚到师专的时候，使我最尴尬、最不安的就是我比我的学生大不了多少——至多大个五六岁；自然也强不了多少。就算是

“闻道有先后，术业有专攻”，自己也明白：思想不成熟，业务没功底，更谈不上教学方法、教学艺术，真是对他们不起。

这三年自己的收获主要有三个方面：

第一，自编教材，就需要大量读书，从古今中外的名篇名著，到现代、当代的报刊时文，不但要广泛涉猎，而且得深入挖掘；不但要摸索分析、综合、抽象、概括的规律和表述方式，而且要找出用来指导学生写作的读写结合点。这对我后来从事中学语文教学工作奠定了一定的基础。大学是不练这个基本功的。

第二、三年的写作教学，从命题设计、写前指导到文章批改、课上讲评，有了一定的积累和思考，逐渐对文章优劣的鉴别、症结的分析、批改的斟酌和讲评的处理做了一些探索。这对后来的中学作文教学自然也是有益的。

第三，这所学校规模虽小，但人才济济。作为青年教师，我自觉地如饥似渴地从他们身上汲取营养，既学做人，学师德，又学知识，学技能，同时更要学习他们每个人的专长，苦练基本功。

说苦练，不是指练功本身苦。事实上，学知识、练技能倒是一件1%的苦加99%的快乐的事情。真正苦的，是那个时候正值我们国家经济最困难的时期。从1960—1962这三年，没有一刻不是在忍受饥饿的煎熬的。我们几乎人人都浮肿了，那时除了静卧以外，真是干什么都没有心思，没有气力。在那种情况下，我们每天还要早早起来下地种稻子、种胡萝卜、种白菜，跑出几里地去拾野菜，掏完厕所再抬着大粪到稻田里去施肥，白天上课时连腿上沾的大粪都来不及洗掉。只有晚上能有点休息时间，我们就利用这点宝贵时间读书、备课、写讲义、练书法、练篆刻、练京剧、练乐器、写文章、写诗词、学新歌。至于我们的校舍条件，由于经济困难，办公楼只盖了一半就中途下马了。我们刚到时，只见门窗都是窟窿，全挂着稻草垫子挡风御寒。电还没通，学生上晚自习只能席地而坐，每人发一个墨水瓶做的小油灯，转天早晨彼此才发现眼圈鼻窝都是黑的。我们就是在这样的条件下努力充实自己，苦练基本功的。

我们的校长岳岚是一位大才，他精书法，擅诗词，教地理，讲文学，连京剧、京胡全是一流水平。我当选为工会宣传委员后，立即在一楼楼道里办了一片壁报，名曰“渤海潮”。创刊号拟请岳校长题词，他问我有什么要求，我说就给大家鼓鼓劲儿吧。他拿起笔来略加沉吟一挥而就，这是一首格律非常严整、内容非常含蓄的七言绝句：

漠漠寒潮逐浪高，江山如塑雪轻描。
谁将寂静添新趣，暗教春光上柳梢。

望着这首诗，我着实吃了一惊。格律诗哪里是这么好作的？文思如此敏捷、功力如此深厚者，实属罕见。他成为我一生心目中的榜样。

那时谁有什么专长全都愿意热情奉献出来教给我们这些青年教师，日子过得热气腾腾。孙正刚先生指导我写隶书，指导张方元老师刻图章，又教给我们大家诗词格律。大家都想学，可教室里全有学生在上晚自习，我们就在办公室里挂块小黑板，再摆个课桌给先生当讲桌，天天晚上由孙先生连续开讲座。我对诗词的理解，对格律的掌握以及试着也写一些，就是从那时启蒙的，自此一发而不可收，受益终生。

给我以教益的何止上述两位！教务主任窦振文写得一手《九成宫》，还每日临他不辍；工会主席谢武成受吴玉如先生真传，自然书攻二王；史习传老师秉承家学，潜心习赵；张方元老师勤习篆刻，为我治印多方，极精彩，至今珍用；我的对桌组长杨朴在无锡桃园教过书，在朝鲜战场打过仗，他教现代文学课，其治学之严谨，语言之精确，授课之充实，处事之老练，待人之宽厚，给我以深刻影响。照着他的镜子，使我常常看到自己的浅陋、单薄、幼稚和空虚，真是“头重脚轻根底浅，嘴尖皮厚腹中空”。

我深深感到，趁年轻，多观察，多思考，多学、多练、多积累，至关重要。只要别图安逸，别怕紧张，别怕吃苦，别嫌麻烦，你就会“出力长力”，打下一个坚实的基础，终生受用不尽。反之，如果年纪轻轻就全身心地去捞钱，去享受，去营私，甚至去同别人厮杀，还美其名曰“市场观念”“竞争意识”“及时行乐”“体现自我”，真是可怜而又可鄙。除了“自我堕落”“自我毁灭”，我们还能指望他什么呢？

1963年夏天，师专撤销了，我调到了天津教师进修学院，在初中教材研究班任教。这时我已经二十五岁了。

这所面向全市中小学教师的业务培训中心开办虽然才一年，但已规模宏大，红红火火。数千教师在职进修，周周坚持上课，教学点遍布全市，考勤考绩非常正规，有时我们还到郊区去送货上门。

我在教材研究班这几年，可不比在师专教课轻松，压力大多了，责任大多了，影响大多了，难度也大多了。

这里的致命弱点是：我们的“拿手好戏”人家广大学员也会，而人家普遍需要的东西我们却没有。这就难了。

我们的“拿手好戏”是什么呢？作品的时代背景和作家的生平资料介绍、字词语句的解释与训练、文章结构与中心的分析概括、文章重点与难点的处理、写作方法与特点的评价、课后练习的标准答案，等等等等，至多再加个一两条“教法建议”，技止此耳。

人家学员迫切需要我们回答的是什么呢？

——语文教学要为学生将来投入“三大革命”（阶级斗争、生产斗争、科学实验）服务，怎么服务？

——语文教学要文道统一，怎么统一？

——语文课是工具课，怎么教才算教给学生工具了？怎么教，学生才算真正把这门工具掌握好了？

——语文教材和上面这些要求配套吗？适应吗？你们能拿出个配套的、适应的变革意见吗？这些教材越教越没劲儿、学生越学越没味儿，究竟是怎么回事？怎么解决？

——语文课要辅以课外的读写活动才能保证和提高教学质量，

怎么开展？有无样板？

——教师的语文教学能力究竟还有哪些地方需要提高？怎么提高？毛主席的十大教学法怎么贯彻？

学员说，要讲你们就讲这个。至于你们讲的那些，《教参》上够多了，我们何必再花半天来听一遍？

说老实话，人家急需的那些东西我们哪里说得清楚？敷衍搪塞又糊弄不过去，也失职。我们只好走出去学习请教。大学当然是说不清了，要说得清，这些学员大多是从大学门出来的，早弄清了，还会来问我们吗？最后决定去北京找人教社语文编辑室，不料那里也没问出个所以然来。

当时我曾想，我教过三年大专，并没觉得有多么复杂、多么为难。难道中学语文教学比大学课还复杂、还难教吗？现在看来，还真是这么回事！

大学课程，分工明细，目的单一，内容集中，模式简单，过程松散，教学自由度高，弹性大，而考核压力又不很大。如果说也有难处，恐怕是难在深度、高度和先进度上。而中学语文却恰恰相反，它难在广度、精度和效率上。中语教材十二册，从整体目标要求到单元目标要求，到每一课书、每一课时的目标要求，从字、词、句、篇、语、修、逻、文的知识要求到几十项能力要求，内容涵盖古今中外，训练涉及听说读写，考试关系身家命运。难怪我在师专教得轻松愉快，在进修教得捉襟见肘。虽说我那文选习作课同中学语文教学贴得还算最近，看起来还是远远不够的。一个中学语文教师要不是一位十八般兵器样样拿得起来的很专的杂家，他怎么胜任得了。

20世纪60年代这十年的探索与思考，对我70年代、80年代的语文教学无疑起到了奠基的作用。待到1970年我被分配到红光中学任教的时候，我已经有了比较充分的思想准备，可以说是带着问题上阵的，也是带着求索的欲望上阵的。我从一开始就丝毫不敢懈怠，丝毫不敢轻视，丝毫不敢盲目自信、盲目乐观。当我第一次走进教室的时候，我想，这回可算是脚踏实地站在中学语文教学的讲台上了；十年的苦苦积累与探索这回该用到实处了；十年的问题与困惑也该在这里寻找答案了。要概括这时的心情，就是跃跃欲试。这时我已经三十二岁了。

1977 年，终于盼来了教育的春天。

从 1977 年 8 月，我接了新时期的首届中学生，这才放开手脚，真正进入了语文教学改革的新时期，此时的我也已到了不惑之年了。

到了 80 年代前三年，改革初见眉目，“乱花渐欲迷人眼，浅草才能没马蹄”的初级阶段好时光刚刚开始，我忽然被任命作副校长了。从 1984 年开始，我离开了讲读教学，纵有几许留恋、几许惆怅，但是事业需要，组织决定必须服从，没有商量。只是作文教学不太受时空限制，课内外咸宜，我就实在舍不得放手，一直抓到现在，抓到花甲之年了，而且还要抓下去，抓到抓不动了为止，非此不能圆我的从 1960 年自愿做起的文选习作之梦。这也够上痴心不改，执迷不悟了吧？

在红光中学这十六年当中，风雨阴晴，是非功过，一言难尽。但在这篇文章里，除却与语文教学改革有关的内容，一字不提。应该说，这十六年间，唯一能让我魂牵梦绕全身心投入并且一以贯之的，就是语文教学。真的，我真没教够，因为我还有许多事情没有来得及做，还有很多问题没有来得及解决。

下面，我想从三个方面谈谈我在这期间的语文教改的实践与思考。

## 一、建立学生自学体系，培养学生自学能力，提高学生自学效率的教改实验

此项研究始于 1972 年，历时五年，全组投入，至 1977 年进行了阶段性成果总结，并在一宫举行的全区大会上作了介绍。从七七年秋季开始，我在初一年级——新时期的首届初中生中继续进行实验，又持续了三年增长，见到了比较明显的成果。

（一）为什么要从自学入手进行改革？这是对症下药。几十年来代代相传的语文教学的痼疾就在于教与学、讲与练、知识与能力的关系摆不对，导致“演堂灌”“独角戏”，讲风过盛，重讲轻练，学生不会学，学不会，被动学，机械学，举一不能反三。“教练员只管练，运动员只管看。教练员满头汗，运动员没事干。”本末倒置。

毛泽东同志早就强调过“废止注入式，实行启发式”。并告诫教师说：“你应该少讲几句!”但是，迄今不见成效，反而越讲越多，甚至越俎代庖，束缚学生的手脚和头脑，压抑学生的生动、活泼、主动的学习精神，当然就更谈不到分析问题、解决问题的能力，特别是创造能力的培养了。究其原因：一是历史上的封建教育残余根深蒂固，不把学生当主体；二是思想上的只相信自己不相信学生；三是认识上的形而上学，内外因颠倒，而且形而上学又最省力；四是观念上的误区，不懂得“教是为了不教”这个语文教学的真谛。

要提高语文教学效率，改变语文教学的几十年一贯制的陈腐观念和陈旧面貌，从哪里下手？教学生学语文，培养学生能够自学语文，这大约是一个理想的突破口。因此我们的教改就以此为第一步。我一直坚持下来了，历时八年。

（二）改革遵循的四条原则：

1. 重视学生作为学习主体的内因的作用，强调教师的教只有通过学生的学才能起作用；也就是说只有通过学生自己动脑、动口、动手学，才能把知识变成他自己的营养，并转化为能力。

2. 靠学生自己学，并不否定教师在教学中的主导作用；“少讲几句”，也并不意味着一句不讲，或讲得越少越好。少讲是要精讲，用最简洁、明快、精确、而富有启发性的语言来讲那些非讲不可的要点，该多讲的地方还得多讲，该少讲的地方就要少讲，不该讲的地方就坚决不讲。总之，教练员的职责是教运动员练，而不是自己练给运动员看。教就要教在点子上，这点子不是固定的程式和模式，不是每个步骤、每个环节、每个问题、每个知识点都是点子，都得讲到。只有那些不说不明、不点不透、不教不会的最需要点拨、指导的地方才需要讲。这不是要削弱教，淡化教，恰恰是要强化教，浓缩教。在学生自学的过程中更要加强对学生的指导，学生的自学活动必须置于教师的强有力的指导之下。因此，教师的工作量不会减少，只会加大。教师必须在引导、启发、辨析、订正、补充、提高上下功夫，而且必须要有教学民主。这对教师水平的要求是更高了，而不是降低了。教师如果不能居高临下，高屋建瓴，把握全局，因材施教，宏观着眼，微观着手，严格要求，加强管理，那么“自学”就可能变成“自流”，或是成为形式主义的花架子，走过场，有些学生还会由过去的“陪坐生”变成“陪练生”，“放手”也就成了“放羊”。因此，“自学”不能强调过分，否则也会走向偏颇。

3. 引导学生自学，还要遵循由感性到理性，由形式到内容、再由内容到形式，以及由浅入深、由表及里、由此及彼的原则，使学生在自学实践中逐步掌握语文学习的方法和规律。

4. 引导学生自学，必须把重心摆在能力培养上；而诸多能力中，又当以培养分析、综合、抽象、概括、比较、推理等思维能力为核心。只有这样，才能把听、读能力转化为说、写能力，从而提高学生提出问题、分析问题和解决问题的能力。

我以为，这四条原则虽然不一定准确，也不一定完整，但对于突破陈旧的语文教学模式，克服主要弊端来说，它会起一定作用的。实践证明，教改的实施，关键还是在于观念的转变。观念不变，教改不是流于形式，就是夭折。因此，确定上述原则还是有必要的。

（三）实验内容和步骤：

1. 要对学生进行反复而有效的动员，并且提出明确的自学要求、自学方法，并公布检查、评讲制度。这项工作之所以重要，还不只是因为它是这项实验能否则顺利进行并取得成效的前提，而且是鉴于小学语文教学的特点与中学语文教学特点之间的较大反差和不衔接的现状。如果不首先让学生明白为什么要自学和怎样自学，那么他们就很难摆脱在小学业已形成的依赖性和被动学习的习惯，很难走上新的轨道，适应新的教法和学法，养成主动自学的习惯，不衔接的问题就更突出了。

2. 培养随时使用和熟练使用工具书的习惯。正确而熟练地查找使用字典、词典，是语文自学能力的重要组成部分和前提条件。

3. 培养良好的阅读和诵读习惯。要求读对，读准，读好，读出正确而深刻的理解，读出文章的重点、特点和思想内涵，读出自己的感受、感想和体会。此外，对默读、朗读都要提出具体的要求。更重要的，是读的时候应该想什么，怎么想。读中有思，以思导读是核心的一环。

天津市1973年版的初中语文课本二年级上册的散文《青山翠竹》中有这样一句话："它们下溪水，转入大河，流进赣江，挤上火车，走上迢迢的征途。"当时，由于学生已经初步养成阅读习惯，所以在预习时就指出，这句话有缺点，在三个四字的词组（那时不叫短语）前面，"下溪水"这个三字的词组显得特别不谐调，不流畅，这里像是缺了个字。如果改成"下了溪水"或"滑下溪水"就好了。我在备课的时候也有同感，听了学生的意见，不谋而合，于是我就查阅了《人民文学》1961年1·2合期所载袁鹰的原文，一核对，果然是"下了溪水"，这个"了"字印课本时给印丢了，居然让学生给读回来了，这种读法就不同于机械地读，盲目地读，被动地读了。

4. 培养抓住关键深入钻研的习惯。

这是最吃功夫的环节了。什么是关键？就是最能体现文章中心思想的地方。比如初二的学生读《故乡》，那么大的容量，抓什么？如果抓住了闰土的变化和"我"离别故乡时的感受，自然就抓住了关键，触及了中心。

那时的教材编得显然不如现在这套好，尤其是课后练习，特别是那大而无当让人发怵的课后"练习一"，根本不适合帮助学生自学。我们就在备课时拟好"自学提纲"提前布置给学生，这种做法坚持了数年，因为它贴近教材的同时又贴近学生，所以学生欢迎它。现在的教材编得好多了，前有"预习提示"，后有"理解·分析""揣摩·运用""积累·联想"，而自读课文也有很好的"自读提示"

和课后练习。应该说，它更有利于帮助学生自学，更有利于培养学生抓住关键深入钻研的能力和习惯。

5. 改革课堂教学结构和方法，以与学生自学能力的培养相配套，相适应。比如：

——每一课既然都是在学生充分预习的基础上进行的，而不是从零开始，那就应该使学生的自学成果在课上有充分展示和交流的机会，老师的传道、授业、解惑应该同它们有机地融为一体，成为学生的组织者，引导者，同时又是他们当中的一员。当然，课堂教学也仍然充满自学的机会和气氛。自学绝不仅仅是指课外。

——学生自学时的看法、感受、意见或答案，可以写在本子上，同时有些内容还可以写在书上。为了看起来更方便，我要求把批注、评语直接写在课文旁边的空白处。教师要经常查阅，及时了解情况，以使自己的教学心中有数，有的放矢。批评很能反映自学水平。

——必要时，可以组织课堂讨论。有分歧意见还可以辩论。这种争论往往使学生终生难忘。

有时，他们也可以互相取长补短，教师对学生的多种意见只作恰如其分的评论。学生也可以随时质疑，或向老师提出自己的不同看法。

总之，有没有学生自学的因素，课堂教学面貌的差异会是很大的。没有学生的课前预习和课上自学，课堂教学只能是“一言堂”。即使大量提问，显得热热闹闹，那也是外在繁荣，因为学生只在那里被动地跟着老师的语言跑。弄好了，“堂上一呼，阶下百诺”；弄不好，所答非所问，学生暗自害怕，老师暗自着急，这何苦呢？有了自学，师生都放开了，“谈话法”“猜谜语”都用不着了。大家一起来研究问题，解决问题，其喜洋洋者矣。只有这样，学生才能会学语文，会用语文，达到举一反三，不用老师处处教。



记得在 1972 年，我做了一次全区的试验课，是在初二教《石壕吏》，学生提前预习了，按照我布置的“自学提纲”把诗读了，对照字典和注解也大体读懂了。我要求他们有问题可以在试验课上提出来。

还记得试验课是在大礼堂上的，连当时的教育局领导厉家珩同志也来了，听课者甚众。但是首次上阵的学生却毫无惧色，因为他们是有学而来，有问而来，只是这课要怎么上，得对学生保密。

《石壕吏》这篇教材自己本来以为是比较熟悉的，上中学、上大学都学过，工作后又教过，不应该有什么问题。不料课上学生们提出的问题完全是我以前没有想到的，比如：

①“老翁逾墙走”，究竟是反抗还是逃跑？

有的同学说：逾墙就是逃跑，逃跑也是消极反抗。在那种情况下，一个老翁只能如此。我支持了他的观点，同时引导一句：“你们应该换一个角度想想：那个社会，连老翁都逼得跳墙跑了，这说明了什么？”学生大悟，表示接受，一下子扭过来，就扣紧中心思考了。

②“存者且偷生，死者长已矣”这话对吗？

同学们经过讨论，认为：这是针对三男服役、二男战死的悲惨遭遇发的议论，所以它也是控诉，道出了“活着的人的生命也得不到保障”这样一个现实。它还是扣在了“妇啼一何苦”的那个“苦”字上，不要只看它消极。

③老妇说：“请从吏夜归，急赴河阳役，犹得备晨炊。”究竟她是被抓走的，还是自愿去的？

这是难点，又是重点。倘都理解为“老妇自愿报名上前线”，那就意思全反了。一引导，学生就得出了正确结论：老妇看似宁愿自己跟人走，实出于被逼无奈，正是这个悲惨故事的高潮，它最能说明吏的罪恶和人民的痛苦。

④“独与老翁别”的“独”字，是指杜甫一人与翁告别，还是指杜甫与老翁一个人告别？

经研究，学生认为，前一种解释不对，本来杜甫就是一个人来的。这里指的是老翁一人，因为刚才还是老夫妻二人，现在只剩了一个，一个“独”字写出了石壕村劫后的凄凉和作者沉重的心情。

这才是诗的语言，诗的意境。

一节课中，这几个关键的地方经过大家动脑动口弄清楚了，还用再逐字逐句地“串讲”“翻译”吗？到了最后五分钟连背诵都完成了，因为印象很深了，趁热打铁就行了。这节课留给我的最突出的印象是学生强烈的学习欲望和自学潜力。他们把我原来的教学设计全推翻了，而且全然不顾有一百多位老师在听课。应该说，自学，对学生的非智力因素，诸如学习的动机、兴趣、情感、意志、心理、习惯等等，都是一种调动和锤炼，效果是明显的。

过去，总是老师追着学生、摁着学生灌，现在，是学生追着老师、问着老师学，这就正过来了。1977 年我教鲁迅先生的《一件小事》时，学生问：“‘我’掏了一大把铜圆给车夫，这不挺好吗？他自责什么呀？”我再一了解，原来学生普遍认为“我”给车夫这一大把铜圆做得是对的，有的说：“起码这个知识分子心眼不错，同情劳动人民。”有的说：“社会主义社会坐车还得给钱呢。”这个问题不解决，文章里的“我不能回答自己……”这一段话就无法理解。这既是难点，又是重点。上课时我心里就有谱了。这个问题一解决，学生对鲁迅严于解剖自己的精神自然心悦诚服。

还有一次教《百草园与三味书屋》，起始课检查预习情况，让学生提问题，不想一连提了四十多个问题，几乎全班都发了言。我边记录边分类，然后告诉他们哪些是次要问题，可以放一放；哪些通过查工具书自己可以解决；哪些问题由你们课下研究讨论解决，但需要把结果告我；有几个问题本节课上解决。比如，有一个学生问：“我看这篇文章的中心是批判封建教育的，主要写他对三味书屋的那种教育不满，那前一半还写百草园干什么呢？这样文章不就太散了，主题也不集中了吗？”这个问题提得太关键了，当堂我就发动大家一起来解决这个问题。很快这个问题就解决了，文章的中心思想和最主要的写作思路、写作特点也就随之迎刃而解了。重要之处在于，这回不是我照着教案上设计的问题来问他们，同是这样一个问题，却是由学生来问我。这就有了质的区别。

我们从 1972 年开始这样做以来，也尽量学习那些开展了类似教改实验的兄弟地区的经验，以补充和提高我们自己。比如 1973 年，我们就到北京学习了光明小学和三十一中的教改经验。光明小学把自学步骤归纳为六个环节：查字典，反复读，划重点，作批注，议问题，写体会；三十一中提出的则是“读、划、批、写结合”。看来大家都想到一块儿了。做法虽大同小异，却各有千秋。我们没有搞成固定的程式、环节和步骤，而是因课而异，因班而异。精神实质我想大体都是一致的。

（四）这项实验当中也存在一些问题未能解决：

1. 统筹兼顾难，因材施教更难。持续实验到第四、第五年，就出现了明显的两极分化：基础好的，自觉性高的，自学能力越来越强，如鱼得水，提高甚快；基础差的，自觉性也低的，望洋兴叹，越拉越远，用他们自己的话说，是“坐飞机了”。尽管在他们身上花的精力要远远超过那些进步快的学生，但效果并不明显，我还缺乏有效的策略和方法。真要做到把每一个学生都照顾到，严格管理，逐个辅导，牵扯精力又过大，难以持久。因材施教的落实难于达到。

2. 工作量比常规教学要大大增加。备课量，辅导量，特别是课外与学生广泛接触调查研究切磋探讨的时间用得很多。老师负担相当重。

3. 受教材制约严重。有些教材不理想，自学起来没有味道，甚至还会倒了胃口。教材理应是“样子”，但并非都像样子，这就加大了难度。

4. 自学能力的培养理应不是语文一科的事情，倘形成不了各门学科协同实验共同要求的整体优势，相反，其他学科还要用大作业量、大测验量来占领学生的时间和精力的话，语文一门学科单科推进搞实验是相当吃力，相当困难的。就语文学科自身来说，自学能力的培养也只属于单项教改实验。语文教学面貌的根本性变化，非靠整体改革不可。离开整体改革，单项改革是难以深化和持久的。

## 二、“一课一得”的教改实验

此项实验从1977年初一学生入学开始，直至1982年高中毕业（这一届尚无高三），历时五年。1982年秋，我又接了新高一，继续实验。至1983年底，由于工作变动，实验只好中止，不然我会一直做下去的，因为实验纵有阶段，而改革没有尽期。一个阶段的实验倘或成功，那就应该使之持续发展，不断深化，不可能中途停止，更不应倒退。课题可以变换，那只意味着走上了新的阶段，新的高度，使之更加科学化，更加高效。可惜我没有这个机会了，只能浅尝辄止。我相信新的一代一定会在这基础上走向新高峰，开辟新局面，造福后代，造福民族。

正因为如此，此项实验的开始并不意味着前一阶段自学能力培养的实验就此结束，不复存在了。不是的。事实是，在1977年入学、1982年高中毕业的这一届学生中，自学能力的培养仍一直在做，而且比70年代初要更加自如，更加成熟，更加完善。毕竟时代不同，拨乱反正了。此时，如果还只停留在自学能力培养上，那就远远不够了。形势的发展呼唤教改的深化，而教改的深化就促使我们不得不研究新矛盾，研究新对策，提出新课题。“一课一得”的探索正是在这种情况下提出来的。它同自学能力培养的实验，方向一致，并行不悖。

（一）提出“一课一得”教改实验的原因：当时我们面临的矛盾是什么呢？

1. 新的大纲，新的教材，新的要求，同旧的观念，旧的方法，旧的经验无法统一。只能改革旧的去适应新的，别无他路。

当时，知识、智力、能力三者不可偏废，都要落实的观点已经在语文教师队伍中形成了共识，教书不教人或是教人不教书、重知识轻能力、重讲轻练、重灌输轻自学、重主导轻主体等等陈腐观念也已经没有市场，可是，对几十年形成的传统的语文教学观、教学方法、教学习惯、教学经验却没有来得及做深入细致的研究，哪些是应该继承发扬的，哪些是应该变革抛弃的，心里并不是很清楚，课堂上也是五花八门，从前清的、民国的，到凯洛夫、布鲁纳的，全有。最难治的通病，就是那些程式化、模式化、多而杂、无用功、传授知识的重复、训练能力的重复、教学语言的重复等等诸多形而上学的东西——特别是思维定式和习惯势力还在长久地束缚着我们，困惑着我们。再没有比我们教语文更累的教师了，也再没有比学语文更闲在的学生了。语文老师忙得废寝忘食，学生却觉得学语文最省事，没压力，不像数理化有那么多事干。待到临考，学生心里最没谱的也是语文，不知这学期那么多节语文课上老师讲的那么多话哪些是考试时用得上的。复习时，心里是一本虚账，不知从哪儿下手，觉得哪儿都是问题，可又提不出问题来。

这就是问题了。

这问题出在哪儿呢？我们没有累在点子上，学生也没学在点子上。这点子究竟有哪些，包括知识点、能力训练点，学期的、单元的、每一课的、每一节的，目标不清，内容庞杂臃肿。知识和能力训练的整体结构、整体系统这本大账就不清，每节课的小账怎么能清？今天人们已经提出了科学化的问题，也有很多同志做出了明确的回答和有益的探索，但那个时候，我们还都处在认识与探索的初级阶段，于是我就萌生了一个极幼稚极简单的想法：先把“多而杂”压成“少而精”再说。与其模模糊糊给一片，不如清清楚楚给一点；与其给十个都没落住，不如给一个让他拿到手。这就是我搞“一课一得”实验的初衷。

2. 我们面临的第二个矛盾，就是教、学、用的关系问题。教与学不统一，学与用不一致。

我们教的，不一定是学生爱学的、该学的；学生学的，也不一定是有用的、顶用的。新教材虽说比原来的教材不知要强多少倍了，但也并不尽如人意。重复的、无用的、“白开水”的东西比比皆是。如果还照老程式、老习惯、老办法、老规矩，按部就班地、点水不漏地、面面俱到地教下去，课时就不允许。一篇教材，四课时也能讲，一课时也能教，关键就在于你教什么，怎么教。谁都知道，抻长了好讲，浓缩了难教。如果我们把着眼点放在有用的才教，没用的不教，教就教会，不做无用功，那么，每一篇、每一节的教学要求就必须重新考虑，教学步骤和方法也必须与之相适应而重新设计。也只有这样，学生才有可能对语文课买账、爱学，因为这样一来，就把水分排除掉了，不能再无休止地“烙饼”“磨豆腐”了，而更重要的是学一点能落一点，并且都有用。这是我决心搞“一课一得”的第二个原因。所谓有用，既是指将来在工作、学习和人际交往中有用，又是指在毕业、升学考试中有用，这毋庸讳言。

3. 过多的教学内容与培养学生自学能力的矛盾。

既然培养学生的自学能力是正确的，那么就应该把它长久地坚持下去。但是倘因教学内容过多，课时过紧，就不再培养学生的自学能力，而重由教师包办料理，自然又省时，又省力，可那不就又回去了吗？我们怎么能本末倒置，怎么能开倒车呢？这里还包含一个因素，就是教学语言的不精确、不简洁也会导致课堂教学的繁杂臃肿和课时的紧张，影响学生自学。

综上所述，“一课一得”的教改实验就是为了解决这些矛盾，而最终的落脚点，就是要提高语文教学的效率，就是要用最精的教学内容，最少的教学时间，最简洁明快的教学语言，最灵活有用的教学方法去获取最大的教学效益。

（二）改革遵循的五条原则：

1. “一课一得”，这种表述的精神实质只是强调每课必须让学生有所“得”，而且这“得”的目标还不宜定得过多。因为一节课只有45分钟的容量，在这固定的单位时间里，它有一定的教学密度的要求，也有一定的进度要求。容量的大小、速度的快慢，即得从教材实际出发，又得从学生实际出发。教材有难有易，学生水平有高有低。教得过少过慢，学生普遍吃不饱，那是少慢差费；教得过多过快，也是脱离实际，超越了客观标准，其结果是贪多嚼不烂，欲速则不达，过犹不及。还不要说庞杂无用的东西充塞其间，即使都是营养，给多了也会造成消化不良。

2. 45分钟的效率还不仅仅在于教了多少，更重要的，在于教会了多少。教了不等于教对了，教对了不等于教会了。从这个意义上讲，“伤其十指不如断其一指”。讲，不能多而杂；练，也不能毕其功于一役。只有精讲精练，才能保证这45分钟的吸收率和巩固率。超密度、超负荷的重复战术、疲劳战术是违背教育规律的，而且往往使学生穷于应付，陷于被动。如果每节课从知识到能力都是“夹生饭”，学生不仅倒了胃口，而且会形成挫伤心理、焦虑心理，因为他每节课都欠了债。说学生负担重，我以为心理负担比作业负担更重。倘若每节课学的、练的东西不精，他学得总是跟不上，弄不清，做不对，学不会，我看这比作业要难受得多。那种看似灌输量很大、运动量也很大的课，师生都很累，往往并不落实。“雨过地皮湿”，下得也快，干得也快，这是一种假繁荣，并不解渴。

3. 对“一得”，也不要做机械理解。并不是只能“一得”，不能两得、三得。它的核心在于实事求是，从教材和学生实际出发。我曾经在一节课当中，就研究一篇教材的“课后练习一”这一道题该怎么做，遇到这类的题究竟该怎么思考，怎么表述，从思路到语言。虽然这一节课只做了一道题，但是第一，它难度大；第二，它典型，代表着一个类型，把它弄懂了，弄对了，弄会了，有助于举一反三，甚至还可以迁移。我也曾一节课教过两三篇教材，因而它们或是难度小，或是不典型，或是“白开水”，或是与其面面到、点点到，不如放在一起只比较其异同，对学生来说，印象更深，用处更大，而其余的东西则一概不讲。这一样看似三篇，实为一得。

至于怎样实施，怎样操作，我不想也不可能归纳成几个环节，几个步骤，几个方法，几个模式。为了这个“一得”、“两得”，就不能不突破任何条条框框，最大限度地发挥课堂设计的创造性，基本上教成了“一课一样”，正所谓教无定法，但有规律。这种班班有差异、课课有区别、节节有新意的教法，必然要突破那种千课一面、千人一面的旧格局、旧面貌，突破形式主义的干扰和习惯势力的束缚。对这种改革学生是欢迎的，因为他不但学得精，印象深，当堂理解了，记住了，学会了，而且课堂形式和教学方法是灵活多变的，常学常新的，他总会感到精神振作，兴趣盎然。

4.“一课一得”的出发点和归宿，是要在学生身上落实、见效，而不是教师自己标新立异，变戏法，搞表演，所以，它的成功必须建立在双边劳动、双向交流、发扬民主、尊重科学的基础上。教学过程中，教师必须对学生的情况了如指掌，学生也必须对老师的要求心领神会，谁也不把课堂当讲堂，而是真正把课堂当学堂。每节课，学生都要有学会点什么的欲望、追求和精神准备。学生心目中的教师应该是袁伟民、郎平，而不应该是刘兰芳、单田芳。他自己也应该是运动员，而不是听众。每节课都应该是来练点什么，而不是来听点什么。

5.“一课一得”的最终目标不应该是一盘散沙，而应该是知识体系和能力体系。散装的知识是落不住的，孤立的能力也是不存在的。知识有结构，彼此有关联；能力则更是互相交叉，互为依存的。

比如，现代汉语的句子成分、复句关系、句式特点如果弄不清楚，那又怎么能弄懂、记住、并且会辨析文言文的句式特点呢？因为文言句式的特点之所以成为特点，就是同现代汉语的句式特点相比较而存在的。

又如，就作文能力来说，它本身就是一个多元的、多层次的复杂结构，无论是记叙、议论、说明、应用等表达方式，还是审题、立意、选材、组材、表达、修改等等技巧，彼此之间无不互相关联，互相制约；而在能力这个大系统中，作文能力又同观察、想象、记忆、思维、语言等等能力不可分割，特别是同思维能力的关系更是一言难尽。而在语文能力这个能力系统中，它又同阅读、听话、说话能力密不可分。因此，“一课一得”中的任何“一得”都不是孤立的、游离的，在教学过程中，每教一个知识点，都应该让学生心中有数：它在知识结构中属于什么位置？它同以前学过的知识有什么关系？每训练一个能力点，也应该让学生知道，这种能力同其他各项能力有什么关系，怎样使各种能力互相支援，同步提高？

应该说，“一课一得”更应该有助于构建和巩固“知识货架”和能力系统，因为它既不是无依无靠，又不是杂乱无章的。

还应该强调一点：在所有的“得”当中，都应该把思维能力的培养作为灵魂，作为核心。忽视了这一点，什么“得”都说不清，弄不懂，学不会。

“一课一得”，就是要使学生把书里书外的知识精华学到手，同时做到手、眼、耳、口、脑五位一体，高度协调。这才叫语文学到手了。因此，“一课一得”绝不仅仅是个教学方法问题，它既是教育思想和语文教学观问题，又是现实和长远的教学策略问题。

（三）具体实施情况

“一课一得”的教改实验，是整个语文组老师们的共识和共举，所以大家都积极投入实施了，而且普遍取得了明显的效果，我只不过是其中的一个代表。我们做的每一节实验课都是经过全组多次研究的，它饱含着全组教师的心血，是集体劳动的成果。任何一项大的教改实验，都不是一个人的努力能够奏效的。没有优化的改革环境和改革群体，一个人单枪匹马地搞教改是不可想象的。

（四）“一课一得”教改实验也存在一些问题未能解决：

1. 教材更换的频率相当高，稳定性差。就连大纲也在几度更新。因此，每册书、每个单元、每篇教材、每一课时究竟确定什么目标，这一得、两得、三得，究竟应该得什么，怎样得，既缺乏系统的、完整的通盘设计，也缺乏设计它们的科学依据。它必须建立在对知识结构、能力结构的充分把握和对学生实际的充分把握的基础上，又必须建立在教育教学规律的基础上，也就是建立在科学的教育理论的基础上。否则，就有可能在“得”的目标、途径和方法的设计上，带有主观随意性，它就有可能是片面的、不科学的。任何一节课，任何一分钟，都是浪费不起、耽误不起、糟蹋不起的。因此，指导思想的模糊或不科学性带来的失误都是无法弥补的。在这方面，我们虽然实验了多年，但基本上还是处于初级阶段，形不成一个科学的、稳定的理论体系和实践体系，它仍然处于随机性、局部性和不稳定性的阶段，就像是“到什么山唱什么歌”，“摸着石头过河”的探索性实验，因此很不成熟，也很不系统。这倒不完全是出于主观上的疏漏和误导，而是这种实验不可能一轮定形、一步到位，它必须有个反复实验、反复研究、反复修正、反复提高的过程，很多事情还没来得及做就中止了，而语文组的成员又经历着极频繁的变动，就连学校的办学体制也发生了巨大的变化，再加之大纲、教材的变化，这种实验就很难得以保证了。准确地说，它只能说是做过那么一个阶段，也有过那么一些经验和成果。不要说经验的推广和成果的扩大，就连实验也没能持续进行下去。这是实际情况。

2. “一课一得”的“得”，既然是被有机地组织在各种结构里（如知识结构、能力结构、素质结构等等），那么它们彼此之间的关系就应该有规律可循，有问题可研究，有文章可作。但是我做得很不够，能体现“一课一得”就费了九牛二虎之力了，如何“得得相连”的问题就无暇顾及了，这不能不说是一个很大的缺陷。在一个系统中，如果各个因素能实现优化结构，合理结构，那么“1＋1”会大于“2”的，可惜那个时候缺乏这种意识和实践探索。因此实验效果就有限了。

3. 从大教育观的角度看，“一课一得”如何能同学生的课外阅读、观察日记的写作以及在校园内外对语文工具的广泛应用有机地结合起来，虽有指导，但很不够。语文有很强的社会性，如果充分利用这一点，那么“一课一得”就有了坚实的基础和广阔的用武之地以及广采博收的源泉，那“一得”才会是巩固的，鲜活的，落实的，深化的。在这方面，我也有很多设想没有来得及付诸实践，这也是很遗憾的。

4. “一课一得”，会不会影响应试成绩。从理论上讲是不会的，从自己的实践中也看到了中考、高考的成绩——当然是指总体成绩不低。但是人们——也包括自己在实验过程中却不能不常常提心吊胆，顾虑重重。课本上的东西既有取舍，而不是面面俱到，万一考试时学生因此而丢了分，岂不罪孽深重？这种心态对这种步子稍微大一点的改革来说都是沉重的障碍。思想不解放，心理负担不解除，改革的腿是迈不动，迈不开，也迈不快的。仅仅从理论上来壮胆是远远不够的，它更要有优化的体制和机制来做保证。这就是为什么只敢“小打小闹”，不敢大刀阔斧的根本原因。教改是软任务，升学率才是硬任务；教改是远任务，升学率才是近任务。这个问题不解决，“一课一得”的深化和持久，也将是十分困难的。

## 三、“观察日记”的教改实验

此项实验从1979年开始，到1986年我离开岗位为止，持续了七年，从初中到高中，从课内到课外，取得了明显的成效。通过此项实验，积累了一批素材，总结了一套写作教学的规律和方法。实验成果和经验总结也在一宫全区大会上做了介绍。

（一）为什么要让学生写观察日记？

这是针对长期以来得不到解决的作文教学的难题和弊端提出来的；同时，我们又受到北京市月潭中学刘朏朏老师进行观察日记教学的经验的启发，于是，我们就开展了此项实验。

作文教学一向被语文教师视为“苦差”，苦在哪里呢？费力大，见效慢，学生头疼，老师更头疼。学生不得不作，老师不得不看，统统陷于被动。想要突破，想要提高，又没有灵丹妙药，更不是拼命突击便能奏效的。于是，作文成了小、中、高三考的丢分大户，且防不胜防。

究其原因，作文本身是个创造性劳动，是学生知识水平、认知能力、生活体验、心理状态和诸多能力的综合体现。它比任何一项能力训练的复杂程度都要高。从作文教学角度讲，症结在于：

1. 缺乏系统性，科学性，没有序列，没有规范，没有层次，主观随意性大。

2. 数量没有保证，没有量的积累就没有质的飞跃。而数量、质量的被忽视又缘于重讲读，轻写作，和讲读易，写作难。

3. 学生作文质量提高缓慢反映出作文教学效率低，关键在于没抓住要害，或是抓住了要害却无良策。要害有四：一是观察能力差，对生活素材视而不见，听而不闻，因而缺乏材料积累，腹内空空；二是认识能力差，思想水平低，凡事认识不上去，分析不清楚，立意或失误，或走偏，或浅薄，或混乱，拿不出像样的观点和主题；三是语言能力差，语用训练少，平时口头语言粗俗浮滑，到作文时用不上，书面语言又干瘪贫乏，因而真正能用到文章中去的明白流畅而又生动活泼的语言，雅俗共赏的语言，平时没用过，没练过，说不出来自然也写不出来；四是写作技巧差，所知甚少，仅有一些常识，写作时还用不上。

4. 即使抓了六次正规作文的教学，也往往忽视对学生写作习惯的培养。没有写作习惯的培养做基础，六次作文只能是空中楼阁或应付差事。由于学生平素没有写作习惯、写作机会，当然就失去了材料积累、观点积累、语言积累和写作技巧积累的机会。偶一为之，捉襟见肘，搜索枯肠，词不达意，手不应心，更怎么会有强烈的写作欲望，浓厚的写作兴趣。

比如，正确的写作习惯中应该包括反复修改自己文章的习惯。这一条至关重要，但是我们要求了没有？指导了没有？检查了没有？恐怕不多，因为它会成倍增加老师的负担。反回来，学生写了文章自己一遍不改，同样增加老师的负担。

5. 作为作文教学的三大组成部分：写前指导、文章批改和作文讲评的科学性、系统性、启发性、激励性和实效性如何，值得研究。对学生作文如果只写个“阅”字甚至只画个勾，或根本不看，那就不是科学性、实效性的问题了，这不在本课题讨论范围之内。

为了初步解决上述问题，探索作文教学改革的基本途径，我决心从指导学生写观察日记入手。应该说明，单靠这样一条具体措施来试图解决作文教学的全部问题或根本矛盾，那是不可能的。作文教学问题的根本解决必须依赖于整体改革的系统工程。观察日记的措施只能算作其中很小的一个组成部分，或者说，它只是一个突破口。

（二）“观察日记”教改实验遵循的原则

1. 它是按规定进行的每学期六次大作文、六次小作文（片断训练）之外的课外补充练习。要求每周写两则观察日记，避开期中、期末考试等等按十四周计，每人每学期应写28篇日记，连同六大六小，共40篇。对学生来说，并未形成过重负担。事实上，很多学生形成了写日记的习惯欲罢不能，一直坚持到上了大学还在写。即使在高考前夕的最后一个学期，有的学生还写了总计六七十篇。他们说，写日记上了瘾。

2. 名为“观察日记”，是意在从训练学生的观察能力入手。这对初中学生来说是适宜的，它有很强的针对性。当然到了高中，重点必须要转移到以分析能力的训练为主，观察日记的名称只是延用而已。即使是在初中，在培养观察能力的同时，也避不可免地要把分析能力的培养贯穿在观察训练中。思维能力永远是该项语文能力的核心。思维能力的主要内涵是分析、综合。分析能力差，观察能力不可能上去，“视而不见”的病根实际上是分析跟不上去。孤立地训练观察，那只能是表层的，初步的，由无意注意向有意注意的过渡，效果是有限的。而注意力的增强，也不可能离开思维能力的提高。

3. “观察日记”训练的着力点是放在学会观察，学会分析，学会感悟，解决写作与生活挂钩的问题，同时解决材料积累的问题和观点积累的问题。而着眼点不应该只看到这一个方面。在这项训练过程中我们还应该关注的另一个方面，是学生写作的自觉性和积极性、写作欲望和兴趣、写作能力和习惯以及写作心理、写作速度、写作频率、写作成功率有没有变化，有没有提高。这些因素是动态的，又是隐性的，学生自己可能意识不到这些，但我们搞这项教改实验的教师却必须把它纳入实验的目标。硬件要达标，软件更要达标；显性成果重要，隐性成果更要重要。学生的写作成果和写作能力的提高必然会对学生的智力因素和非智力因素的诸多方面产生正反馈，使他对写作由“要我写”到“我要写”，由畏惧、厌烦到喜爱、“上瘾”，它比我们的任何动员和说教都更管用，更有效，也更有价值。而这也正是我们所期望达到的目标之一。

4. “观察日记”非常有利于语言训练。学生语言贫乏并不是他不会说话或没学习过语言。而是他觉得这都不能解决他作文所需用的语言问题。平时健谈：侃大山，聊大天，说笑话，抬杠，那是大俗；而课本上、书籍报刊里那些语言又是文绉绉的大雅；轮到他自己拿起笔来写作文的时候，不会说话了，平时说的、听的、看的、读的满用不上了。他认为作文属于第三种语言。这当然是个认识上的误区。怎么帮他跳出这个误区呢？说多少话都没用，让他写日记最有效。日记是给自己看的，没压力。何惧之有？雅的也能用，俗的也敢用。一来二去就敢张嘴了，也就敢下笔了，渐渐也就会说话了。放手先放眼，放眼先放胆。事实上，很多学生由干巴巴的学生腔变成很有文采的谈笑风生、激扬文字了。待到他知道作文就是我口说我心，我手写我口，才悟出根本就没有什么“第三种语言”。这是一种语言的解放和升华。

1979年北京《学作文报》创刊，叶圣老的题词是：“作文要说真话，说实在的话，说自己的话；不要说假话，说空话，说套话。”这在观察日记的写作指导上应是一个重要的指针。

（三）实验情况

1. 学生的潜能得到了开发，连平时对作文最厌烦、最无奈、最没有信心的学生都调动了起来，出现了预料不到的突变，不少学生由毫无写作愿望、毫无写作兴趣、毫无写作成果的状态很快转变成写作爱好者，而且佳作频出，在初三这一年的训练中出现了飞越，中考作文成绩优秀。这里仅举一例：

有个男生叫王珉，从小学到初一、初二，作文始终不过关，他自己曾说："没办法了，我至多只能写三行，多一行也写出来了。"开始动员全班写观察日记的时候已是初三上学期。他已经认定自己毕业升学考试的时候作文分是丢定了。他申请日记不要让他写了。我说，正因为这样，你才一定要写。三行不要紧，只要说真话，写真事，有道理，就行。他勉强订了个本，从 11 月 9 日开始写了。我还记得他有生以来的第一则日记写的是中午打篮球，两人一拨儿，他和一个叫宋长苓的为一队，接连输了几个球。他意识到是两个人配合不好所致。于是改变了战术，由他佯攻，吸引对方注意，然后突然传球给宋，由他单刀直入，得分。他悟出一个道理：只有团结一致，齐心协力，配合默契，才有可能取得胜利。我就大大鼓励了他，不仅言之有物，非常真实，而且突破了"老三行"，写了九行多，一百八十多字，在这里我看到了他的潜力，他也很兴奋。

过了五天，他送来了第二则日记，这回十行，近二百字，但主题比上一则深化了。兹录于下：

《夕阳》

1979 年 11 月 14 日　王珉

下午放学后，我沿着回家的道路走着，当我走过一排高大的建筑物时，忽然在马路上看到了自己的身影。这时，我情不自禁地抬起头，向西南面的天空望去，只见夕阳红彤彤的像是一团火在缓缓地降落着。看到这儿，我想，就在这将要落下去的时刻，它还在为我们照亮前进的道路，还在为我们带来温暖。我们的总理不就是这样生命不息战斗不止吗？叶帅说："老夫喜作黄昏颂，满目青山夕照明。"这是老一辈无产阶级革命家多么感人的壮志豪情啊！

又过了五天，他主动交来了第三篇日记，我看了，不由得吃了一惊。这是一篇纪实的文章，观察之仔细，叙述之清楚，思考之认真，令人刮目相看。全文附录于下：

《指挥灯自失控以后》

1979年11月19日　王珉

自从交通指挥灯自动控制以后，我经常看到警察站在岗楼下没有事做。交通堵塞现象常常也就是这指挥灯自动控制造成的。

五点多了，马路上的车辆正是高峰的时候。我放学回家，路过金钟河与一号路十字路口，看到一个非常混乱的场面，不用说，这又是那自动控制的指挥灯闹的。

当时正赶上南北口放行，汽车被自行车前后左右包围着，簇拥着，慢慢越过了停车线。由于自控指挥灯没有左转弯信号，所以左转弯的汽车也按直行汽车的信号走，这就插到一块了。从北口驶出的七路汽车同南口驶出左转弯的十五路汽车形成了对峙的局面。它们进不能进，退不能退，谁也没法让谁。跟在它们后面的汽车也都随着停了下来。

这时，指挥灯变了信号，该南北口停车，东西口放行了。可是，东西口的汽车、自行车却根本无法通过，因为堵在路中央的南北口汽车、自行车还在那儿拥着，这指挥灯也就起不了作用了，警察只是干着急，没办法。我向东口一望，只见由于堵塞的时间太长，那里的自行车已经占了整个马路，并向边道发展了。

看到这儿，我想，只考虑指挥灯自动化而不考虑将会出现的实际情况，只有现代化的设备而没有现代化的管理和掌握现代化的人，那怎么行呢？能不能把指挥灯的自动控制和民警的机动控制结合起来呢？

这篇文章居然写了五百多字，而且颇为清晰，颇有见地，很难想象这是一个上个月还在为自己只能写三行而发愁，一提作文就打怵的学生写的。



这篇文章在班上读了以后，不但鼓舞了王珉自己，而且大大振奋了全班同学。人们一下子破除了迷信，卸去了枷锁，观察日记精品迭出，我利用每天早自习的时间选读几则，竟一连读了三个礼拜。按规定，十一月份这四周，每人写出八则就可以了，结果全班没有一个人少于或只写了八则，王珉也写了十七篇，超产一倍还多。这个开端是我始料不及的。

2. 观察日记一经打开闸门，就像一股清泉迸泄，继而源源不断地向我们涌来，这同我们那六大六小命题命意作文的窘状相比，形成了强烈的对比，这不能不引起我们的深思。这究竟是什么原因呢？根本原因在于观察日记没有那么多条条框框的限制，尤其是写的都是他最关注或最感兴趣的人和事；表达的都是他自己的真情实感，不用掩饰，不用包装，更不用编造；说的也都是他平时习惯说的话，喜欢说的话，自然而然说出来的话，用不着拿腔拿调，或是学成人，装斯文，套八股。有话则长，无话则短，多则千言，少则一百，自由自在，不须瞻前顾后，怕左怕右。一句话，"观察日记"彻底解放了学生的眼、耳、口、手、脑，我手写我见，我手记我闻，我手代我口，我手应我心。

这一切，恰恰同我们的命题作文或命意作文拉开了距离。我们规定他写的，诸多限制，这自然有其必要。作为交流的工具和应用的武器，加之中、高考应试需要，不能都练随意文章，理应全面训练，多方限制，严格要求。但那数量又有限，学生又处于被动状态，很难立竿见影，大出成效。真正可以用来训练学生，有效提高其写作能力的，观察日记不失为一个好办法。因此，既写规范训练的大作文，又辅以平时提高兴趣和能力的观察日记，这样"两条腿走路"，学生必然会受益无穷。这两种作文训练配合起来，相辅相成，互为补充，学生提高很快，到后来，观察日记也逐渐由零敲碎打提高到完整成篇的大作文水平，而六次大作文又具有了观察日记的立意新颖别致，谈吐自然活泼的优点，到这时候，二者就没有太大的区别了，学生也就不必为中考、高考而心绪不宁了，因为他已经具备了以不变应万变的写作能力，押题、翻"作文选"、背"宿构文"

之类的下策就显然是多余的了。

3.“观察日记”的写作促进了学生的全面发展，这一点更是始料未及的。比如：

——由于学生经常要关注、分析身边的生活，这样，他对国家大事、世界风云、社会动态、校园新闻乃至家庭生活、人际关系等等都比以前关心了，留心了，热心了。这对提高学生的思想水平和认识水平，对提高学生的政治热情和识别能力，都极有益处。

——由于“观察日记”较多地涉及班集体的风貌和同学之间的友谊、好人好事或是不良现象，因此对教师的教育教学工作有很大的帮助，进一步密切了师生关系，对班集体的建设和同学们的成长也形成了一种动力和舆论。

——课内外阅读的欲望和质量大大增强了，课本的学习也比以前认真了。有相当一些学生在观察日记中对各科课本中出现的错误一一列出，进行了分析和评论。

——观察能力、思维能力、想象能力、记忆能力、表达能力的增强明显地有助于其他各门学科的学习。语言表达能力的增强使学生多方受益，终身受益。

总之，“观察日记”的写作，其效益已经远远超出了写作能力和作文质量本身。它既锻炼了学生作文，又锻炼了学生做人。它对教育方针的全面贯彻和自身的全面发展，有着不可低估的作用。“观察日记”中还有不少对学校教育教学和管理工作的建议，这对学校工作也起到了推动作用。它已经成为一个五彩斑斓的信息之窗，同时也是充满真实信息的青年心灵之窗。

如此说，六大、六小是作文教学的第一战线，“观察日记”是作文教学的第二战线，那么，我从 1983 年起，又开辟了作文教学的第三条战线——全校性的课外写作组织晨曦文学社，直到 1986 年我因病手术离开岗位，转年春又调离红光中学为止，历时三年。这个文学社包括了从初一到高三各个班的写作爱好者。

作为副校长，我不能再兼任语文课教学了，但是我无法离开语文。课内教不成了，我就在课外教。好在还是当教练；社长则由学生来当，这位同学尽职尽责，干得非常出色。

大家写，我也写，并且参加他们的讨论。为了写好一篇散文，我带着大家参观过大沽口炮台。为了写好一篇影评，大家都去看《少年犯》。为了锻炼多种能力，并在全校传播我们文学社的作品，扩大我们文学社的影响，我帮助大家创办了自己的报纸《晨曦》，由文学社成员轮流主编，轮流排版、刻印、画插图、题图、尾花。那时的初一小社员，现在也早已工作多年了。但大家每当见面的时候，还都十分动情地回忆那一段辛勤写作的时候，都觉得那不仅是一种幸福，而且是一次难得的耕耘。那收获是终生受用不尽的，尽管时间是那么短暂。我深深感到，课外活动的意义和价值也绝不仅仅在于提高作文水平本身。

我对作文教学的兴趣至今不减，辅导工作也从未中止。特别对高考作文的研究一年没断，几乎年年都做了讲座。年年也都辅导了一些学生，从小学二年级学生的日记，到初中、高中学生的作文，都有。我从没觉得厌烦过，我感到责任重大，意义深远，其乐无穷。

（四）“观察日记”的实验也存在一些问题未能解决：

1. 观察日记与正规命题作文训练的关系须进一步研究，以处理得更科学，更妥善。两种作文有共性，有个性，更有内在联系。研究得透，处理得好，事半而功倍，反之就事倍而功半了。这里当然也包括训练次数的合理安排。

2. 观察日记的指导、批改与讲评的科学化问题。本来六大六小的处理对教师来说就是一个很重的负担，如果再加上28则日记，那就是40篇了。如果一个班是45个人的话，那总计就是1800篇。不要说全批全改，就是每次看一部分，也是一个巨大的工程。我那时候是全批全改的，每夜只能睡四个小时的觉，可以说把所有的时间和精力都拼上了，这不是经验，而是教训，因为它不科学。可是如果学生写了日记而老师始终不看或是统统不看，那肯定会流于形式，自流是长久不了的。观察日记更需要老师辅导，组织，指导，扶持，特别是开始阶段，如果教师只动员不检查，不批阅，不指导，那学生马上就冷却了，还不如不做。那么，究竟怎么处理为好？怎么指导，怎么批改，怎么讲评，需要科学地研究处理。具体方法还要在实践中创造。

在红光中学从事语文教学十六年（最后三年是在做副校长时兼课），大体就做了这么三件事情：自学、一课一得、观察日记。功过得失暂且不论，都是“靡不有初，鲜克有终”，即使三处都挖出点水来了，也没打成三眼井，只留下了三个坑。把这点遗迹描绘给后来者，还不仅是为了让大家能品头论足，更希望能从中看出点蛛丝马迹，再打井的时候少走点弯路，少做点无用功。仅此而已。

相信在教育科学发达的21世纪，我们的母语教学一定会出现新局面，开创新境界，达到新高峰。那时再来看我这篇土得掉渣的东西，可能就像看出土文物那样索然无味了。不过那就对了，那就说明我们的时代、我们的教育大大地发展了，进步了，可喜可贺！

1997年4月9日

# 教学随笔二则

我常想，人们往往把语文教学视为畏途，不是没有道理的：一是难，深而且广，无边无际，无尽无休；二是活，再没有一种教材像语文这样变来变去，常教常新的了；三是累，光案头那儿座千秋万代批不完的作文、作业山就够令人望而生畏的。待到考试结束，哪门卷子不比语文看得快？四是慢，见效慢。从小学就练分段，练到高三也不一定会分。一个错别字纠正到老也不一定改得过来。还不要说差学生，一个中等语文程度的学生要想升入上等，谈何容易！

然而，我还是觉得乐在其中。

尽管这两年职务变了，改做了行政工作，但我还是舍不得离开语文，离开学生。由于教心不死，就顽固地在课外占据了一隅之地，带了个读写小组，初、高中一共三十几个学生，美其名曰“晨曦文学社”。和学生们一起搞搞活动，写写文章，改改稿子，出出报纸，累则累矣，其乐也融融。有时因为自己爬文山，泡会海，耽误一两次活动，学生就不大高兴，追问不已。虽然自作自受，狼狈不堪，却觉得这苦里总带些甜味儿。

语文教学效率要上去，光谈甘苦不够，光凭经验也不够，重要的还是得探索规律，改革开拓。可惜，我离着规律太远了，虽然间或壮着胆子搞些缩手缩脚的试验，至多只能算是小修小补，登不了大雅之堂。这里我只想说两点感受。

一是无论如何要让学生爱学语文课。学生学习效率不高的原因是多方面的，但我觉得最重要的在于“被动”二字，不得不学耳。光有重视没有爱，至多是个高分低能。怎么才能让学生爱上这门课呢？办法当然也是多方面的。我觉得最终的在于老师带头上瘾，带头下水，经常扎到学生堆里，同他们一起阅读、评论、争论，一起观察、分析、写作。等到学生也上了瘾，经常带着形形色色的书刊，五花八门的问题，以及自己放手写的各式各样的习作，到处追着老师“探讨探讨”，事情就办成了一半了——另一半就是教师的指点与学生的钻研是不是得法的问题了。杨振宁说：“成功的真正秘诀是兴趣。”爱因斯坦说得更透彻：“热爱是最好的老师，它往往胜过责任感。”而要真正点燃起学生兴趣的火花，并且使之不至于电火石光，稍纵即逝，那么，只靠课堂形式的新颖，教学方法的灵活与教学语言的趣味是远远不够的——当然，搞程式化和新八股只能更糟，只有把教文与教人，主导和主体，课内和课外的关系处理好，才有可能变成老师追着学生学为学生追着老师学。

二是无论如何要让学生会学语文课。现在大家都说，不仅要让学生学会，更要让学生会学，这无疑是非常正确的。问题在于，怎么才叫学会？怎么才叫会学？我体会，把中学十二册课本背得滚瓜烂熟，也不能算是全学会了，重要的在于他运用语文这个工具解决问题的准确、灵活和熟练程度，在于思维与表达能力。我想，评价学生的语文程度，除了应知应会的“双基”之外，还要看他的眼、耳、口、手、脑是否协调一致。看东西，听东西要准确、敏锐，同时思维活动（分析、综合）要积极、有效，然后说出来，写出来不费劲，不走样，听读说写思五位一体，这才叫学会。如果以此为指导学生的出发点和归宿，那么，学生的学习方法就要与之相适应。教法不当，又怎么能让学生会学呢？比如，知识与能力不能偏废，课内与课外不能偏废，记叙与议论、说明也不能偏废等等，自然就要考虑进去了。至于具体方法，就要因班、因人而异了。

总之，千方百计要让学生爱学语文课，会学语文课，是我长期以来试图探索的两个课题，但是零敲碎打，愧无建树。我总想，如果这两个问题不解决，只是从自己的教学这个角度来考虑研究这么改好还是那么改好，改来改去也是一厢情愿，学生不会起太大的变化的，那可就真够苦的了。

说到这儿，又回到那甘苦上来。我还有个自讨苦吃的笨法子，就是不管多忙多乱，也要挤出点时间经常写点东西。一是要求学生写的作文，自己先动笔体验一遍，这点甘苦对指导学生作文多少是有点用处的。二是有时也偷着写点诗歌、散文、评论等等杂七杂八的东西，练手而已，别无他用。三是教学随笔，虽然写得很少，但我觉得不管是大事还是点滴，不管是经验还是教训，作为一种思想或业务上的积累，还是有好处的。这里附上两则，就作为一个老学生的作业，就教于各位方家吧。



## “我不明白”

春天，一个晴朗的上午，初二一班靠南窗坐着的学生们完全沐浴在明亮的阳光下。

我开始检查昨天留的语法作业的完成情况。早有预料，错误率最高的是“我看见汽车开进村”这个句子。相当多的学生把它当成了兼语式。看来，主谓词组作宾语同兼语式的区别是问题的症结所在。于是，我抖擞起精神，把辨析的规律又讲了一遍，虽然花的时间不多，但自我感觉还是讲清楚了。从同学们的眼神看，无疑是懂了，再多讲一句就是啰唆了，于是打住。

“怎么样，都明白了吗?”按照惯例，我还得问一句，万一要是有个万一呢?

“明白了!”几乎是异口同声，语气相当肯定。

“好，下面……”就在我说这半句话的同时，坐在教室最后面靠窗子的一个女生突然大喊了一声：

“我不明白!”

我愣住了，全班同学也为之一惊，大家立即把目光集中到她身上，她早已经边喊边站了起来，只见她脸急得通红，拧着眉，瞪着眼，凛凛然一动不动地塑在那里，就像正在跟我吵架似的。

刹那间，我凭着直觉，感到一阵哄堂大笑就要突然爆发出来了。然而，一秒，两秒，教室里还是那么静，静得让人奇怪，居然谁也没有笑，就连那几个平时最爱嘲笑人的也没笑，而且在用一种我从来没有见过的眼神看着她，又看看我，那意思分明是在暗示着我："您别火，真的，其实我也不明白！"

我顿时肃然起敬了，对勇敢的提问者，对全体没有笑的学生。

我没有再问她究竟哪里不明白，也没有重讲一遍，更没有想到要强调一下所谓的"课堂纪律"。而我猛然意识到：还有什么比这种急不可待而无所顾忌的"我不明白"的呼声更可贵的呢？难道明明心里不明白却不敢、不可，甚至根本不想提问题的学生我们见得还少吗？尤其是在大家刚刚齐声高呼"明白了"之后，想要公开表示"我不明白"，容易吗？知识高于面子，这是怎样纯正的襟怀啊！难怪同学们这次竟然没有笑，他们不但同样被感染了，而且看得出，他们这次也同样陷入了思索。有几个人显得有点不好意思了，这大概是在为自己的随声附和感到后悔吧？

这是一个多么难得的教育机会呀！我带着压抑不住的激动评论了一下刚刚发生的这件事。我表扬了这个同学，提出了人人都要勇于向老师、向同学说"我不明白"的倡议，讲了我对学风和治学态度的看法。从同学们的精气神上可以看出，他们理解了，这不到五分钟的"题外话"比起那道"主谓词组作宾语"来，恐怕还要更重要一些。

我记得打那以后，提问的同学确实多起来了，而且提的也不只是"我不明白"之类的问题了。他们终于相信了这样一个道理：只有敢于和善于提出问题的学生，才是真正有出息、有水平、有发展前途的人。

一九七九年秋

【补记】

这件事已经过去六年了，如今那位曾经喊过“我不明白”的女学生正在读大三。她常回母校来看望老师们。闲谈中我了解到她学得很不错，因为她会学。而我们身边的中学生呢？带着满脑袋“不明白”却偏要装明白，甚至并不觉得这有什么要紧的，依然大有人在。因此我又想到，我们仅仅满足于老生常谈毕竟是不够的，是不是还得下点功夫不断地培养几个敢说“我不明白”的典型呢？他们的实效不比我们的说教更直观、更有说服力吗？

一九八五年春

## 数学里的语文

记得那是1980年春天，初三第二学期。

两位女同学拿着代数课本找我来了。她们说，在做题的时候，发现一道题的中有一个词用得不准，模棱两可，弄得这道题没法做了。

我一看这道题，也为难了。

题目的头一句话就是：“已知a和b的算术平方根成反比……”

怎么理解这个已知条件呢？究竟是理解成根号a同根号b成反比呢，还是理解成a同根号b成反比呢，也就是说，“算术平方根”的定语究竟是“a和b”呢，还是仅仅是b呢？

我赶紧请教数学老师，数学老师也认为这两种理解从字面上看都说得通。怎么办呢？还是按第一种理解去做吧。可同学们瞪大眼睛问我：

“这怎么能行呢？这也叫科学吗？”

我说：“好，那你们就在今天的日记里分析一下这件事情吧。”

同学们积极性真高啊，课间就凑到一块儿研究开了。中午，有人就把日记写好了。

她们说，毛病就出在一个“和”字上，她们为这还查了一些工具书，知道了这个“和”字的使用范围太宽了，用作名词、动词、连词、介词都行。在这道题里，如果把它看作连词，像“我和你”那样，那么，就可以理解为根号 a 与根号 b 成反比；如果把它看作介词“跟”那么，就可以理解为 a 与根号 b 成反比。模棱两可的漏洞就出在这里！

从那以后，这个班的学生又添了新习惯：不论是看书，看报，看电视，还是自学各门学科的课本，都要看看里边有没有病句、错别字和表达不够准确的地方。谁挑毛病挑得质量高得到了大家的认可，谁就会获得一大光荣。我也算他们当中的一员，所以也得有点实际行动，偶有发现，也赶紧向他们报告，有时还能得到几句表扬：

“嗨，真是的，昨天晚上这个电视剧我也看了，这两个错别字怎么就没听出来呢?”

翻翻手头的资料，发现了一位同学在 1980 年秋天读高一的时候写的一篇作文《语文教学小议》，里面还提到了这样一件事，说明这种吹毛求疵的习惯已经带到高中来了。摘录如下：

> 要谈语文教学，我们先从一道化学题谈起吧。
>
> 高中第一册化学课本第 24 页习题 5 是这样写的：“写出铜跟浓硫酸、铁跟稀硫酸反应的化学方程式或离子方程式，并指出这两个反应中硫酸成分里的哪些元素被还原，哪种物质被氧化。”
>
> 你怎样理解这道题呢？你不认为它有错误吗？
>
> 让我们审一审这道题吧。
>
> “或”，用我们所学的语文知识分析，它所连接的前后两部分是选择关系，就是，要么写出化学方程式，要么写出离子方程式，二者任择其一，不需要都写出来。而从化学课的角度来分析，题目的本意应该是：化学方程式一定要写；有离子方程式的，也要把离子方程式写出来。让学生选择着任意写一个是

没有意义的。显然，这里应该用“和”，用“或”字是不准确的。

我们再看它的后一问。硫酸是一种物质，它包含元素，这无可非议。但请你注意，这后一问里要求指出的两点是并列关系，“哪种元素”和“哪种物质”的定语显然都是“硫酸成分里的”，这就荒唐了。硫酸这个物质中哪里还有什么被氧化的物质？

既是全国统编教材，编辑同志们在化学专业上的造诣肯定是很深的，可惜他们轻了“文”，结果在语言上出了毛病，弄得一题两错，失掉了科学性，给教和学造成了混乱。

这篇作文里“求”出来的那些“疵”究竟对不对，姑且不论，但我觉得，倘若咱们的中学生们不论是读是写，都有点求疵的瘾，推敲的癖，而且挑出毛病来之后还能指出病因，予以改正，那么，何愁学生不重视语文，不热爱语文，又何愁学生的思维能力和表达能力不会提高呢？

一九八五年三月

（本文刊载于《语文教学通讯》1985年第6期，45—47页。后由《语文教学通讯》编辑部编入《红烛集》时，作者增加了部分内容。）

# 《故乡》课堂教学小记

语文老师都知道，给初二学生讲《故乡》实在费劲，尤其是结尾部分更不好处理，深了也不是，浅了也不是：深了脱离学生实际；浅了弄个半生不熟。课后练习还偏爱抓住这个重点兼难点刨根问底。老师们有时生怕学生说不清，道不明，白耽误功夫，干脆就一讲而过，给他个标准答案背去算了。我自己就这样干过。

我们语文组研究教法改革，就拿它当了个例子，专门用最后一课时试了一下，看看究竟怎么处理才好。下面我就用课堂纪实的形式把教学过程摆出来，同时加进一点自己的想法，说明为什么这样做，以期得到同行们的批评指教，并引起大家研究、探索、改革语文教学的兴趣。

这最后一课时的教学目的是：培养学生阅读比较深刻的语句的能力。

主要的教学内容是：在学生通过自学独立完成《思考与练习》二的基础上，检查、订正并指导学生当堂修改这份练习作业；最后用一些时间当堂完成《思考与练习》五。



教师：今天我们上《故乡》的第四课时，任务是集中研究《思考与练习》二。上次要求同学们自学，把这道题做在作业本上，都做了吗？（学生：做了！）好，现在先请一位同学把这道练习题读一下。

（学生读题：二、“我”和闰土在少年时代曾经结下了深厚的友谊，为什么这次见面之后却感到“我们之间已经隔了一层可悲的厚障壁了？”“他们应该有新生活，为我们所未经生活过的。”“希望是本无所谓有，无所谓无的。这正如地上的路；其实地上本没有路，走的人多了，也便成了路。”这些话有什么深刻含义？）

（对初中二年级学生来说，这道问答题是个难点。是先由老师讲，再让学生做，还是先让学生做，再由老师帮助他们订正补充？我们采取了后者。即便是难点，也要让学生自己去试着解决，而不应由老师代庖。一有难点就由老师替学生解决，学生分析问题和解决问题的能力什么时候才能培养起来呢？）

教师：这道题一共几问？（学生：两问。）好，我们先来研究第一问究竟应该怎么回答。

（教师请三位同学分别读自己作业本上的答案）

学生甲：因为“我”已经成了老爷，而闰土还那么穷，所以就隔了厚障壁。

学生乙：因为闰土对“我”终于恭敬起来了，还分明地叫道：“老爷！”所以“我”就感到隔了一道厚障壁。

学生丙：“我”和闰土少年时不分贫富在一起玩，闰土还给“我”讲了许多新鲜事，现在隔了那么多年，闰土已经穷得麻木了，“我”也成了老爷，所以“我”感到隔了一层厚障壁。

教师：还有补充意见吗？（学生没有补充意见）

教师：这三位同学的答案都说得有道理，但都还没有说透，我们再深入研究一下这个问题。请同学们先思考这么一个问题：“我”是从哪儿感到和闰土之间已经隔了一层可悲的厚障壁的？

（学生：就从闰土终于恭敬起来了，而且分明地叫了一声“老爷”。）

教师：闰土恭敬地叫“老爷”，说明他是怎么样想的呢？

（学生：他想现在不是朋友了，得守规矩了。）

教师：非常对！问题就出在这“规矩”上。这究竟是一套什么“规矩”呢？这是封建等级观念。阔人、地主、官绅，就是“老爷”；穷人、长工，就是奴才。贫苦农民不但在经济上受剥削，在政治上还要受压迫，得尊敬和服从“老爷”们，这就是封建等级观念，这就是穷人们必须遵守的规矩。尽管小说里的“我”很不欣赏这套规矩，甚至觉得可悲，令人打冷战，可闰土却非常虔诚地遵守它。这不正是那“厚障壁”吗？

（让学生自学，不等于老师就不能讲了，该讲的就得讲，这也是发挥主导作用。硬逼着学生去说他们不可能说出的东西，也是形而上学。）

教师：同学们再思考一下，产生这“厚障壁”的根源是什么呢？

（学生：封建制度！）

教师：对了，这套等级观念，这套精神枷锁，正是为维护封建制度服务的。那么，你们再思考一下，闰土一点儿也不敢违背这“规矩”，说明了什么呢？

（学生：说明他精神麻木！）

（学生：说明他带着精神枷锁！）

教师：很对。这一声“老爷”，说明闰土已经不再是那活泼、热情的少年英雄了，而是一个经济上受剥削，政治上受压迫，带着双重枷锁而不觉悟的“木偶人”了，他和“我”之间已经没有共同语言了。你们看，开始他“动着嘴唇，却没有作声”，叫过“老爷”之后呢？

（学生：用了省略号，没有话了。）

教师：所以，“我”才感到隔了一层可悲的“厚障壁”。明白了吗？

（学生：明白了。）

教师：一会儿你们把这个问题的答案修改、补充一下，把它谈深一些。

（用什么办法使学生学会分析问题和解决问题的方法呢？关键是要教给他们正确的思路，特别是对于那些难点。学生回答问题，说得不深，不全，甚至不对，重要的原因是不会思索，不会找“突破口”，不会把思路展开，从而深入地、有效地去研究解决的办法。因此，领着学生去一步步深入研究，这绝不单单是为了解决这一个具体问题，而更重要的是教给他们思路。也正因为这样，所以对于课堂上提出的每一个问题，都要精心设计，反复推敲。问得过于琐碎、重复，甚至次序杂乱，目的不明，以至内容失当，就会把学生引入迷宫，那就无助于培养学生分析问题和解决问题的能力。）

教师：现在我们来研究第二问。这一问里要求分析几段话的深刻含义呢？

（学生：两段话。）

教师：很对。这一问中实际又包含两个问题，我们应该分别回答。咱们先来研究前一个问题。

（教师请两位同学读自己的答案。）

学生甲：这句话说明“我”对宏儿和水生抱有希望，希望他们不再隔绝，而应该有新的生活。

学生乙：“我”希望后代都不受压迫，都不再穷困，不再受剥削。

教师：这两位同学答的都对，但是也都不够深入和全面。拿到这样的题应该怎么样来思考呢？首先应该这样想：“我”希望后代都有新的生活，该是怎样的生活呢？“为我们所未经生活过的”，“为”是什么意思？（学生：“是！”）那么，“我们”所经历过的生活又是什么样的呢？从这里入手分析，就具体了，就可以把思路展开了。谁能回答这个问题？可以看书！

（学生：我们的生活就是作者所说的“大家隔膜起来”，还有“辛苦辗转”，“辛苦麻木”，“辛苦恣睢”。）

教师：很对。那么“我”所希望的生活又该是什么样的呢？我们反着推回来，不隔膜，那就是希望后代都——

（学生：团结！友好！平等！）

教师：对！谁也不能剥削谁，谁也不压迫谁。那么，不“辛苦辗转”呢？

（学生：不要到处为生活去奔波。）

（学生：生活幸福，不再受穷。）

教师：好。不“辛苦麻木”呢？

（学生：人民群众当家做主。）

（学生：没有精神枷锁了。）

教师：好。不“辛苦恣睢”呢？

（学生：谁也不欺侮别人，压迫别人。）

（学生：没有凶暴的人了。）

教师：那么，总括起来，这句话的深刻含义又应该是什么呢？

（学生：就是希望新的一代不要再大家隔膜起来，过饥寒交迫的生活，而是要没有剥削，没有压迫，没有厚障壁，没有精神枷锁。）

（学生：就是希望后代平等、幸福、自由。）

教师：很好。这就比你们刚才读的答案深刻得多，全面得多了。分析问题时，一定要把思路展开，尽量深入下去，这样才有可能把话说透。一会儿，你们把这个问题的答案也补充、修改一下。

教师：现在我们研究第二问里的后一个问题。

（教师请两位同学读自己的答案。）

学生甲：希望有也无所谓，没有也无所谓，地上没路人也能走，走的人多了也就有路了。

学生乙：（语句不通，意思混乱。）

教师：第一位同学的答案对不对呢？你们还有别的看法吗？

（学生：本来是没有希望的，大家都去做，就有了希望了。）

教师：好。我们来研究一下究竟它的深刻含义是什么。你们先考虑，这里用了什么修辞方法？

（学生：比喻。）

教师：对。这里用"路"来比喻什么？这个"这"字指代什么？

（学生：希望。）

教师：好，你们看准了这一点，下面就应该这样思考了：既然原来没有的路是很多人走出来的，那么，希望是怎样才能从无到有，变为现实呢？

（学生：就得干！就得做！就得斗争！）

教师：很对，但是，一个人、两个人奋斗行吗？

（学生：也得很多人一起来奋斗。）

教师：好。通过"路"的比喻，说明了希望有没有，能不能变成现实，关键在于实践，在于斗争。大家一起来奋斗，美好的未来就有了希望，就像大家一起来走，就能踏出一条路一样。反之，如果没有人来斗争，那么希望也就永远没有实现的可能，永远是空话，那不就跟没有一样吗？所以作者前面说："希望是本无所谓有，无所谓无的。"这话的意思就是，光有对美好生活的希望，大家却不起来奋斗，那就等于没有希望，这就是"无所谓有"；反过来，希望虽然茫然，但大家一起奋斗，它终归能够实现，这就不能说没有希望，也就是"无所谓无"。总起来就是：如果离开大家奋斗，希望就只是一种空想，无所谓有没有；如果像路的形成一样，大家一起来奋斗，来创造，希望就一定能够变成现实，美好的未来就一定能实现。显然，作者在这里召唤人们起来共同为谋求生存而斗争。这个结尾是含蓄的，深刻的，积极的。同学们都懂了吗？（学生：懂了！）

教师：现在每个同学都根据刚才大家对这三个问题研究的结果，对自己的作业进行修改和补充。除了要准确之外，还要尽量深刻，完整，语言也要注意简练和通顺。一会儿我们要检查。

（学生修改后，老师指定三位同学读自己修改后的作业，教师给予肯定。）

教师：由于我们研究了《思考与练习》二，所以对课文最后一部分加深了理解，印象比较深了，现在大家按照《思考与练习》五的要求，把最后四个自然段背下来。

（全班同学都在认真背诵。教师检查了两位同学的背诵，然后全班集体背诵。按时下课。）

（本文刊载于《天津教育》1984 年第 8 期）

# 祖国春光好　民族情谊深

## ——红光中学西藏班纪实

1985 年 8 月 30 日上午，红光中学全体学生喜气洋洋，敲锣打鼓，列队欢迎来自西藏高原的一百名那曲新生。风尘仆仆的藏族小同胞刚一走下大轿车，汉族同学就立刻迎上前去，亲热地接过他们手中的提包。当时正在我市口腔医院进修的那曲地区的白措医生，在校园里见到自己的女儿小德桑的时候，母女二人紧紧抱在一起，激动得留下了幸福的热泪。

目前，首届西藏学生在红光中学已经生活、学习快一年了。他们的近况如何呢？这已经引起了大家的关注。我们在这里选取几个小小的片段，就作为一束献给天津、西藏两地父老用海河水浇灌起来的格桑花吧。

### 给伍伯伯写回信

三月中旬，连续几个晚上，一百名藏族同学人人都在埋头给西藏自治区党委第一书记伍精华伯伯写回信。他们在信里谈理想，表决心，说是一定要在天津学好本领，把自己锻炼成为建设团结、富裕、文明的新西藏的“四有”人才。

这是怎么回事呢？

原来，在2月8日（除夕）下午，国务院、西藏驻京办事处、天津市委、市政府、市人大，以及河北区各级党政领导四十余人来校同孩子们一起欢度藏历年和春节，于淑珍、王珅、关牧村等著名艺术家还为孩子们表演了精彩的节目，各族师生沉浸在民族大家庭的温暖气氛中。这时，市人大常委会主任张再旺同志兴高采烈地向全场提出了两条建议：一是建议主席台上的同志都到孩子们当中去；二是建议西藏同学给伍精华同志以及自己的爸爸妈妈拍个电报，告诉他们自己在这里过了个快乐的藏历年，告诉他们自己的学习有了很大进步，而且平均每人长了十斤肉！这两条建议激起了全场热烈的掌声和欢快的笑声。

没过两天，伍精华同志都收到了孩子们发去的节日贺电。他立即给孩子们写了一封很长的回信。伍精华同志详细地阐述了在内地开办西藏班的战略意义，并且对孩子们提出了四点希望。这封信写得热情洋溢，语重心长，在全校师生中激起强烈反响。学校组织全体西藏学生开展了为期一周的学习贯彻伍精华同志来信的活动，这样，孩子们就人人拿起笔来给敬爱的伍伯伯写了回信，并且还成功地召开了一次立志做“四有”人才的誓师大会。

从那以后，孩子们鼓起了理想的风帆，学习更刻苦了，更扎实了。有些同学则把伍伯伯来信的复印件贴在自己床头的墙上，信上面还深深地围上一条洁白的哈达！

## 盥漱室的读书声

清晨五点，万籁俱寂。每天这个时候，三楼的夜班生活老师和二楼的带班干部，都能听到从几个盥漱室里传出来的轻轻的读书声。你到院子里走一圈，还会看到路灯下一个又一个的学生在读书。

尽管学校一再劝说，要同学们坚持六点起床，保证健康，可早上悄悄起来学习的还是有增无减。当然，这里边准有次仁曲吉。

次仁曲吉学习基础不算好，上学期期中考试考了个21名，但她一声不吭，早上到盥漱室读书，中午也到僻静的地方去读书，学得非常刻苦。功夫不负有心人，期末考试，她一跃成为全年级的第三名。其实何止是次仁曲吉，哪一个孩子不是憋着一股劲儿呀！

强烈的竞争观念和紧迫感已经在孩子们身上转化成能动力量。

在上学期末的表彰大会上，因各科成绩均在 90 分以上而受奖的有 23 人；因单科成绩达到 100 分而受奖的有 12 人；因名次较期中推进 10 名以上而受奖的 30 人。

每当我们问到孩子们取得成绩的原因时，他们总是诚恳地说："老师辛苦！"

从这里，我们不仅可以看到西藏孩子顽强上进的性格和品质，而且可以看到西藏的光辉未来。

## 广播操冠军

这学期一开学，全校就搞起了热火朝天的广播操比赛。汉族班也好，藏族班也好，谁也不甘落后。评比从第三周开始，年级会操，经过严格评比，西藏预科四个班，班班过得硬，夺得全校冠军！

四月初，在校运会入场式上，百名藏族同学又以矫健的英姿行进在运动员队伍的最前列，博得热烈的掌声。

藏族同学爱运动，爱锻炼，爱劳动。自从他们进校后，校园里，球场上，到处都有了一片旺盛的生机。

还记得，孩子们去年刚进校的时候，由于"低山反应"，先后有十九位同学住进了第一医院及本校医务室病房。第一医院从院长到全体医护人员发扬了高度的共产主义风格，为恢复孩子们的健康做出了很大的贡献。护士们把自己心爱的耳环、手镯、盆花送给了孩子们，医院还派有经验的老厨师给孩子们开了专伙。市卫生局长亲自带领五位专家连夜赶赴医院为孩子们会诊。河北区卫生局还送给学校一套医疗设备。第二医院和小关卫生院则派出医护人员到学校病房为孩子们治疗。张再旺、王旭东、何国模、姚峻等很多市党政领导同志还亲自到学校和医院看望同学们，向他们表示亲切的慰问。学校的干部、教师、职工组织起来，20 小时轮流值班看护学生。在大家的共同努力下，孩子们终于闯过了这道难关，适应了环境，恢复了健康。

从以上几个小小的片段中，我们不难看出，中央关于在内地十六省市开办西藏班的决定，确实有着深远的战略意义，是具有远见卓识的英明决策。西藏要振兴，关键在科学文化；科学文化要振兴，关键在人才。一批又一批人才在海河之滨成长起来，这是我们的希望，这是我们的责任，也是我们的光荣。

现在，百名藏族同学已经深深感到祖国春光好，民族情谊深。你听，他们正在满怀深情地引吭高歌：

怎能忘，祖国的未来担在我们的肩上，
怎能忘，我们是建设新西藏的栋梁。
怎能忘，海河，你在我们心中永远流淌，
怎能忘，天津，我们亲爱的第二故乡！

（本文刊载于《天津教育》1986 年第 7 期）

# 作文教学篇

# 高考作文的思想准备和技术准备

## ——讲座稿·2012年第六稿



高考作文准备的依据是什么？必须吃透和牢记国家考纲；必须研究遵循天津市的《等级评分标准》。

国家考纲已保持多年稳定不变，简明扼要，科学适用。以下是发展等级标准，基础等级标准从略。

一、深刻：1. 透过现象深入本质；2. 揭示事物内在的因果关系；3. 观点具有启发性

二、丰富：1. 材料丰富　2. 论据充实　3. 形象丰满　4. 意境深远

三、有文采：1. 用词贴切　2. 句式灵活　3. 善于运用修辞手法　4. 文句有表现力

四、有创意：1. 见解新颖　2. 材料新鲜　3. 构思新巧　4. 推理想象有独到之处　5. 有个性色彩

以2009年天津高考作文等级评分标准说明为例：

（1）"内容"中以"题意""中心"为重点，"表达"中以"结构""语言"为重点

（2）"特征"中不求全面，采用"一点评分法"即以下四项16点中最为突出的一点来评分，也就是说，有一点突出可作为亮点就可以得满分20分

（3）每一个错别字扣一分，重复的不计（07以后即为此，以总3个扣1分）标点符号错误最多扣两分，字数不足的每少50字扣一分。

（4）确认为抄袭的，列入四等，“特征”不给分。

《国家考纲》中的第四项“有创新”，京津渝等地已改为“有创意”，而沪浙苏闽等地仍用“有创新”。沪苏闽作文为70分。

以上两个文件中的规定，是我们一切准备工作的依据和前提。这也应该是阅卷的依据。

纵观天津市近八年的高考作文命题，有以下特点：

一、贴近时代，贴近社会，贴近现实，贴近生活

2005年《留给明天》（宽题，涉及面广）

2006年《愿景》（宽题，涉及面广）

2007年《有句话常挂在嘴边》（宽题，什么话？为什么？）

2008年《人之常情》（宽题，涉及人文情感，熟悉）

2009年《我说90后》（宽题，写最新一代人的特点，熟悉）

2010年《我生活的世界》（宽题，更广泛）

2011年《望远镜，显微镜，哈哈镜，反光镜，三棱镜》选两个以上（想象，联想，类比推理，宽题）

2012年《三条鱼关于水的对话》（类比推理）

以上没有偏题，窄题，脱离现实、脱离生活的难题。我认为，天津市多年的作文考题是全国各省市中最好的。

外省市的作文题，凡受欢迎，反响好的，都是紧扣时代脉搏和现实生活的，比如：

2009年江苏题：品味时尚

2009年的全国卷Ⅲ（海南，宁夏）女孩旅游，钱包被偷，吃不了饭，回不了家，乞讨求帮，六个高中生路过，帮不帮？意见分歧，你怎么看？

2009年江西：法国佳士德拍卖圆明园被抢的兔首、鼠首，某艺术公司经理蔡铭超以超高价拍下，但拒绝付款，造成流拍，舆论哗

然。有人说是民族精神，有人说是恶意破坏规则，你怎么看？

2009年辽宁：明星代言虚假广告，网上论坛，有人为之开脱，有人认为他们也有责任，你怎么看？

2010年全国卷Ⅰ：猫吃鱼——“都什么年代了，有鱼吃还捉老鼠!”

2010年全国卷Ⅱ：浅阅读，流行快餐，失去了什么？

可见，贴近时代，贴近生活，这是全国性的命题方向。倘若我们高三学生对窗外事，对时事新闻社会生活漠不关心，肯定会困在题下不知所云。一定要警惕啊!

现在还有一个现象，不管什么题，都往自己熟悉的古人身上找材料，尽量拿屈原、李白、诸葛亮、杜甫、苏东坡说事儿，阅卷老师对此非常反感，管这些老者叫“万能材料”，千万要避免！上述这些作文题，这些古人还用得上吗？

二、注重考核我们理性思考、理性分析、理性判断的能力，特别是注重考核我们的感悟能力和用哲理进行思辨的能力。

应该说，当今全国的作文考题都有相当大的理性内涵。比如2011年，全国18个作文题，直接考哲理思辨的就占了12个。如：

北京：仰望星空与脚踏实地

上海：钓鱼哲学（丹麦，钓上小鱼来放回去）

再如天津：我说90后——“有人赞扬嘉许，有人表示担忧，有人认为他们是在以自己的方式诠释自己的青春”（引言）

你没有两点论的哲学武器怎能说清楚？

三、考核我们的个性化水平和创新能力

“新课标”的三维目标强化了“情感、态度、价值观”（这正是素质目标的具体要求）

天津市的命题方针就有“关注生活，关注自己”八个字。

现在我们提倡“个性化作文”“创新（创意）作文”，写“有我之文”其实就是抵制和突破陈词滥调，新老八股，人云亦云，一般化，白开水，套子活儿，宿构等要不得的文章和文风。不抄袭，不套作，不临场瞎编。我们必须坚持实话实说，我口说我心，我手写我口，写真材实料，真情实感，真知实见。

季羡林教授曾说：“没有创意的文章不要写，那是浪费纸张。”对于高考作文来说，那就不仅是浪费纸张了。

什么是创意？人无我有，人有我优，人弃我取，人趋我避。甭管创新还是创意，总之，从立意、选材料到语言技巧，从通篇设计到局部施工，要力求新颖别致，让人读了耳目为之一新，这里有你自己的特点，自己的思考，自己的感悟，自己的风采，充分发挥自己的潜能。

非此怎么进一类？

四、题型趋于多样化。

几年来，命题作文、半命题作文、材料作文、话题作文，甚至看图作文都出现了。

这就带来审题的技巧。一定要熟悉各种各样题型的特点，审慎对待，千万不可草率忽视。

如果是“以……为题”，或“以……为话题”，那就不要再另立题目，紧紧扣着人家的题目写，切勿跑题。

如果是材料作文，让自己拟题，那材料就是写作的依据。但这些材料只是“引文”，你只能写自己的材料。

有人问，“题目自拟”，是先拟题目后作文好，还是先作文后拟题好？各有长处。先拟题再写文，全文可扣着题目写，不容易跑题，不容易写散。

先作文后拟题，题目可能更精彩，更有新意，既能概括全文，又有意蕴，正所谓“好题不怕晚出场”。

如果赶上看图作文，那可要格外小心了。首先要把图看懂。倘若看不明白，对它的隐喻内涵理解有误，那你的文章就谬之千里了。



如1983年全国统一高考，是首次看图作文。一个人叼着烟卷夹着铁锹往前走，嘴里说一句“这下面没有水，换个地方挖”，其实这土地下面就有水，可惜他身后留下了深浅不一的四个坑，深的离水面已经很近了，他不挖了。

这幅漫画的寓意很明显，就是讽刺浅尝辄止，有始无终，功亏一篑，半途而废的。早在《诗经·大雅》就说过“靡不有初，鲜克有终”，可有的考生写“这是坏人在破坏大堤”！

又如 2005 年湖北卷有一幅漫画，是一棵大树，下面两侧各有一棵小树，由于大树树冠大而遮阳，小树树冠弱小而歪斜无法生长。让写对漫画内涵的理解，并为此画拟标题。给出的选择答案有“是爱还是害？”“妈妈的心”，这都可取，可偏有人选“大树底下好乘凉”和“大树和小树”，可见不懂画，不会看画，倘以此作文，非吃亏不可。

难度最大的，是 2005 年的福建作文考题：

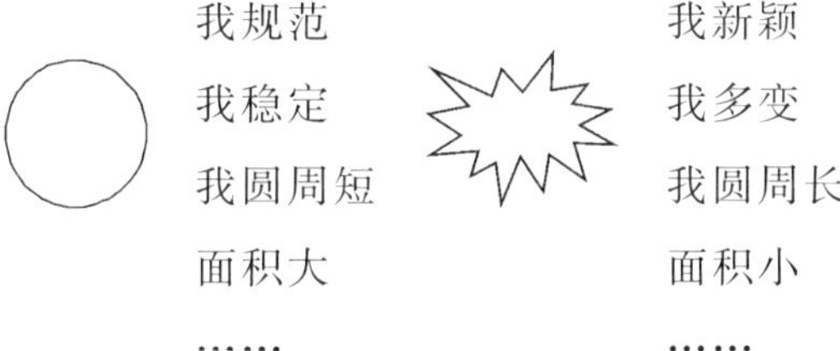


这个作文题难倒的大概不止一两个人。

可是，我发现有一篇考场作文，实在难能可贵。试卷的文题是《圆和星》，兹摘录如下：

### 张扬与内敛

福建考生

布莱尔曾说过：“一个人年轻时若是保守党，就太没心肝；但一个人年老时若是自由党，就太欠成熟。”或许，张扬属于年轻人，内敛属于老年人。

苏轼高唱：“大江东去，浪淘尽，千古风流人物。”李清照低吟：“这次第，怎一个愁字了得？”或许张扬属于男子，内敛属于女子。

张扬，让阳光灿烂普照大地，让万物复苏；内敛，让月光洒下的清辉伴着失眠的人入睡。张扬，让滚滚长江水无休无止；内敛，让漫漫撒哈拉沙漠中的驼铃悦耳动听。

张扬与内敛，孰是孰非？

过于张扬，烈日会使草木枯萎；过于内敛，黑暗会让赶路的行人恐慌。过于张扬，江水会决堤；过于内敛，驼铃无法给迷路的人指明方向。

原来，张扬与内敛，谁也离不开谁。

（略去四段）

我们要新颖，要多变，张扬自己的个性，让生活之水沸腾；我们要规范，要稳定，内敛自己的浮躁，在坎坷面前心如止水。

以上是高考作文命题的四个特点。

这里就涉及审题问题。

审题要有两种准备：一是审题的精准；二是审题的策略。

审题精准无疑是首要的。吃透题目的内涵和外延，弄清题目的要求，以防止离题跑题，这是成败的关键。审题要细心，对引言和提示的每一个字都不要忽视。

审题策略主要是对题目过大，过小，过虚，过死如何应对。办法是大题小做，小题大做，虚题实做，死题活做。

大题小做。如2008年上海的《他们》，千万不要铺得太宽，最好集中笔墨就写一群，如城市农民工子女。这样可以写具体，不空泛。

正可谓：“伤其十指不如断其一指。”

小题大做。如天津题“有句话常挂嘴边”，倘写一句，那就把它的来历，意义，不同时代的不同价值展开来写；倘嫌单薄，就写几句，如常对家人，常对朋友，常对对手说的三句话。这类题的应对策略是横向展开，纵向深入。



虚题实做。如2009年北京题“我有一双隐形的翅膀”、2009年湖南题“踮起脚尖”、2009年浙江题“绿叶对根的情意”，这类诗意的题，或是借喻，或是象征，不能以虚对虚，文章要实。

死题活做。如2009年福建“这也是一种________”，可以填写“永恒”，写瞬间的真善美。可以写“问题”，写三鹿奶粉或消防隐患。

万一有俗题，那就“俗题新做”，如2010年重庆的“难题”、2010年湖南的“早”、2010年湖北的“幻想”，老题目要出新意。

下面分别说说关于深刻、丰富、文采、创意四项发展等级要求的应对准备。

一、深刻。要求是：(1) 透过现象看本质；(2) 揭示事物内在的因果关系；(3) 观点具有启发性。

怎样才能使文章深刻一些？提六点建议。

建议之一：立足点高一些，着眼点宽一些，切入点小一些，剖析点大一些。作文同做事一样，都应该“宏观着眼，微观着手”。

比如，2008年全国卷Ⅰ，材料作文，材料很长，概括了5·12汶川特大地震的方方面面，要求“选择一个角度”作文。

选什么角度？一位考生选择了这样一个切入点：“温总理在四川地震灾区学校的黑板上郑重地写下四个大字‘多难兴邦’。这四个字深深地镌刻在了我的心上。”

这比一般泛泛的开头聪明多了，下面的文章也好展开了。重要的是，它给立意的深度定了基调。他论述了三个观点：一是我们不渴望灾难，但我们都能从灾难中凝聚力量；二是，民唯邦本，本固邦宁。灾难中人性得以发光，民族的向心力增强了，人与人的距离拉近了。

三是成长是要付出代价的，灾难中迸发的精神和力量使一代人成长了，这就是使国家振兴的力量。

再如2005年北京题：说“安”。题目大而宽，从哪里切入？一位考生选了一个小而具体的切入点，独具匠心：“紫禁城的大门叫作天安门。着一‘安’字，历代王朝切盼安定、安全、安宁、平安之意全出。此外，还潜藏着统治者安于斯所、安于现状的心理，其实，天下没有永久的“安”，安于现状就能安下去吗？”

多好的开头，多好的转折！下面的剖析面一下就打开了。

下面是刘禅的“此处乐，不思蜀”。虽被封为“安乐公”，还是被杀了；清政府“安”到用海军军费修颐和园，最终丧权辱国。

结论是：“只有不安于现状，一个人才能自强不息，开拓进取，有所作为。只有不安于现状，一个国家才能奋斗、崛起、安定、富强。”

这就叫站得高，看得宽，切得小，剖得开。

另有一篇文章说，西安，古名长安，十三王朝在此建都，都名始终未换。为什么？谁不盼长治久安！结果呢？真要“久安”，王朝能换十三回吗？南宋被金兵赶到长江以南，偏要把杭州改称“临安”，能长久吗？

此外，“民以食为天，食以安为先”，这也是很好的切入点。

建议之二：一定要坚持两点论，包括从正反两面对比论证。这就是用哲学观点来分析问题。切忌只看一面，顾此失彼，片面绝对，剑走偏锋。特别是思辨题，必须运用哲理。

比如2009年天津题“我说90后”，有一个考生先说我们这一代赶上了黄金时代，最肯学习，最少保守思想，最富创造精神；生活最幸福，父母最疼爱，条件最优越。

同时，他也分析了我们中有的人对家长的逆反，厌学辍学，沉迷网吧，吃喝玩乐，甚至违法犯罪。

最后他提出了解决问题的途径：成才先成人。我们是一群站在人生十字路口彷徨的孩子，我们的成长，离不开社会，离不开学校，离不开家庭。

显然，这个考生的思想观点包括思想方法是比较成熟的。

下面，我想举一个运用两点论堪称典范的例子。



北京大学光华管理学院院长张维迎教授在2006年新生开学典礼上的讲话，全文非常精彩，这里只选录其中很小的一部分：

你们要热爱自由，但不可以随心所欲不守矩；

要张扬个性，但不可以孤芳自赏不合群；

要养成大家风范，但也不可不拘小节；

要学会独立思考，具有批判精神，但不可以自以为是，目中无人；

要有远大抱负，但不好高骛远，以事小而不为；

要激情澎湃，但必须在理智的指导下选择行动；

要甘于寂寞，学好专业知识，也要关注社会；

要敢于追求自己的幸福，但绝不能损害他人的利益；

要心中装着多数人，但嘴上不可哗众取宠；

要热爱真理，也应该尊重老师。

事实上，万事万物都需要两点论来辩证地分析。如：双刃剑、利与弊、得与失、压力、网络、知足与不知足，等等。

建议之三：不要停留在提出问题和分析问题上，还要提出解决问题的方法或建议。

大量的文章只满足于分析问题，倘有解决方法，自然高人一筹，领先一步了。

比如2005年山东题“双赢的智慧”，有考生文章的结尾段是：“虽然竞争无时无处不在，但它不应该是一味的你死我活，甚至两败俱伤，只要我们多一份关爱，多一份包容，多一份谦让，多一份无私，站得高些，看得远些，我们就不仅能承托了他人，更成就了自己，在付出中获得双赢。一句话，双赢需要胆识，双赢需要胸襟，双赢需要实力!”

就因为这样一段结尾它就超越了那些只停留在举例说明双赢确实存在的平庸之作，获得了满分。

建议之四：由表及里揭示事物的本质和内在的因果关系，在立意构思时需要多想几个“怎么”“什么”“为什么”，一定要运用纵向思维想深想透想明白，然后再写。如07年天津题“有句话常挂嘴边”，必须想：哪句话？为什么会常挂嘴边？这句话对还是不对？积极还是消极？为什么？今天还常说吗？为什么？

又如：2008年广东“不要轻易说‘不’”，必须想：哪些事情容易说“不”？为什么不能轻易说“不”？说“不”的现象很普遍吗？为什么？怎么才能做到不轻易说“不”？

再如：2008湖南“草色遥看近却无”，必须想：为什么会这样？类比推理，生活中哪些事物与之类似？有意义吗？为什么？我们怎样充分利用这个规律并体现它的价值？

更如：1991全国卷《近墨者必黑，还是未必黑?》，思辨题，必须想：必黑，为什么？未必黑，为什么？哪个更合理？为什么？用什么哲学观点来解释自己的选择？这两者能同时并存吗？这里，内因是变化的根据，外因是变化的条件就非常重要了。

建议之五：要尽力使文章观点有启发性。

设计构思文章的时候，一定要换位思考，把自己换成读者：我看了这篇文章，会受到启发吗？我这篇文章的观点是不是大家早已熟知的老生常谈？倘若我读着都感觉不出一点新意，没有什么启迪，那读者、阅卷老师还有兴趣看下去吗？

如果连自己都感觉不到启发性，那别的读者——首先是阅卷老师自然感受不到一点启发，那将是什么感觉？像喝白开水。他该怎么评分？

文章的启发性从哪里来？

①来自哲学观点，来自辩证思维，来自思辨文字。这才能使观点具有启发性。

②来自有内涵、有意蕴的语言，来自有文采、有味道的句子。这才能使语言有启发性。

③来自不陈旧、不浅薄、不从俗的材料，这才能使材料有启发性。



例如：老子李耳在他的老师常枞病危时，于病榻前问老师遗训，常枞说，你将来即便成才为官，过故乡时要下车，过桥时要小步向前以表示尊重故土和敬重父老乡亲。然后他问老子自己的牙如何，老子说，全掉完了。常枞又问：舌头呢？老子说：舌头还好好的。常枞说：你记住，坚韧比坚硬要强！全国高考题“坚韧，我追求的品格”有考生就引用了这个材料，获得成功，就因为这个材料有启发性。

又如，南宋孝宗皇帝幸游临安天竺寺，见观音像，遂问陪同之净晖法师：“人持念珠念观音，观音持念珠念谁？”净晖说：“仍念观音。”孝宗不解，问何故。净晖笑答：“求人不如求己。”

杜牧诗有句云：“睫在眼前长不见，道非身外更何求！”（《登九峰楼寄张祜》），同上面材料有异曲同工之妙。八百年前乃至一千年前的古人就意识到了发挥自身潜能，发挥主观性动作作用的重要性。我们今人又如何！这些材料蕴含哲学观点。

《语文报》高中版第584期《一篇有争议的满分作文引发的思考》涉及湖北考生文章《臭皮匠如何顶得诸葛亮》，把“三个臭皮匠顶个诸葛亮”的俗语给否定了。他认为，搞现代化，不需要大量庸才，只需要人才！温州那么多皮匠做皮鞋出口，全国有名。但买一架外国飞机，得给人家几亿双皮鞋！有新意。

思辨文章，常常需要逆向思维。比如：班门弄斧，就要弄斧到班门；人言可畏，未必都可畏；多多益善，怎么节能减排？杞人忧天，不该有忧患意识吗？恨铁不成钢，恨有何用？近水楼台先得月，能不腐败吗？

再如“压力”。没有人喜欢压力，可没有人没有压力。怎么看待压力？双刃剑。压力最大的好处就是可以使人产生危机感，从而激发责任感，令人自强，催人奋进。正如大庆人的名言：“地无压力不出油，人无压力轻飘飘。”

杜荀鹤的《泾溪》诗：“泾溪石险人竟慎，终岁不闻倾覆人。却是平流无险处，时时闻说有沉沦。”这是哲学。

香港启德机场是世界上最危险的机场之一，飞机起飞后连居民楼上晾的衣服的花纹都看得清清楚楚。但百年来，从未发生事故。

驾驶员都明白：最大的危险不是来自压力，而是来自松懈。同上例是一个道理。

英国国王查理三世出发作战前，钉马掌的铁匠情急之下少钉了一颗钉子，结果冲锋没走到一半，这个马掌掉了，战马跌翻在地，士兵一哄而散，查理三世被敌军俘虏。后来人们就说："少了一颗铁钉，掉了一只马掌；掉了一只马掌，摔了一匹战马；摔了一匹战马，败了一场战役；败了一场战役，丢了一个国家。"于是才有了莎士比亚的名句："一马失社稷。"

它给我们的启迪是什么？细节决定成败。凡事成于细节，败于细节。韩非子云："千里之堤，以蝼蚁之穴坏。"小事情，大道理。从细节中见品味，于细微处见精神。

有同学认为，作文写出启发性来太难了，自己做不到。所以上面多说了几句。只要观点、材料、语言的设计时有这个意识了，做到并不难。比写"白开水"还难吗？

建议之六：调动想象、联想、类比推理等等技巧，以凸显文章深度。

如，2008全国卷Ⅰ：材料题，"5.12"汶川大地震。

河北考生《爱的颜色》

爱是什么颜色？——

爱是绿色的——武警战士在行动！

爱是白色的——白衣天使在行动！

爱是橙色的——消防战士在行动！

爱是红色的——志愿者队伍在行动！

爱是黄色的——全国人民救援在行动！

还有，火红的国旗在飘扬！

各种颜色聚在一起，成为巨大的爱的光束，照亮汶川，照亮全国。

以上六点建议可能有助于使文章立意更深刻一些。

附带提一个有关技术性操作的建议：

倘时间允许，可同时设计 2—3 个写作方案，通过比较，从中选出一个最佳方案。避免写至中途忽觉遗憾，但来不及另起炉灶了。考场上常有考生作文写到一大半了，忽然想到一个更好的方案，但重写已经来不及了，试卷纸也没有富裕，后悔不迭。这种情况一定要避免。那就在立意构思的时候，思考周密一些，不要没想周全就匆忙下笔。选定一个方案之后，就全神贯注地把它写好，不要再想别的方案，以免分神。

二、丰富。要求是：（1）材料丰富；（2）证据充实；（3）形象丰满；（4）意境深远。

使用材料要做到七防：

防离题：游离材料、疑似材料、擦边材料均不能用。

防单薄：最忌一个例子详细说，情节过多，描写过细，喧宾夺主。议论文论据既要具体，又不要过细。最怕记叙不够，说理也不透，弄成散文议论两不像。

防罗列：同类例子过多，作用雷同。重复罗列不等于丰富，多不等于丰富。三四个例子各司其职，用在不同的刀刃上为最佳。

防陈旧：力避老生常谈，力避作文选中多见。

防媚俗：流行语、网络热词、垃圾文化、快餐文化、明星逸事，什么秘籍，什么宝典，都不要用。

防编造：编故事是笨招儿，容易顾此失彼，漏洞百出。

防混乱：这涉及文章的结构问题。涉及材料组织和使用的逻辑性问题。材料之间的逻辑关系一定要有层次，有条理。不能想哪写哪，写到哪儿算哪儿。一定要有通盘设计，然后再写。

最带有普遍性的问题是，议论文的论据材料和论证结构的安排。高中议论文写作的通病是：

首段：论点

中段：例①＋例②＋例③＋例④＋例⑤……

尾段：总结

其实这里只是有事例的简单罗列，根本看不到论证，看不到说理——也不会说理，却美其名曰“总分总式”！就算这五个例子都是论据，它们也是单摆浮搁，关系不清。

现在的议论文写作有四个毛病亟待纠正。

1. 只会说事儿，不会说理。

2. 只会罗列托出，不会层层深入。

3. 只会找同类事例，不会分类选材或正反对比。

4. 只会在说事的过程中点缀些道理，不会在说理的过程中准确使用事例。

究竟怎么样在议论的过程中准确合理地使用论据呢？

请看下面这篇文章（2001年·全国卷“诚信”天津考生作文）：

**新六国论**

大文学家苏洵在《六国论》中认为，六国之所以被秦所灭，“非兵不利，战不善，弊在赂秦”。不错，这确实是一个重要的原因。但我认为，更主要的是由于六国国君缺乏一样东西——诚信。

战国时代，七雄并起，秦国最强。六国为了自保，应当抱成一团来对付强秦。他们也是这么做的，苏秦牵头，成立了“纵约”联盟。有了盟约，大家就该万众一心吧？不行，为了自己国家的私利，面对秦国抛过来的政治诱饵，他们总是不停地摇摆，全将盟约当作了废约。朝秦暮楚，朝三暮四，互相钩心斗角，全将诚信扔到九霄云外。这样大家离心离德，各自应战，谁也不相信对方，最终被秦国各个击破，全部消灭。

六国里楚国最强，楚怀王还是“纵约长”，联盟发起人。张仪到了楚国，说只要楚国与其他五国决裂，秦国愿割让六百里土地。利令智昏的楚王竟同意了，断然撕毁同盟条约。然而这只是秦国的一个骗局。楚国撕毁盟约就孤立了，秦国马上进攻楚国，其他五国竟也和秦国一同伐楚。结果楚国大败，不但没得到土地，反而又丢了六百里的土地，从此一蹶不振。

说到秦国，商鞅变法之后实力已大大超过其他六国，可为何数百年后才由一个不知是不是姓嬴的秦始皇统一全国？原因也是缺乏诚信。秦国曾借会盟拘禁并困死了楚怀王，留下了“秦乃虎狼之邦”的恶名。六国又重新联盟了一段时间来对付它，特别是楚国，发出了“楚虽三户，亡秦必楚”的誓言。面对着红了眼的六国，秦国只有把统一的计划一再拖延，统一后又很快土崩瓦解。

看来诚信是立国之本。如果没有诚信，不但会招致在国际社会的孤立和被动，甚至会祸起萧墙。当年西安事变后，蒋介石出尔反尔，拘禁了爱国将领张学良、杨虎城。后来平津战役时，傅作义曾数次接过蒋介石要其南撤的命令，由于害怕重蹈覆辙，他迟迟没有动，最后起义，使北平和平解放。蒋介石不讲诚信，加速了他蒋家王朝的灭亡。

当今世界，某个超级大国依其实力强大，不但独断专行，且食言而肥，对签下的《京都议定书》等条约说撕就撕。撞了别人飞机，先是嘴硬，当理亏道歉后接回飞行员，就又变起面孔来。这样下去，最终被完全孤立只是时间问题，被踢出人权委员会就是前兆。

前人之鉴，后事之师。后人哀之而不鉴之岂不更让人悲哀。

他的论证层次是——

层层深入，纵论古今，横论中外，只用四个材料，处处说理。

（中国，由古到今）
第一段：六国灭亡，源于缺乏诚信。
第二段：六国之间，离心离德，最终为秦所灭。
第三段：六国中的典型楚国背信弃义，竟遭其他五国与秦国一起伐楚。
第四段：虎狼之邦的秦国也土崩瓦解，同样是源于缺乏诚信。
论证结论：从历史上看，诚信是立国之本。
第五段：历史如此，中国近代如何？

（由中到外）
蒋介石不讲诚信，加速了蒋家王朝的灭亡。
第六段：中国如此，外国如何？

（结论）
美国食言而肥，不讲诚信，最终必将被世界孤立。
第七段：总结，前人之鉴，后事之师。后人不能衰而不鉴之。

关于材料，很多同学担心“没词儿”。这是认识误区。历年高考，没有一个考生作文因为没词儿而交了白卷的。何况现在出的还都是大题、宽题。从考场出来，没有一个人说“没词儿”。

应该担心的是没好词儿、没绝词儿、没新词儿。

我们应该做的，而且是能做的，就是从现在起，按各种类型的题目作索引，专备好词儿新词儿，备料不备文儿。

材料从哪里来？材料有四大来源，任凭你筛选整理。纳入你材料储备的四大库存。

材料来源之一：知识·见识

文学、史学、哲学首当其冲，同时，你所学的科学——数、理、化、生，乃至美学、运动学、社会学、教育学、心理学——一切杂学皆可入文。学理科的同学可以放心了。

光有知识，没有见识，可能是书呆子，只能作死文章。

知识＋见识＋感悟，就有了见地，知识和见识就用活了。再加上有胆识，就可以创新了。

例一：2010 天津“我生活的世界”

《人生世界，惜时即金》（天津考生）：“我所生活的世界，最有含金量的是时间。”

作者从下面四个角度进行阐述：

从数学位置说，时间是一个常量，一天 24 小时，人人平等；时间又是一个变量，惜时如金者，一天当两天用；费时如水者，一天只剩半天。

从物理意义来看，时间既是一个标量，又是一个矢量。

从化学内容讲，把知识与时间组合起来，能产生威力无边的核裂变反应。

从经济学角度看，时间是一般等价物，你可以储蓄或投资。

理所当然，会有高额回报；但你用它投机、赌博，就可能血本无归。

结论：我生活的世界中最大的财富，最能支配人生命运的杠杆，就是时间。可以白驹过隙，稍纵即逝，一刻千金。我生活的世界里，一天并不是 24 小时，而是 86400 秒！

例二：爱迪生发明电灯时，有一次需要计算一只灯泡的容积，他把任务交给了助手。十几分钟后，他询问结果，只见助手正满头大汗地奋笔疾书，稿纸上写满了演算步骤，爱迪生拿起灯泡，向里面灌满水，再把水倒入量筒，看看刻度，一目了然。爱迪生只上过小学，而那位助手是研究生。

例三：一个老外在小贩摊上买东西。付钱后，小贩找给她一枚五分硬币，他摆摆手走了。于是小贩叫自己的儿子给他送去。老外说：“给你吧。”小孩不要，老外就接过硬币随手扔在地上了。小孩很生气，愤怒地对他说：“你把硬币捡起来！”老外很意外，说：“只要你说出个充分的理由，我就捡起来。”小孩说：“那上面有我们的国徽！”

例四：一个调研题目，拿到一个单位，让大家选择：

1. 今天一次性给你 100 万。2. 今天给你 1 元，连续 30 天每天都给你前一天两倍的钱。结果几乎所有人都选 1。其实选择 1 只能得到 100 万；选择 2，可以得到 5 亿多（5.3687 亿）。这说明什么？

我们常常因为急功近利而忽视了科学的，可持续的，长远的发展观点。为了蝇头小利，为了局部利益，为了地方利益，甚至为了一己私利去砍伐树木，污染江河湖泊，恶化空气，破坏环境，不都是着急去抢那一百万的人吗？

材料来源之二：生活·感悟

大家普遍担心“没有生活”，“两点一线，平淡乏味，没得可写。”这是认识的误区！没有大事有小事，小事也有大道理。就看你关不关心家庭生活、校园生活、社会生活，有没有关注生活的热情，有没有对生活的感悟，做不做生活的有心人。高考题“有句话常挂在嘴边”“人之常情”“留给明天”“愿景”“他们”，考的不就是你的生活态度吗？

例一：2008天津题“人之常情”，天津考生作文：

母亲曾告诉我，人之常情是这样的：

我能给予你生命，但不能代替你生活；

我能教给你许多东西，但不能强迫你模仿；

我能指导你如何做人，但不能为你所有的生活负责……

父亲曾告诉我，人之常情应这般：

我能告诉你怎样分辨是非，但不能替你做出选择；

我能为你奉献浓浓的爱心，但不能逼迫你照单全收；

我能教你与亲友有福同享，有难同当，但不能代替你品味其中的幸福……

师长曾告诉我，人之常情会如此：

我能教你如何尊重他人，不能保证你受人尊重；

我能告诉你真挚的友谊是什么，但不能代替你选择朋友；

我能对你进行性教育，但不能保证你体会爱情的甜蜜……

朋友曾告诉我，人之常情当如是：

我能对你谈人生的真谛，但不能替你赢得声誉；

我能提醒你酒精是危险的，但不能代替你对它说“不”。

我能告诉你毒品的危害，但不能保证你远离它……

书本曾告诉我，人之常情其实为：

我能告诉你为人生确定崇高的目标，但不能替你实现这些目标；

我能教你做人的优良品质，但不能确保你成为善良的人；

我能让你看到人类爱憎的震撼，但无法推导出你能感受的公式……

生活曾告诉我，人之常情永远是：

我能责备你的过失，但不能保证你因此成为有道德的人；

我能道出生命如何更有意义，但不能让你的生命永恒；

我能尽自己最大的努力给予你最美好的东西，但不能给予你前程和事业……

人生四季让人之常情教给了我们适时播种，如何生长，怎样收获；

生活经历让人之常情回放着阳光星辰，风雨雷电，原野荒漠，

那是我们必须面对的挑战，更是我们一定要走的坎坷前途。

人之常情会让灿烂的阳光照亮你的人生之路，

但如何决定你选择的道路，用什么姿势去走这条路，

路上遇到的事情你怎样去对待，还需要你去做出抉择。

因为，人之常情只能用真情和智慧去感悟！

1. 什么是人之常情？小作者列举了六类十八条，把抽象的概念具体化，充满自己的感悟和态度。十八个转折复句，句句能让读者深入思考，有很强的启发性。

2. 材料丰富，把生活的方方面面提炼了出来，而且由现象到本质，没停留在表层。

3. 形式新颖，富有创意，语言也讲究。如六类首句的末三个字，同义而有区别，体现了表达方式同中有变，死中有活。

——这十八条，不也是我们人人都有的生活吗？

例二：上海题“他们”，考生作文：

### 他 们

在城市尽头，没有繁华的街市，闪亮的霓虹，在城市的尽头，只有破旧的棚户区，有饱经风霜的生命；在城市的尽头，有他们这样一群人。

让我们怎样称呼他们？外来务工人员子女？农民子弟？抑或是农民工二代？不，我不想用这些冰冷的名字称呼他们，我多想叫着他们带着泥土气的乳名，拉着他们的手，走进他们的生活……

他们从小生长在故乡的青山绿水中，纯洁的灵魂在田野里抽穗拔节。在山野的风中，他们奔跑着，憧憬着。风从田野中吹过，吹进了城市，为了生计，为了未来，他们跟从了父母来到了城市，在城市的尽头扎下了根。

于是习惯了青山绿水的双眸第一次接触到高楼大厦、车水马龙。他们不知道怎样穿过六车道的马路，小小的手指怎么也数不清写字楼的层数。繁华的城市文明不曾给他们带来任何快乐，这一次，却在心上烙下了深深的痕迹。

他们背起书包，小心翼翼地融入城市生活。可是却在“城市人”异样的眼光中，第一次明白了户口与暂住证的区别。他们都是父母心头的宝啊！却过早承担了不属于这个年龄的负担。

放学回家，他们做好简单的晚饭，父母还在工地上或菜场上劳作；午夜醒来，泪眼中城市的星空没有家乡的月亮；黎明许愿，希望明天他们的打工子弟小学不会因交不出电费而被查封……



然而，在他们日益长高的身体上，我看到了他们的成长。记得一位记者问一个打工子弟学校的孩子，学成后是否回到家乡时，小姑娘毫不犹豫地说：“当然，一定会去！”那一刻，我差点落下泪来，为他们的成长。

记得那年春晚他们稚气的宣言："我们的学校很小，但我们的成绩不差！""我们不和城里的孩子比爸爸。""北京的2008，也是我们的2008！"他们逐渐成熟，告别昨天的羞怯，开始迎接新的一天。

虽然，他们还为不多的学费而苦恼；虽然，学校还是交不上水电费；虽然，还有好多体制还不完善……虽然有好多个"虽然"，但是，只有一个"但是"就足够了。已经有好多视线转向了他们，他们正在茁壮地成长。

太阳从地平线上升起，照亮了城市的尽头，照亮了他们的生活。

他们，终将成为我们。

这是写他人的生活。观察→思考·感悟→积累储备

1. 不是悲悯而是尊重，不是同情而是支持，体现了人性的光辉，平等的品格。全文是对"以人为本"的期盼与呼唤。它远远超越了唐代李绅《悯农》两首的境界，具有时代的精神。

2. 真材实料，真情实感，真知独见。关注社会，关注现实，关注人生，材料源于生活。观察入微，感悟敏锐，细节感人，是散文性议论。

3. 语句亮点多，有意蕴，有文采，文风朴实，生动，含蓄，有启发性，引人深思，引人共鸣。

4. 大题小做，他们→外来务工子女→就学难，生活难。聚焦，再聚焦。

例三：

## 一分钟

在校高中生随笔

一分钟，太短暂了，可就在这短暂的一分钟内，也许我们

会失去很多东西，或得到很多东西。

你看，手表已经到了下课时间，可为什么还没打铃呢？当手表显示8点46分时，铃响了。这一天都是如此，究竟是我的表快了一分钟还是学校的表慢了一分钟？晚上回家，跟电视台报时一对，我的表分秒不差。显然，学校的表慢了一分钟。

第二天来到学校，发现同学们都把自己的表拨慢了一分钟，同学校保持一致了。想了想，我把已经摘下的手表又笑着戴回到手上了。为什么非要把对的改成错的呢？

为了集体统一行动，大家必须听从一个表的指挥，这是原则。而另一方面，一个人也要有个人的是非判断标准。既然我的表是准确无误的，无非就是8：46下课，9：41下课，仅此而已。一个人既要顾全大局，同集体保持一致；又要心里有数，明对错，知是非，有自信，不盲从。这就是我从一分钟里得到的东西。

做人，只要把握住每一分，每一秒，不松懈，不苟且，总能学到太多太多的东西。

这篇短文就是从最小的生活材料里悟出了大道理。我们平常积累的材料，很少有大事件。但一花一世界，一叶一如来。只要有观察和思考，就不愁没有好材料。最要紧的不是没有生活，而是没有感悟。只有心明眼亮，才能心灵手巧。

例四：

### 保险丝的启示

在校高中生随笔

拿着换下来的保险丝想，它那么软，指甲都掐得断；划根火柴就能烧化它，可算是金属家族中的弱者。可它却能凭借自己的短处，在电路中担当着重要的警卫作用，一遇危险，立即熔断，以此来保护所有电器的安全，发明者可谓独具慧眼！

细细想来，生活中类似这样用物之短的还真不少。软木不堪作栋梁，但它可用来作别的木料所代替不了的木塞；惰性气体似乎毫无用处，却可以冲入灯泡，使灯泡内外的气压达到平衡……甚至连老鼠的“贼性”，都可以利用起来在海关检查上发挥作用，这就是“警鼠”。

可见，我们在一般情况下不能简单地说某一事物没有价值。有时说“没有价值”，实际上是你“没有发现它的价值”。

认识到这一点，我们就不必羡慕人家的长处而悲叹自己的短处，应该在社会这个大舞台上去充任生旦净末丑或吹拉弹唱中一个最适宜自己特点的角色。

金无足赤，人无完人。既然连保险丝这样软弱的金属都能发挥那么大的作用，我们还有什么理由缺少自信，甚至妄自菲薄，无所作为呢？

这篇文章又是从一个小物件中悟出了人生大道理，不能说不丰富，不深刻吧。这材料是从家庭生活中发现的，谁说家庭生活没的可写？类比推理这不就用上了？

材料来源之三：时事·信息

时事新闻，媒体新闻，社会热点，舆论焦点，国内大事，国际风云，都应关注。高中生不能两耳不闻窗外事，或是只关心娱乐圈或网络上那些八卦和无聊信息。垃圾材料对高考有害无益。

重要信息的价值不在于信息本身，而在于它内涵的意义和对我们的启示。哪怕只是一个数字，可能里面就有大文章，好文章。

比如，据“中国之声”报道，联合国教科文组织曾就家庭教育问题搞过问卷调查，其中有一个问题是：“你所受到的家庭教育中有没有‘同情弱者，不以强凌弱’的内容？”调查结果，有这内容的，美国只有28%，而日本只有4%！这就很值得分析，它能引发我们的很多思考，可作重要依据。

又如，2004年4月8日的《每日新报》发表了一条专项调查结果：天津市0—14岁儿童平均每月消费在800元以上。而天津市0—14岁儿童人数为167万，每月消费总额为13亿。

再如，2009年3月12日《今晚报》林培的文章披露：到08年，我国森林覆盖率只有世界平均水平的61.5%，居130位；人均森林面积只有世界平均水平的1/4；人均森林蓄积不到世界水平的1/6，水土流失面积占国土面积的1/3以上，沙化土地面积占国土面积近1/5；全国90%的可利用草原不同程度在退化。这些数字写进文章，就是过硬的论据。

还如，2010年4月7日晨，天津新闻"观点"节目报道：我国城乡建设部一位副部长在会议上指出，经调查，我国新建楼房使用寿命只有30年。中国建筑数量之大，全球第一；水泥用了全世界的将近1/2，却盖了许多短命建筑，南方有"楼倒倒"，"楼脆脆"，还有什么"楼歪歪"，而美国的建筑寿命是74年，英国的建筑寿命是132年。

可见，我们要转变经济增长方式，调低增长速度，不能只看GDP经济总量，而要看质量和效益。这才叫真正的科学发展——全面，协调，可持续。靠什么？科技进步，创新驱动和提高劳动者素质。这才是让我们有忧患意识和责任意识。

更如，金街、滨江道是我们津门的"城市名片"。但2007年4月26日《今晚报》的"社会新闻"报道，每平方米路面就有四块口香糖污渍。一周之间，竟有40万块口香糖，由我们青年男女随口吐在地上，政府每天要派数十位环卫工人持铲刀清理，但无法彻底清理黑色污点。我们青年一代的社会公德和责任意识哪里去了？

再举个例子，目前中国的交通事故，据有关部门统计，每分钟一人伤残，每五分钟一人死亡，平均一年死于车祸者超过10万人，事故量稳居世界第一。我们的汽车拥有量是美国的1/5，而事故量是他的五倍。另据2006年5月19日《今晚报》刊载的新华社消息：全球每年死于车祸120万人，伤500万人，而我们死亡者占世界1/12，从这些材料我们不难看出，提高中国人口素质有多么重要，多么紧迫！

我们上面举的只是一些发人深省的反面数字，倘能记住它们，在我们作文的时候用作对比论证，是不是会有很强的说服力？至于正面的事例和数字见于媒体更是大量的，而且日新月异，其重要自不待说，这里就不一一列举了。

材料来源之四：名言·警句

名言警句是经过时间考验的全人类共享的财富，是思想和语言的精华，是文章盛宴的味精，不可不用，当然也不可多用。每篇文章倘能准确用它三四则，那就很提神了。诸如：

•行为形成习惯，习惯塑造性格，性格决定命运。（西谚）

•往东太远就是西。（英国）

•懒惰，就像生锈一样，比操劳更能消耗身体；常用的钥匙总是光闪闪的。（富兰克林）

•空口袋难以自立。（富兰克林）

•对于盲目的船来说，任何方向的风都是逆风。（笛福）

•做人要知足，做事要知不足，做学问要不知足。（裘法祖）

•没有人能把习惯扔出窗口，但你可以把它一步步赶下楼梯。（马克·吐温）

•偏见比无知距离真理更远。（西哲）

•我帮人家，莫记心上；人家帮我，永志不忘。（华罗庚）

•用一个大圆圈代表我所学到的知识，圆圈外那么多的空白，对我来说，就意味着无知。（爱因斯坦）

•第一个教大学的人，必定是没有上过大学的人。（俄·罗蒙诺索夫）

•黄炎培给公子黄大能拟座右铭：事闲勿荒，事繁勿慌。有言必信，无欲则刚。和若春风，肃若秋霜。取象于钱，外圆内方。

• 蒲松龄联：有志者事竟成破釜沉舟百二秦关终属楚，苦心人天不负卧薪尝胆三千越甲可吞吴。

关于“形象丰满”和“意境深远”

这显然是针对记叙文和散文提出的要求。

1. 形象丰满——这是为了防止写人、叙事、写景、状物，苍白、浅薄、空泛，记叙应力求具体，力求细致、生动，力求有声、有色、有特点、有内涵。记叙、抒情、议论要有机结合，融为一体。这样形象才是立体的，丰满的。

2. 意境深远——意境是什么？境界和情调。“意”，作者主观的思想感情；“境”，是作者描绘的客观环境，这两者是不可分割的，境中有意，意中有境，才能形成意境。意境苍白、肤浅，即意不深，境不远，就失去了感染力，变成了白开水。意境深远，既能使人感染，又能启人深思。最佳意境，是具体情境中蕴涵哲理。“诗中有画，画中有诗”的唐代诗人王维就是营造意境的高手，所以他描绘的景象能意味深长，耐人寻味。

正所谓：有理无情枯似草，有情无理浅如池。理如五岳情如海，方是惊天动地诗。

关于写记叙文，临场现编故事。

我的意见，难度太大了，没有十足的把握最好不要编，编不圆，漏洞百出，反而弄巧成拙。还是要力求写真材实料，真情实感，真知实见为好。

倘实在没有材料可写，困于题下，非编不可，那就要注意三点：

1. 合情合理，符合真实生活，可信度高，无懈可击，经得住推敲。

2. 力求有意蕴，有内涵，有思想，有道理，避免肤浅。

3. 力求有新意，不落俗套。

三、有文采。要求是：（1）用词贴切；（2）句式灵活；（3）善于运用修辞手法；（4）文句有表现力。

其实语言标准，还是严复概括得精辟：信达雅。就是准确——通顺——高雅。“信达”是最低标准，“雅”是高标准。我以为，概括为一句话，就是语言要力求生动，有亮点。一篇文章中，有五个好句子：开头，结尾，必须精彩，这就是两个亮点；中间再有三个好句子，这就是五个亮点。五盏灯一亮，全文都亮了。倘要求全文都是好句子，句句亮点，那不太现实，属于苛求了。

例 1：《机遇》在校高中作文

> （开头）愚者丧失机遇，庸者等待机遇，智者把握机遇，而更聪明的人会为自己创造机遇。
>
> （结尾）机遇并非满天星斗，可望而不可即；机遇是满地种子，只要用汗水浇灌，就能给你一片生机！

这篇文字的头尾两段做到了用词贴切，表现力强，而且运用了修辞手法——排比，比喻。

例 2：2005 全国卷《位置与价值》

> （开头）我如石子一粒，仰高山之巍峨，但从不自惭形秽，我是小草一棵，慕白杨之伟岸，但绝不妄自菲薄。

用了比喻，还用了两个相对称的转折复句，句式灵活而有韵味。“仰”对“慕”，“巍峨”对“伟岸”，“自惭形秽”对“妄自菲薄”，用语讲究，局部对偶而有节奏。

例 3：2002 全国卷《心灵的选择》考生作文《无愧我心》

> （结尾）择善是火，点燃生命的灯；择善是灯，照亮生命的路；择善是路，引你走向黎明。

例四：同上题。考生作文《心灵绝唱》

（结尾）以博爱之心，济天下之人；以赤诚之心，结天下之友；以专一之心，治天下之学；以宁静之心；悟天下之理；以恒久之心，善天下之事。

再比如以下开头，都比较精彩：

• 长城有梦，一梦千年。

• 生而为人，就不要羡慕别人的天赐良机，做回自己，给自己一方天空。

• 转折对于人，不可或缺。那么，当转折来临，你，准备好了吗?

• 水，集温柔与力量于一身，融祥和与坚毅于一体。正如老子云，上善若水，水善利万物而不争。

• 淡泊宁静，是空中的明月，是出水的芙蓉，是豁达的胸襟，是纯净的情怀。

• 大千世界充满未知的领域，问，始终与探索同行。

• 融化的是冰雪，留下的是永恒。不期而遇的事，常让人刻骨铭心。

• 生活的船不能没有理想的帆，生活的理想就是为了理想的生活。

再如以下结尾，也比较精彩：

• 时间，永远不会将奥斯维辛风化在记忆底层。

• 虽然没有翅膀，但我依然拥有头顶的一方晴空。

• 只要永不放弃，奇迹终会出现；只要拥有信念，一切皆有可能！

• 品读人生，是从失败中汲取教训；品读人生，是在成功中学会珍惜。

• 留一点空白，才会使思想自由驰骋；留一点空白，才会使生活色彩斑斓。

• 如果你总希望自己完美无缺，那你最大的缺点就是没有缺点。

• 月圆是画，月缺是诗。拥有闲适，才让我觉得自己是生命的主人。

• 从卓越的人那里，我们不难发现乐观的精神；从平庸的人那里，我们总能看到阴郁的影子。

下面我们再举一些有启发性的句子，这也是亮点：

做人不能像酒瓶，只有嘴儿跟肚子，没有头脑。

狡猾和聪敏的差距不在智力上，而在道德上。

看到大夫诊室里的花枯了，千万别进去看病。

在拿到第二个以前，千万别扔掉第一个。

妈妈说的一句话，终生难忘："没人比你好，你也不比别人强。"

钱是最好的仆人，最坏的主人。

世上本无移山之术。唯一的移山大法是：山不过来，我就过去！这就是说，如果事情无法改变，我们就改变自己。

凡事在成熟以前，都是有苦味的。

失败只是一次经历，绝不是人生。

笑，世人和你一起笑；哭，就只有你独自哭。

只要你不同意，别人谁也无法让你感到自卑！

**文题：门**

诗人说：花朵把春天的门推开了，绿荫把夏天的门推开了，果实把秋天的门推开了，飞雪把冬天的门推开了。

我说：星辰把黑夜的门推开了，坚韧把苦难的门推开了，真诚把爱的门推开了，爱把生活的门推开了。

——到处是开门的声音！

比时间流失更可怕的是机会的流失，比机会流失更可怕的是信心的流失。

最令人疲惫的不是远方的山，而是自己鞋里的沙子。

我们已经习惯于习惯，于是，我们不再感动。

选择你要走的路，走好你所选择的路，无怨无悔。

按本色做人，按角色办事，按特色创新。

现代化不是一块橡皮，可以把民族文化传统和民族文化记忆抹掉。

用肚量来容忍那些改变不了的事情；用勇敢来对待那些可以改变的事情；用智慧来分辨这两种事情。

急事慢慢说，大事想清楚再说，小事幽默地说，没把握的事小心说，没发生的事不胡说，做不到的事不乱说，伤害人的事坚决不说。

## 文题:《成熟》在校高中生四人作文摘句

说服自己，是一种理智的胜利；证明自己，是一种人生的成熟。

成熟是一种真实，而不是一种包装；成熟是一种自然，而不是一种表演；成熟是一个过程，而不仅仅是一个结果；成熟是素质的全面发展，而不仅仅是一个局部的膨胀。作为中学生的我们，不应矫揉造作。不信你试着尝一口还未成熟就急于落地的果子，看它的滋味如何？

世界上有一种死，永不代表毁灭，那就是发芽的种，落地的叶，成熟的果。

成熟以成长为过程，以青春为代价。成熟使人沉稳，使人坚强，使人有许多理性的行为，感激的回报；少了许多血气方刚的莽撞和愤世嫉俗的冲动。成熟使人快乐，而深沉的泪，由衷的喜，切肤的痛，也是成熟青年的特征。鲁迅是成熟的，他成熟得彻底，成熟得大胆，成熟得深刻，成熟得睿智，成熟得无所畏惧。

成熟，是我们青年永恒的话题。

以上四位同学表述的方式和深度不同，但有一个共同点，就是在语言上都多了些推敲，不满足于淡而无味的白开水了。倘平时勤于记叙一些可见可闻，随时写一点日记或杂感，记录一些思想火花，设计一些有内涵，有意蕴，有味道的句子或短段，这对于锤炼和积累，储蓄语言，大有益处。

大家不必担心自己写不出文采，写不出亮点，其实人人都可以做到。不要把文采想得过于玄妙。只要注意以下三点就可以了：

1. 不必追求华丽的句子，要追求句子有思想，有内涵，有味道，有启发性。朴实一点，实话实说，就是文采。庄子说："朴素而天下莫能与之争美。"不要过于修饰，还是力求信达雅。

2. 用什么风格的语言，是散文的，杂文的，评论的，抒情的，还是雄辩的，口语的，洒脱的，根据两条原则来定：一是文章的内容的需要；二是个人的习惯与擅长。适合的就是好的。

3. 不论是雅是俗，还是雅中有俗，俗中有雅，都需要过滤，都需要净化。外来语、网络语、潮语、反语法语千万别用！

四、有创意。要求：（1）见解新颖；（2）材料新鲜；（3）构思新巧；（4）推理想象有独到之处；（5）有个性色彩。

前文我们讲过，提倡"个性化作文"，提倡"有我之文"，提倡"创新作文"。

创新也好，创意也好，总之"创"字当头。怎么创？

注意三点：

①确保没人与你这篇文章撞车，确保你不与别人的文章雷同。

②不旧——新颖，不俗——大气，不笨——灵巧

③坚决突破新老八股。不受"文章作法"限制。

什么是新？意料之外，情理之中，让读者耳目一新，见人所未见，想人所未想，道人所未道，写人所未写。人无我有，人有我优，人弃我取，人趋我避。

有一年春天，部分高中校联考，作文题拟得非常精彩："月有阴晴圆缺"。当时绝大部分高三学生都是列举了大量事例论证"此事古难全"，而且举得基本上都是古人。大家都想到一块儿去了。文章扎堆的现象带有一定的普遍性。但有一个初二的小姑娘却作了下面一篇与众不同的文章：

### 月有阴晴圆缺

二中　初二　吴夏旸

人有悲欢离合，月有阴晴圆缺。

太阳永远在艳阳天，月亮却在幽暗的黑夜，也许，许多人感谢月亮，在黑夜为人们送来澄澈若水的月华。

但是黑夜也好，白昼也好，幸运也好，不幸也好，都是我们自己造成的。

我不关心月的阴晴圆缺表达了诗人的什么感情，我也不关心这跟人的命运多舛或与之相反有什么关系，我只是想，同是天上的天体，为什么太阳总是圆满的，而月亮一满就要残缺。

原因很简单，就是因为月亮靠的是别人，太阳靠的是自己。

月就算再圆，它反射的永远是太阳的光辉。

所以说，没有自身实力而只能靠别人的人只能沉浸在黑夜中，听从别人摆布。

其实人的悲欢离合跟月是一样的，一个人只要有了实力，那么悲和离一定是暂时的，终是暂别长聚。

在《狐假虎威》这则故事中，狐狸凭借自己的花言巧语得以虎口脱险。不过我认为，狐狸可以假借老虎一时的昏头得以脱身，但是，一个没有老虎的速度和力量的狐狸，就算再油嘴滑舌，终究也会被老虎收拾，因为老虎不可能一直那么傻。

小仲马的故事相信有很多人知道，小仲马为了不借助父亲的光环，自己给报社投稿，尽管收到无数封退稿信，但仍坚持不懈，终于以一部《茶花女》扬名天下，他是有才华有光和热的太阳，而不是反射父亲光辉的月亮。

所以说，人，可以信赖别人，可以依靠别人，但不能依赖别人！因为世界上没有不会灭的火苗，没有不能阻隔的光线。

想要成功吗？那就不要做一轮只能靠别人才能发光的月亮，要做一个内心充满无穷无尽热能的太阳！

所有的黑夜，都是自己造成的。

这是真正的观点、见解的创新！这是把逆向思维用对了地方！这就是一篇见解新颖的个性化作文。其实小作者才十四岁，她没有高中生的思维完整！

下面谈谈“构思新巧”。也提四点建议：

1. 设计一个好的开头和好的结尾至关重要。

好的开头是京剧唱段的“碰头彩”。给读者的第一印象是好声音。阅卷老师看了几百篇作文，累了，困了，乏了，忽然看到一个精彩的开头，立刻振奋起来，这无异于一瓶清凉剂。读文章倘遇一个好的开头，这是好字当头，即使后面有些毛病，也是“美中不足”，先入为主。

好的结尾是最后给读者留一个印象深刻、回味无穷的最佳感受。紧挨着该给你的文章做出评价了，你说重要吗？如果我们吃一包花生，最后一粒是苦涩霉坏的，那是什么心情？虎头蛇尾，往往会前功尽弃。

前文已经举过一些开头和结尾的例子，这里不妨再举几个：

人都说，落后就要挨打。然而，真是这样吗？（他下文讲，安于落后才会挨打；自强奋起，就不会挨打。把“落后”动态化。）

有时我叫不出一个人的名字，但我叫得出他的微笑。

成长是拒绝不了的，正如阳光。

人人都有自己的青春，只是有人曾有，有人将有，有人正拥有。

以上四个开头有两个共同点：一是意料之外，情理之中；二是一两句话，绝不冗长啰唆。开头段一行最好，切忌包罗万象。议论文所谓的“总分总”，这一“总”，就不止三句话，害人不浅。

再如结尾：

凡事想得透，看得开，拿得起，放得下，受得了，生活原来这般美好！

生活的道路永远是崭新而陌生的，成功没有一劳永逸的方法，我们只能在生活中学会生活，在成长中走向成熟。

那就走吧——带着梦想和喜欢唱的歌。

这两个结尾的共同点也有两个：一是干净利落，不拖泥带水；二是寓意深远，引人深思，回味无穷，给读者留一点启迪。

2. 选择一个适合自己的文体。

文体通常就两大类：记叙和议论。既然文体自拟，那些选择的依据是什么呢？一是文章内容的需要；二是自己的习惯与擅长，扬长避短。适合自己发挥的，就是好的。

从近几年的得分情况看，一是年年有多种版本的高分或满分作文选，二是有的省市还专就文体做过统计。看来成功率最高的，既不是纯议论文，也不是纯记叙文，而是二者有机融合，记叙中有议论，或是议论中有记叙，叫作散文式的议论，或者议论式的散文（近乎杂文）。实际是论证的框架，议论的实体，散文的语言风格。这样，语言比较灵动，轻松，优美，放得开，而通篇结构又是在论述一个观点，绝对看得见论点，论据和论证过程，层层深入，而不是一盘散沙。当然，这要防止写成“四不像”：看是记叙文，议论又太多；看是议论文，又把论据写成故事绘声绘色不厌其细，那肯定就失败了。一定要防止弄巧成拙。

当然文体也可以出新，如书信、日记、QQ实录、病历、拟物自述，等等。

3. 文章结构可以创新，而且创新的空间很大。

文章可以分成几个部分，每部分冠以生动的小标题，使之活泼而又醒目。当然写前要有通盘设计，巧妙构思。

文章结构最忌讳的是粗粗一想下笔就写。要么写成“老三段”：首尾各一段，中间一个大段，包罗万象，有的写上句还不知下句，写上段还不知下段，一句勾一句，一段勾一段，一看字数够了，就匆忙打住。这是最不可取的。

真正好的结构，会努力让读者看得醒目，省力，而且看得清清楚楚，明明白白。

例一：2009辽宁材料作文“明星代言虚假广告”

辽宁考生作文《多解的题：明星代言=?》

答案一：代言=金钱（企业与明星之间的纽带就是钱，一个广告少则几十万，多则上千万!）

答案二：明星代言=声誉（明星卖的就是在广大公众中的知名度，企业收获的就是“地球人都知道”。产品一旦有问题，明星也就毁了自己的声誉。）

答案三：明星代言=责任（名人、明星一旦代言虚假广告，就必须负道义和法律责任。坑害了百姓，你说你不知情，也是受害者，说什么都晚了!）

例二：2003全国卷“感情亲疏和对事物的认知”（“天雨墙坏”韩非：感情的亲疏远近影响认知的正误深浅。）

### 《情理结》

（开头）西天漫漫，险过多少难关；漫漫长江，演义千古风流；梁山聚义，只为替天行道；美玉仙葩，诉尽佳话情缘。自古至今，四颗明珠蕴含了多少情感与理智的较量，主观与客观的斗法，叫后世子孙们评其理，度其情。

（一）敢问路在何方

敢向路在何方？路在脚下。唐僧只可怜那风烛老者、独身媪妇，单薄女子被猴头打死，便与悟空断绝师生情谊，不过是肉眼凡胎。

（二）青山依旧在

青山依旧在，几度夕阳红。周瑜以“降”试孔明，亮笑言之：“公无须纳印称臣，只要送二乔江上，操必退。有‘铜雀台赋’曰：‘揽二乔于东南兮，乐终古而未央。’”周瑜听了勃然大怒，立誓伐操。后人云：“赤壁之功，实归二乔。”片言之间，情胜于理，而赤壁之事成矣。

（三）该出手时就出手

该出手时就出手，风风火火闯九州。武松杀嫂，只为报仇。倘交县衙，把西门庆关入大狱，何须自己动手，不计个人命运。

（四）试看春残花渐落

试看春残花渐落，便是红颜老死时。宝黛情深，可谁又知道，宝玉情之所急，也会遁入空门，再也不用“空对着，山中高士晶莹雪，终不忘，世外仙姝寂寞林。”

（结尾）自古情理总相融，小说如此，我心亦然。

好的小标题，不仅使文章眉目清爽，而且概括性强，逻辑性强，使人印象深刻，好处甚多。（但一定要注意：免俗！）这篇作文的四个小标题，用的是四大名著电视剧主题曲一句歌词，以之代替四大名著的书名，生动而有韵味，可谓匠心独运！

四种情感导致四种认知，紧扣文题，而且材料丰富。结尾点明主旨，构思大胆而奇特。八百字浓缩四大名著，而且全说在点子上，结构还非常完整。真是难能可贵！

这篇作文还告诉我们一个道理：没有蓝图不动工！

再谈两个具体技法。

一是线索结构法。考场作文倘若时间紧张加之精神紧张，容易顾此失彼，把文章写散。如果能设计一条贯穿全文的线索，文章会显得完整、紧凑。戏曲界谓之“一棵菜”。又如一把珍珠，用金银线穿起来，它就既不散，又有序。否则就是一盘散沙。

文章可以以人相贯，以事相贯，以景相贯，以物相贯；

文章可以以疑相贯，以忆相贯，以俗语相贯，以常情相贯；

文章可以以善待相贯，以舍弃相贯，以叩问相贯，以和谐相贯；

文章可以以得失相贯，以反思相贯，以角度相贯，以不亦乐乎相贯……

此外，还可以设计一个新颖别致，可以引领和总结全文的题记和后记，用得好，也情同“味精”，现在已经多见，这里不再赘述。

二是一定要勤分段，写短段。

### 作文技巧点拨——勤分段，写短段

王辛铭

段太长，犯大忌，但这却是学生作文的通病。

大长段的害处太多了。

第一，读者特累。轻者头晕眼花，起腻犯困；重者心堵头疼，噎得喘不上气来。你想想，吃一根两丈长还截不断的面条或是啃一个二斤重还不切片的面包是个什么滋味儿？

第二，特别显乱。尤其是那些头绪多、情节多、对话多、议论层次多的文章，显得更乱。什么条理清楚啊、步步深入啊，全看不见了，看见的只是一大堆，一大片，一大坨子。

第三，糟蹋材料。大长段里不见得没有好故事，好材料，好观点，好句子，可惜埋一块儿了，黯然失色，详略也不分了，轻重也没有了，该强调的、该突出的全拉平了。就像把鸡鸭鱼肉萝卜茄子倭瓜豆角烩在一锅里，明明可以做成八碟好菜的，变成“折箩”了，可惜不可惜？

考场作文——包括小考、中考、高考作文。如果再写这种令人困、令人乏、令人晕、令人倒胃口的大长段，那亏就吃定了！

什么原因使大长段年年不绝？

一是不懂写作技巧，二是只顾自己写着省劲儿，不懂得要替读者着想。我只问一句：你读别人文章的时候是爱看短小精干的段落，还是爱看令人发昏的大长段？己所不欲，勿施于人嘛！三是新老八股中毒太深，一头一尾不能没有，至于中段，似乎肉越多越好。这不糊涂吗？

别忘了，考场作文更要勤分段，写短段。非得这样，层次才能清楚，重点才能突出，废话才能减得下去，文章才能眉清目秀，有股子精气神儿。倘有人物对话，也要一段话或一句话单作一段写，千万不要连成一大片。切记切记！

例子大家手里都有，课本里就有不少，怎么就不能拿它们做样子呢？就拿我这篇小文为例，八百字，写了十段。你试试把它变成“老三段”或干脆连成一段读，看效果如何？

（《每日新报》2001 年 5 月 6 日，第 23 版）

最后该嘱咐的就是一定要把字写对，写规范，写清爽，写醒目。不过小，不过草。现在错别字已经一字扣 1 分了。

标点也不可马虎。如“。”不能写作“.”。

字数一定要够数，倘限定不少于 800 字，那就以 800—850 字为宜。但太多也不好。

还有就是千万不要写诗。不要以为写诗容易，诗不是顺口溜，更不是散文分行写。诗是 10 吨沥青中提炼的 1 克镭，不可等闲视之。

# 关于强化中学作文教学的几点思考



强化作文教学，进一步研究探索作文教学的规律，深化作文教学的改革，总结出一套具有科学性、先进性、可操作性和实效性的教学序列与方法，是摆在我们面前的刻不容缓的任务。我以为，作文教学本身至少有以下五个问题需要进一步探讨和突破：

一、迫切需要建设一套科学的、系统的、稳定的、符合中学实际的简明适用的作文教学序列与规范要求，边研究，边实施，边改进。

二、树立科学的数量观与质量观，建立有效的保证机制，以确保学生作文从量的积累到质的飞跃具有较高的效率，力求事半功倍。

三、下大力气研究作文教学效率低的症结所在，特别要着重研究学生作文能力的薄弱环节和强化途径，探索写作规律和作文教学规律，从而总结切实可行的教学方法与训练途径。

四、重视并强化对学生写作习惯的培养；重视并强化学生平素在思想观点、思想方法、思维能力、感悟能力以及生活材料、语言、技巧、书写等方面自觉进行积累的习惯的培养；重视并强化学生修改文章习惯的培养。

五、深入研究作文教学的写前指导、文章批改、作文讲评的科学性、启发性、激励性、实效性的原则、规律和方法。任何行之有效的经验，都应作为重要信息迅速交流推广，以帮助大家克服教学方法的单一性、盲目性、主观随意性和低效性，既要百花齐放，又要协作攻关。

下面，我只就如何帮助学生强化自身这个写作主体的各项能力，谈一点粗浅体会。

学生要写好一篇文章，最主要的是靠四项要素：思想，材料，语言，技巧。此外，近年来在中考和高考中，又把书写作为一项重要因素提出来了，不妨算作第五项。它与一篇文章的诞生毕竟还是两回事，所以就不在本文涉及了。

除了少数写作能手以外，多数学生把作文视为畏途。至少他们觉得作文很苦，而症结在哪里，怎么解决，他们自己并不很清楚。比较普遍的，只是苦于没词儿。事情并不那么简单。所以我想，当务之急，还是应该把有效地帮助学生弄明白写作的四个要素以及如何强化自己的相关能力，摆在首要的位置上。不要再让他们到处去求“家教”或是找什么课余“辅导班”了。

从我这些年来接触的学生来看，从高三到初一乃至小学，共同的问题是思想、材料、语言、技巧都不够用，严重者则处于“贫困”状态，需要我们帮他们“脱贫”。“脱贫”的方法就是学会积累。没有量的积累就没有质的飞跃，没有这四个方面积累，就谈不到整体写作能力的强化和提高。

## 一、关于思想

凡写作有困难的学生，多数是因为思想水平低，思维能力差。他们对许多重要的基本观点所知甚少，而哲学观点在部分高中生中也不甚了了。思想方法的偏颇则随处可见。加之思维的准确性、深刻性、敏锐性、灵活性（包括多向性）、创造性不强，因而凡事认识不上去，分析不清楚，以致造成立意要么浅薄，要么混乱，要么走偏，要么失误，有的索性“想当然”。



思想观点的逐步树立，绝不单单是语文教师或作文教学一家的事情。作为素质教育这样一个系统工程，各科教学，各科教师乃至全部教育活动构成一个有机的整体，无不承担着政治思想教育和德育的任务。政治课和语文课当然责无旁贷，首当其冲。在这方面，家庭和社会教育也起着重要的作用，正面和负面教育的影响，作用之大都不可低估。

解决这个问题的方法之一，是可以列出几个大的方面作为一个提纲，经常有重点有步骤地帮助学生武装头脑，使之树立一些正确的基本观点。比如：

1. 国家大事

2. 社会热点

3. 理想追求

4. 品德修养

5. 集体主义

6. 学习感受

7. 哲学观点

8. 评论鉴赏

9. 家庭生活

10. 内心世界

当然还可以再分细目，把题目具体化，但不要搞得太空，太抽象，太理论化，太刻板，太枯燥。它还是应该通过人、事、物、景等等去体现。小事情里有大道理，看得见摸得着。要避免漫无边际地孤立地说教。要教给他们武器。

方法之二，是编写一套尽可能详尽的覆盖面比较全的初高中分开的《文题汇编》，充分利用这套题来逐题检验立意水平，然后有的放矢进行强化。

方法之三，是充分利用阅读来补充信息，以提高学生的认识能力和思想修养。这既包括语文课文的阅读，也包括课外阅读。提倡天天阅读报刊时文，大有裨益，它有丰富的材料与观点可供借鉴。

方法之四，是通过议论文和复杂记叙文的写作，通过记叙、议论、抒情方法的综合运用来进行思想观点的“充电”和思维能力的训练。这种强化立意水平的训练不仅限于高中，初中也同样应该而且可以进行。只要把握好不同年级的梯度，同样可以收到好的效果。即使是写观察日记或周记，通过立意指导学生提高认识能力和分析水平也是十分必要的。没有思想，没有分析，就没有观察。同一个题材，立意有对错之分，也有深浅之别，这是要抓住不放的。

思维能力的强化训练也是提高作文水平的关键的一环。中考、高考的作文试卷，精品、正品、次品在什么地方拉开了当子？思维能力的差距位居其首。语言表达能力当然也是一个重要因素，但语言的优劣得失也离不开思维能力的高下。语言毕竟是受思维支配的，关键的关键还是思维。

思维训练的着眼点和着力点在于使学生自己能够拓深和拓宽思路；能够在观察大千世界或在研究文题材料的时候，想得准，想得深，想得快，想得活，想得有创见，有新意；能够自己提出问题，分析问题，解决问题。这个能力培养得好，学生的作文就会鹤立鸡群，出类拔萃；解决不好，至多是“白开水”三类文。

方法之一，是帮助学生养成自问自答的习惯，以强化他们的纵向思维。这也可以说是阅读课思维能力训练的延伸和补充。

我们可以教给学生，遇到任何生活现象，我们都应该习惯于做如下思考：

<table>
<tr><td colspan="3">提出问题：现象—什么样？</td><td rowspan="3">纵向思维<br>（求深）</td></tr>
<tr><td rowspan="2">分析问题</td><td>本质——是什么？</td><td>由表及里</td></tr>
<tr><td>原因——为什么？</td><td>由果到因</td></tr>
<tr><td rowspan="2">解决问题：态度——</td><td colspan="3">怎么看？（肯定？否定？）</td></tr>
<tr><td colspan="3">怎么办？（该做什么？不该做什么？）</td></tr>
</table>

请注意，这是研究写作材料的思路，而不是写文章的公式。怎么写，那是另一回事。

这个思路很简单，也很管事，但它不是死的，机械的，绝对的。它有助于培养学生勤于思考、乐于探究的习惯，尤其对思想较懒不求甚解的学生有好处。有些学生专门预备了一本《随感录》，记下了许多一事一议的材料和自己的一些思想火花。随手记下来，免得它像石火电光，稍纵即逝。

怎么样才能让学生逐步培养起经常自己设问自己解答的习惯来呢？可以告诉学生：

1. 当你由客观事物提出问题的时候，你应该有疑而问，由惑到解，自己来求是。

2. 当你由客观事物得到启示的时候，你应该有得而问，由此及彼，自己来求广。

3. 当你由客观事物激发情感的时候，你应该有感而问，由表及里，自己来求深。

习惯于思考了，会思考了，并能够随想随记下来，会很有益处的。思想观点是可以灌输的，而思维能力却无法灌输，因此只能教给他们磨炼的方法，同时加以督促、引导和帮助。

方法之二，是特别要强化在阅读教学和作文教学中对学生联想能力和类比推理能力的训练，以培养其思维的准确性、深刻性、灵活性、敏捷性和创造性。这是一种由此及彼举一反三的横向思维训练，有助于使学生思路开阔。这种训练的意义在于：

1. 学生自己在立意时，往往不能意识到自己所记、所议的材料具有广泛的典型意义和社会意义，这就很容易把文章写窄了，写浅了，写低了。应该使学生懂得，小事不小，它不仅含着大道理，而且连着大千世界。这对提高立意水平和文章质量大有益处。

2. 学生经常要写的读后感、一事一议、短评以及大量的给材料作文，都离不开联想和类比推理。高考 21 年中，有 11 年的作文命题是需要运用类比推理的。在中考和高考中，专考联想的命题也多次出现，因此不可等闲视之。

从初中语文课本来看，一、二、四册的通过比喻托物喻义（如《寓言三则》《弈喻》《马说》等等）、三册的象征（如《白杨礼赞》）、三四册的类比推理（如《钓胜于鱼》《哨子》），已经提供了范例，而高中教材中这些内容，更是屡见不鲜，应该给予重视。

没有想象力的思维是僵化的，没有联想和类比的思维是孤立的、割裂的。相似点必须把握得准确，准确性是成功的根本。看漫画作文的谬误之多，水平之低，盖缘于此。凡有寓意性的材料总有不少学生理解不了，这不能不引起我们的注意。许多学生思维的偏狭与机械，是作文的大障碍，必须设法帮他纠正。

方法之三，是必要的时候，还可以运用逆向思维来开拓自己的思路。

逆向思维，绝不是凡事偏要跟大家的想法拧着，人皆曰是我曰非，那就糟了。我以为，正解的理解应该是：人无我有，人有我优，人弃我取，人趋我避。这种不从众，不趋同，不同凡响的思维方式必须以正确为前提，关键在一个“优”字。这是一种多角度，多途径，不随大流，不满足于一般化的立意思路。它突破了人云亦云和自己的思维定式，发挥了思维的深刻性、多向性、创造性和批判性，层次比较高，难度也就比较大。用好了，立意既深又巧；用不好，反而弄巧成拙。要有充分把握再使，别把一步高棋弄成险棋或败棋。

总之，思想水平的提高是写作水平提高的首要条件。不同学段、不同年级、不同学生应该从实际出发，有不同的梯度，不同的要求，不同的方法，但殊途而同归。

美国佛罗里达州立大学的海波教授曾经说：“要想写清楚就必须想清楚，要想写充分就必须想充分，要想写得实在并富有想象力，就必须想得实在并富有想象力。一个学生要想较好地写作，就一定要更好地学会思考。这是一条规律，没有第二条路可走。”

可见，这个问题也是世界性的。我们真该想些实招，办些实事，创出实效来。

## 二、关于材料



没有材料的积累与储备，作文就是无米之炊。没有对生活的观察与思考，也就谈不到材料的积累与储备。正因为如此，现在的小学与初中学生的作文，相当多的来自一抄二编，即抄《作文选》，编造故事。倘应试，再加上三背四押，即背范文，押题。显然，这四条道都不是正道，此路不通，因为作文容不得假冒伪劣投机取巧。即使对于中学生，给材料作文占了很大比重，但要把这类作文写好，写充实，同样需要有丰富而典型的相关材料的储备作支撑。平时孤陋寡闻，即使写给材料作文也会感到词穷。

那么，怎样帮助和指导学生积累材料呢？

方法之一，是观察过程中思考，思考指导下观察。具体操作就是坚持写观察日记或是周记。这就确保了材料的真实性与鲜活性，写的是自己的所见所闻所感所思。每学期倘能从二十篇左右的文章中选出几篇精品材料作保留项目当不算困难，到毕业，就不会在考场上胡编乱造了。

写日记、周记的好处还远不止于此。比如：

1. 它可以培养学生关注生活的热情，使之对国家、对社会、对学校、对家庭、对班集体以及对自己都会加深责任感。这正是素质教育的重要组成部分。

2. 它可以培养学生观察与思考的能力和习惯。用写作任务来促使他用心看，用心听，用心读，用心收集一切有用的信息，用心把输入的信息转化为输出的信息。这不仅能改变那种视而不见，听而不闻，食而不知其味的通病，而且有助于各项智能的全面发展，并迁移于各科的学习。

方法之二，充分利用《作文题汇编》作为提纲，使学生逐题思考检验自己的写作材料是否够用，是否真实、新颖且有深刻的内涵和一定的典型意义。这样就可以有针对性地去积累材料。

方法之三，开辟多种途径积累材料。例如阅读报刊时文并积累剪报、写读书摘记和读后感、作片断练习、写影视广播展览观感或追记、写见闻录、积累名人名言名篇佳句等等，建立自己的“小材料库”。

当然，每个人积累的东西不一定都是精品，教师可以帮助他鉴别、筛选、定稿。发现好的材料，给他做个记号即可。

## 三、关于语言

语言是思想的外壳。要想明确表达思想，必须有一定水平的语言表达能力。这就需要训练。

方法之一，是明确要求。

基本要求是写真话，写实话。要纠正和杜绝假话、空话。叶圣陶先生在1979年《学作文报》创刊号的题词中就强调指出："作文要说真话，说实在的话，说自己的话；不要说假话，说空话，说套话。"具体要求可以分为三个层次：

1. 准确性（明白无误）

2. 规范性（通顺，连贯，流畅，有条有理）

3. 生动性（生动，朴实，有味道）

19世纪末的翻译家严复首次提出的翻译标准"信、达、雅"，正是这三个层次的概括。

上述要求可根据学生的不同情况分别提出不同的目标。

学生语言有障碍的，大抵有以下几种情况：

1. 内向型的，语言使用机会少。

2. 阅读少的，词汇量不够用，修辞更谈不到。

3. 理解肤浅的，往往追求华丽，堆砌辞藻。

4. 思维能力弱的，影响语言质量；逻辑思维弱的，语言混乱；形象思维弱的，语言苍白。

5. 家庭环境影响不良的，语言或粗俗，或浮浅，或时髦，以丑为美，以胡侃为时尚。

6. 认识上有误区的，以为平时的口头语言"太白"，不能写成作文；而课本里的语言又"太文"，学不来。作文似乎单有一种语言，不太文，又不太白，可又不知该怎么写。所以平时会说话的，拿起笔来就不会说话了。

上述种种障碍的克服须因人而异，同时还要有共性的工作要做。应讲清：作文没有第三种语言，“学生腔”是应该纠正的。怎么想就怎么说，怎么说就怎么写，“我口说我心，我手写我口”。当然口头语言中也有渣子，需要过滤净化。

方法之二，加强语文阅读课的语言教学。

方法之三，加强课外阅读指导，并充分利用语言的社会大课堂，提高学生对语言的敏感性和鉴赏、吸收能力。

方法之四，通过作文批改和指导学生修改，帮助学生养成推敲字句的习惯，提高表达水平。

方法之五，积累名人名言，格言警句，名篇佳句。既可从中吸取精华，又可直接引用以为文章增色。

方法之六，最重要的，还是靠多写多用。语言是在使用过程中不断丰富，不断锤炼，不断走上高层次的。靠一学期写一两篇作文就“妙笔生花”，不可能，那只能是“梦笔生花”。

## 四、关于技艺

除了教材中规定的作文训练重点应落在实处之外，还应针对学生实际，给他们一些精要、实用的技术指导。即使是限时作文（比如小、中、高考），也应该是想得起来用得上的。比如：

1. 审题技巧。为了审题准确，可以做一些比较训练。如：

①我的追求／我的心愿　②战胜困难小记／在困难面前　③窗前／窗口　④为了分数／在分数面前／考场上

⑤勿以恶小而为之，勿以善小而不为／小事不小／小事琐记

审题技巧需要给的东西很多，诸如判断“题眼”的问题、判断体裁的问题、判断立意方向与重点的问题、判断规定性与灵活性的

问题（规定性不能违背，灵活性不可忽视）、小题大做与虚题实做的问题，等等，这里不再赘述。

2. 结构技巧。涉及的问题也很多，这里只强调一点，就是目前学生作文普遍没有细致分段的习惯，通常是“老三段”：开头、结尾两小段夹着一个包罗万象的大中段，此风必须纠正。一定要训练学生勤分段，写短段。课本中的范例很多，为什么不知拿来为我所用呢？

3. 开头、结尾技巧。

4. 自己修改文章的技巧。这一项至关重要，可又常是薄弱环节，相当多的学生无此习惯。倘会修改，许多失误和缺陷是可以自行纠正、弥补的，就不至于造成太多太大的遗憾。比如一查扣题，二查主题，三查结构，四查详略，五查语言，以及在语言文字上的增删换改移等等，并不是很难做到，就怕没这个意识，没这个训练，没这个习惯。

综上所述，我们现在迫切需要研究和实施的，就是如何有效地帮助学生强化他自身的写作能力，使之不但从观念上，心理上，兴趣上，动机上，情感上，意志上乃至习惯上得到良好的培养，而且途径上，方法上，技巧上也得到事半功倍的训练，从而大面积、大幅度地提高我们的作文教学质量。我想，这里最重要的，就是解放思想，实事求是，科研先导，落在实处。

1998 年 12 月

# 关于强化学生作文能力的几点思考

## ——为河北区语文教师的讲座



长期以来，从小学到初中再到高中，各门学科教学中最吃功夫，见效最慢而临阵磨枪又最无济于事的就是作文教学了。它不同于任何一门学科教学的特殊性在于以下三点：

1. 作文教学受教育规律和写作规律两大规律的双重制约，如果教师自己不常动笔写作，或者说只熟悉教育规律而不熟悉写作规律，就很难教在点子上，很可能是纸上谈兵，隔靴搔痒。

2. 作文是学生从信息输入到信息转化再到信息输出的复杂而完整的实践过程，能力系统工程。没有观察、听、阅读就没有输入；没有思维（分析、综合、理解、感悟、消化、吸收，加之没有辅助能力：想象，联想、推理、记忆），就既不会输入，也不会转化，更谈不到输出，待到信息输出时，还要先会说，再会写，除了语言表达以外还要看文字的书写水平，再没有一门课程能像作文这样要对学生的十几项能力进行综合的全方位的训练和考验了，这就要求老师首先得具备这样一个过硬的基本功结构，否则就会捉襟见肘，难以应付，

3. 对于学生来说，作文又是最体现学生个性特点的课程。如果作文教学不能因材施教落实到每一个学生手上和心里，那就是一锅夹生饭，作文不仅能全面体现学生的思想素质、文化素质和心理素

质，而且不论他的文章是优是劣，素质的体现都会十分鲜明而深刻。所以，作文教学既是素质教育的重要组成部分，又是素质教育的重要契机。教作文同时就是教做人。“一锅煮”没用，得“单兵教练”，帮到每个人手上、心上，吃功夫！

基于以上三点认识，我感到作文教学对我们教师提出了相当高的要求，提高学生作文质量，首先得提高我们教师自身的作文教学质量和读写质量。

作文教学要在现有成绩的基础上再上新台阶，再创新局面，我以为要进一步深入探讨的课题很多，需要突破的薄弱环节也不少，主要有以下五点：

1. 需要建设一套科学的、系统的、稳定的、符合实际而又简明适用的作文教学系列与规范要求，边研究，边实施，边改进。它应该有科学性、先进性、可操作性和实效性。

2. 树立科学的数量观，建立有效的保证机制，以确保学生作文从量的积累到质的飞跃，具有较高的效率，力求事半功倍。

3. 要下大力气研究作文教学效率低的症结所在，特别着重研究学生作文能力的薄弱环节和强化途径，探索写作规律和作文教学规律，从而总结切实可行的教学方法和训练途径。

4. 重视并强化对学生写作习惯的培养；重视并强化学生平素在思想观点、思想方法、思维能力、感悟能力以及生活材料、语言、技巧、书写等方面自觉进行积累的习惯培养；重视并强化学生修改文章的习惯培养。

5. 深入研究作文教学的写前指导、文章批改、作文讲评的科学性、启发性、激励性、时效性原则、规律和方法。任何行之有效的经验，都应作为重要信息迅速交流推广，以群策群力来克服教学方法的单一性、盲目性、主观随意性和低效性，既要百花齐放又要协作攻关。

下面，我只就如何帮助学生强化自身这个写作主体的各项能力，谈一点粗浅体会：

学生要写好一篇文章，最主要的是靠四个要素：思想，材料，语言，技巧。此外，近年来在中考和高考中，又把书写作为一项重要因素提出来了，不妨作为第五项，它与一篇文章的诞生毕竟还是两回事，所以这里就不涉及了。

从我这些年来辅导的学生来看，从高三到小学，共同的问题是思想、材料、语言、技巧都不够用，严重的则处于“贫困”状态，需要我们“扶贫”，帮他们“脱贫”。“脱贫”的方法说到底就是帮他学会积累，没有量的积累就没有质的飞跃，没有这四个方面的积累储备，就谈不到整体写作能力的强化和提高：

下面仅就这四个方面，分别谈一点自己的思考。

## 一、关于思想

（包括两个方面：①思想观点〈含认识能力和思想方法〉。②思维能力。）

我感到，凡写作有困难的学生，多数是因为思想水平低，认识能力差，思维能力弱，这里面主要的症结一是缺少思想武器；二是思维品质弱，思维的准确性、深刻性、敏锐性、灵活性（包括多样性）、周密性、思辨性和创造性不强，因而凡事认识不上去，分析不清楚，甚至感悟不到自己的生活当中有什么可写的东西。这就导致文章立意要么浅薄，要么混乱，要么走偏，要么失误，有的索性凭着“想当然”来写。

小学生的三个学段当然有明显的梯度，这一点要从一年级抓起，是大纲明确规定的，只不过要求应有区别。不论是低年级的写话，中年级的片段，高年级的成篇，思维的位置都是第一位的。而思想观念的逐步树立，认识能力的逐步提高，思维能力的逐步加强，绝不单单是语文教学或语文教师一家的事情。作为素质教育这样一个系统工程，各科教师乃至全部教育活动构成一个有机的整体，无不承担着德育任务和强化思维训练的任务。语文课当然责无旁贷，首当其冲。在这方面，家庭和社会教育也起着重要的作用，正面和负面的影响作用都不可低估。

思想观点和认识能力的训练怎么强化？

解决这个问题的方法之一，是可以有计划地按照不同材料范畴，列一个提纲，然后有重点地指导学生该怎么提炼主题，从而有一个明确的认识，当然深比浅好。比如：

1. 国家大事（抗洪、国庆、绿化、助残、希望工程……）；

2. 社会热点（平改、迁居、下岗再就业、修路、立交桥、超市……）；

3. 家庭生活；

4. 学校生活（课上、课间、课外、班集体、运动会……）；

5. 文化生活（书画、歌舞、展览、影视、课外阅读……）；

6. 科技活动、小制作；

7. 写景状物；

8. 内心世界（我这个人、我的心愿、我的成功、我的挫折、我的快乐与烦恼、我的小天地、未来的我、假如我当……）。

不管你准备写哪一类、哪一个题目，不管你准备写什么材料，指导的要点是要让学生养成知其然，还要知其所以然的思维习惯，从小事情中发现大道理。这很重要。当然不要搞得太空、太抽象、太枯燥，它还是得通过人、事、景、物等等去体现。要教会学生从小事情里去发现大道理。

例一：写老早就盼着观看狮子座流星雨。11 月 18 日深夜三点多冒着寒冷出去了，结果什么也没看见。败兴而归，就写失望，这是一个最低档次，能写清楚就行。倘若能追问个“所以然”那就是科学家计算不够准确，17 日白天提前过去了。倘再深点，就会想到，我们离着彻底认识宇宙、认识自然还差得远着了。这个认识宇宙的接力棒已经落到我们这一代手里，到下个世纪不但要把流星雨算准，还要有能力保卫地球和卫星，不让它撞着。

例二：写中秋节在奶奶家聚会，夜里听见奶奶在啃大家扔掉的骨头。是奶奶小气、吝啬吗？老一代人不舍得吃，让小的；同时年轻人的大手大脚，不珍惜东西看不惯，带肉的骨头扔掉她心疼，看到两代人、三代人的差异，主题就深了。知道了所以然，小事情里就看见大道理了。

方法之二，编写一套尽可能详尽的，覆盖面比较宽的《作文题汇编》，充分利用这套题来逐题检验立意的优劣高低自然也就会发现哪些观点够用不够用，然后有的放矢进行强化指导。

方法之三，是充分利用好阅读来补充信息，以提高学生的认识能力和思想修养。这既包括语文教学，也包括课外阅读指导，提倡天天阅读报刊时文大有裨益，它有丰富的材料与观点可供借鉴。小学生对中心和段意的概括直接有助于思想观点的积累、有助于认识能力与思维能力的提高。

方法之四，把认识能力的训练与写作方法的指导结合起来。比如通常在记叙文的结尾部分用议论句或抒情句来点明或加深主题，再高级一些就有所谓“夹叙夹议”，那么这议的部分的指导就显得至关重要了，可以专题辅导结尾，也可以删掉结尾让大家来设计，通过讲评交流共同提高。

例一：一个学生干部，老师看她太一帆风顺，给她设置了一个小挫折，选上中队委以后没有立刻告诉她，看她是不是禁得住。她感到正是在“春风得意马蹄疾”的时候从马上掉下来了，写了这件事谈挫折。不会结尾了，那就是对挫折认识不上去。我帮她设计了结尾：“我终于懂得了老师的用心良苦。我们这一代人是在幸福的蜜罐里长大的，只会享福不能吃苦，更受不得半点委屈和挫折，从思想上、意志上、心理上，我们都是娇惯脆弱的。想想老一辈人受过的艰难困苦，我们这点挫折又算得了什么！还是奥斯特洛夫斯基说得好：‘钢是在烈火和急剧冷却里锻炼出来的。’感谢挫折！”

例二：昆山道中学有个孩子在跑下一千米之后写了一篇《成功告诉我》，结尾是：“我终于跑下了一千米，我战胜了我自己。成功告诉我：只要战胜了自己，就没有比脚更长的跑道，就没有比天更高的山峰。”这让我们想起林则徐联：“海到无边天作岸，山登绝顶我为峰。”

这是关于思想与认识能力的培养。再说说关于思维能力训练问题。

正确的观点是可以灌输的，而思维能力却无法灌输。它是学生自己练出来的，老师只能帮他提供一些方法。

方法之一，帮助学生养成一个自问自答的习惯。这是一个凡事都想深入探究，由知其然到知其所以然的思维过程，这是写作前的观察与思考、立意与选材的过程中不可缺少的步骤。我们可以教给学生，遇到任何生活现象，都应该成惯于做如下思考：

我们借用议论文的三个步骤——

提出问题：现象——怎么样？

分析问题：
- 本质——是什么？（这现象说明什么道理？）——由表及里
- 原因——为什么？（为什么会产生这个现象？）——由果及因

由表及里、由果及因——纵向思维（求深）

解决问题：态度——
- 怎么看？（肯定？否定？）
- 怎么办？（该怎么做？不该怎么做？）

请注意，这是研究写作材料的思路，而不是写文章的公式。不是八股。怎么写，那是另一回事。

无论写人、写事、写景、写物，离不开它。选材、立意时你总得想清楚：写什么，为什么要写它，它有什么意义（或说明了什么），为什么总是这样，我们应该怎么看待它们，应该怎么做。这不是硬拔高，“上纲上线”、标语口号也无济于事。只是求深。《大纲》第四段的八条具体要求中，第三条“有中心”即要求“围绕一个意思写，使人知道为什么而写”。为了这条，有些学生专门预备了一本《随感录》，记下了许多一事一议的材料和自己的一些思想火花，免得它像石火电光稍纵即逝。

怎么样才能让学生逐步培养起经常自问自答的习惯来呢？可以告诉学生：

1．当你由客观事物产生问题的时候，你应该有疑而问，由惑到解，自己来求是。

2．当你由客观事物得到启示的时候，你应该有得而问，由此及彼，自己来求广。

3．当你由客观事物激发情感的时候，你应该有感而问，由表及里，自己来求深（喜怒哀乐，赞成反对，褒贬爱憎）。

会思考了，习惯于思考了，才能从根本上解决作文的质量问题。对于那些思想比较空，比较懒，比较幼稚，比较糊涂的孩子，这种训练尤为重要。有的孩子既缺乏鉴别力，又缺乏自制力，他们就更需要帮助，需要武装。这种训练的意义在于，学生自己在立意时，往往不能清醒地意识到它所记叙的材料究竟有什么典型意义和写作价值，这就很容易把文章写窄了，写浅了，写模糊了。

例一：半个月没做操，光练手绢舞了，迎香港回归。突然上级要来查课间操，我们突击了一下午练操，不上课，晚回家。第二天，领导挺满意，我也挺高兴。有三种立意：1．看来平时不做操，突击半天就行；②上级领导好糊弄；③校长领导“有方”。哪种都不对！事实上他根本就没想，要想过他就不这么写了。

例二：女生车锁坏了，求援两个正吃午饭的男生，这两个男生放下饭盒就跑来帮助，弄不开，搬到修车铺子；钱不够，又凑钱。好感动呀。（不够！）这两个男生平素看不起女生，总跟女生做对。关键时刻慷慨相助，使得女生改变了看法，这正是有戏的地方，可惜没写！

方法之二，在阅读教学和作文教学中，充分利用想象能力、联想能力、类比能力的训练来培养学生思维的准确性、深刻性、灵活性（多样性）、敏捷性和创造性。没有想象力的思维是僵化的，没有联想和类比的思维是孤立的、割裂的。这种训练的好处是可以突破学生就一人说一人，就一事说一事，不会从一人一事想到同类的他人他事的简单、幼稚的思维方式和写作模式。这是由此及彼、由点到面的横向思维训练。它的好处是可以拓展思路，把立意想宽。它适宜在观察日记或周记中练笔。

如此训练，到了初中，再写“……的启示”、“从……想到的”、“从……谈起的”就不愁了。现在初、高中学生看漫画作文一塌糊涂，谬误之多、水平之低，盖缘于此。凡有寓意性的材料，没有几个看得明白，说得清楚。这种思维的僵滞、偏狭与机械，不能不引起我们的注意。

方法之三，必要的时候，还可以发挥学生思维的多向性与创造性，用发散思维（其中包括逆向思维）来开拓自己的思路。它可以避开一般化、“大路活儿”、俗套子，不写“白开水”。但是千万要防止把逆向思维理解为凡事要跟大伙的想法拧着，你们说是我偏说非，你们说白我偏说黑。

正确的理解应该是：作为一种立意的思路，要力求有新意，甚至有创见，那就是：人无我有，人有我优，人弃我取，人趋我避。它的前提得是观点正确。逆向不能逆到错误上去。它的主要方法是变换角度，变换写法。叶圣陶讲“作文贵有新意”。尽量避免用陈旧的角度去观察和记叙事物。

美国佛罗里达州立大学海波教授曾经说：“要想写清楚就必须想清楚，要想写充分就必须想充分，要想写得实在并富有想象力，就必须想得实在并富有想象力。一个学生要想较好地写作，就一定要更好地学会思考。这是一条规律，没有第二条路可走。”可见这问题是带有世界性的。我们真该想些实招，干出实效来。

## 二、关于材料



没有材料的积累与储备，作文就是无米之炊。没有平时对生活的观察与思考，也就谈不到材料的积累与储备。

正因为没有材料储备，才导致许多学生应付作文与作文考试的办法是一抄二背三编四押，即抄作文选，背范文，编故事，押题。一句话：假冒伪劣。作文不能靠投机取巧，此路不通。

那么，怎么帮助和指导学生积累材料呢？

方法之一，是观察过程中思考，思考指导下观察。具体操作就是坚持写观察日记或周记。这就确保了材料的真实性与鲜活性，写的是自己的所见所闻所思所感。这是大纲作文部分第一段就明确要求的。什么是观察？观察是对认识对象自觉的有用的感知。它同“看见”是两回事。苏霍姆林斯基把观察说成是“智慧的最重要的能源。”鲁迅则说：“如果创作，第一须观察。”为了有发现而用心看，仔细看，边看边思考，这才是观察。否则，只有观而无察，那就只剩下看了，也就什么也看不见了。因为那是没有目的的看，不想有所发现地看，心不在焉地看，粗枝大叶地看，可看可不看。

观察日记的基本要求：

1. 观察细致；

2. 感悟敏锐；

3. 视角新颖；

4. 分析准确；

5. 联想恰当；

6. 主题明确；

7. 写作及时。

昆一小的丁颖老师在中年级作文教学中，就给每个同学印了一张《观察记录生活索引表》，分三大类：学校、家庭、社会。每一类中又有细致的分类，并拟了一系列小题目。倘一周两则，每学期能从二十几则中选出几篇精品材料作保留项目当不算困难，到写命题作文时就不会胡编乱造了。

写日记、周记的好处还远不止于此。比如：

1. 它可以培养学生关注生活的热情，使之对国家、对社会、对学校、对班集体、对家庭以及对自己都会加深责任感。这正是素质教育之必须。

2. 它可以培养学生观察与思考的能力和习惯。小学生从低年级开始，就培养他们的观察能力、语言表达能力、感悟能力、审美能力、写作能力。最初是为他们创设情境，训练他会说，然后从仿说到仿写，从词语、句式模仿到篇章结构模仿，最后到独立观察、思考、创造。由低级到高级，这当中用写作任务来促使他用心看，用心听，用心读，用心想，用心收集一切有用的信息，用心把输入的信息转化为输出的信息。这不仅能改变那种视而不见、听而不闻、食而不知其味的通病，而且有助于各项智能的全面发展，并迁移于各科的学习。他的眼、耳、口、脑、手同时得到开发，灵敏度、谐调度得到了提高，这样使学生终身受益。

方法之二，充分利用《文题汇编》作为提纲，使学生逐题思考检验自己的写作材料是否够用，是否真实、新颖而且有较深的内涵和一定的典型意义。这样就可以有针对性的积累材料。

方法之三，开辟多种途径积累材料。例如阅读报刊时文并积累剪报，写读书摘记和读后感，作片断练习，写影视、广播、展览观后感或追记，写见闻录，积累名人名言名篇佳句等等，建立自己的“小材料库”。当然，每个人积累的东西不一定都是精品，老师可帮他鉴别，筛选，定稿。发现好的材料，给他做个记号即可。

## 三、关于语言

方法之一，是明确要求。

基本要求是写真话，写实话，要纠正和杜绝假话、空话。叶圣陶先生在1979年《学作文报》创刊号的题词中就强调指出：“作文要说真话，说实在的话，说自己的话；不要说假话，说空话，说套话。”《大纲》的八条具体要求中，第一条即“具体，不说空话。”第二条即“真情实感，不说假话。”

具体要求可以分为三个层次：

1. 准确性：明白无误。

2. 规范性：通顺，连贯，流畅，有条有理。

3. 生动性：生动，朴实，有味道。

19世纪末的近代启蒙教育家、思想家、大翻译家严复首次提出的翻译标准叫作“信、达、雅”，正是这三个层次的概括。信——准，达——通，雅——好。

上述要求可根据学生的不同情况分别提出不同目标。

学生语言有障碍的，大抵有以下几种情况：

1. 内向型的，语言使用机会少。

2. 阅读少的，词汇量不够用，修辞更谈不到。

3. 理解肤浅或有偏差的，往往追求华丽，搬弄辞藻。

4. 思维能力弱的，影响语言质量。这当中，逻辑思维弱的，语言混乱。形象思维弱的，语言苍白。斯大林说得好：“如果一个人不能把自己的意思正确通顺地表达出来，他的思想就同样是杂乱无章的。”

5. 家庭环境影响不良的，语言或粗俗，或浮滑，或追求时髦，以丑为美，以神聊胡侃为时尚。

6. 认识上有误区的，以为平时的口头语言“太白”，不能写成作文；而课本里的语言太“文”，又学不来。作文似乎单有一种语言，不太文，又不太白，可又不知该怎么写。所以平时会说话的，拿起笔来就不会说话了。

上述种种障碍的克服须因人而异，同时还有共性的工作要做。应讲清：作文没有第三种语言，“学生腔”是应该纠正的。怎么想就怎么说，怎么说就怎么写，“我口说我心，我手写我口”。当然口头语言中也有渣子，需要过滤净化。

方法之二，加强语文阅读课的语言教学。

方法之三，加强课外阅读指导，并充分利用语言的社会大课堂，提高学生语言的敏感性和鉴赏、吸收能力（学习语言的量，课外大于课内）。

方法之四，通过作文批改和指导学生修改，帮助学生养成推敲字句的习惯，提高表达水平。

方法之五，积累名人名言，格言警句，名篇佳句。既可从中吸取精华，又可直接利用以为文章增色。

方法之六，最重要的，还是靠多写多用。语言是在使用过程中不断丰富，不断锤炼，不断走上高层次的。靠一学期写一两篇作文想“妙笔生花”，不可能，那只能是“梦笔生花”。学语文不能离开用语文。

## 四、关于技巧

除了落实教材中规定的作文训练重点应落实在实处之外，还应针对学生实际，给他们一些精要、实用的技术指导。即使是限时作文（比如应试），也应该是想得起来用得上的。比如：

1. 审题技巧。为了审题准确，可以做一些比较训练。如：

①战胜困难小记

在困难面前

②为了分数

在分数面前

考场上

③窗前

窗口

④我的班集体

我爱班集体

我和班集体

审题技巧需要给的东西很多，诸如判断“题眼”的问题（找准关键词语，弄准内涵外延），判断立意方向与重点的问题，确定选材范围的问题，判断体裁要求的问题，判断规定性与灵活性的问题（规定性不能违背，灵活性不可忽视，以免困在题下，死在题下，俗称“识死辨活，死中求活”)，还有大题小做不如小题大做，实题虚作不如虚题实作的问题，等等等等，这里不再赘述。

和平区曾在毕业考试中考过题目“迟到的……”，有人吃了大亏。而《迟到的关怀》(写大办丧事，活着不孝顺）脱颖而出。

2. 结构技巧。涉及的问题也很多。这里只强调一点，就是目前学生作文普遍没有细致分段的习惯，通常是“老三段”：开头、结尾两小段夹着一个包罗万象的大“中段”。此风必须纠正。理论上，自然段可长可短，而实际上长了吃亏。一共600字，中间一段占了500多字，去年如何，今年如何，父母如何，自己如何，读者肯定又累眼又累心。就连对话也应分段写。一定要强调勤分段，写短段。课本中的范文很多，为什么不拿来用呢？大“中段”糟蹋材料。

3. 开头、结尾技巧。诸如简洁、新颖、含蓄、有味儿、有力等等。

这里只想说它重要。开头是“碰头彩”，倘能使阅卷老师醒盹儿，高分印象。结尾则是最后一粒花生，阅卷老师评价前的最后印象。重要性不言而喻。(这里似有“应试”之嫌，但我们读一篇文章又何尝不是如此!)

开头方法的直入式、反入式、设问式、引入式、迂回式……结尾的疑问句、反问句、短句（四字、三字、两字）……

4. 自己修改文章的技巧。这一项至关重要，可又是薄弱环节，相当多的学生无此习惯。倘会修改，许多失误和缺陷是可以自行纠正、弥补的，就不至于造成太多太大的遗憾。(前年考“双休日”这个题目，有的学生写了半天过生日，满热闹，就是忘了说双休日，满盘皆输。倘自己检查修改一遍，肯定有救。）所以一查扣题，二查主题，三查结构，四查详略，五查语言。在语言文字上是否需要增、删、改、移。这些，实在是既重要，又不难做到。就怕没这个意识，没这个训练，没这个习惯。这都是应该在平时积累的。

除上述思想、材料、语言、技巧四个方面要强化训练和强化积累以外，还有一个重要方面要引起注意的，就是作文速度问题。

如果一篇好文章需要星期日写一整天的话，这不能不说是个大隐患、大缺欠。应试作文怎么办？十四中学李宝琛老师（特级教师）曾专门为此写了一篇论文，叫作《调整写作教学节奏，培养学生时效意识》。他认为，学生有没有时效意识，能不能“在较短时间内高质量地完成学习任务”，这不仅是能否写完一篇作文的问题，而是优生和差生逐渐形成并拉开距离的一个重要方面。差生的形成，在很大程度上不善于把握时间，磨磨蹭蹭，东张西望，不专注，多敷衍。由于养成了不注重学习实效的坏习惯，当在同一时间内，完成同一学习任务时，他们自感时间不足，久而久之便成为差生。”这真是经验之谈。

因此他认为，在写作教学中学生不能形成良好的心理状态，无非是自控力不足，目标达成的毅力不够，他的办法是在写作教学中要拟定精当的教学目标（即不求多、杂，而求其精、要，学有着落，能够运用），同时给予科学的导向（即教给学生可操作的，有规律性的东西，不是含糊不清的，而是清晰易懂的）。他坚持初练学生当堂完成作文。开始只有五六个人半小时能完成三百字，现在差生半小时也能完成三百五十字。连政治、历史老师都反映学生答题速度提高了。实际上是学生思维敏捷性提高了，发现问题、分析问题、解决问题的效率提高了，学生的注意力、写作心理状态优化了，写作能力强化了，写作技巧熟练了。值得借鉴。综上所述，我们现在迫切需要研究和实施的，就是如何有效地帮助学生强化自身的写作能力，使之不但从观念上、心理上、兴趣上、动机上、情感上、意志上，乃至习惯上得到良好的培养，而且在途径上、方法上、技巧上也得到事半功倍的训练，从而大面积、大幅度地提高我们的作文教学质量。我想，这里最重要的就是解放思想，实事求是，科研先导，落在实处，讲求效率。对于学生来说，就是要及早动手，坚持积累，扩大储备，以不变应万变，倘如此，必然会终身受益无穷。



除以上关于思想、关于材料、关于语言和关于技巧之外，我想再谈一下关于作文批改。

作文教学的三大组成部分是指导——批改——讲评。作文写作质量的关键在于指导，作文教学效益的关键在于批改、讲评。而批改质量又是讲评质量的前提。批改还是最见功夫、最费精力的环节，这一环节薄弱了，既不能承上，又不能启下，就把这次作文糟蹋了，等于白写。所以我想重点就批改一环谈点想法。

批改涉及两个问题：一是指导思想要正确；二是批改方法要得当——妥善，合理，高效。

（一）先说指导思想

我觉得，对批改的认识不见得是都很一致的。有的老师只是拿它当苦差来对付的，有的则认为批就是挑他的毛病给以批评，改就是替他把错的地方改一改。我以为这不妥当。这就好比体操运动教练，看运动员折了几个跟头以后，先呲儿他一顿，然后自己再替他折几个跟头，完了。这运动员能学会折跟头吗？心里也不痛快呀。我以为批评几句再加上改几处，这不是我们批改的目的。作文批改应达到三个目的：

一是对文章（注意，是对文章而不是对学生）做出准确、客观的评价。

二是给作者提个醒，帮他出点主意：你哪里不足，怎样改就好了。变批评性为指导性。至于字、词、句问题，还一定得让他自己改，改了还要抽查，落到实处，屡错屡改可以，屡改屡错不行。基本功只能由学生自己练，这是不能越俎代庖的。

三是给学生鼓劲儿，激励他愿意再往好里写。多差的文章也不是一无是处。批改一次，得让学生增加一次信心，不能增加一次创伤和自卑。重要的是，不是我们去战胜学生，超越学生，而是帮他战胜自己，超越自己。

总之，得让学生盼着上讲评课，盼着发文，而不能怕上讲评课，怵发文。这就要看批改的艺术、批改的效益了。

那么，批改质量高不高看什么？是不是精批细改了质量必高，简略批改的质量就低？不一定。我非常拥护“精批细改”这个提法，这是几十年传统经验的精华，要求是非常之高的，难度也大。重要的就是不要面面俱到。这次作文的主要训练点和检测点以及每篇作文的主要矛盾，那是精批的着力点。批语精不精，则不在于文字的多少。少不一定就精，但精一定要少。少而无当，虽少犹多。至于“细改”，更要理解准确，处理得当。细改不等于红字越多越好，倘改成“大红脸”效果适得其反。万不可把孩子们纯真幼稚的东西全改成大人的甚至作家的。不能让学生感到自己的文章一无是处。这种细改不如不改。最难掌握的度在于既要细改，又要尊重学生的文章。我理解，一是要把错别字、错误标点、用词不当和病句标出来，让他自己改，这是要严格要求的，不能宽放。二是要把行文中的不当之处、粗糙之处、多余之处等等做出标记，或让学生自己改，或面改，与之商量着改，或替他做画龙点睛的润色。这是教师最吃功夫的地方。这种细既体现了抓住主要矛盾严格要求，而又不是吹毛求疵、满盘皆非或越俎代庖。精批细改是要帮他把毛坯改成精品，而不是要把它全盘否定或改得面目全非。倘改完后学生觉得自己“没救了”那我们就费力不讨好了。如果改完学生觉得收获大，知道文章该怎么写了，不但有了信心，而且跃跃欲试，有了“再写一遍”的渴望，那才是精批细改达到目的了。

还有一个指导思想，就是批改要体现出平等，而不要居高临下，更不要批人不批文。改作文不同于改数学作业。作文不是“1+1=2”，而是仁者见仁智者见智。因此，倘能发扬教学民主，多与学生切磋研究，共同推敲，这种面批的方式比书面批改效果还要好，而且还省时省力。

无论如何，作文批改不能批出写作的自卑者来，更不能批出冤家对头。要批改出写作爱好者来。

（二）再说说批改工作的负担问题



作文批改无疑是个很重的负担。因此，怎样才能事半功倍，提高作文批改的效率，是个需要研究的课题。我谈几点自己的体会：

1. 每次作文虽做不到都判，但要尽可能都看。可以向学生讲清分类、分批重点批改的办法，学生自然能够理解。反之，如果他要知道每次写了作文老师都不看，那就是一种挫伤，写作积极性必然会受到很大的影响。如果每次作文都有很多篇根本没看，尤其是把最佳的和最差的漏掉，这对作文教学来说，损失太大，讲评课也就失去了意义，必是无的放矢的，主观随意的，以偏概全的。

2. 可以教师批改为主，辅以自改、互改、集体批改。但教师一定要先有指导，后有检查，不能流于形式。自改不等于自流，放手不等于放羊。这种办法老师的负担也并不轻。如果只是为了让学生替老师判以减轻老师的负担，那就不会有好的效果，不如不搞。

3. 多用面批，效果好，而且课上课下都能做。我在一中读高中时，语文老师的讲评课上经常逐个面批。大家根据老师标写的记号安静地自己修改文章，老师便同时逐个点名到讲桌前小声面批。面批与自改同时进行，同学们普遍感觉收获大，非常欢迎。

4. 可以确定一些符号与学生约好，如佳句、病句、错别字、行文不当之处等等，可节省很多写字的时间。

5. 抓两头，带中间。好文章一定要在全班读，并加上老师的点评。差文章只说带有共性的问题，不点名，不讽刺、嘲笑、挖苦，不说过头话。中等的文章虽未涉及，但大家都受益了。

6. 教师写下水文好处极多。倘能读给学生征求他们的修改意见，不但可以起到身先士卒，率先垂范，教学相长的作用，而且有助于密切师生关系，优化素质教育。

以上都是个人的看法，很肤浅，也可能有片面和错误的地方，姑妄言之，仅供参考，恭请指正。

# 关于小学作文教学的几点建议

## ——在河北区教师进修学校小教研活动时的讲座

我虽说教了一辈子作文但从没教过小学，是典型的外行充内行，可以请大家思辨着听，过滤着听，批判着听。

建议之一：把作文评价的标准（即对作文的要求）告诉学生，且越早越好，以使学生作文时有所遵循。

一个学生的作文，往往连续三年始终停留在25分左右（满分40分），那15分究竟丢在哪儿了？怎么提高？没谱儿。只好给自己定型，给自己判决了。反正每个班里只有张三、李四那么两三个尖子总得高分，总念范文，总受表扬，其余大多数都是“陪练生”。

小学如此，初中如此，高中也如此。哪门课的得失成败都有明白账，唯独作文没有。

因此，我认为把评价标准、作文要求清清楚楚告诉学生，而且让每个学生都能用标准尺子量出自己哪儿长哪儿短，从而不断扬长避短，有所进取，这有多么重要！

不告诉学生作文的要求和评分的标准，就敢狠命扣分，这叫“不教而诛”。发文之后还不说清楚，这叫“不宣而诛”或“密诛不宣”。判作文怎么能草菅人命呢？



好作文不是批出来的，不是整出来的，是改出来的。学生连文章怎么改都不知道，那一个班的作文教学质量只能靠那两个尖子撑着了。多数学生无路可走，只能看热闹。

如果一个学生的作文昨天是三类，今天是二类。明天进入一类了，那肯定说明老师指导有方，帮在明处，帮在实处了。学生会受益终生，念你一辈子好处！

作文要求和评分标准应该是一致的，无非四大类：

1. 思想、观点、主题，即立意部分。

2. 内容，即材料部分。

3. 语言，即表达部分。

4. 技巧，即写作方法部分。

标准肯定是具体而明确的。关键是他应该成为学生手里指导写作的规范和衡量好坏的尺子，而决不仅仅是教师手里的法规和审判学生的条例。

教师是教练，不是法官，更不能判冤假错案。

教师既要掌握好评价标准，又要尊重每一个学生的个性。五十个人要发展五十种个性特点，还不能把标准变成死模子，把学生教成千人一面的“标准件”。

掌握运用作文要求和评价标准，既是教学职责，更是教学艺术。重要的是，得让学生自己记得住，用得好，有自我认知。

建议之二：培养学生深入进行理性思考的能力和习惯。

整体来看，不论高中生、初中生还是小学生，不论写人叙事，还是写景状物，不论是记叙、抒情还是议论，相当多的学生不喜欢，不愿意，不擅长，甚至根本不会对生活材料进行理性思考，理性分析。这是当代青少年的通病，是时代病，家庭病，社会病。思想懒惰和思想苍白不在少数。

不少学生热衷于上网，却不爱读书；热衷于胡侃，却没有正文；有的学生能从正面立意，却被讥为“假正经”。有的小学六年级学生互赠的毕业留言，竟是：“祝你将来发大财，开宝马，住洋楼，包二奶，天天吃海鲜……”这折射出社会的物欲横流，浮躁浅薄；折射出学校的重智情德，正气不足；折射出家庭的只重物质，不重品德，精神缺失。

怎样通过作文教学培养学生正确的人生观、价值观、审美观，就成为我们的首要任务。作文教学首当其冲。

怎么办？我提四点建议：

1. 利用教学过程中的一切时机，教给学生明辨是非的方法，让学生在作文的选材立意中强化对校园、家庭、社会的生活现象、社会热点、舆论焦点乃至世界风云的关注，进行正确的评论，从小是小非到大是大非，都能说出个正能量来。把作文同演讲会、辩证会等深受学生喜爱的活动形式结合起来，在潜移默化中弘扬主旋律，树起正气。倘学生能言之成理，言之有据，说之以理，动之以情，那再写文章就不会苍白肤浅了。

2. 教会学生做比较，从比较中识别正误，提高思辨能力。没有比较就没有鉴别，没有是非，没有正误。最根本的，是教给学生思想武器，思想不够用，想深也深不了。

十几年前，天津市的中考题是“我的秘密”。可以举三篇考场作文，让学生比较深浅优劣：A.《我的作家梦》：

偷偷给报纸投稿，写了一首诗，天天盼发表，结果等来了退稿。虽然失望，但编辑在退稿信中做了指导，还是大有收获。这事只能是秘密。等将来发表了，再公之于众。

B.《我也下了一次海》：

暑假无聊，学了打字，正好用这技术为一家企业帮了忙，还得了一笔报酬，正巧遇见同学在街上替母亲卖冰棍，母亲病了，家境困难，他就用这打字所得全部资助了困难同学。此事不宜外传，是秘密。

C.《痛苦的潇洒》：班里同学的生日被张榜公布了，每份生日礼物都越来越贵重，互相攀比。我家穷，送不起，只好谁过生日也不送，被同学指点嘲笑。轮到自己生日那天，大家都看她的笑话，只有一个最要好的同学只送了一张贺卡，还冷言冷语。我实在受不了了，只好中午回家取回自己的全部积蓄到商店买了一个毛毛熊，下午上课摆在课桌上，冒充同学送的礼物，挽回一点面子，晚上回家，妈妈还夸奖同学送了这么重的礼物。睡觉时自己搂着毛毛熊哭了。待到社会风气好转的那一天，没有奢侈和攀比了，我一定会当众披露：那生日礼物是我自己买的！

这三篇文章哪篇更深刻一些，主题更有社会意义？通过大家各抒己见，认识能力自然会有提高。对学生比较和思辨大有益处。

3. 绝大多数的作文题目是让学生——特别是考生写记叙自己生活的“我的故事”。要教给学生，不管你选什么材，写什么事，必须跳出“我”的圈子，学会从读者的角度，多角度来审视我这个故事，有没有意义？有没有深度？有没有价值？有没有启示？能不能透过现象看到本质？能不能透过结果看到原因？能不能让读者受益？

4. 要教会学生想象、联想、类比推理。当然，想象是基础。通过作文教学，培养学生的发散思维，使他们的思维品质具有多面性，灵活性，思辨性和创新性。

没有想象力的思维，文章是僵化的；没有类比推理的思维，文章是孤立的，割裂的。

这种教学，最终会使学生养成不论选什么材料，都会由此及彼，由点到面，逐渐养成横向思维的习惯。

1991年高考还是全国统一命题，其中一个小作文题，是叙述一个有关圆的镜头。这个题目大获成功，出现了百花齐放的局面。如：

水乡的桥（有倒影）、门前的老井、磨盘下的足迹、父亲的草帽、奶奶的蒲扇、母亲坟上的花环、妹妹的圆脸、弟弟的铁环、如镜的湖面、雨中的花伞、愤怒的炮口、烛光下的蛋糕、被丢在地上没有人捡的硬币、马路上两个人扶自行车对骂时围在外面密密麻麻连班都忘了上的看热闹的大怪圈……

这是想象。

联想也有多种。如：

相似联想：从咬了一口的苹果，联想到战争对地球的摧残。

相近联想：从双刃剑想到水，想到网络。

因果联想：从天津的崛起，想到神州的腾飞。

对比联想：从东部教育的发达，想到西部教育的落后。

类比推理的例子更比比皆是。

比如：

一个学生写《阳光》，她说她很讨厌阳光。坐在教室靠窗的一排，灼热的光照得睁不开眼；坐在里面靠墙的第一个位子，黑板又强烈反光，一个字也看不清。等到了秋天，阳光却是那么温暖、亲切，恳求更多的阳光拥抱着我，簇拥着我。

于是，小作者运用了类比推理。她觉得生活何尝不是这样。当你春风得意的时候，朋友的关怀看来是多余的，你轻视他们，甚至驱赶他们。当你在逆境中挣扎而茫然无措时，朋友的帮助就像射入心底的一束阳光。

她说，友情，师情，亲情，使我们心里充满阳光。珍惜阳光吧。一旦失去了它，那将变成一个怎样的世界！

可见，我们习以为常的生活材料，倘会运用类比推理，它竟藏有多么发人深省的意蕴！那作文就不会是白开水。

想象，联想，比喻，类比推理，成功的核心，在于高度准确的相似点。不准确，不相似，就没有了说服力。

建议之三：培养学生平素积累材料的能力和习惯。

临考前让学生突击背一两篇别人的范文的办法有百害而无一利。最显著的害处有二：

一是教孩子弄虚作假。有的由家长或亲朋好友代写，甚至花钱请大学生代写。祸根是应试教育逼的。

二是孩子更怕作文，更恨作文，从此更不愿、不会写作文了。

一篇好作文，最起码应做到真材实料，真情实感，真知实见。怎么办？只有一条路：教学生学会平素有意识地积累材料，坚持“备料不备文”，用厚积薄发来应对各种考试。怎么积累，也提四点建议：

1. 勤于和善于观察（包括看、听、读）。所见、所闻、所做、所历、所读、所赏。放手先放眼，放眼先放胆。所思、所得、所感、所悟，思想火花要随时随手记下。勤于和善于记录。备专用本，随手随记。否则便如石火电光，稍纵即逝。可以备素材本和札记本。勤于和善于成文。如观察日记、周记、读后感等等。要从小事悟出大道理。这是平素积累材料的基本功。养成习惯，受用终生。

2. 材料储备过程中，眼界要宽，角度要新，收集要广。诸如班级趣事，校园新风，家庭生活，社会热点，舆论焦点，报刊时文，体育艺术，等等。放开了眼界，就是放开了胆量，放开了心胸，放开了作文的路子。这里特别要强调的，是备好写好关于“我的故事”。

从小学到初中，见诸考题的，写“我”占了极大比例。如：我有一个惊喜、这也是（我的）课堂、我也很出色、坚持实践的乐趣、在危险面前、一次难忘的实践、一次不同寻常的考试、我的另一片天地、“我终于战胜……”、心事、心中的彩虹、__________你好！举不胜举，都是好题目。但，平时不备料，到时写什么！

3. 必须让学生知道什么是好材料。

总的要求，必须是真情实感，真材实料，真知实见。这样的文章写一篇是一篇，篇篇厚重，有分量，有价值，通过写作，能获得真才实学。实话实说，有广阔的空间。

要坚决防止和杜绝假情感，假材料，假文章。防止和杜绝抄袭之风，剽窃之风，代笔之风。

好材料的具体标准应该是：

（1）有情节，有故事；（有细节，有描写。倘有点抒情、议论，更好。）

（2）有思想，有内涵；（有明确的主题，有启发性。）

（3）有特点，有新意。（不从众，不从俗，有个性，不与别人雷同。）

《新课标》要求“新奇有趣，印象最深，最受感动”。这是很有道理的。

4. 可以让学生背诵一些名言警句。好处有二：

一是在记忆的黄金期积累些经典的句子，终生受用。作文中倘能准确引用一两条，无异于佳肴中的味精。

二是既有利于丰富文章的材料，深化文章的主题，起到画龙点睛的作用，又有利于强化学生的理性思维能力，强化学生的思想品德和文化修养。

建议之四：培养学生的表达能力，强化语言和写作技巧的教学。

现在学生作文语言贫乏的状况令人担忧。他们只熟悉网络潮语，一拿起笔就不会说话了。报刊上已经出现了防治“语言贫血症”和“语言缺钙症”的呼声。

2004 年 2 月 11 日的《中国青年报》转述了新华社电讯：一个小学生写了一篇 600 字作文，其中“热死了”“烦死了”“紧张死了”“开心死了”……总计 72 个“死了”，占 144 个字。

19 世纪末，近代启蒙教育家、思想家、大翻译家严复对语言提出了三条标准，影响深远，那就是信达雅。这对我们今天的语言教学，仍然有生命力。

信——语言的准确性。不能词不达意。

达——语言的规范性。句子的通顺，流畅。

雅——语言的生动性。鲜明生动，有文采，有意蕴。

文采绝不是华丽。庄子说：“朴素而天下莫能与之争美。”文采主要指准确、鲜明、通畅、生动的好句子。有内涵，有味道的好句子。它就是亮点。一篇文章有几个好句子，全文都照亮了。

比如：

- 空口袋难以自立。
- 常用的钥匙总是亮闪闪的。
- 没有智慧的头脑就像没有蜡烛的灯笼。
- 你可以把马儿牵到河边，但你不能强迫它喝水。

· 令人疲惫的不是远方的山，而是自己鞋里的沙子。

· 未来并非满天星斗，可望而不可即；未来是满地种子，只要用汗水浇灌，就能给你一片生机。

· 凡事想得开，看得透，拿得起，放得下，受得了，世界原来这般美好。

· 许多人忙得只知道忙了。我们已经习惯于习惯，于是，我们不再感动。

· 选择你要走的路，走好你所选择的路，多做好事，少做错事，不做坏事。

· 坚韧比坚硬要强。

· 对于盲目的船来说，任何方向的风都是逆风。

· 没有人能把习惯扔出窗口，但你可以一步步把它赶下楼梯。

· 做人要知足，做事要知不足，做学问要不知足。

· 钢，是在烈火和急剧冷却里炼成的。

至于写作技巧，涉及的面非常广泛，且又都很具体，老师们在阅读教学和作文教学中都有丰富的经验，此处就不再赘述了。

这里只想就带有普遍性的问题谈一下文章的结构技巧。

学生作文结构一般有四个通病，须“四防”：

1. 防写前构思太仓促，没有通盘设计，写第一段时还不知第二段要写什么，写上段钩下段。一看字数够了，不管收不收得住，交卷。必然杂乱无章。

2. 防组装不合理。或顺叙，或倒叙，或插叙，得让读者看明白。不能顾此失彼，交代不清，或虎头蛇尾。

3. 防详略倒置，喧宾夺主。

4. 防结构不完整。或无好开头，或无好结尾，或写到后面，忘了开头，甚至忘了题目，越写越远，造成残缺。

再者，一定要养成勤分段、写短段的好习惯，再不要写头尾两段，中间夹一个包罗万象的大长段的“老三段”。一定要再提个醒：把字写工整，写规范，写醒目，写好看，不要因书写不佳影响成绩。

对老师再提一个建议，那就是多写写“下水文”，保证大有益。

2007 年 9 月 27 日

# 作文教学系统工程的实施

2000年3月，我们在河北区求真高级中学创办了求真文学社，通过每周一次的活动课，实施了强化学生写作能力的系统工程。这项实验开展至今不到四个学期，取得的效果还是比较明显的。通过活动课教学实践，我们对长期以来感到困惑的诸多理论问题进行了探索和实验研究，并就此做了一些改革与创新。实践证明，要有效地强化学生的写作能力，单凭每学期的零敲碎打和高考前的临时突击是远远不够的。高中三年的作文教学涉及很多因素，它是一个有机的整体结构。尽管写作活动课每周只有一节，但只要作为一个系统工程科学地组织实施，就会在以下几个方面取得进展。

## 一、以人文精神把作文和做人统一起来

以人为本，以人的发展为本，以全体学生的发展为本，就不能把教作文和教做人割裂开来，甚至对立起来。抓好作文，育人就在其中。

21世纪已进入信息时代，学生从学校、从家庭、从社会、从大量媒体接受的信息量只比我们多，不比我们少。而学生的思想水平、认识能力、分辨能力又是有限的，加之市场经济带来的诸多社会现象又不能不给学生造成一定影响，因此学生在思想上、认识上或多

或少会有一些困惑、混乱、浮躁和不安。再加之独生子女的一些特点，比如封闭和孤独，至少在文章中会时常反映出视野狭窄，认识肤浅。备战会考和高考的过重课业负担又使他们难以阅读更多的优秀文学作品和报刊时文。面对这些实际情况，教作文和教做人就不可能是“两张皮”。

我们努力使学生明白：写作文不仅要讲正确的话、规范的话，同时还要讲真话、讲实话。我们在帮助学生修改每一篇文章的时候，都是在帮助他掌握思想武器，提高认识能力，使他们能够全面地、发展地、辩证地看问题，开阔眼界，拓宽思路，深入挖掘，透过现象看本质，透过结果找原因，立足今天看历史，透过今天看未来。我们强调写真人真事（想象力训练除外）、真情实感。我们强化学生的思维品质——思维的准确性、深刻性、灵活性（多向性）、敏捷性、周密性、创造性和批判性。学生意识到了这一切是文章立意高低、选材优劣的关键所在，就产生了多写多练多改的强烈愿望，不但超额写作，而且写完便拿来主动征求老师的意见，然后反复修改。

我们的教学目标首要的一条，就是要把学生教成能写文章的好学生。不做好学生怎么能作好文章？思想认识滞后，写作怎么能领先？

为了落实这一条，必须采取多种措施。

——摆好师生位置。学生是文学社的主体，辅导教师不做越俎代庖的事情。文学社已经换了两届社长，每届三位，都是由高一、高二年级的学生担任。所有大型活动，都由学生做主持人。他们精心研究设计的主持方案深受广大同学欢迎，也令我们惊喜不已。

——我们对每一个学生和他的作文都是尊重的，认真的，负责任的。尽管这个文学社的学生从初建时的47人很快发展到120人，本学期又发展到近180人，每个学生不断交来作文，有的一次交来八篇、十篇，积极性越高对我们的压力就越大，但我们至今尚无一篇漏判，全部精批细改。所谓“精批”，就是以肯定优点为主，以指出不足为辅，而指出不足也是从正面提出如何修改和强化的建议，而不是批评指责。所谓“细改”，则是在关键的地方帮学生加工润色，使他具体感受到如何树立精品意识，进行精品制作。我们的全部“批语”都注意了语气和格调，语气要热情诚恳，格调要文明高雅，绝不能有一语伤人。有问题同作者商量研究，看怎么改更好。我们以朋友的身份和态度同学生进行双向交流。在文学社里，以文会友，共同提高，不分高低，大家平等，没有顾虑，畅所欲言。

在一次“实话实说”的活动中，一位刚入学不久的高一女生在民主气氛的感染下走上阶梯教室讲台，面对二百人即席发言：“我不认为近墨一定黑，近朱一定赤！我初中所在的市重点校，论学校条件、班级条件和身边的同学都够得上‘朱’了，可这优越的条件并没把我染‘赤’，因为我沉迷于小说不能自拔，以至中考考砸了，才来到这里。现在看看，这里的条件又非常好，我这回得充分发挥主观能动性了。不然外因再好，内因依旧，也‘红’不了!”全场报以热烈掌声，实话实说引起了共鸣，作文做人尽在其中。

——作文命题大多由学生自拟，自然有感而发，言出肺腑。同时，我们也辅以命题作文，命题多为话题，而且多与讲演活动统一起来。诸如《我看奥运》《我说成熟》等等，两个年级同写同讲一个话题，互相交流，互相促进，从思想到语言会多方受益。

如此这般，久而久之，学生了解了我们，信得过我们，就同我们两个六十多岁的辅导老师成了忘年交，经常主动找上门来研究高考作文应对策略，征求文章修改意见，讨论对作家作品的赏析评价——包括韩寒现象之类，询问对社会热点问题的看法。有的学生在文章中说：“我把二位王老师的门槛子都踢破了。文学社改变了我，八个月改变了我，‘二王’改变了我。”

作文系统工程的实践表明：只有真善美的人才能写出真善美的文；只有真善美的文，才能塑造真善美的人。学生们是在创作文章的过程中塑造自己；在塑造自己的过程中创作文章。因此，只教文而不教人，文章要么写不出来，要么提不上去，写出来也会流于虚、窄、浅、泛。写作过程是育人的最好契机。什么样的思想水平和心理素质，什么样的文化品位和审美情趣，什么样的思维品质和语言修养，都会在学生的文章里准确、自然地流露出来，体现得淋漓尽致。一篇最简单的文章也会透视出作者这个完整的人。只有全面地去关心一个人，研究一个人，理解一个人，帮助一个人，才能帮他的写作帮在根子上，帮在点子上。

因此，作为作文教学系统工程首要的一环，是要着眼和着力于有效提高学生的认识能力、思维能力、分析问题解决问题的能力、观察生活感悟生活积累生活素材的能力、关注社会热点收集处理信息材料的能力和阅读、赏析、消化、吸收文学作品、报刊时文以及跨学科知识的能力。文的功夫在文外，而这恰恰是根本。应该说，文学社是充满人文精神的园地，是人与文同步发展的园地，是素质教育的重要组成部分，是培养创新精神和实践能力的前沿阵地。

## 二、以大语文观把强化写作能力同强化观察、听、说、读、思能力统一起来

写作能力不是孤立的。在当代，大语文观显得尤为重要。如果一个人视而不见，听而不闻，读而不知其味，思而不得其解，一句话，信息输入系统有障碍，他能吸收多种营养，进而转化成自己的信息输出吗？如果一个人他不能把话说得很准确，很到位，很深刻，很生动，很简洁，很流畅，很有条理，很有意蕴，他能把文章写得很好吗？

“我口说我心，我手写我口”，单就信息输出而论，这不也是个系统工程吗？单枪匹马只练写，管用吗？能说不能写，或能写不能说，这既不可以，也不可能，因为它们的中心枢纽都是思维能力。说不清楚，就是思维混乱，那他怎么能写得清楚呢？

至于朗诵、讲演、辩论、即席发言、采访、主持等等都是说的训练，又都同写息息相关。文学社安排了大量活动，不但促进了写作，而且大大提高了学生的兴趣，增强了学生的信心，为实际应用

打下了基础。说与写的能力同步提高，这才是真正意义上的信息输出。

文学社还安排了一些强化信息输入能力的活动，如文学社作品的选读、高考优秀作文的赏析、学生作文的分析评论等等。信息输入一靠观察、二靠听、三靠读。这三条渠道畅通了，才谈得到有文章可写。只抓作文而忽略观察、听、读，就是只抓“流”而忽视“源”，难免本末倒置。没有输入怎会有输出？

很多学生认为现在语文课上学习的语文课本全然无用，因为高考语文试卷基本上考的都是课本以外的东西；至于大量名篇名段的背诵更没有用处，或是只对会考有点用。这是个很大的认识误区，从根本上讲，就是不懂得大语文观的道理。作为文学社辅导教师，我们不仅有责任把这些道理教给学生，而且要身体力行，全面实施，使知识与能力，写作与观察、听、读、说、思，有机地组成一个系统。只有这样的系统工程，才能真正出效果，出人才。而核心的工作是要在信息输入到信息输出中间的转化枢纽——思维能力的强化上多做辅导。

一年多来，除去作文专题讲座和作文专题讲评是由我们主讲以外，我们做的更多的是组织各种形式的活动。文学社的学生曾多次代表学校参加市、区讲演比赛，并获得一、二等奖。我们还曾把二中、天士力中学、外院附中、七十八中等许多学校的讲演高手邀请进来与文学社的各班讲演选手同台表演，能容纳365人的阶梯教室座无虚席，走道还加了座位，气氛非常热烈。我们的诗歌朗诵会强烈感染和鼓舞了广大师生，大家展示了各自的文学修养。文学社还组织了大沽口炮台与开发区的参观、采访、写作、讲演系列活动、大港青少年绿色基地的社会采风活动，使大家开阔了视野，丰富了写作内容。我们还曾不止一次地组织有关写作问题的师生对话活动，以“答记者问”的方式在大会现场回答众多学生的质疑，使作文辅导有了更强的针对性、灵活性和实效性。

实践证明，只有在大语文观指导下的系统工程，才能有效提高学生的综合语文能力，从而使学生作文水平的提高建立在坚实可靠的基础上。有一个原来胆小、内向，连上课回答老师提问都害怕的高二女生，现在竟锻炼成了演讲好手，在二百多人面前慷慨陈词，脱稿演讲自己的文章，赢得群情振奋，满堂喝彩。为此她专门写了文章谈自己的感受。她说："直到台下掌声响起，我还觉得意犹未尽……文学社里一路走来，那深深浅浅的脚印依稀可见，而我已不再是曾经的我。"有的学生说，文学社使我们树立了自信、自强和自尊的信念，连"害怕高考"的心态都有所转变，"唯一的遗憾就是没有抢到上台发言的机会。"

## 三、以务实精神把求真、求新、求精统一起来

实施作文教学系统工程，我们确定的总体要求是求真、求新、求精。至于落实国家考试中心确定的基础等级和发展等级标准以及对审题、立意、选材、结构、语言、技巧等等具体环节的指导，都应是这"三求"的贯彻和体现。

当前创新作文的呼声甚高，新思维、新表达、新体验的文章应运而生。这是社会的进步和时代的需求。近几年的高考以及全国和各地的多次作文大赛也无不把创新纳入写作要求和等级标准。我们文学社自然也要积极宣传并具体指导学生写创新作文。这主要体现在摒弃陈词滥调、新老八股、人云亦云、千人一面的思维定式和写作旧习。我们提倡，立意要有独特视角和独到见解；选材要鲜活新颖，不入俗流；形式要灵活多样，不受体裁约束；语言要言必己出，有意蕴，有味道，有文采。特别要强调自己对生活的感悟，强调体现时代精神，强调把积极向上的主旋律寓于鲜明的个性特点之中。这就是我们倡导的求新。



同时，求新不能离开求真。创新不能脱离生活实际，不能胡思乱想，胡编乱造，胡言乱语，不能以假乱真，巧言令色，哗众取宠，不能东抄西凑，追求时髦，以丑媚俗。创新的前提是求真。只有真

情实感和真知灼见，只有追求真理的科学态度和真实可信的生活积累，才有创新的坚实基础。“头重脚轻根底浅，嘴尖皮厚腹中空”而妄言“创新”，是断然“创”不出有质量、有分量、有价值、有艺术感染力的文章的。

至于求精，则是要求用高标准的写作态度创作高标准的文章，也就是用精品意识来进行精品制作。当然，作为文学社的学生习作，起点不同，水平各异，不能把标准定得过高而脱离实际，使学生无所适从。但是，不论学生是什么起点，什么水平，都应该努力求精，否则还怎么提高呢？

求真，求新，求精，这是求真文学社实施作文教学系统工程中大家共同遵循的原则和追求的目标。而贯穿在这“三求”当中的，应该是务实精神。没有务实精神怎么能老老实实坚持求真呢？没有务实精神怎么能制作出实实在在的精品呢？务实，就是不搞花架子，不搞假大空。

正因为实验过程中大家努力坚持了既解放思想，又实事求是，因此才取得了一些成效。

截止到目前，已有23篇学生的文章在市级以上报刊发表。文学社全体学生的作品已汇集编印了两辑《求真集》，选入了思想比较活跃，文笔比较洒脱，形式比较多样，创新比较大胆的文章共一百多篇。我们作为辅导老师不能“君子动口不动手”，应同学生一起动笔，截至目前也在市级以上报刊发表了22篇文章，并与《每日新报》的编辑梁山先生合写出版了两本有关作文指导的专集。这也算是师生并肩前进吧。

总之，作文与做人的统一，写作与观察和听说读思的统一，求真与求新求精的统一，作文课与活动课的统一，这就是我们正在实施的作文教学的系统工程。有偏颇和不当之处，恭请大家教正。

（与王义明先生合作，获河北区教育科研论文一等奖）

# 别开生面话创新

——中学作文辅导

## 一、时代呼唤创新作文

近年来，对新世纪富有创新精神和实践能力的人才的呼唤反映出时代与社会发展的强烈需求。中共中央、国务院《关于深化教育改革全面推进素质教育的决定》已经把培养创新精神和实践能力作为素质教育的重点。

显然，大力提倡中小学生写创新作文，不但是意义深远的长久之计，而且是迫在眉睫的当务之急。

试想，我们的作文如果还是陈词滥调，新老八股，千人一面，千口一腔，抄来抄去，甚至胡编乱造，假冒伪劣，这已经不仅无益，而且是有害了。长此以往，不仅文章不会作，连人都做不成了，这是一条死胡同。创新作文的强化，就把这条死胡同彻底堵死了，你的文章没新意，就没有人认可了，包括中考高考。

中考作文要求创新，会考作文要求创新，高考则强调得尤为突出。《2000年全国统一高考语文科说明》中把“有创新”作为“发展等级”的重要标准之一，并且作了如下说明：“构思精巧，推理想象有独到之处，材料新鲜，见解新颖，有个性特征。”你看多明确！

除去考试以外，近两年的全国作文大赛也把一个“新”字摆在了突出位置。

1999 年，北京大学、复旦大学与《萌芽》杂志社等八单位发起主办的全国“新概念作文大赛”率先提倡：

“新思维”——创造性、发散性思维，打破旧观念、旧规范的束缚，打破僵化保守，无拘无束。

“新表达”——不受题材、体裁限制，使用属于自己的充满个性的语言，反对套话，反对千人一面，众口一词。

“真体验”——真实、真切、真诚、真挚地关注、感受体察生活。

这“两新一真”就是这次大赛的主旨和全部要求，令人耳目一新。比赛结果从厚厚的两卷《获奖作品选》中不难看出，“一旦解开了束缚手脚的绳索，学生们的才华竟如火山爆发般喷薄而出；文章质量之高，简直令人不敢相信是出自学生之手”。（该书《序》中语）这部书面市的时候，一些作文获奖的应届高中毕业生已被北京大学、华东师大、南开大学等高校提前录取。

2000 年，新一轮“晚报杯”全国创新作文大赛又拉开了序幕，这次竟扩展到由全国十七家晚报主办，北大等十七所高校协办，规模空前。大赛把“创新作文”分为四类：观察作文、思辨作文、想象作文和抒情作文，提倡“新观念、新视角、新形式”，依然强调“写出真实的生活，道出由衷的心声”。内容则涉及“年轻人关注的社会人生、理想情操、校园生活、花季青春、网络文化和未来幻想等”。

以上这些信息说明了什么？

1. 创新作文已经成为中考、会考、高考的共同要求之一，而且摆在了重要位置上。很明显，在贯彻中央决定，培养创新型人才的系统工程中，作文以其独具的优越性和紧迫性，首当其冲，走在了最前面。

2. 持续两年的全国作文大赛都把创新作为主旨，并通过它来发现人才，各大学提前录取，足见高校乃至全社会对具有创新精神和实践能力的人才的渴求。我们必须紧紧把握住这个时代的脉搏，研究自己的达标对策。

3. 既要解放思想突破新老八股的束缚，突破陈旧的写作习惯和思维定式，锐意求新，又要坚持写真实生活，真人真事。真情实感，写自己对生活的真理解，真感悟。一要求真，二要求深、求新才能有依据，合情理。

4. 创新作文不能只求外包装新颖。一要立意新；二要求深；三要有丰富而独特的想象力；四要有独到的见解和巧妙的构思；五要有生动形象的语言和准确严密的推理。

大家会想，我们别说写新词儿，连老词儿还愁没有了，这么高的标准能做到吗？

我们认为，人人都能做到，这绝不是鼓虚劲儿。为什么？因为创新作文使你解放了思想，打开了眼界，放开了手脚，怎么想就怎么说，怎么说就怎么写，我口说我心，我手写我口，这比起以前来，不是难写了，而是好写了。本来谁都有生活，谁都有想法，谁都有自己的爱与恨，追求与向往，明白与困惑，而且每天的生活都是新的，每天的感受也都是新的，就像每天的太阳都是新的，但你对阳光的感受却不会总是一样。

别把这个“新”看神了，看玄了。别净想着创新就得写大事儿，写玄事儿，来个惊人之笔。不是这么回事儿。学生生活中哪儿有多少大事儿？只要小事情里有大道理，有新意，有味道，有你自己独特的发现和体验，你就写，那就是新。新就新在别人司空见惯、习以为常的东西，到了你的笔下，使人觉得它既出乎意料，又确在情理之中。创新绝不是离奇怪诞，哗众取宠，惊世骇俗，走向另一种胡编乱造，也不是脱离生活，追求时髦，为新而新，甚至弄成“脑筋急转弯”的低俗货色。新要新得有道理，有价值，有品位。这并不难做到，不信你就试试看。如果你想在将来成为创新型人才，那就从创新作文练起！

## 二、立意的创新

立意是文章的主题设计，是文章基本观点的确立，是确定文章的主旋律和灵魂。

立意的首要要求是正确：观点要正确，思想要健康，中心要明确，要有真情实感，这属于基础等级标准。而发展等级则要求深刻透彻，也就是要做到由表及里，由现象到本质；由果到因；由昨天、今天到预感事物发展的趋向、结果和未来。

在达到上述标准的前提下，还要做到见解新颖，推理想象有独到之处，这就属于创新了。

如果说，立意深刻需要的是纵向思维的话，那么立意创新需要的则是横向思维和逆向思维，需要的思维品质则是思维的灵活性（多向性）、创造性和批判性（思辨性）。

横向思维是一种由此及彼，由点到面的思维方式，它可以帮助你在立意的时候想得非常宽阔，以避免思路狭窄，钻牛角尖，走死胡同。思维的灵活性则体现在面对作文题目，你立即会产生若干种设计方案和立意途径，从而可以进行比较、筛选，选出一个最佳的、最新的、最不易与别人重复或雷同的角度来写。这种多起点、多角度、多途径、多策略的思维能力，是立意创新所必需的能源。

逆向思维也是立意创新的思维方式之一。人们常常以为逆向思维就是凡事就跟别人反着想，别人说白我偏说黑，别人说是我偏说非，大错而特错。逆向思维确实有时体现在立意与众不同，但那不是成心跟大家拧着劲儿对着干，而是通过缜密的思考辨别，去粗取菁，去伪存真，从而得出新观点，新结论。因此，它应该概括为：人无我有，人有我优，人趋我避，人弃我取，而不是随意标新立异，故弄玄虚。

有了思维的准确性、深刻性、严密性、敏捷性做基础，再加之思维的灵活性、创造性和思辨性的拓展，何愁立意不新？先纵着想想，把现象本质、前因后果、来龙去脉想准确，想深刻，想透彻；再横着想想，由此及彼、由点到面把你要写的材料所涉及的范围最大限度地想宽阔，最大限度地拓展立意、选材范围；最后再逆着想想，设想一下多数人写这个题目，可能会从哪些角度立意选择，自己如何避开人云亦云乱撞车的大路活儿、俗套子，选择一个独特的优化的角度来写，使之既合情合理，又不同凡响。

这就是立意出新的思维过程。一句话，没有创新的思维，就没有创新的立意，更没有创新的作文。通过练写创新作文来强化思维能力；通过强化思维能力来写好创新作文，这就是抓住了关键。让我们来看看下面这篇作文：

### 阳光

天津求真高级中学高一　王婧

有时候我很讨厌阳光，它的光芒太强烈、太刺眼，它总是给我带来许多麻烦。

你瞧，坐在教室靠墙的第一个位子上，你便很难看清黑板另一端的字，那是阳光照射在上面产生的强烈的反光。

坐在靠窗的那一排，每天中午肯定会有一道灼热的光打在你的脸上，亮得让你睁不开眼。

夏天，太阳越发得意起来，它把所有的光和热一齐倾泻在大地的每一个角落，所有被阳光照射着的东西都闪着银亮的光点。闷热、烦躁将我包围得透不过气来。

那时，我真的很讨厌阳光，以至于把阳光当作令我睡眠不足的罪魁祸首，因为只要它刚一露头，我就必须立刻离开心爱的床。

夏天过去了，秋天也迈着轻盈的脚步走远了。冬天，带着寒风和飞雪一步步地向我逼近。我惧怕严寒，我阻挡不住风雪的袭击。啊，那时，我又是多么喜欢阳光，何止是喜欢，简直是一种企盼和渴望。

在这肃杀的季节，一缕阳光轻巧温柔地掠过你的脸庞，像母亲的手抚摸着你，那么温暖、亲切，使你从头到脚都感到一种说不出的舒适和愉快。我恳求更多的阳光拥抱着我、簇拥着我。我甚至能闻到它的香味，看到它的舞蹈，聆听到它的低语。我从心里感谢阳光，它带给我的不仅是温暖，还有希望。

生活中的事又何尝不是这样。当你春风得意的时候，朋友的关怀在你看来是多余的，你轻视他们，甚至驱赶他们。而你不可能总是一帆风顺，当你在逆境中挣扎，茫然无措时，朋友的帮助就像是射入你心底的一束阳光。

友情、师情、亲情，使我们心里充满阳光，好明亮、好温暖。珍惜阳光吧，一旦失去了它，那将变成一个怎样的世界。

这篇习作的材料并无新奇之处，没有奇人，没有奇事，更没有奇物——阳光谁不熟悉？妙就妙在人人司空见惯的阳光却被小作者写出了令人心悦诚服的道理和发人深省的感悟，而且一波三折，多姿多彩。通过匠心独运的立意设计和类比推理，挖掘出了寻常事物中的不寻常的意蕴，使文章有了新意。

你看，只要有了新的立意，任何寻常物，任何平凡事，乃至任何普通人，都能写出奇光异彩来。

清代文学家袁枚有绝句云："但肯寻诗便有诗，灵犀一点是吾师。夕阳芳草寻常物，解用都为绝妙词。"关键就在这"解用"二字了。

再以2000年高考作文为例。考题要求是以"答案是丰富多彩的"为话题写一篇文章。这个没有文题的考题显然具有很强的创新作文的导向性。考卷中果然佳作迭出，精彩纷呈。这里仅举一例：有一篇考场作文，自拟的题目是《答案都是丰富多彩的吗?》考生运用逆向思维的灵活性（即多向性）、创造性和思辨性，同考题唱了"反调"。他大胆提出：

是所有问题的答案都是丰富多彩的吗？

我认为，这个问题的答案是“否”。举个形象的例子：若问高考允不允许作弊，我们大家的答案怕是不会丰富多彩的。

他还提出：

答案唯一，并不与运动的、发展的观点相悖，相反，发展的眼光，运动的思路常常给一些唯一的答案以有力的支持。例如无论参考系如何变化。还有像无论时代如何发展，国际风云如何变化，改革开放都将被证明是中华民族复兴的必由之路。

这是很有见地的，这就是创新精神，其实他并没有去否定考题，而是对考题的提法做了有益的补充，他的答卷不也正是这“丰富多彩的答案”中的一种吗？本文具有一定的思辨色彩。

有人可能说，这太难了，这是写作尖子的事。

错了。我们只是没这样想过，没这样练过。只要我们解放思想，树立自信，勇敢尝试，你肯定能写出更富有新意的文章来。

不信？我给你们举个小学生的例子。

一个小学五年级的学生，是个爱好书法的女孩子，曾多次在书法大赛中获奖，她就是天津红星路小学的刘诗梅。一次，她写了一篇题为“记一次书法大赛”的作文。看了这个题目，我们觉得她一定会写参赛的内容、经过以及结果等等，可是，她偏没有去套这个陈年老八股，却把立意放在了对赛场外的几百名家长的不满上。文中写道：

令人遗憾的是，在这赛场外面，家长们的表演却实在有点儿过分。他们挤在窗户外面朝里使劲儿喊，这个问自己的孩子会不会叠格儿；那个又让自己的孩子把外衣脱了……总之，是千叮咛，万嘱咐，嘈杂一片。他们关心的根本不是孩子们写的什么“大龙腾飞，小龙回归”，而只是望子成龙。这里本该是个十分安静的场所，可家长们围着考场一直在喊，连维持秩序的监场老师都无能为力了。

赛场内小选手们的表现也实在丢人现眼。由于没有家长在身边伺候，他们又不懂得爱惜试卷，把宣纸上弄得净是墨点儿，足见平时在家里练字，是只管挥毫，一切“劳役”都是“老书童”们去承担的。

我想，小选手们的自理能力太差了，这正是家长们包办太多的结果。越差包办越多，越包办就越差，这不是恶性循环吗？

爸爸妈妈们，别再时时为我们操心，事事替我们包办了；反过来，我们也应该争口气，多为家长分点忧，做点事，同时把自己料理好，少让他们操点心。别净想着成龙，还是先学会做人吧。

我看，这大概比得个大赛一等奖要重要得多吧？

这是一个小学生通过自己的观察与思考得出的感悟，发出的呼吁，没有一点八股味道，立意是新颖别致的。她觉得写这件事比写参赛及获奖经过重要得多，于是就自然而然写出来了，感到一吐为快。她并没觉得写这样的文章有多难。真人真事，真情实感，比胡编乱抄容易多了。小学生能立意创新，且不觉困难，我们初三、高三的同学难道还不如这位小妹妹吗？

解放思想拿起笔来吧，你准行！

## 三、选材的创新

有人说，我现在最愁的是作文没词儿，哪里顾得上材料新不新？

其实这是个认识误区。如果我们转变一下观念，调整一下角度，以后作文，不写则已，写必求新，那就不必再花很多力气去搜索枯肠、东抄西凑，做无用功了。目力集中了，思路开阔了，写作欲望和写作兴趣自然会油然而生，创新作文的成功就从这里开始，何愁之有？

怎么才能使材料新鲜呢？

1. 观察和分析能力是发现、积累新鲜材料的武器

为什么我们每天面对那么多、那么鲜活的五光十色的生活材料却往往视而不见，听而不闻，食而不知其味呢？为什么临到作文冥思苦想什么也想不起来呢？原因很简单：没观察，没思考，因而就没发现，没积累。

观察之所以不同于看，就在于观察是主动地看，注意地看，仔细地看，有效地看，最重要的，是边看边思考，边分析，边辨别。观察不仅是用眼睛看，而且是用心看，也就是用脑子看。光凭眼睛看，多数情况是浮光掠影不留痕迹，有时甚至瞪着眼睛什么也看不见。

因此说，没有观察就没有材料，而没有分析没有思维就没有观察。没词儿的症结不是出在没有可写的生活材料上，而是出在没有观察与思考的习惯上。只有思维不懒惰，反应不迟钝，眼睛耳朵不麻木，信息才能进得来，材料才能抓得住。不信，你试上一个月，保证你想写，可写的新鲜材料多得写不过来。

还有人说，咱没有作家的本事，人家能编。

又错了。作家的本事首先就在于思维准确、深刻、严密、敏捷，同时又有很强的灵活性、创造性、思辨性，在这个基础上，耳聪目明，世间万象都逃不过他的信息接收系统，这才形成了新鲜的生活材料的积累，有了写作的源泉。手还得勤，随手把新的所见所闻所感记下来。如果说我们同作家有差距，差就差在这个地方——勤于和善于观察、分析、发现、积累新鲜材料的用功劲儿。

2. 体验和感悟生活是选好用好新鲜材料的基本功



脑子勤了灵了，眼睛也尖了亮了，大量新鲜的生活材料涌进了眼底。哪些可用呢？怎么才能用好呢？关键在于你对生活的体验和感悟是不是深刻。这当然涉及认识能力和思想情感。认识能力怎么

强化呢？一要关心社会、关心政治，关心天下事；二是要学好哲学，掌握辩证法这个武器。哲学是明白学，聪明学，二十三年全国统一高考作文，考哲学观点的题不下半数，不可以掉以轻心；三要与时代同步，把握时代脉搏，树立现代意识。倘若用陈腐观念和八股框子去品味生活，怎么能有新的感悟，新的开端，新的发现呢？意识新，观念新，感悟新，才能选好用好新材料。

## 家的乐趣

天津海河中学　七年级　王玥

又是一个周末，下午终于把作业都完成了。我站起身，隔着窗户向外望去，马路对面的电子游戏厅有许多孩子进进出出。不用看里面，单看外面的自行车，就够一个“军团”了。

“毛毛，今天我们玩点什么？”爸爸的声音总是那么快活。

我扭头看了看爸爸，真不知他是怎么猜透我心思的。每当我面临玩点什么的十字路口时，他都会站在我身旁，引导我去玩一些既有趣儿又能学到知识的游戏。什么“猜字谜”啦，“对成语”啦，“英语对话”啦，真不知道他的脑子里还有多少这类的游戏。

玩儿什么呢？爸爸看了看自己手里的《证券报》，突发奇想：“你谈你的学习，我谈我的股市，看看二者是对立的多，还是一致的多，怎么样？”

我连声叫好，还没等他反应过来，就抢先说：“我是正方，赞成一致的多！”爸爸也只好点点头说，那我就是反方，赞成对立的多了！”

“我在学习上，就想站高处，争第一，股市不也一样吗？”我抢先发难，自当先胜他一个回合。

“可是在股市上，你爸我就怕站在高处。‘高处不胜寒’哪！你的分数越高越高兴，可我的点位越高心越慌。”爸爸为他的回答十分得意。我呢，自然不甘示弱，继续找词儿跟他辩论。

“我们学生最盼望放寒暑假啦！你们难道就不盼着歇歇吗？”我语气坚定，必胜无疑。

爸爸略一沉吟，说：“正相反，你爸我就怕逢年过节股市放长假。到那时，持股还是持币，非让我多长几根白头发不可！”

我真为爸爸那老谋深算的样子给急坏了。为了不露出我的窘态，我得故作轻松。

一会儿，我一拍大腿，说：“那么，你得听股评，我得听老师讲课，这一点总该一致了吧？”我在为我提出的问题而沾沾自喜。

爸爸清了清嗓子，从容说道：“非也，非也。你没看到股评一完时，都打出‘以上内容仅供参考，股市风险难测，谨慎抉择’的字幕吗？倘若你们课堂上老师也这么说，那谁还听老师讲课呢？”

这回，我可真是词穷了。

“那么股市和学习只有对立了？”我感到自己的话既无奈又无力。

爸爸想了想说：“它们现在确实是对立的多一些，但不久一致的就会多了。因为股市也在深化改革：消除泡沫经济，打击投机行为，股评人士也要持证上岗。我国的经济正从低谷走出来。待那时，优秀的股评人士也会真心实意地为小股民服务，你想谁还会不听他们的意见呢？再说，股市上泡沫少了，投机没了，股民为了国家建设做长线，把钱财投入股市，还管他放长假还是短假！国家经济搞上去了，企业的效益好了，股民也就真到了大牛市，那谁还会有恐高症呢？所以别看现在它和学习是对立的多，将来必定会是一致的多！”爸爸的话真令人心悦诚服。



不知不觉我又和爸爸度过了一个愉快的周末。正是这样的愉快方式，使我的生活更加充实有趣，丰富多彩。仅隔一条马路的游戏厅虽然近在咫尺，但我还是跟它老死不相往来。这正如教育家卢梭说的："家庭生活的乐趣是抵抗坏风气毒害的最好良剂。"

我从内心深处感谢这个给予了我无限温暖和教益的快乐而和谐的家！

一个十二三岁的小姑娘能写出这样一篇取材于现实生活的有血有肉的有见地有新意的创新作文，不能不令我们在赞叹的同时引发深深的思考：新鲜材料就大量蕴含在我们每人每天的生活当中，开采出来就闪光。小朋友们都看得见，我们怎么看不见？其实，无数的好材料正在向我们招手，关键在于解放思想。

这篇文章把知识融入游戏，新；又把有趣而又有益的家庭生活同游戏厅做了对比，新；尤其是把股市生涯同学校生活做了比较，这就更新。结尾升华到对良好家庭教育的感激和对不良社会风气的抨击，不但有新意，而且有深度，不但有记叙，而且有抒情和议论，这种以精品意识进行精品制作的态度也是难能可贵的。

## 四、写人的材料能出新吗？

有人问，新鲜材料大都出在新鲜事上，所以叙事容易出新，记人怎么出新呢？

千万别把写人的创新材料理解为得写"超人"。写平凡的人照样可以有新意。

我们先来研究一篇写老师的作文：

### 启明灯

天津市天慈中学　初三　汤浩岚

又是一节劳技课，我们不禁摸摸手底的照明灯——那照明灯是上节课老师留的小制作。说是"制作"，其实都是从商店里买来的，只不过大家都心照不宣罢了。初三了，谁有工夫做这些作业？

冯老师推门而入。他是个年过半百的老师，但看上去很显老。他脾气很怪，不过我们上劳技课写别的课的作业，他也只是皱皱眉头，从来不管。这不，讲完课，冯老师照例收了我们“制作”的照明灯，说：“这回不错，差不多交全了，好，大家写作业吧。”

我不禁窃笑，冯老师到底看得出看不出照明灯的秘密？同桌不以为然，“他就是看出来了，也不一定说什么。都初三了，谁有工夫？”我悄悄地说：“我看不一定，你看冯老师的眉头不是越皱越紧？”“嗨，他平时皱惯了，没什么。”

渐渐地，班里有人说话了；渐渐地，冯老师的脸色愈加难看了。

“砰！”我们吓了一大跳，教室里鸦雀无声。

“你们这是骗谁啊！”冯老师厉声说。我们不禁愣了。

“我说做照明灯，没说买照明灯！你们看看，这里边有几个是自己做的！”

“完了！”我心里想，“他也不想想我们有没有时间……”

“你们不用强调你们是初三学生，没时间做！你们给谁做？做完给谁看？还不是为了锻炼你们自己的动手能力吗？这作业与数理化的作业有什么分别呢？”

我们都低下头，不敢再看他，怕看到他生气的眼睛。

教室里静极了，静得可以听到自己的心跳。静了好长一段时间，忽然听他长长地叹了口气。我们偷偷地抬起头看他。

“你们可以敷衍我，但你们能愚弄自己吗？是作业，就要认真对待！”

我的心猛然一揪，脸上热辣辣的。

那竟成了我上学以来最难忘的一节课。

转天早上，同学们怀着愧疚的心交上了自己花一个晚上制成的简陋的照明灯。

下操回来，我们发现每个人的课桌上都放着自己做的灯，每个人的灯上都打了分数——几乎都是95分以上。黑板上，有一行笔画挺拔流利的大字：“不为作业而作业！”

我的心灵被深深地震撼了。我望着手中的照明灯，不，是启明灯，仿佛从老师的话里隐隐悟出了学习的真谛：不为学习而学习！

这就是平凡的人，不平凡的材料。

一位教那不被学生重视的劳技课的老教师，一位惨淡经营却一丝不苟的老教师，一位敬业爱生极负责任而学生们却在骗他的老教师，一位严格而又善良、教书更重育人的老教师，他的形象真实地再现了，令人信服，感人至深，读罢肃然起敬。这是科教兴国大浪潮中的小浪花，可它却唱出了时代的最强音，能说它不新吗？

文章不长，却有情节，有故事，有很强的戏剧性，写来曲折有致。人物描写全用白描，真实，客观，朴实，自然，新意尽在其中。

所谓材料要新鲜，一是要有时代精神，现代特点；二是意料之外，情理之中。写人文章如果背离了生活，背离了真实，背离了自然，背离了朴实，那就成了花里胡哨，光怪陆离，人都不像人了，这绝不是创新，而是误入歧途。

你说，这毕竟是写老师的，写学生也能出新吗？我们的生活那么平淡，哪有新鲜材料？是不是还得编故事？

千万别编，一编准砸！

下面是一篇真实的写人的习作：

## 留在照片里的回忆

天津市天慈中学　初二　赵诣

算起来，离开小学已经两年了。初二的我自由时间已少得可怜。偶尔闲下来随手翻翻老照片，又勾起了我的回忆。

瞧，他正傻乎乎朝我笑呢——真思念我的这位同桌。

临近毕业那年，班里来了一位新同学。班主任把他安排在我身边成了我的新同桌，还特地跟我讲明了他的情况。

同桌是一名留级生，家境也不好：母亲有精神病，父亲一人微薄的收入支撑着全家。母亲的病一发作就对父子俩又打又骂……听到这里，忽然感到很辛酸，我似乎觉得自己多了一份责任。

同桌不像那种心里有很重的负担的人。平时有说有笑，就是一沾学习便愁眉苦脸，我也一直尽全力帮他。

也许是在学校待过七年的缘故，他和学校里的每一个员工都很熟悉。班里有个什么生活上的大事小情，保证是他先向总务处讲明，不一会儿问题就解决了。

记得那次，班里的窗帘不知道被哪个淘气包拽了下来，我正给他讲着题，他忽然一下子跳起来了说："拽下来，你跑了！看我一会儿不拔干你的毛！"

还没等我反应过来，他就大步跑下楼去了。不一会儿，只见他拿着一卷铁丝、一把榔头，两步窜上窗台，三下五除二，就把窗帘拴好了。

本想他可以坐下来切入正题继续听我讲了吧，谁知他还不老实，从地上捡了根绳子在窗帘上做起了力学实验。我知道叫他也不管用，他有法子对付我，又逗得我不能再严肃下去，便无可奈何地转过头去，见全班同学竟没有一人关心这掉下来的窗帘。虽然是课间休息时间，但除了几个淘气包以外，大家都在埋头苦读。

唉，同桌啊同桌，我都比你自己更关心你是否能够毕业。

等他修好了窗帘，不，是改进了窗帘，同桌笑嘻嘻地向我炫耀："还不聪明吗？一拉绳子就能拉开窗帘，你试试！不过，要是能拉回来就好了……"唉，真拿他没办法。

临近毕业考试前几天，同桌也似乎感到了压力，但还是忘不了帮这个帮那个，比生活委员管得还宽。在学习上，我尽力帮他，他也立下志愿，无论如何也要拿下毕业证。

真佩服这个学习“工作”两不误的同桌，在那么大的生活压力和精神压力下，他一直做了强者。在同学们都一心一意为自己苦读时，他却为集体付出了这么多。虽然最后的考试他的分数不算高，但终于达到了自己的目标。这并不只是他比我们大着一岁的缘故。

虽然那些与我共处了六年之久的“知己”们都已在我的记忆中模糊了，但这个最后的同桌却一直是印象清晰的。

合上相册，啊，面对如今中学的这些学友们——真思念我的那个同桌。

这位小作者没有写那些“高、大、全”的年级三好生和优秀学生干部，而是写了一个真实可信的充满矛盾的可爱的留级生。这个新鲜材料的选择和使用是独具慧眼的。他突破了写人的一般模式和思维定式，写了一个相当复杂而有性格的人物，这不正是创新吗？

正因为作者没有把一个学习差，品德好，又可气，又可爱的同桌简单化，绝对化，才使人读起来觉得内涵丰富，感情真挚，感人至深，也发人深思，文章能给读者带来有益的启示。作为素质教育中的一个侧面，不能不说它富有新意吧？

## 五、写议论文怎么创新？

写记叙文，无非记人叙事写景状物，看得见摸得着，人们会以为，创新总比议论文稍容易些。议论文的论点论据论证也能出新吗？

议论文写作，不但应该创新，而且完全能够写出新意来。近两年的高考和全国作文大赛涌现出来的大量佳作已经充分证明了这一点。

首先，议论文的论点应该出新，这属于立意范畴。

作为论点，首要的当然是正确。立论错了，新旧问题就谈不到了。正确是立论的生命。

作为论点，当然还要力求深刻。肤浅文章是低档次的，没有价值。深刻是立论的品格。

作为论点，即使很正确，也有一定的深度，可就是尽人皆知，无人不熟，纵然尚未陈旧，也属老生常谈，这种千人一面，千口一腔，人云亦云的文章，先不要说价值有没有，至少读者看了是味同嚼蜡的。所以，非创新不可，只是目的是为了论证新观点，给人以新的启迪和教育，而不是标新立异，为新而新。创新是立论的精神。

## 面对台历

华南师大附中　庞溟

桌上的旧台历还没来得及取下，新的一本又急不可待地蹲在一旁。台历，一个形象化的时间载体，使原本无形的抽象概念忽然清晰明白地摆在眼前。

面对台历，许多关于时光的语句便浮现在眼前。

一、“对酒当歌，人生几何？譬如朝露，去日苦多。”

这种感时观流露了太多的无奈，像吃后悔药，实不可取。

其实对人生的看法，只需稍变角度，便可得出一个柳暗花明的乐观结论。比如乘车出远门，当你面对家乡方向时，列车开得越快，离你朝夕相处的城市越远，你心里的牵挂就越多。而此时，你一旦换到对面坐下，发现列车正向那个诗里读过、人们叹过、你却从未去过的神奇的地方疾驰，你的心一定会被一种寻奇探胜的情绪攫获，感到自己的旅程除了快意还是快意。

回过头来，对人生的岁月亦应作如是解。人生每段均有自己的诗意，何苦之有？

二、“来日方长，从长计议。”

它不过是一服毫无药效的“宽心丸”罢了。除了为你制造个临时从尴尬中解脱的假象外，对我们的人生并无多大益处。

来日方长，多长呢？光阴者，百代之过客，而你只有一代光阴。最听不得许愿说自己将来如何如何，只有懒人才会预支将来。一个对自己的现在都不肯负责的人更不可能对自己的将来负责。从前所结识的伙伴中，不乏壮怀激烈指天发誓将来大干一场以不负此生之士。可现在，他们中的许多人尚不曾到人生的大海中搏击风浪，就先已失去了往日的锐气和志气。是“来日方长”害了他们，还是他们以“来日方长”为借口害了自己？

其实，时间之轮既能磨圆你的梦，也能碾碎你的梦。人生之舵其实是握在你个人手里的，乘风破浪也罢，抛锚搁浅也罢，怪不得别人。

三、“时不我待，时不我与”

这样的话最催人警醒，最令人振奋。惜时名言无数，记得这两句足矣。

我对时光的理解是：过去的已经过去，它不再属于我；将来的尚在未来，它也不属于我。只有现在才真正是我自己的。抓住一寸就是一寸，抓住一分就是一分。在时光面前，我是个吝啬鬼，能搜刮的尽量搜刮，能掠夺的尽量掠夺，斤斤计较，锱铢必较。我甚至贪婪地想，时间若是块牛皮糖该多好，我定把它拉得长长的、细细的，慢慢品味，慢慢咀嚼，慢慢吞咽。

然而，我似乎看到时光在无情地飞逝，喊它不回，唤它不应，恨不得系长绳于青天，系西飞之白日。

既然时不我与，索性我也不待时。时光走，我也走，做一个勇敢地与时间赛跑的人。唯愿时光的流水能在我生命的河床上多留下几道擦痕，用自己实实在在的行动，对一生做个交代。

（选自新蕾出版社《年轻的声音》第225页）





惜时名言无数，惜时文章更多。感悟时光流逝的着眼点和立足点并不在于时间本身，或积极，或消极，或为国，或为己，或谈事业，或讲人生，皆不乏其人，不乏其文。唯独这篇敢向流传了千百年的名人名言挑战的文章尚不多见。这就是它的立意新，立论新。

本文的论点是站得住脚的，也是积极向上的，他要和时间赛跑，争分夺秒，“用自己实实在在的行动，对一生做个交代。”但是留给人深刻印象的，还是作者对“后悔药”和“宽心丸”的否定和对“时不我待，时不我与”的赞扬。文章立论的思辨特点跃然纸上，真是催人警醒，令人振奋。作者辨是明非，去伪存真，古为今用，高屋建瓴，势如破竹，一扫陈腐之气，用老材料做出了新文章。立论出新者，由此可见一斑。

其次，议论文的论据也应该出新，这属于选材范畴。

如果说，立论创新需要站得高一些，看得远一些，想得深一些，宽一些，活一些，新一些，那么，论据的出新相对而言就具体得多了。当然它也取决于思想水平和思维能力，当然，材料的平素积累起着至关重要的作用。以理服人的理，是用过硬的材料来证明的。

可供作论据的材料来源于几个途径呢?

除去用理论来推导理论、证明理论外，主要有以下三个途径：事实材料、阅读材料、名言材料。

先谈事实。事实胜于雄辩，但它得真实，确凿，有力，新鲜。或道听途说，或主观臆测，或陈旧过时，或软弱无力，或人所共知毫无新意，用来论证，哪里还有什么说服力和感染力？那就谈不上新鲜了。

再说阅读。我们更多的知识和信息是通过阅读获得的。阅读材料既有课内又有课外，广采博收，兼收并蓄，古今中外，不拘一格。当今信息量之大，信息源之多，信息传播速度之快，史无前例。倘平时养成时时处处发现和收集信息并随手作札记的习惯，不论书籍、报刊、网络、声像，凡有典型事例，准确数据，奇闻逸事，政论杂谈，史料新闻，街谈巷议，都能点滴积累，消化吸收，牢记于心，融会贯通，那么，一旦用上，立刻就变成新鲜而有力的论据，能起到四两拨千斤的作用。大凡佳作，这种特点几乎都能淋漓尽致地表现出来。

反之，如果平时只埋头于课本，憔悴于试题，两耳不闻窗外事，非考勿听，非考勿视，非考勿读，以至孤陋寡闻，腹内空空，那就不要说新词儿，恐怕连旧词都有限了。平时不当“杂家”，结果是书到用时方恨少，晚了。

1998年全国高考作文《坚韧——我追求的品格》，一位得满分的湖北考生开头就引了这样一个深透禅机的故事：

> 一代高僧弘一法师涅槃前对众弟子说：“你们看看我的牙齿怎么样？”“都掉光了。”“那么舌呢？还在吗？”“还在。”“所以说，坚韧的东西总是比坚硬的东西强！”（编者按：这则材料最早应见于汉·刘向《说苑·敬慎》：常枞张其口而示老子曰：“吾舌存乎？”老子曰：“然。”“吾齿存乎？”老子曰：“亡。”常枞曰：“子知之乎？”老子曰：“夫舌之存也，岂非以其柔耶？齿之亡也，岂非以其刚耶？”常枞曰：“嘻！是已，天下之事尽矣！何以复语子哉？”）

这则故事用在这个文题上，真是恰到好处，令人拍案叫绝。可是不读它从哪里来？这才叫读书千日，用在一时。当然，积累得太少也不行。

最后说说名言。名人名言格言警句在论证过程中也能起到无可替代的支撑作用，甚至可以画龙点睛，使文章显得又凝练，又精彩，又有力，又含蓄。它们是思想的结晶，生活的真谛，语言的精华，足以使我们的文章熠熠生辉，顿生新意。

还是《坚韧——我追求的品格》，有的考生开头就引用了英国诗人拜伦的名言：“无论头顶是怎样的天空，我准备承受任何风暴。”这就立刻使文章有了文采。

1995年上海高考作文题为《责任》，有的考生开头则引了英国王子查尔斯的话：“这个世界上有许多你不得不去做的事，这就是责任。”这一引，文章便有了新意。

同是1995年，全国高考作文则要求根据《鸟的评说》写一篇议论文，有些考生引用了鲁迅先生的名言，使文章增色不少：“倘要完全的书，天下可读的书怕要绝无；倘要完全的人，天下配活的人也就有限。”

我们说，名言警句是文章里的味精，这并不过分。如果脑子里没有存住几条，或是模模糊糊记而不准，或是理解不准用而失当，或是过于常用人所共知缺乏新意，用了还不如不用，那不能不说是个遗憾。

至于论证过程怎么写出新意，那属于写作技巧范畴了，本节不再赘述。

总之，写议论文，不但应该创新，而且能够创新，就看我们努力了。

## 六、表达的创新

立意新了，材料新了，倘若表达形式和语言风格依然陈旧，依然八股，那无异于“旧瓶装新酒”，甚至比这还要糟——因为语言文字结构技巧等等绝不仅仅是“外包装”，它同文章的主题、思想、材料是一个融在一起的有机整体。主题、思想是灵魂，材料加表达就构成了血肉之躯。而表达绝不仅仅是指套在外面的几件衣服。新的观点，新的感悟，新的材料同新的表达形式必须是谐调一致的。

只有新的内容而没有新的表达，那是糟践材料；只有新的表达而没有新的内容，那是华而不实。我们追求的是二者和谐完美的统一。

表达形式的创新主要表现在哪些方面呢？



首先，文章的整体构思要力求新颖独特。

现在中考、会考、高考作文的改革趋势是命题不设审题障碍了，文体要求淡化了，这就为广大考生松了绑，解放了思想，解放了手脚。我们应该充分应用这一改革契机，在表达形式上突破定势，努力创新。

不设审题障碍，题目就变得明朗而宽阔；淡化文体要求，我们就可以把记叙、抒情、议论、说明等多种表达方式综合运用到一篇文章里，不必担心是写成了杂文，还是写成了散文，还是写成了“四不像”。这就使我们放开了胆量，放开了手脚，可以尽情抒发我们的感情，阐明我们的观点，运用我们的材料，道出我们的心声，不必瞻前顾后，如临深渊，如履薄冰，只管一气呵成。

文章结构形式自然也就可以多种多样，千变万化。或写整块，或分块组装，或设计若干小标题，或标以1、2、3、4，或前加题记，或后补尾声。只要好看耐看，这创新就是成功。

其次，语言要力求新颖独特。

语言更是可以多种多样。可严肃，可轻松，可含蓄，可幽默，只是切勿堕入油滑轻浮，浅薄低俗。好的语言应力求准确流畅，健康生动，有青年朝气，有时代气息，有个性，有意蕴，有修辞，有文采，雅俗共赏，谈吐大方。我们民族文化的优良传统表现在语言上有鲜明的特点和深厚的积淀，古为今为，洋为中用，以多方优势来表现现代生活，何愁不能出新！如果拿时下流行的侃大山要贫嘴的痞子语言渣子语言当作追时髦赶时尚的创新样板，那就走上邪道了。

再次，推理想象要力求新颖独特。

推理想象是创新作文不可或缺的手段和技巧。推理首先要准确严密，但更要视野开阔，出奇制胜。想象能力已成为近两年高考作文的主要考点。“假如记忆可以移植”以及“答案是丰富多彩的”等作文题，没有大胆新颖丰富的想象，要想写好是极其困难的。

让我们来欣赏一下下面这篇文章。这篇作品曾获《作文通讯》第二届全国中学生作文大赛一等奖。

## 竞赛题：上大学是不是唯一的出路？

### 自拟副标题：争渡

天津二中　高三　张莉

指导教师：王国光

从生下来那天起我就在路上了。和别的人一样，我一直在朝某个方向跋涉着，匆匆。这条路是爸妈的希望铺成的，是的——我觉得自己像颗卫星，在别人设计好的轨道上奔跑。

在披荆斩棘中，终于有一天，我坚实了。爸妈笑着说：“长大了呵，要靠自己了。”我无语。只是咀嚼着那一片苦心，掂量出“靠自己”三个字的沉重。才发现自己背着的，不仅是几口袋的书，更有爸妈的滚烫的期盼。

爸妈的青春交给了动荡的年代，大兴安岭的风雪湮没了校园的玫瑰。我深知他们的梦只有我能圆了。妈说去考大学吧，别给自己留下遗憾——期待。爸说要考最棒的，证明自己——命令。于是我上了路，独自。

一路上我不敢有半点耽搁，我告诉自己，日近三竿了，可路还长。

好疲惫，我对自己说，大学之路竟这样寂寞艰难吗？整日的伏案苦读，三点一线的生活；没了歌声，没了欢笑，没了梦的翅膀。于是我茫然我彷徨，我开始怀疑大学的梦是不是想象中的那一片玫瑰色。

回头看看历史，有举于海的孙叔敖，有举于市的百里奚；放眼看看世界，各行各业的弄潮儿们并非都高举着大学的文凭。于是我豁然开朗，我终于发现成功的路不止一条。于是我拿出尘封的微笑和勇气作盘缠，更坚定，更轻松地赶着路。因为前方那一片玫瑰色仍令我魂牵梦萦，但我明白人生的美丽在于多彩。



于是，风雨兼程。

终于，我找到了自己的码头，我惊愕：我是宇宙了！我不再只是颗卫星，我有了自己的轨道——我把自己交给了船——

去争渡！

去争渡！无论那一边的风景是不是独好。

去争渡！哪怕要顶风淋雨，哪怕它“浪遏飞舟”！

于是，风雨兼程。

——争渡的时候，我的船划过水面，你可看到后面那一撇一捺的一个“人”字？

面对这样一个命题，广大参赛同学恐怕都会设计成一篇面孔严肃冷峻的议论文的——显然这是一个议论文的题目。但是，本文作者却运用逆向思维，没落入这个俗套，偏偏以极大的勇气，创造性地把它写成了优美的散文。她运用丰富熟练的修辞技巧和含蓄奔放的语言，准确、深刻、策略地回答了文题提出的问题，却又不露答题的痕迹。我们想，大概没有人会在文章中说，上大学是唯一的出路！这样的题目意味着约三万名参赛者的观点、答案几乎会完全一致，文章也会大同小异。每篇文章大概都会说：行行出状元嘛！在这种情况下要想创新，要想不同凡响独树一帜，谈何容易！

本文出奇制胜的法宝是什么呢？不是观点与众不同，而是在表达上创新。这正是人无我有，人有我优，人趋我避的绝妙之处。这思路，这技巧，是不是会给大家带来一些有益的启示呢？

应该说，这篇夺冠文章最显著的特点就是它的文采。

文采也是创新的一个重要因素。看得出，本文的每一个段落，每一个句子，每一个词语，每一个比喻都是仔细推敲过的，句句闪光彩，字字有味道，无一处不见匠心，无一处不新颖，无一处不独特，无一处不朗朗上口、隽永清新。

表达如何创新？细细品味此类文章，不会没有启迪。

文采源于灵性，灵性需要积累，否则就谈不到创新。

（本文收录于《考场作文基础训练》，内蒙古少年儿童出版社 2001 年 3 月版，97 至 123 页）

# 高考作文辅导文章十篇之一 想什么　怎么想

中考也好，高考也好，考生最怕的就是缺思路。思路一堵，慌乱中抓点“沾边儿就算”的材料，凑几百字得了，非坏事不可。保二类争一类，正品不行，必须得是精品意识精品制作，这正是作文标准跟数理化不一样的地方。

什么是关键？——立意、语言和创新。这里单说立意。中考标准是“中心突出”；高考发展等级是“深刻透彻”。要求够高呵！想得浅、想得窄、想得死、想得旧——大路活儿，一般化，怎么行呢？除了正确的立场观点，思想方法很重要。

怎么才能想得深一些呢？——先运用纵向思维竖着想想：一要由表及里，透过现象看本质；二要由果及因，透过结果看原因；三要由现实回溯历史，展望未来。

生活材料往往都是些小事情，可小事情都有大道理，小结果也有深层次的原因，凡事还都有个来龙去脉。这三个方面都想想，思路不就深了吗？

比如写《习惯》，都写爸爸戒烟难，至多就是个“恶习难改”，你还能深到哪儿去？换个思路，如果写奶奶，凡事比别人慢半拍，她坚持烧煤球，人家早改蜂窝煤了；等她承认蜂窝煤干净，人家早使煤气灶了；等她壮着胆子使用煤气，人家早用上微波炉了。老太太安于现状求稳怕乱的习惯尚无大害，倘若我们这个民族也习惯于抱残守缺、不思进取，那不就成了开拓创新全面上水平的大障碍了吗？写这个材料自然比写“戒烟难”的故事深刻得多，这就叫要有深度。

怎么才能想得宽一些呢？——再运用横向思维横着想想：一要由此及彼；二要由点到面；三要准确运用想象、联想、类比推理。凡事都不是孤立的，但有的事情不太典型，有的事情却带有普遍的社会意义。你只要横着想想，再做些比较，思路自然拓宽了，还愁选不出好材料来吗？若没有这种思维的优势，能有《白杨礼赞》《哨子》《邹忌讽齐王纳谏》那样的好文章吗？这对我们中学生并不是很难，22 年的高考题中，直接考类比推理的不下 10 年，加之平时大家的习作，横向思维的闪光点屡见不鲜。见诸本报 5 月 17 日求真高级中学王婧同学的《阳光》不就是一篇很好的例证吗？

怎么才能想得活一些、新一些呢？——这还得靠逆向思维换个角度想想。

可别把逆向思维误认为凡事都跟大家拧着，你们说黑我偏说白，你们说是我偏说非，这是胡搅。逆向思维运用于写作，当是人无我有，人有我优，人弃我取，人趋我避。这种思路的好处在于多角度、多途径，不模仿、不扎堆，从而突破思维定式和新、老八股，能够创造出独具特色、富有个性的新颖之作。没有思维的灵活性（一称多向性）、批判性和创造性，就谈不上新的立意、新的材料、新的表达方式和新的语言风格。

给屈原写信，说他不该举身赴汨罗，自尽不如自强，新！说“譬如朝露，去日苦多”是后悔药，不可取；“来日方长，从长计议”是宽心丸，只有懒人才预支将来；只有“时不我与，时不我待”最催人警醒，令人振奋，新！这种新，既不同凡响，又合情合理，自然是精品。

凡事先纵着想想，再横着想想，逆着想想，你还找不到它的坐标，掂不出它的分量吗？你还怕自己的思路不深、不广、不活、不新吗？

（本文刊载于 2000 年 6 月 7 日《每日新报》）

# 高考作文辅导文章十篇之二 讲点技巧

作文的成功，取决于四个要素：思想、材料、语言、技巧。这里，只谈一点技巧。

技巧包含的内容很多，我只着重说三点：审题技巧、结构技巧和开头结尾技巧。

先说审题。审题是写好文章的前提，一错全错，马虎不得。现在的改革趋势是中考、高考都不设审题障碍，不出偏题、窄题、陷阱题、弯弯绕题，以利于同学们多角度立意选材，充分发挥创造性。这非但不等于可以忽略审题技巧，而是要求更高了。前年高考要求写自己的心理承受能力，考题中四次强调要写“你”自己，可仍有一些考生全然忘“我”，还在那里空对空地泛泛议论。这就难怪要丢分了。

审题时：一要重视关键词语；二要抓准题目主旨，弄清内涵外延；三要看准规定性和灵活性，规定性严格遵守，灵活性充分利用。只有识死辨活，死中求活，才不会困死题下，反而得以创新。越是宽题、活题、新题，越要重视审题。像“书包”“责任”“选择”“回报”“温暖”“挫折”“兴趣”“意外”“窗口”“财富”这类似乎一眼能看到底的题目，其实要多深有多深，要多广有多广，只有多方面（包括正反两面）多角度地考虑、比较，才能做出最佳选择。

再说结构。结构技巧涉及材料安排的科学性、完整性，更涉及文章的创新。

一要使段落安排合理、严谨、完整，不让人感到杂乱、失衡、残缺；二要使文章顺序灵活多样，避免呆板、平淡、拖沓；三是可以利用小标题（或一、二、三、四）分出几部分来，如“喜、怒、哀、乐”“真、善、美”“春、夏、秋、冬”“昨天、今天、明天”等等；四要特别强调勤分段，写短段，千万别写包罗万象、平淡冗长、既糟践材料又让人犯困的大长段。

最后说说开头结尾。

开头没有“碰头彩”，怎能让人振奋，引人入胜，使人“醒盹儿”？好的开头，一要简洁，精炼，干净，有味；二要新颖，独特，明快或含蓄。《作文大全》之类的新老八股格式甚多，实在不宜套用，否则怎么创新？写自己的开头！

就说都写父亲，开头也绝不会一样。你看：“我的父亲是个不冷不热的人。”特点出来了。

“我家有个‘大孩子’，不要以为‘大孩子’是我，我是正宗的‘小孩子’，爸爸才是‘大孩子’。”感情出来了。

“我阅读父亲已有十来个春秋，父亲是一本读不完的书。”深度出来了。

唯其特点不一样，这才精彩纷呈。都一样就全完了。

结尾给人留下最后印象，又紧挨着阅卷老师给你做出评价，其重要性自然不言而喻。好的结尾一要深刻凝练；二要给人启迪，令人回味；三要首尾呼应，压得住底，兜得住全文。

既然谁都明白，我看例子不举倒好，多留出点空间好让大家创新，画最美最美的图画！

还有，作为试卷，还有个书写问题。这些年，因为字写得不正确、不规范、不工整甚至难以辨识而丢分的不少，所以想提个醒：别让阅卷老师看你的卷子太费劲，太难受。须知，这方面（包括书写、标点和格式）之所以有分数，不仅因为它是你的文章的载体和包装，而且也是你这个考生的第二形象，不可草率从事。

（本文刊载于2000年6月10日《每日新报》）

# 高考作文辅导文章十篇之三
# 讲好“我”的故事

无论中考还是高考，作文题让你写“我”，似乎已经成为一个明显的趋势。这本来就是一个绝好的选材范围，这才叫瞄准和贴近了考生的生活。这类题广大考生还是欢迎的，因为都有话可说。

可也有怕写“我”的，觉得自己的生活平平淡淡，实在没的可写，这就陷入了两个认识误区：一是平时从来就没把自己的事和想法往作文上考虑过，既没有时时留意也没有及时积累。这不要紧，回头我给你一些参考题当个索引，你顺着它挨个儿想想，就能引出不少有用的回忆来。二是误以为作文总得写大事儿，自己的事情琐琐碎碎，不值一写。1988 年高考不就有好些人把自己的父母“编”死了吗？不是得了癌症，就是撞了汽车。似乎不出大事不足以证明自己具有坚韧的品格。结果弄得惨不忍睹，啼笑皆非，何苦来！材料的价值和分量在于一个“真”字和一个“深”字，并不在一个“大”字。

中考更明显。近十年中，让考生写“我”的作文题竟有五次：1990 年的“我成长中的一件事”、1993 年的“我的一个秘密”、1996 年的“这就是未来的我”、1997 年的“记我的一次成功”和 1999 年的“一次难忘的实践”。1994 年的“我和班集体”属于写学校生活的，没有统计在内，可主角儿也是“我”呀。

可见，准备好几个有关“我”的材料，至关重要，刻不容缓。否则就会守着“我”没饭吃。

那么，写“我”的材料有哪些方面呢？

一、自我介绍。例如：1. 这就是我；2. ________的我（半命题，填空线上可考虑自强、乐观、成长中、长不大、大胆、孝顺、困惑、粗心、无能、惹祸、脆弱、奋力拼搏、不服输、疲惫等等）；3. 我有一双________的手（勤劳、闲不住、灵巧、有力、热情、不听话、懒惰、贪玩、自强不息等等）。

二、自己的故事。例如：1. 管住自己；2. 毕业前夕的我；3. 回报；4. 我和书的故事；5. 我生活在________之中（幸福、快乐、烦恼、寂寞、题海等等）；6. 挫折；7 意外（或做梦也没想到）；8. 选择；9. 第一次________（滑冰、演讲、获奖、迟到、下乡、学军、看海等等）；10. 品尝真情；11. 战胜________（自我、苦难、恐惧、怯懦、粗心、诱惑等等）；12. 面对________（荣誉、挫折、误解、“赤字”等等）；13. 我学会了________（自理、生活、做人、处事、吹小号、做标本等等）；14. 听到________之后（表扬、批评、留言、获奖信息、鸟鸣、噪声等等）；15. 我懂得了________（人生真谛、珍惜时间、人生价值、学与思的关系、创造能力的重要等等）；16. 我长大了；17. 尝试；18. 兴趣（或我最感兴趣的事）；19. 那次，我流泪了；20. 假日里的我；21. 我珍惜________（时间、友谊、亲情、这次机会、这张照片等等）；22. 我的苦和乐；23. 醒悟；24. 我和时间；25. 走进青春；26. 玩得最开心的一次。

三、心灵独白。例如：1. 心事；2. 盼；3. 我最想做的；4. 我爱________；5. 我喜欢________；6. 我最怕________；7. 心愿；8. 我的追求；9. 我该怎么办；10. 我渴望________；11. 我心中的歌；12. 我多想________；13. 我真想得到________；14. 反思；15. 我的无奈；16. 心里的阳光；17. 给我一天时间。

四、想象未来。例如：1. 向往明天；2. 我的未来不是梦；3. 假如我是________。

在准备上述这些关于“我”的材料的时候，应该注意些什么呢？

一、一定要真实。故事要真，思想要真，感情要真，切勿胡编乱造。假故事编不圆，漏洞百出不说，难以有真情实感，更谈不到深度和力度了。假冒伪劣的材料非但不能感动人、打动人，反而会使人感到难受。

二、一定要有情节，有故事。记叙文既然需要记叙、议论、抒情三种表达方式相结合，既然需要夹叙夹议，那就总得记点什么吧，否则不就成了议论文了吗？再说议论文也不能空论吧？纵然淡化文体要求，写散文也好，写杂文也好，没有事实，内容怎能充实？当然事情可以集中写一件，也可以写二三事，也可以写成“琐记”，但一句话：得“有戏”。

三、一定要表现一个不错的主题，也就是告诉读者一个道理。不是为写“我”而写“我”，总得写出你的特点来，写出这材料的内涵和价值来，让读者有所悟，有所得，有所获，

而不仅仅是有所了解。喜怒哀乐成败得失都可以写，但是观点要正确，感情得健康，思想尽量深刻，这样，小事情是可以写出大道理，小材料是可以写成大文章的。

四、一定要新颖、独特。只要你写真实的“我”，有个性、有特点的“我”，就不会有人跟你这材料“撞车”。套着新老八股生编硬造，写评语，作检讨，贴标签，喊口号，倒会弄出“大路活儿”、“白开水”、“扎堆文”来。我们每个同学都能写出有血有肉的、不跟任何人雷同的“我”来，根本原因就在于谁跟谁都不重样儿。“新”字特别重要，别忘了！

人最熟悉的莫过自己了，别说没词儿。静下心来顺着前面那些参考题想想，材料不会少吧？要能同时把材料的组织和表达的设计构思一块儿想想，那就更好了。

再饶一句：我这篇文章一个例子也不举。为什么？就是为了让你全心全意地全神贯注地想好讲好“我”的故事！



（本文刊载于2000年6月21日《每日新报》）

## 高考作文辅导文章十篇之四
## 创新作文新在何处

——创新作文面面观



大力提倡中小学生写创新作文，不但是意义深远的长久之计，而且是迫在眉睫的当务之急。

中考作文要求创新，会考作文要求创新，高考则强调得尤为凸出。《2000年全国统一高考语文科说明》中把“有创新”作为“发展等级”的重要标准之一。

大家会想，我们别说写新词儿，连老词儿还愁没有了，这么高的标准能做到吗？

创新作文使你解放了思想，打开了眼界，放开了手脚，怎么想就怎么说，怎么说就怎么写，我口说我心，我手写我口，这比起以前来，不是难写了，而是好写了。本来谁都有生活，谁都有想法，谁都有自己的眼光和感受，谁都有自己的酸甜苦辣、喜怒哀乐，谁都有自己的爱与恨，追求与向往，明白与困惑，而且每天的生活都是新的，每天的感受也都是新的，就像每天的太阳都是新的，但你对阳光的感受却不会总是一样。

别把这个“新”看神了，看玄了。别净想着创新就得写大事儿、写玄事儿，来个惊人之笔。不是这么回事儿。学生生活中哪儿有多少大事儿？只要小事情里有大道理、有新意、有味道、有你自己独特的发现和体验，你就写，那就是新。新就新在别人司空见惯、习以为常的东西，到了你的笔下，使人觉得它既出乎意料，又确在情理之中。创新绝不是离奇怪诞，哗众取宠，惊世骇俗，走向另一种胡编乱造，也不是脱离生活，追求时髦，为新而新，甚至弄成“脑筋急转弯”的低俗货色。新要新得有道理、有价值、有品位。这并不难做到，不信你就试试看。

（本文刊载于2000年9月2日《每日新报》）

# 高考作文辅导文章十篇之五
# 展开想象的翅膀

什么是想象？想象是在已知材料的基础上，经过新的组合，创造新的形象。可见，想象需要创造性的思维，创新作文更需要想象。没有想象力的作文就像没有翅膀的鸟儿，就像没有鸟儿的天空。

高考作文发展等级要求在“有创新”一项中提出：“推理想象有独到之处”。可见想象技巧对于文章创新该有多么重要！

早在1991高考作文就专门考了以“圆”为题的“想象作文”。那一年涌现出来的佳作令人赏心悦目，拍案称奇。像水乡的桥、门前的老井、磨盘下的印迹、父亲的草帽、奶奶的蒲扇、母亲坟上的花环、如镜的湖面、雨中的花伞、妹妹的圆脸、弟弟的铁环、愤怒的炮火、烛光下的蛋糕、被丢在地上没人捡的硬币、还有马路上两个人扶车对骂时围在外面的密密麻麻连班都忘了上的大怪圈……真是满目琳琅！

当然，这还是比较简单的想象，只需要一个确实是圆的想象物，诸如一个画面、一个镜头、一个场景等等，不要求写成故事。

到了1998年的《妈妈只洗了一只鞋》，那就要求根据所提供的开头和结尾来补写中间的故事了，要求显然提高了，这需要想象情节。

转年的“假如记忆可以移植”，那就非得按考题要求“大胆想象”不可了。如果想象力枯竭，那在“假如”面前脑子里就只有一片空白。2000 年，紧锣密鼓，一个“答案是丰富多彩”的材料，就形成了持续三年考查想象能力的局面。

这不仅需要“假如”，更需要严谨的逻辑。

这究竟是为什么？就是看你有没有写创新作文的能力，看你是不是未来的创新型人才！

那么，对想象力的要求是什么呢？怎么才叫想象力强呢？我看，至少得有三点：

一是想象必须合理。如果没有准确、深刻、严密的逻辑性，没有理性的思辨做基础，想象就可能像脱缰的野马、断线的风筝，想入非非，离题万里，不知所云了。科学需要想象，想象也需要科学。

二是想象又要大胆。只合理，不大胆，就没了风采，没了精气神儿。大胆就得放开思路，放开眼界，放开手脚，就需要思维的灵活多向，就需要古今中外广阔纵横驰骋想象。大胆才能丰富。

三是想象还得独特。虽属想象，但人云亦云，尽人皆知，不新鲜了，也就没了价值。要的就是言必己出，要的就是创新意识，创新精神和创新能力。想象一出，得令人耳目一新，这才叫有品位。

请看下面《七月——多彩的季节》一文。

这篇文章运用丰富大胆的想象，把“答案是丰富多彩的”写了个淋漓尽致。通篇仅“七月”一个词就出现了三十次，生动而大胆的比喻就用了十余处。这就不仅使人深刻地感受到了七月的多彩，更使人看到了一个认识独特、感情丰富、笔下流金溢彩、心中热情奔放地充满了创新精神的人才。

倘若作者没有丰富、大胆、独特的想象，能写出这样一篇优美的散文来吗？——不可想象。

展开想象的翅膀吧，它会让你文采飞扬！



### 七月——多彩的季节

六月的雨，淅淅沥沥地下着，预示着七月即将来临。七月，到底是什么样子呢？

有人说，七月是黑色的。七月是高考的代名词。七月，是人生路上重要的转折；七月，预示着他们要和千军万马争挤这座狭窄的独木桥。对他们来说，七月，写满了惆怅；七月，写满了失落；七月的酒杯，盛满了难咽的苦酒，七月的面容，挂满了酸涩的泪花。于是，七月的日记里，写满了忧愁。

有人说，七月是白色的。三年的高中生活如水一般，平淡无奇，在他们身边，没有鲜花与掌声；没有奖杯与奖状，没有父母喋喋不休的唠叨；没有前路漫漫的无助。一颗平常心，承载了所有的希望，化解了无形的重压。别人所担心的大学，前途，对他们来说，就像顺水而行的船，漂流而下，自然一切的一切都会到达。

有人说，七月是太阳，火红火红的。七月代表着热情与奔放。代表拼搏与进取，代表成功与希望。他们为了迎接七月，已经做好了充足的准备。七月，是他们展示自我的舞台，是他们获得成功的阶梯。在他们身后，有别人羡慕的目光，有老师与家长殷切的期盼。在他们面前，有远大的理想，有伟大的目标，有宽阔的大学校门，有火红的录取通知书。七月，是他们奋力“拼杀”的战场。他们自信，他们终将是“王中之王”。

也有人说，七月是……

而我说，七月，是一条七彩的虹。七月的脸庞，挂着喜怒哀乐，七月的酒杯，盛着酸甜苦辣。七月的日子，是“几家欢喜几家愁”，七月的人生，灿烂多彩。

七月，是心中跳动的音符；七月，是岁岁流淌不息的小河。在漫漫的人生旅途，七月，就是一座驿站，为了前方更长的路，你准备好了吗？

七月，企盼成功。七月需要自信，喂好马，备好鞍；甩掉不必要的包袱，把你的自信，装进行囊。启程吧，相信自己，六月的雨后，便是七月的彩虹！

（本文刊载于2001年1月5日《每日新报》）

# 高考作文辅导文章十篇之六
# 架起联想的金桥

什么是联想？联想是由某人、某事、某景、某物、某概念而想起与之相关的人、景、物和概念。联想也是一种想象，但他又不完全等同于想象。

联想的金桥是通过一定的相关点，由 A 架设到 B 的。抓准 A 与 B 的相关点，是联想成功的关键。看到白杨及高大笔直挺拔向上的特点，就联想到抗日军民及其团结向上威武不屈的精神，其相关之处在于相似，故曰相似联想。

看到今天的卫星上天并且回收成功，联想到明天的载人飞船遨游宇宙，其相关之处在于时空接近，故曰相近联想。

看到一个崭新的城市崛起，满目雄风，联想到改革开放的正确、总设计师的气魄和深圳人的创业精神，相关之处在于因果，故曰因果联想。

看到城市学校的突飞猛进日新月异，联想到边远贫困山区的孩子求学若渴无力读书，相关之处在于强烈对比，故曰对比联想。联想种类甚多，当然不止于此，举例说明而已。但从中不难看出，联想同样是一种创新，联想的思维是跳跃的，灵动的，多向的甚至是逆向的，富有创造性的。如果思维是孤立的、静止的，那就永远也不会产生联想。

联想的运用在观察日记中屡见不鲜。

看到冬日的夕阳即将坠入楼后，它把最后的余晖洒在放学的路上，就使你不觉得黑，不觉得冷，于是就联想到老一代人不就是这样把最后的一丝光和热都献给了我们吗？继而还能联想到叶剑英元帅晚年的诗句“老夫喜作黄昏颂，满目青山夕阳照明”，不正体现了老一代人这种壮志豪情吗？

晚上到平台去浇花，忽然看到水碗里映着一个月亮，就自然联想到小的茶碗都能装得下偌大的月亮，心胸何其宽广，而我们人呢？有时心眼小的连针鼻都不如，岂不愧煞！

至于蜜蜂、春蚕、蜡烛、松树、春风、秋雨、枫叶、菊花等等引出联想文章，古往今来都不计其数了——可也就不新鲜了。因此运用联想也要注意以下两点要求：

一是联想必须抓准相关点。无论是相似点还是相近点，因果点还是对比点，如果抓得勉强，或是毫不相干，那联想就必然失败。因此，联想首要的也还是合情合理。

二是联想也要大胆独特，防止步人后尘，东施效颦。别人用过的就不要再用了。没有新意的联想，效果会适得其反。只有自己的顿悟、灵感产生的联想，才能打动人、感染人，给人以美感和启迪。一句话联想也要新颖。

可见，并不是为联想而联想的，它得有用。

1999 年的全国首届新概念作文大赛，复赛中有这样一道作文考题：请对展示咬过一口的苹果，展开想象，写一篇文章。标题、主题、体裁自定。显然这是在考联想能力，因为你不能漫无边际地想，只能从被咬过一口的苹果出发，写出与之有相关点的材料。

上海高二学生谢理达在他的题为“20 世纪人类的聪明和愚蠢”的考卷中开头便说：

眼前的这只被咬过一口的苹果，与这几天挥之不去的战争阴影相互交融，竟在我脑海中幻化出了我们生活着的地球形象。

正像这只苹果一样，我们的地球已经变得残缺不全……他的体肤不断遭受着炮火的侵蚀。

造成地球被“咬一口”的元凶无疑是战争……

无独有偶。另一位与之有着同样联想的小作者，上海向明中学高一的学生姚克在题为“祝福你，受伤的苹果”的考卷中是这样结局的：

我不愿看着那些已残缺的苹果们一再地萎缩、干枯。我很想立即找一个方法把他们保护起来，虽然已经缺了一块，但愿其他的部分不再受伤害，但愿这一个个苹果能顽强地保持住剩下的无法用金钱衡量的汁水，永远。

曾有一个二战期间在德军扫荡过的村庄里发现许多残花败叶的人说：如果一个民族能在炮火中仍热爱花朵，这个民族就永远不会灭亡。

是这样的。生活在科索沃的孩子们，特别是那个金发女孩，请紧紧拥抱住哪怕只有一线的光明，你们就永远不会枯萎，有顽强的生命力。

我虔诚地为你们祈祷，受伤的苹果们。

两篇文章想到一处去了，可谓异曲同工。联想之准确、宽阔，联想之大胆、独特，立意之高，文笔之老练，令人叹服。

当然这一考题引发的联想多种多样各有千秋，这里就不一一列举了，观其一斑足矣。

架起联想的金桥吧，它会使你的文章熠熠生辉。

（本文刊载于2001年1月12日《每日新报》）

# 高考作文辅导文章十篇之七
# 类比推理见威力



我们在议论的时候，常常需要进行推理。推理的种类和技巧很多，这里只重点谈谈其中的一种——类比推理。

什么是类比推理？类比推理就是根据两种事物在某些特征上的相似，做出它们在其他特征上也可能相似的结论。比如《邹忌讽齐王纳谏》，就是古人运用类比推理的一篇杰出的范例：

> 臣诚知不如徐公美。臣之妻私臣，臣之妾畏臣，臣之客欲有求于臣，皆以美于徐公。今齐地方千里，百二十城，宫妇左右莫不私王，朝廷之臣莫不畏王，四境之内莫不有求于王：由是观之，王之蔽甚矣。

你看，自己周围的人由于私我、畏我、有求于我就不说实话，而王周围的情况又与之完全同类，那结论自然也没什么两样：让瞎话蒙蔽得够深了。多么生动，多么准确，多么深刻，多么有说服力！齐威王能不出冷汗吗？

一个初二学生在日记里写了这样一件事：

> 晚上，我准备把一张一开的纸裁成 32 开的，装订一个本。

我先把纸对折，裁开；再对折，再裁开……终于裁成了。准备用订书器订的时候，我在桌上把他们戳了又戳，结果总是不齐。毛病出在哪儿呢？想来想去是出在第一道工序——开始对折的时候，没对齐就裁了，到最后当然没法齐了。

从这件事，我受到了启发：做任何事情，也应像裁纸那样，必须从一开始就打好基础，否则，基础打歪了，再想成功就难了。废个本子还好说，要是修铁路、盖大楼呢？

试想，“……的启示”“从……想到的”这类作文题，不都是得用类比推理吗？

运用类比推理的好处还不仅在于写好一篇议论文，它还是一种思想方法，思想修养，直接有助于学习、工作、做事、做人。

运用类比推理要注意两点：

一、千万要抓准此事物与彼事物之间的相似点。类比的成功全在于推理的根据——共同的特征。如果风马牛不相及，谈何类比？应该说，类比是以准确的联系为起点的，但它又是联想的高级阶段，因为它还要在联系的基础上推理。

二、根据必须充分，相似的特征必须足以能够推出相似的结论，否则就必出疏漏，导致科学性错误。比如由地球推断月球：

地球：
特征　A. 是圆的　B. 自转和公转
结论　C. 有人类生存
月球：
特征　A’. 也是圆的　B’. 也自转和公转
结论　C’. 也有人类生存



显然这个推理是荒谬的。原因在哪里呢？有没有人类生存的决定性因素根本不在于圆不圆、转不转。为什么地球上有空气和水，而月球上没有偏偏不说了呢？疏漏的地方恰恰是要害，那么尽管它貌似类比推理，实际上是假冒伪劣的，站不住。

我们再来看看高考作文的情形。

1980 年，读《画蛋》有感，没有类比，感从何来？

1981 年，读《毁树容易种树难》，倘能由此想到一个人、一个家、一个国、一支军队，乃至万事万物，恐怕都是毁掉容易发展难，那还愁没词儿可写吗？这不是破与立的辩证关系吗？

1983 年，看图作文《挖井》，类似这种浅尝辄止，半途而废，有始无终，功亏一篑的事情还少吗？

1986 年，《树木·森林·气候》，要求用自然现象类比社会生活，难度更大了，要求更高了。

1987 年，从育民小学办起游泳训练班的明显效果，通过类比，谈理论对实践的指导意义。

1990 年，一个小姑娘嫌每朵花下都有刺而说玫瑰园是个坏地方，联系生活实际展开议论，这次的类比推理难住了不少考生，值得认真思考。

1991 年，“近墨者黑”还是“未必黑”？这本身就是一个比喻性材料，无论选择哪个观点立论，都离不开类比推理。

1993 年，写“梧桐树皮”引发的父亲、女儿、儿子的对话怎能离开新陈代谢、新老交替的类比推理？

1995 年，“鸟的评说”由鸟及人，显然又是类比推理。

1996 年，不懂类比，就看不懂那两幅漫画，更比较不出孰优孰差，谁高谁低。

2000 年的四种几何图形分类答案的丰富多彩，又对类比推理提出了新的要求。

据上述不完全统计和粗略分析，从 1978 年全国统一高考以来，23 年间，类比推理考了 11 年，不能不引起足够的重视吧？

还需要说一句的，是运用类比推理的文章，往往属于哲学命题。这也很自然，因为你要推出来的那个理，往往是哲学范畴的规律性的总结。不信你看看前面列举的十一年的高考类比推理的例子，哪个不是哲学命题？教与学的关系、师与生的关系、基本功与高成就的关系、破与立的关系、始与终的关系、个体、整体与环境的关系、理论与实践的关系、主流与支流的关系、长与短的关系、高与低的关系、少与多的关系等等等等，充满了辩证法。因此，要把类比推理这个武器运用好，不先把哲学武器掌握好是不行的。不懂辩证法，怎么类比，怎么推理？

学好哲学吧，发挥类比推理的威力吧，它会使你的议论文章龙腾云起，虎啸风生！

（本文刊载于2001年1月19日《每日新报》）

# 高考作文辅导文章十篇之八 技巧无处不生花

从审题开始，到修改完篇，不讲技巧，就是盲目写作，粗制滥造，敷衍了事；讲点技巧，就是精品意识，精品制作，立刻妙笔生花。

审题也是一种技巧，不讲技巧必吃亏。信不信？

比如，在吃透题目的内涵，抓准题目的核心，弄清题目的要点，悟出题目的用意上，倘无熟练技巧，纵然不设审题障碍，题目再宽再明朗，恐怕也难免疏漏和失误。明明人家要“丰富多彩”的答案，硬是拿一堆错误混杂的答案来应付；“勿以恶小而为之，勿以善小而不为”，要害明明在一个“小”字上，却偏偏避开“小”字不谈，大讲善恶有别。所有的文不对题，大约首先就败在不懂审题技巧上。

又如，在命题减小了限制性、加大了开放性的情况下，要敢于和善于充分利用题目所提供的选材、立意空间，以便使自己的文章新颖、巧妙、充实、深刻，而且题目越灵活宽泛，文章越利于创新。当然，这就更需要技巧。

再如，小题目作大文章，虚题目作实文章，死题目作活文章，旧题目作新文章，抓准题目的规定性和灵活性，以便识死辨活、死中求活等等，都属于审题技巧。

再说说文章结构，这也是要讲究技巧的。

比如，安排顺序要灵活多样，避免呆板，摒弃八股，克服平淡，防止拖沓。必要的时候，可以采用插叙和倒叙；还可以安排一条贯穿全文的线索，或明线，或暗线，或以人以事相贯，或以景以物相贯，或以事物的逻辑发展顺序安排结构，或以两件事、三件事交替穿插，同时并进，这种技巧难度就更大一些了。总之，要精心设计，精心构思，使文章结构既灵活，又合理，更富有新意。

无论散文还有杂文，凡内容较多，故事不止一个，或是时间跨度较长，或是论证层次丰富的文章，可以分成几个部分来写，中间或冠以小标题，或冠以一、二、三、四，这种“分块处理”的办法好处频多：一可以使读者感觉材料丰富；二可以使人感觉眉目清楚；三可以省去很多衔接过渡的笔墨，显得简洁明快，清晰别致。只是运用此种方法仍要注意独出心裁，新颖脱俗。倘又入俗套，那就又成了新八股。像“春、夏、秋、冬”“喜、怒、哀、乐”“童年、少年、青年”“爸爸、妈妈、我”之类，好虽然好，但用得太多，也就不新鲜了。不论多好的路数，一旦成了模式大家都来套用，那它的生命力也就完了。分块儿写，也必须是新块儿新词儿新包装。

最常见的毛病：一是结构混乱，东一榔头西一棒槌；二是详略不当，枝节掩盖主干，杂草淹没鲜花；三是残缺不全，有转折没过度，有发展没衔接，有设疑没答案，有开头没呼应。

凡此种种，毛病出在哪里呢？

很普遍的一个原因，就是写作前没有严密的构思、细致的设计，而是只想出一个开头，有了开头就信笔写下去，想到什么写什么，想到哪儿写到哪儿，甚至写到后头就忘了前头、什么时候收笔呢？写到没词儿了就收笔，甚至数到字数差不多了就打住，这就全然没了技巧。

其实，凭着我们的聪明才智，只要写前构思细密一些，写作过程中讲究一些，文章结构就会减少很多疏漏，安排得既合理，又灵活，很好看。这是不难做到的。

写议论文，结构的严整性、逻辑性就更为重要。八股当然不可取，不要受任何模式和步骤的限制，但至少有两点是必须要注意的；一是论证不能跑野马，论据不能游离；二是不能忽视提出问题——分析问题——解决问题的基本规律。规律同框子是两码事。

最后再说说修改文章的技巧。

简单说，修改文章重在自查。主要查五项：

一查扣题。看看有没有离题跑题。倘有，可设法在开头结尾或行文中适当补充几句。

二查主题。看看对不对，深不深，突出不突出，透彻不透彻，也还有补充几句画龙点睛的可能。

三查结构，看看有没有混乱处，疏漏处，断裂处，残缺处，是否有头无尾或虎头蛇尾，首尾是否呼应，结尾有没有力度，有没有味道，有没有蕴涵？稍作补充便可提高档次——当然不要画蛇添足。

四查详略。看看有没有详略倒置，有没有平均使用力量，有没有喧宾夺主。选材合适不合适、够不够、好不好的问题同时即可发现。

五查语言。看看语言通不通，顺不顺，流畅不流畅。哪个字写错了，哪个词用错了，哪个句子不通了，过长了，啰唆了，哪个字多余了，哪个词语不够生动了，只要能发现，改就不难。就怕查得粗，看得马虎，发现不了。

（本文刊载于2001年1月28日《每日新报》）

# 高考作文辅导文章十篇之九
# 写出文采　写出亮点

离高考只有半年了，作文怎么准备？还来得及吗？“干脆就甭管他了，到时候就‘编’吧，有什么算什么了。”

其实，这是个认识误区。至少有些必要的思想准备和技术准备还是可以做的。

1. 练练审题

不要以为话题作文这种命题方式已经最大限度地取消了枷锁和陷阱，一目了然了。就拿今年的考题来说，绝没那么简单。有些考生粗看一眼就把它当成了一般的感性与理性的关系，难免要跑题。“感情的亲疏远近和对事物认知的正误深浅的关系”，内涵越多，外延越小。尤其是对于哲学性命题，涉及辩证关系的，更要深入研究其深刻内涵。审题越细，越准，越透，立意的思路就越宽，越深，越通畅，把握就越大。吃透话题的实质，弄清它究竟向我们要什么。

2. 牢记标准

什么是好文章？国家颁布的《考试说明》那就是标准。尽管它年年有些变化调整，但关于作文“发展等级”的四项要求大体上是基本稳定的。把这条浓缩成八个字：“深刻，丰富，文采，创新”，不难记吧？心里牢记这四杆尺子，就有了作文的高标准。

3. 加强理性思考

怎样才能使自己的文章观点深刻一些，视野宽阔一些，见解新颖一些，富有启发作用？

（1）运用纵向思维，由表及里、由果及因想一想，凡事都可以透过现象看到本质，透过结果看到原因。最好的思想武器是哲学，哲学是聪明学、明白学，不可不用。为什么说近墨者未必黑？外因是变化的条件，内因是变化的根据。为什么说评价玫瑰的好坏根据在花而不在刺？花是主流，刺是支流。为什么说不能让感情的亲疏远近影响认知的正误深浅？情与理，是与非，真理与谬误，感性与理性，涉及辩证唯物主义的认识论。

（2）运用横向思维，由此及彼，由点到面想一想，就可以拓宽思路，从时间到空间，从古今到中外，再看看社会，看看自己，还愁找不到最佳的立意角度吗？今年的高考作文，有人写韩信误信萧何，有人写诸葛亮误用马谡，而邹忌讽齐王更是现成的例子。结合现实，有人写声乐大赛评委的挟私错判，有人写教师手记的网里人生，有人写“莫让浮云遮望眼”，有人写“只缘身在此山中”，有人甚至从服装模特吕燕在法国获奖谈起，写了《民族情感与世界》，指出“中国悠悠历史培养了我们每个人的民族感情，但世界的发展，更要我们每一个中国人去勇敢地拥抱世界大家园!”视野宽阔，纵论天下，岂不也是亮点？

（3）观点有没有启发性，这是文章拉开档次的又一个重要因素。人云亦云，老生常谈，一览无余，索然无味，那就是白开水，就是“陈言”。有了启发作用，才谈得上有意蕴，有意境，有内涵。

要想写出有启发性的观点，有一个重要技巧是常常要用上的，那就是类比推理。当然这也是由此及彼的办法。运用成功的关键，则在于抓准两件事物的相似点，否则反而节外生枝了。

4. 加强材料储备

有些文章，既没跑题，观点也对，为什么就是上不了档次？一个重要原因，就是材料单薄，没有分量。要么记叙一件事，有骨架没血肉；要么议论一个道理：观点＋例子＋结论，缺分析，少论证，同样干巴巴；要么连例子都没有，翻来覆去，空谈漫议，写哪儿算哪儿，凑够字数拉倒。这种文章别看800字，一攥没什么了，都是水。

材料没有密度，也就难有力度。内容充实，材料丰富，语言就非得简洁精炼不可，味道自然就浓了，让人感觉处处都是提过纯的，这就是亮点！

材料从哪儿来？当然靠积累。现在需要的是两项工作：一是在这半年继续收集鲜活的材料，并选记一些名言警句；二是把多年的“库存”分门别类清理筛选一下，择出可供用于写作的精品材料列个提纲，既可备忘——坐在考场上想得起来用得上，又不费时间。

从哪些方面选材备料呢？主要是四个方面：

（1）自己的生活。高中三年的学校、家庭和社会生活。初中和小学的材料如有特色，是精品，也可以用，但一定要防止材料低幼化。生活材料一要真实（切勿瞎编）；二要有内涵，有特点，有味道，有新意，确保不会与别人雷同、撞车；三要自己对这个生活材料有所感悟，且比较深刻。

（2）学识与见识。各学科知识中均有大量写作素材，就怕你不会发现。首当其冲是哲学，此外，历史、地理乃至数理化、音乐美术体育，哪门没有大量既生动又具体的写作材料！跨学科知识写入作文已屡见不鲜，电脑网络更大量入文。从科学、文学、哲学、美学四个方面多备点料吧，不求多，但求精。这比把精力花在背《作文选》上强得多，那是人家的，用了还落个“窃”。

倘若，再选备些古今中外的童话、寓言、民间故事、名人轶事，材料能不丰富？知识加见识，就是亮点！

（3）社会热点，媒体焦点，国内外信息。视点高，眼界宽，材料新，意义又重大，这就是有价值的素材。一要保证真实，道听途说不行；二要把握好选用的尺寸。信息材料的引用最好有准确的时间、地点、人名、数据，使之更有说服力。

（4）名人名言，格言警句。这是思想的精华，语言的典范，全人类共享的文化财富。倘能用得准确，恰到好处，无疑会给文章增色，起到画龙点睛的作用。如果从现在起，作为总复习中的调剂和休息，每周选背三则，半年就是七十余则，高考作文时从中选用两则，有何难哉？

有人问：写议论文，是否举的事例多就叫材料丰富？不是。如果论证过程是层层推进，步步加深，每层都有事例作论据，不嫌多，因为每个事例各司一职。如果为了说明一个浅显的道理，却举了一大堆同类的例子，大同小异，作用雷同，这不但不叫丰富，反而让人觉得重复、罗列、堆砌，既单薄又肤浅，甚至给人以凑数的感觉，不如只留两个精品为好。

5．练语言，练技巧，出文采，上水平

有人认为自己语言平淡，没天才。这是迷信。其实每个人平时无拘无束地同父母亲友同学聊天的时候，语言都比作文生动。面对试卷就更放不开了，越拘谨越没文采。

文采也不是花里胡哨，不是胡聊乱侃。文采是从心里流出来的真诚、自然、优美、机智和幽默。我口说我心，我手写我口而已。在你记叙、抒情、议论的时候，你的学识、见识、个性、修养、趣味、神韵也同时往外流，这就是言为心声，这就是文采。这种非常自然的语言不仅有了情感，有了意蕴，有了灵性，而且有了品位，有了亮点。“学生腔”是憋出来的，“白开水”是凑出来的，闪着文采亮点的语言才是流出来的，它不需要勉强和做作。

大家都希望自己的语言美一些。严复说的“信、达、雅”（准确、通顺、文采）就是美；庄子则说“朴素而天下莫能与之争美”。可见，美并不玄乎，人人都能做到。

6．力求创新

见解新颖，材料新鲜，构思新巧，绝不是为新而新，更不要单纯为标新立异追求时尚而走向谬误和极端。创新，是要我们反映时代精神和崭新风貌，视角独特，思维灵活多向，从立意选材到构思设计能出人意料，又在情理之中，人无我有，人有我优，人弃我取，人趋我避。

总之，没有逆向思维、多向思维，就很难突破思维定势和新老八股，那就难以写出个性，有所创新。

（本文刊载于2003年12月15日《每日新报》）

# 高考作文辅导文章十篇之十
# 话题作文练立意

## ——话题作文设计

1. 荀子说："不闻不若闻之，闻之不若见之，见之不若知之，知之不若行之。学至于行而止矣。"

鲁迅说："一碗酸辣汤，耳闻口讲的，总不如亲自呷一口的明白。"

华盛顿儿童博物馆墙上有一幅醒目的格言："我听见了就忘记了，我看见了就记住了，我做了就理解了。"

话题：闻·见·做

2. 马丁·路德·金有一句名言："我们必须接受失望，因为它是有限的，但千万不可失去希望，因为它是无限的。"

背向太阳，看到的是自己的阴影；转过身来，看到的是霞光满天。

话题：希望

3. 水能载舟，亦能覆舟。人须臾不能离水，京津冀豫缺水形势日益严峻，可洪水却时刻威胁着我国1/10的国土、五亿人口、五亿耕地和一百多座大中城市。

夸奖赞扬可以给人动力，催人奋进，又可以使人忘乎所以，把人"捧杀"。

农药可以杀虫保护果蔬，但也给消费者带来了极大危害。

电脑已经成为信息时代的重要工具，无处不在，发挥着前所未有的巨大作用，可是它又误了不少青少年，网络成瘾症使多少人不能自拔。

话题：双刃剑

4. 斐塞司博士习惯于午饭后坐在门前休息一会儿，母猫在阳光下安详地打盹儿。太阳一步一步西移，每当树荫挡住阳光，母猫便换个有阳光的地方再睡。博士边观察边思考：猫喜欢待在阳光下，这说明光和热对它一定是有益的。那么，对人是不是同样有益呢？这就成了闻名世界的日光疗法的引发点。观察与思考，使博士因一只睡懒觉的猫而获得诺贝尔医学奖。

1910 年，德国科学家魏格纳躺在医院的病床上，通过观察对面墙壁上的地图，发现大西洋两岸的地形好像是互补的，南美大陆巴西东部突出的部分与非洲大陆西海岸陷入的部分相对应，完全可以把它们拼合在一起。继而他想，这两个大陆原来是不是连在一起的？魏格纳不顾病痛，收集了大量资料，终于证实了一个崭新的理论——大陆板块漂移说。

话题：发现

5. 韩非子说：“千丈之堤，以蝼蚁之穴坏。”

刘备说：“勿以恶小而为之，勿以善小而不为。”

宋·《太平御览》云：“亿万千百十皆起于一。”

曾国藩说：“天下事当于大处着眼，小处着手。”

话题：大与小

6. 一条锁链，最脆弱的一环决定其强度；一只木桶，最短的一片决定其容量；一个人，能力最弱的一面决定其发展。

话题：薄弱环节

7. 生活中，人们常常会为自己的进步和成功沾沾自喜。人们需要自我欣赏，更需要自尊，而对于别人的成功就比较冷漠了。



一所学校开运动会，有一个班获得了“道德风尚奖”。校长解释说：“别的班都只为自己班的运动员取得好成绩而欢呼雀跃，唯有这个班的学生在为自己喝彩的同时，也不忘为别人喝彩。”

2001 年 8 月 22 日在北京举行的大学生运动会开幕式上，当法国体育代表团走到主席台前时，人们意外地发现，法国运动员高高举起一条横幅：“法国代表团祝贺北京 2008 年奥运会申办成功”。巴黎申办奥运会败给了北京，人家却大度地来为竞争对手喝彩，他们赢得了全场观众最热烈的掌声。

话题：喝彩

8. 谁是最快乐的人？英国《太阳报》曾以“什么样的人最快乐”为题，举办了一次有奖征答活动，编辑们从应征的八万多封来信中评出四个最佳答案：

一、作品刚刚完成，吹着口哨欣赏自己作品的艺术家；

二、正在用沙子筑城堡的儿童；

三、为婴儿洗澡的母亲；

四、千辛万苦开刀后，终于挽救了危重病人的外科医生。

其实，这四个答案的内涵是极其丰富而又深刻的。

话题：快乐

9. 反思自己走过的路，从顺逆曲直中，从喜怒哀乐中，总结经验教训，是为了明天走得更好。

反思大千世界悠悠历史，更是为了明得失，知兴替，求发展，创未来。

话题：反思

10. 德国数学家高斯上小学时，老师叫学生求从 1 到 100 各数的和，大家都在那里一个数一个数地加，而高斯却突破了大家习惯的思维定式，换个角度想想，发现了 1＋100、2＋99、3＋98……每一对的和都是 101，共有 50 对，101×50＝5050，很快就把这道题算出来了，表现出高度的创新精神。

创新思维的最大障碍就是思维定式。不突破思维定式，就不会“换个角度想想”，牛顿就不会发现地球引力，司马光也不会打破水缸救小孩，诸葛亮更不会用草船借箭。

话题：换个角度想想

11. 孟子说："无是非之心，非人也。"人要知对错，明辨是非。

荀子说："是是（以是为是）、非非（以非为非）谓之知（智），非是（以是为非）、是非（以非为是）谓之愚。"

清·陈确在《瞽言》中说："饰非拒谏，自以为是，之谓下愚。"

清·魏源说："圣人恶似是而非之人，国家忌似是而非之论。"

苏轼说："事当论其是非，不当问其难易。"

话题：说是道非

12. 深山中有一段最危险的路段，常有人不小心摔进万丈深渊。

当地人路过这里总要挑点或背点什么。游客惊问原因，山里人解释说："只有你有了压力，才会更加集中精力，那样反而更安全。"

香港启德机场位于市中心。飞机掠过市中心闹市的时候，就连住家阳台上晒的衣服，乘客都能看清楚。就是这么一个被称作"世界上最危险的机场"，数十年来从未出现过灾难事故。正是因为危险，压力大，飞行员们都小心翼翼，这里反而成为世界上最安全的机场之一。比危险更可怕的是松懈，这正是"压力效应"。压力反而变成了动力。

话题：压力

13. 时下，"考"成了全社会的热点：升学要考，择校要考，读硕士、博士无一不考；出国要考托福、雅思；钢琴、小提琴要考级；政府招聘公务员更要考；以后当保姆也要考家政，几乎无人不考。

至于没有试卷与考官的人生之考核有多少！

话题：考

14. 爱父母、爱祖国，这是情感的底线；遵纪守法、诚实守信，这是行为的底线；尊重别人、团结友善，这是为人处世的底线……

足球、篮球、羽毛球是不能让它越出场地两端的底线的；做人，更不能堕落于底线之下，在道德与法治上，是连"擦边球"也不能打的。底线，是是非善恶的分水岭。

话题：底线

15. 伊春林业局已故老工人马永顺20世纪五六十年代曾是伐木

劳动英雄。他说："那时伐木越多越光荣，我一个人顶六个人干，山都伐秃了。现在没有树吸水了，山洪经常发生，山洪下来都淹死人了。"因此，他要把前半生伐的树都补偿回来，他说："我这辈子伐多少还多少！"于是他率领全家种树，1993 年他八十岁了，那一年他还种了三万六千棵树，成为全国闻名的育林模范。他语重心长地说："伐倒一棵红木，只需三五分钟，种上一颗红木，长起来得三五百年哪！"

话题：破与立

16. 专家学者提出，21 世纪的人应该具备七种能力：一、自学能力；二、创造能力；三、组织管理能力；四、获得信息和处理、传递、利用信息的能力；五、演讲、口才与书面表达能力；六、社会交往和社会活动能力；七、善于与别人合作的能力。

话题：能力

17. 据报载：某外资企业的外方经理在招聘中方人员时，首先考核的是招聘对象的中文水平。他解释说："一个人如果连他自己国家的母语都不会或不能很好地运用，我们怎么能用这样的人呢？"

台湾诗人余光中说："我们不能丢掉五千年的文化。用好写好我们的语言文字就是爱我们的国家。"

话题：母语

18. 李白《惜余春赋》云："恨不得挂长绳于青天，系此西飞之白日。"画家齐白石手书条幅："不教一日闲过"，九十多岁仍每天作画。音乐家贝多芬遵守的信条是"无日不动笔"。美国创造工程学家奥斯本的座右铭是"日行一创"。北京大学的一位教授在书斋贴张"告示"："闲谈不得超过三分钟"。列宁则说："赢得了时间就是赢得了一切。"

话题：时

19. 前苏联教育家苏霍姆林斯基说："美——是道德纯洁、精神丰富和体魄健全的强大源泉。"

黑格尔说："美与真是一回事。这就是说，美本身必须是真的。"

亚里士多德说："美是一种善，其所引起快感，正因为它善。"

丰子恺说："自然美是美的源泉，艺术的源泉，亦可说是人生的源泉。"

海涅则说："在一切创造物中间没有比人的心灵更美、更好的东西了。"

话题：美

20.《孙子·谋攻》说："知彼知己，百战不殆。"

《资治通鉴》说："兼听则明，偏信则暗。"

《史记》说："智者千虑，必有一失。"

罗素说："从伟大的认知能力和无私的心情结合之中最易于产生出智慧来。"

话题：智慧

（本文刊载于2004年1月12日《每日新报》）

# 写好读后感

——为昆纬路第一小学全体教师讲座



## 一、为什么要练习写作读后感?

1. 提高我们思想水平，提高文化修养的需要，更是提高教师素质，提高教育质量的需要。

大家都清楚，不读书，不看报，不学习理论，不吸收信息，当然难以提高思想水平，难以增强文化修养；但是，如果只读不写，很容易浮光掠影，浅尝辄止，“好读书不求甚解”，“窜皮不入内”，“雨过地皮湿”，难以深入理解，难以分析思辨，更难以去粗取精，去伪存真。加之我们都过了记忆黄金期，难以长久记忆，难以把书变为长效营养，时间一长，读过的书就打了折扣，弄不好一无所获。

1917 年，有一次毛泽东去拜望他的老师杨昌济，杨先生的女儿杨开慧见毛泽东拿着一本书，接过来一看，每一页的天头地脚两边空白都写满了批注和看法，高兴地说：“难怪我爸爸总夸奖你，你是‘不动笔墨不看书’呀！”毛泽东曾经读过德国鲍尔生所著《伦理学原理》一书，原文十万字，他写的笔记、心得就有一万二千字。



鲁迅为了写《中国小说史略》，光写的读书卡片有五千张。一位老师叫王连江，原本不爱读书，在大港二中工作九年，养成了读书的习惯，他的体会很深，总结了三句话——“一周不读书，失掉教师工作状态；一月不读书，失掉教师生活状态；一年不读书，失掉教师应有的生存状态。”我补一句：读而不思考，不动笔，虽有状态，效率和质量也会失掉一半。

我们作为一个教育工作者，要想不当一个平庸的教书匠，而要做一个教育家，必须不断地自觉地充电，不断地开拓自己的视野，丰富自己的库存，加深自己的积淀，那就不仅要多读，还要多思多写，最后落实到用，这就叫：“不动笔墨不读书，读思写用一条龙”，厚积薄发，必然增强底蕴，养成习惯，受益无穷。

天津大港二中，师生一起读书，蔚然成风，成为特色。请大家读一读《天津教育报》2007年7月11日第八版《书香染绿生命　读书成就人生》。

再者，我们读的东西不一定都是经典。当今百花齐放，百家争鸣。我们读后写点感想，可能有褒有贬，这就需要思想武器，需要理论武装，需要辩证法。

2. 强化我们思维能力的需要。

作为一个教师当然要具备多种能力，诸如观察能力，想象能力，阅读能力，记忆能力，运算能力，实践操作能力，语言文字表达能力，以至于教学能力，教研能力，科研能力，思想教育工作能力，和组织管理工作能力等等等等，这都是我们的业务基本功。但要有效地强化这样一个能力系统，核心要抓什么能力？——思维能力。（学生也是一样）有效地增强自己的思维能力，就可以使各项能力全面得到提高。它是枢纽，是总开关。心明才能眼亮，心灵才能手巧，心领才能神会，心平才能气和，我们过硬了，学生才能心悦诚服，心服口服，心向往之。否则，我们总是心乱如麻，最后只能心力交瘁了。经常动笔写，用写来促思、促读，胜过一切强心剂！



怎么才能强化我们的思维能力？方法多了去了，说多了就跑题了。这里只说写读后感这一条，绝对有效！华罗庚的治学经验是什么？就是“读书要从薄到厚，再从厚到薄”。一本薄书，分析研究，举一反三，联系实际，厚了；再概括提炼，找出重点，取其精华，薄了。写读书笔记（也叫札记、随笔）（古代写作札记）练的不就是这一功吗？古今中外，任何一个专家学者没有不重视、不写作读书笔记——包括读后感的。两千年前，我们的圣贤就把学习的过程总结为“博学之【读】，审问之（提出问题），慎思之（分析问题）【思】，明辨之（解决问题。求真知，得真理）【写】，笃行之【行】”了，这是世界上最早的、最科学的“学习系统工程”的研究成果了。一共五步，中间三步是什么？思维呀！“学习过程”的核心就是“思维过程”呀！

不写怎么强化呀！只读不写，可以想也可以不想；可以想深，也可以想浅；可以记住，也可以不记住——多半记不住。读书的效果要打多大折扣！

3. 提高文字表达能力的需要。——显而易见，还用说吗？

所以说，多读书，大有益；勤动笔，更有益。“好脑袋不如烂笔头啊！”古人说：“眼过千遍，不如手过一遍”，就是这个道理。

## 二、怎么才能写好读后感？

（可以是一本书，也可以是一篇文章的阅读感想。）

建议之一：先从“读书笔记”练起。

这是我们做教师的基本功。事实上我们天天都在写读后感——我们那教案是什么？我们要备课，要读教参，要读相关参考书，要从报刊网络手机下载信息，你得写教案吧！能生吞活剥、全盘照搬吗？总得分析、综合、重新设计吧？与其零敲碎打，何不同时把它写成规范而又好用的读书笔记呢？

具体做法是：

1. 随处做标记：

倘是自己的书，读时可以随手做记号。只要觉得是重点、是难点、是疑点，是训练点、是考查点，甚至发现了错别字或病句，全用不同颜色的点、不同形状的线划出来。（红蓝铅笔、红黑水笔、彩色水笔，全用上。规定色彩。）

2. 随手作短评：

需要把阅读时涌出来的想法，如“好!”“佳句!”“绝妙!”“有道理!”“不对吧?”“错了!”“谬误!”“导向有误!”“可考查!”再加上一些思想火花，写在天头或旁边，这叫眉批、旁注。不随手写上，石火电光，稍纵即逝。或者，写几句简单的心得、体会、评语、疑问或重点提要。简单，扼要，不费时，不费力，记上了，还省了反复读的时间了。第二遍再看，则一目了然，可以直接用了。

3. 读后作札记：

除了在书上批注以外，另用札记或卡片，做要点摘录，叫“摘要”，也可做“提纲”。“札记本”除作摘要或提纲外，更重要的是写想法，写看法。这不就是“读后感”了吗？读后感可以保留在札记本上，也可以单独成篇成文。有话则长，无话则短，如果感想又多又强烈，那写成文就不是憋出来的，凑出来的，而是心里流出来的。不要把它弄成负担。其实，语文老师批改学生作文及写评语，这不正是读书笔记和读后感吗?

建议之二：掌握读后感的种类和要素。

读后感的种类：

从内容角度看，读后感有两种——1. 以评价或介绍一本书、一篇文章为主。可以鉴赏、赏析，也可以是批评、反驳、争鸣。2. 以抒发自己的感想、心得、收获为主。

从读者角度看，也有两种——1. 自己（属日记）。2. 他人（评介或心得与广大读者分享）。这两种读后感，写时心里要有读者。必须有读者意识和效率意识。

写好读后感要注意以下三个要素：

1. 读——读是基础：

一要多读，爱读书，养成习惯。

二要读准，读细，读深，读透，读懂，读明白。

一定要读懂文章的中心、重点、内涵、意义和特点，读明白文章的优劣高低，雅俗美丑，深浅正误。求甚解。都弄清楚了，心里有数了，真正理解了，才能叫读过了。

2. 感——感是主体：

感是悟出来的，读时有所悟，悟后才能有所感，有时有灵感，忽然领悟，即顿悟，这是突然产生的富有创造性的思路。

没有深入的思考和科学的分析、综合，就不可能有正确的有价值的感悟。感，源于会深思。

3. 写——写是表达：

把所感、所悟、所见、所评、所思、所获写出来，把读文时产生的联想、类比、推理，举一反三和联系实际，写出来。要有理，有据，有文采。

建议之三：掌握读的方法。

读的方法有多种：通读、选读、精读、略读、速读、细读。

厚书通读是个大工程。倘写评价或感悟，不可能面面俱到，同时又不能过于单薄或大题小作，失于偏颇。易中天《品三国》品得不容易了，还遭到那么多非议，何况我等乎！

精读的妙处在于抓住一个两个重点集中击破，叫作“伤其十指不如断其一指”。大书先化小，小题再大做。立足点多，着眼点宽，切入点小，剖析点深，是为上策。

选读也是为了局部精读。

至于略读则是为了不在次要的地方费时间；至于速读，不是方法，是能力，速读养成能力后，即使重点精读、细读部分也不会看得很慢，它能保证阅读效率。

英国哲学家培根说：“书有只可染指者，有宜囫囵者，亦有须咀嚼而消纳者。”不要傻读。

反之，如果养成什么文章都马马虎虎、一目十行扫视而过的阅读习惯，那只能用在看武侠小说上，读后感是写不出来了。另一极端，处处都细而慢，效率又太低了。

建议之四：对作品（包括文学作品和科技作品）本身做出评价的读后感，应该把握正确的评价标准。一要客观，二要科学，三要公正，切忌以一己之见作标准，以个人好恶为准则。一要看内容科学与否，二要看观点深刻与否，三要看现实意义和社会价值如何，四要看表达形式和艺术水准如何。内容和形式的统一即科学的有益的内容和尽可能完美的艺术形式的统一，这就是我们评价一切作品的标准。于丹的《论语心得》，“心得”而已，并非学术专著，而且侧重在于普及经典、“古为今用”，而且并没有什么大的科学性错误，何苦遭到北大那么多教授的攻击？这不公平！至于北大的歪嘴教授，一会儿编一本中考高考压题著作，一会儿编一本中考高考“母题”专著，一会儿办一个两周包你成少年作家的速成作文培训班，骗尽家长钱财，误尽天下苍生，怎反倒没人说一句公道话，反而成了大明星？这公平吗？我们要写评论性读后感，要不要坚持正义，坚持原则？要不要中肯，到位，褒贬有度，恰如其分，这是教育工作者的良心啊！

建议之五：心得、感想类的读后感的要求是：言必己出，言必由衷，言必有理，言必有据，真材实料，真情实感，真知实见，通过这一读一思一写，最终获得真才实学。这样的感悟，才能感染和启迪那些原文原著的读者以及你的这篇读后感的读者，使他们产生共鸣，有所收益。对读者没有启发性的读后感是没有用的读后感，即使自娱自乐，也没有太大的用处。

建议之六：关于写。不必过于拘泥于形式，不要写成新八股文，自然活泼一些为好。虽然它属于议论文范畴，但是不必写成科研论文或政论、社论，因为它毕竟属于自己的心声，还是用杂文、随笔、漫谈的形式更显得亲切，更容易引起读者共鸣，为读者接受。

还有个写作上的通病要力求避免，那就是分不清主次的问题。两个主次不分现象：（1）作者为了让没读过原文、原著的读者了解原作内容，开头总要作一些必要的内容介绍。这就很容易使内容介绍过多过细，甚至淹没了感想。要把介绍部分高度浓缩，让感想伸开腰，写充分。影评不等于就是电影故事介绍。要善于最大限度地压缩对原文的介绍，突出感想部分，以免主次倒置，喧宾夺主。(2)评价本身，感想本身也要分清主次详略，不要面面俱到。

建议之七：把读后感的练写面拓宽。由一本书、一篇大文章，拓展到对短文，对片段，对部分章节的读后感，也可以写对科技文章、科研论文、报刊文摘的读后感，还可以拓展到对影视作品的观后感，对美术作品、工艺品和展览会、博物馆的观后感。既有兴趣，又有意义，更有效率。

建议之八：写读后感时要善于运用联想、推理。由此及彼，举一反三，更要联系工作实际、思想实际，使感想更深刻、更丰富、更有实效。一篇短文的读后感里可以旁征博引，触类旁通，即哲学中联系的观点。于丹做到了，遭到攻击，其实这恰是她的长处。对我们来讲，同教育有关系的媒体信息，最能引出感想。例如2005年复旦大学举行汉语言文字大赛，夺冠的竟是外国留学生！我们不觉得羞耻吗？现在都“疯狂英语”了，汉语课却在大学被取消了！

建议之九：提高读后感的质量的关键，不是语言文字表达能力，而是理性思考的深度。没有发现问题、提出问题、分析问题和解决问题的能力，前面说的一切要求和办法都无从谈起。就像一位思想深邃的教师，他不看教参也能把教材理解得很深很透，把教学处理得逻辑清晰，有条有理，非常精干。如果思想浅薄逻辑混乱，就算照搬教参，也不一定讲得到位，教得明白。眼界决定视界，悟性高于记性。

理性思考，需要武器，那就是正确的人生观、世界观、价值观，加上科学的理论武器，比如辩证法、唯物论。哲学是聪明学、明白学。用哲学的目光审视作品，必然会得出深刻的感悟和有益的启示，我们的文章一定会摆脱了肤浅和平庸，闪出智慧的光辉。让我们大家共勉！

**【附】**

## （一）想到就写（节选）

著名作家 XXX

（《天津日报》2002 年 10 月 11 日）

谦　虚

我不明白人为什么要谦虚，或者为什么要人谦虚。实事求是不就完了么？有人说“谦虚使人进步”，谦虚怎么会使人进步呢？假的谦虚使人虚伪，真的谦虚使人自卑，却唯独不能使人进步。

## （二）周记摘录

求真中学　高二 6 班　董芳

2002 年 11 月 12 日　星期二

读后感

我在报纸上看到了这样一段话……（编者按：即上引 XXX 先生论谦虚的语段。）

我很赞同这个观点。正如文中所说：“人为什么要谦虚呢？”本来自己取得的成果，自己却不敢接受，反而推三阻四地让给别人，可笑！自己明知自己具有某种能力，却总要跟别人讲：“嗨，我不行，差远了。”虚伪！

有许多人认为这样做是成熟的表现，相反却十分幼稚。许多人为了追求所谓的完美，处处遮掩，其实不必这样。与其追求完美，还不如追求真实。

## （三）读后感的读后感（周记评语）——给董芳

王辛铭

谦虚≠自卑　谦虚≠虚伪　谦虚≠怯懦　谦虚≠诡诈　谦虚≠不实事求是　谦虚≠可欺

谦虚是反骄破满，何错之有？

毛泽东在七届二中全会向全党敲起警钟：“我们必须继续地保持

谦虚，谨慎，不骄，不躁的作风。”

古人云：“满招损，谦受益。”难道也错了吗？说“谦虚不能使人进步”，难道说骄傲反倒使人进步吗？为什么要把谦虚同实事求是对立起来呢？

谦虚的实质是不要把自己看得过高，不要把别人看得太低，不要一叶障目不见泰山，不要总是自我欣赏、自我感觉良好，而看不到山外有山、天外有天，看不到学海无涯，到死也学不完。

爱因斯坦说：“如果用一个大圆圈代表我所掌握的知识，那么圆圈外的那么多空白，对我来说就意味着无知。”这是虚怀若谷的大谦虚，真谦虚。这难道不是这位大科学家之所以能够不断进取、不断进步的精神境界吗？这是“自卑”呢，还是“虚伪”呢？

如果像报上的那位无知的作家所说的谬论，爱因斯坦岂不也成了“伪君子”了？

打着“实事求是”的幌子掩盖自己的傲慢和狂妄，正是当今社会日趋严重的急功近利、追名逐利、否定别人、抬高自己的浮躁之风的反映之一，已经导致了相当多的恶果的出现。值得警惕啊！自己狂了也就是了，不要再把亿万青少年误导成狂人了！

人不能没有志气、没有骨气，但千万不能有半点傲气，否则他真的完了。

连“谦虚”的概念都没弄清，既不读书，又不查词典，就敢把它轻率地否定掉，这本身就是“满招损”的又一个例证。不值得深思吗？

现在有不少人不学无术、思想浅薄、道德低下，却又急于抬高自己身价，以利用不公平竞争的大气候谋取私利。凡要冲破道德底线者，必大造舆论。

国家颁布的《公民道德建设实施纲要》里的“明礼”“友善”，《中华民族十大传统美德》中的“谦和好礼”“修己慎独”“笃实宽厚”，都涉及谦虚谨慎，这是上千年的传统美德，岂是一个狂人、一个思潮、一个逆流否定得了的？道德底线不能再冲破了！

咱们作为一个尚不成熟的青年学生千万要提高识别能力，切勿受错误思想的影响。建议你一要学习理论，掌握武器，有一把锐利的思想解剖刀；二要时刻保持清醒的头脑，不要从众，不要媚俗，不要上当；三要加强自身思想道德修养，特别要防止骄傲自满的情绪滋生，防止以己之长律人之短的偏颇。要宽以待人，严于律己，慎独乐群，把路走宽。这是终生的做人之道啊！

戒之慎之，切记切记！

2002 年 11 月 14 日夜一时

XXX 先生原文语段连标题 75 字，连标点 84 字，董芳同学读后感 220 字，连标点 250 字，我的周记评语八百多字，为什么有这篇“读后感的读后感”？一、为错误舆论消一次毒！二、为轻信错误舆论的青年学生敲一次警钟！

**【附】**

中国的读书人口太少了。现在风靡于社会的是“快餐文化”“浅阅读”和“网络阅读”。高质量的阅读对提高国民素质、教师素质至关重要。

学校、家庭、社会营造一种好读书、读好书的氛围刻不容缓，意义深远。

看看我们的世界：

俄罗斯每 20 人就拥有一套《普希金全集》；

韩国人装修家庭已经用书柜取代了酒柜，他们年人均读书 7 本；

日本：年人均读书 40 本；

以色列：出家门走一百米就会有一个图书馆，年人均读书 64 本；

我国年人均读书 0.7 本！

犹太民族爱读书的结果是产生了一大批世界精英。美国前国务卿基辛格1972年曾对周恩来总理说："美国的财富都装在犹太人的口袋里；美国的智慧都装在华人的脑袋里。"

钱锺书先生认为：一个人只要多读书，多比较，多思索，就能有自己的见解。他和夫人杨绛把一生的全部稿费捐给母校清华大学，但是不以自己的姓名冠名，而取名为"好读书奖学金"，2006年底累计达五百多万。

读书吧！读书可以改变人生！

# 书法文艺篇

# 大家风范　老师楷模

## ——2009年3月20日在天津市书协缅怀王千先生座谈会上的发言

王千先生离开我们已经十二天了，音容宛在，风骨犹存。

我同先生相识是在1987年。那时我在河北区教师进修学校任副校长，兼河北区教育科学研究室主任。当时校内的中学教研室有书法教研活动，马玉勇等热心书法的老师就把王千先生邀来做指导。王千先生听说新来个副校长爱写字，就亲自到校长室来找我。我久闻先生大名，且德高望重，今天竟然屈尊来访，没有一点大师的架子，令我肃然起敬。

谈起来，得知先生是我二姑王福重的多年挚友，我自然当以长辈事之。她们之所以情同姐妹，又是出于先生对我叔曾祖王懿荣的敬重，而二姑王福重又是王懿荣的亲孙女。后来我渐渐感觉到，王千先生之所以敬重王懿荣，是由于他们有共鸣之处，那就是爱国的情怀和刚烈的性格。王千先生的刚正不阿是众所周知的。

二十多年来，我从先生身上发现了很多值得我学习的东西，她的字固然老辣质朴，神采飞扬，但更重要的是她的精神，她的品德，堪称大家风范，教师楷模。这里，我只就印象最深的，谈以下三点。

一、先生的爱国精神和正义感。在政治上，先生明辨大是大非，原则性极强。先生是民盟成员。二姑是民进党员，全国政协常委，我是中共党员。经常的话题，是国家的发展，社会的进步，民众的疾苦，改革的障碍。她关心的是大局，却从来不谈个人的得失，自家的困难。去先生家看望，大多是逢年过节，我和老伴同去，先生总是关心我们的病痛寒暖，从不提自己一字。在先生的感动下，我没敢向先生要过一张字。先生却在年前靠在病床上主动给我写了一张“宁静致远”，那已经是非常勉强了。在先生身上，没有一点名缰利锁的影子。唯其无私，才能坦荡。无私者无畏。当然有时也会表现出另一个极端：说话太直，有时难以制怒。性格使然吧。

二、先生对教育事业怀有满腔热忱，她的敬业精神和奉献精神感染了大批教师和学生。

先生对广大教育工作者的疾苦特别关心。我当了校长之后还住了十几年独单，她就去了解，当知道有几次分给我房我又让给有困难和等结婚的老师了，她反而鼓励我说：“对，当校长的就得先教师之忧而忧！你二姑也是这样的。”

再比如，河北区有个红星路小学，老校长陆秀敏从建校那天起，就组织全校师生每天练字一刻钟，始终坚持不辍。王千先生得知后，多次到学校去鼓励、指导，并且亲自为学校写了常用字和次常用字三千五百个，印成书作字范。她还写了大幅的梁启超的《少年中国说》，至今悬挂在学校的会议室里，更为学校题写了校名。这所学校教师参加全市中小学教师双笔书法大赛（硬笔、粉笔），老、中、青三组九人，拿了三个组别的冠军，市教委送匾曰“书法状元校”。没人知道这里面王千先生付出的心血！

学校的广大教师、学生和她相处，常常忘记她是个书法大家，市书协领导之一，觉得她就是一个循循善诱、乐于助人，能给人以具体指导的慈祥的好老师。启功先生给北师大题的校训：“学为人师，行为世范”，王千先生当之无愧。她一生从教，桃李满园，却从不居功自傲，俯首甘为孺子牛。这种呕心沥血，不计报酬，鞠躬尽瘁的教师今天还多吗？



三、先生治学严谨，写字严谨，作风严谨，律己严，责人宽。要求别人该严格的地方那就一丝不苟。二十年前，先生写三千五百字硬笔行书，让我写楷书。我从未写过规范楷书，为了大难，写了之后给先生看，不当之处她都一一指出，绝不放过。比如我从小临唐人写经，落了毛病，竖的起笔，撇的起笔，都多了点虚画，先生说不能让孩子们学这些毛病，通通去掉！我赶紧修改，不敢怠慢。

裘法祖院士说：“做人要知足，做事要知不足，做学问要不知足。”

这不正是王千先生一生的写照吗？

（本文刊载于《天津书法通讯》二○○九年上卷）

# 关于书法和书法教育

——在天津市少儿书法教育中心的讲座

## 一、怎样看待我们少儿书法教育中心的工作?

我认为，咱们教育中心的领导和老师们所做的工作叫作惠及当代，功在千秋。影响之深远，功德之无量，怎么估计都不过分。具体说，我们工作的价值体现在四个方面：

1. 现实意义——

这里是强化素质教育的基地；是贯彻国家《语言文字法》的平台。我们的书法教育是义务教育系统工程的重要组成部分，既教写字，又教做人，同时还对学生各科学习都会有学习成果以及非智力因素的正反馈，学习能力的正迁移。

这里办学历经十年，培养的学生已经有数千了。他们不仅在品德、才能、个性、学识等方面都得到了发展，而且获得了书法特长，近期效益是显著的。

2. 长远意义——



我们稍微把眼光放远一点就不难看出，这里教出的子弟在二十年到五十年后，他们必如原子分裂式地影响一批又一批、一代又一代人，他们必将把在这里奠基的书法艺术技能弘扬开来，传承下去，这才是我们今天工作的长远成果，深远效益。焉知他们中没有未来的书法大家、书法巨匠、书法名师？那时候，他们将怎么来评价今天在座的各位启蒙恩师呢？那时，你们就会成为一代宗师，成为他们恒久的记忆！这里，是未来书法人才的起飞原点，是未来书法艺术的传承中枢。

3. 当今时代，汉文化，国学，特别是母语，包括书写，我看是理论上热，实际上冷；外国人热，中国人冷；老年人热，青年人冷；小学热，大学冷。我说的当然不是全部。

许多国家开设了孔子学院，我们很多专家学者被聘去授课，而国内许多大学却把开设了半个多世纪的公共必修科的汉语课程取消了，代之以强化英语。现在的大学生已经不需要写字了，会敲字就可以了，美其名曰“无笔时代”。

2006 年《天津教育报》载，某重点大学请各大企业老总来，推荐一批“精英”毕业生。他们英语普遍过了八级，结果不会用汉字填表，也看不懂表上项目，有的写不成句子，只好让父母代笔。最后一个也没聘出去。哪个企业敢要？有教授感叹说，这些“精英”根本不会写论文，他们的汉语水平已经退化到初中或小学以下了？谁之罪？

上海复旦大学搞了汉语言文字知识大赛，名次位居前列的、夺冠的，竟然是外国留学生。中国大学生的耻辱啊！

前几年，我们国家开了大会，主题叫“拯救母语”。

残奥会闭幕式上，国际残联主席克雷文兴致勃勃地说了一句汉语：“有朋自远方来，不亦乐乎！”可惜把“乐”读成了“yuè”，不知哪位没文化的国人把外国领导都教错了。

有些外国人似乎已经看透了我们对自己的民族文化，对母语的淡化和冷漠态度，于是乘虚而入。我们的端午节不是已经被人抢了去申遗成功了吗？现在又有一位外国教授在 2005 年的国际会议上公然提出要把“中国书法”和“日本书道”废除，统一改称他国“书艺”，申报为他国的非物质文化遗产。

面对如此现实，我们炎黄子孙爱国儿女能无动于衷吗？人家都

咄咄逼人了，我们却自轻自贱，不学无术，不以为耻吗？（亏得我们的书法在 2008 年 10 月申遗成功了——补记）

在这样的背景下，少儿书法学校十年坚持的绝不仅仅是传授书法，他们坚持的是社会责任感，民族自尊心！他们肩负的是历史使命，是国运担当！

著名华人学者唐德刚说："方块字是维系我中华民族两千年来大一统的最大功臣，是我们'分久必合'的最大能源！"

4. 这里的老师们都高度自觉地承担着三重任务：一是他们都有自己工作单位的本职工作；二是他们必须教会这里的学生写字；三是他们必须努力学习修炼，不断提高自己的书写水平。他们既要做好书法家，又要做好书法教育家。这是一支多么难能可贵的队伍！培养一个书法家难，培养一个书法教育家更难！他们是教育界的财富，是天津市的财富，更是共和国的财富！

基于以上四点，对书法教育中心工作的价值，怎么估计也不过分吧？我向你们致敬！

## 二、怎样做到"两手硬"？

既要做一个出色的书法家，又要做一个优秀的书法教育家，那就必须做到三个"两手硬"：

教书和育人两手硬；

毛笔和硬笔两手硬；

书法作品创作和规范汉字书写两手硬。

寓德育于书法教学之中，是自然而然的事情。强化学生的学习动机、兴趣、情感、意志、心理、性格、习惯等等非智力因素以及观察、赏析、临摹、书写、思维、记忆等等智力因素，完全可以有机融合，润物无声，使学生写字与做人并驾齐驱，共同发展，大家都有体会，这里不再赘述。

再说创作。从高级范畴来说，毛笔和硬笔都有个从读帖、临帖到创作的过程。师生概莫能外。这里的甘苦、诀窍、方法、体会以至于效率，是需要交流共享的。从选什么帖，到读什么，怎么临，这需要经验和智慧。只要学习得法，教学得法，实践得法，效率会越来越高。当然，书法创作，只有更好，没有最好，永无止境。

在这方面，我有四点建议，与大家共勉：

1. 一体专攻，多体相辅

写行书的不能不写楷书。没有楷书功底，笔画、结构都受限制，一般先练楷后练行书，也可同时并举。

写行书的，还要熟悉草书。往往行中有草。米芾说："心既贮之，随意落笔，皆得自然，备其古雅。"（《海岳名言》）

写篆书的，不能不先把隶书写好。篆中有隶，隶中有篆。

2. 一师专家，转益多师

南沈北吴（沈尹默、吴玉如）皆以二王为师、为源，但终成自家面目。

写隶书，临曹全碑，临得再像，也只是打基础，倘止于曹全，就没了自家面目。如再写史晨，就厚于曹全；再写礼器，结构更严整，笔画细而力度大；再写封龙山，平中见奇；最后写石门颂，更古朴，更放开，大气魄，大手笔。杜甫说："转益多师是汝师。"（《戏为六绝句》）

清·刘开说："非尽百家之美，不能成一人之奇，非取法至高之境，不能开独造之域。"（《与阮芸台宫保论书文》）

3. 一专多才，增强底蕴

一个书法家，最好能在书法之外广泛涉猎。倘能一专多能，多才多艺，广采博收，不但可以增强文化底蕴，而且反回来还能促进书法水平的提高。正像陆游说的，诗的功夫在诗外。

所谓多才，指广博的知识，诸如文学、艺术、诗词、对联、美学、哲学，甚至科学，等等。

所谓多艺，指多种艺术技能，诸如绘画、篆刻等等。过去的书家，大多诗书画印四绝。

多才多艺的最大好处，就是高雅脱俗。古人云："天下病唯俗难医。"

4. 一幅创作，多方出新

字法、章法、技法、形式、用纸、用墨、用色、用印、装裱，都有出新的潜力和余地。写前可以多方准备。多查工具书，多设计几个方案。

创新要有度，别走向极端，不跟风，不从俗，力避有人提倡的"野俗狂怪"。审美多元化是正确的。

以上是谈高级范畴的作品创作，这是"一手硬"。

另"一手硬"，是指的初级范畴的启蒙教育的写字教学。这就是规范汉字的硬笔字教学。关键是既要严格规范，还要把硬笔字写出毛笔味儿来，不容易！

从某种意义说，用硬笔写出十分规范而且有毛笔韵味的汉字来，其难度绝不在毛笔作品的书写之下。它必须以楷书为主，兼顾硬笔行书；写楷书则有一整套规范必须严格遵守，以保持同课本、电脑、报刊的楷书绝对一致。毛笔所用的古今字帖的楷书，同这套规范大相径庭，断不能用。目前书法家们临写的欧柳颜赵绝不能用于硬笔规范楷书。国家颁发的《全日制义务教育语文课程标准》十分明确地提出了有关汉字书写的规范要求。

国家语言文字工作委员会和国家教委 1988 年 1 月 26 日联合发布了《现代汉语常用字表》，其中包括常用字 2500 字，次常用字 1000 字，这是国家法定从小学生、中学生、大学生到外国留学生都要练的。2013 年 6 月 5 日国务院又颁发了教育部、国家语委制定的《通用规范汉字表》8105 字。这些字要都写好、写规范，工程不小。

下面着重谈谈硬笔楷书规范化的问题。

为什么我们要下力气教给孩子们规范写法？

一是尊重和爱护祖国的文字，抵制用字书写混乱。

二是与基础教育保持一致，与课本、电脑、书籍保持一致。

三是这也是一种学识，一种技能，一种财富，一种工具。

规范化的要求：

一是把字写对用对；二是把字写得合乎规矩，合乎标准；三是把字写美观，写好看。今天着重讲前两点。

首要要求得把字写对，用对。例如以下易错字：

| 正 | 误 |
| --- | --- |
| 吞添蚕 | 吞添蚕（只有夭、妖、沃、笑等从撇） |
| 助锄 | 助锄（从且，非目） |
| 鼻弊 | 鼻弊（廾 gǒng 弄字底，又称开字底；丌 jī 界字底，不能混） |
| 匹甚 | 匹甚 |
| 刊 | 刊（一、三笔错，左侧是干） |
| 冥 | 冥（下面不是大，是六） |
| 勇 | 勇（甬＋力，非マ＋男） |
| 冒冕 | 冒冕（冕字上、下全错） |
| 康 | 康（横穿过，竖有钩，末笔是捺） |
| 然 | 然（左是月，犬是捺，首点向左） |
| 延 | 延（首笔是撇，四笔是竖折） |
| 沛肺芾 | 沛肺芾（只有市、柿等上面是点） |
| 忍仞韧 | 忍仞韧（点不相接，不相交） |

以上是书写不正确造成的错字。这种错字量很大。至于同音字、形近字造成的错别字更是日趋严重。例如：

振憾（应为震撼）、诸子治家格言（朱子）、诽闻（绯）、樱粟（罂）、座牢（坐）、售磬（罄）、华陀（佗）、士可忍也孰不可忍也（是）、大陷水饺（馅）、育人按摩院（盲）、迈开举人的步伐（巨）

地名、人名更容易写错。例如：

荷泽（菏）、毫州（亳）、角直（甪）、勾践（句）、美国佐治亚洲（州）、神州七号（舟）、五州震荡（洲）、桔子州头（橘、洲）

电脑敲错的字更是泛滥成灾。例如：

空城记（计）、调查记实（纪）、记念（纪）、黔驴计穷（技）、再接再励（厉）、美伦美焕（轮、奂）、元霄节（宵）、决无仅有

（绝）、志向鸿大（宏）、声如宏钟（洪）、红鹄之志（鸿）、不能自己（已）、好高骛远（骛）、趋之若骛（鹜）、安祥（详）、谗嘴鸭（馋）、艺术巨将（匠）、门票副卷（券）、一付字（幅）、一幅对联（副）、大气晚成（器）、诫骄诫燥（戒、躁）、群英会粹（荟萃）

规范楷书书写的难点，就在于熟悉并严格掌握规范。举例如下：

1. 关于悬针和垂露两种竖的区别。

▲井，单写右竖是悬针，倘与其他笔画组合，右竖就必须写作垂露，如耕、讲、进

▲斤，悬针右侧有点，必须与竖相交，如斥、诉、拆。

垂露右侧有点，必须与竖相接，如下、外、外

2. 点的不同位置

如刃、丸、凡、热、迅、多、窗、麦，不能写成刃丸凡热迅多窗麦 3. 木的两种写法。

①竖无钩，左笔为撇，末笔为捺。

果、杰、染、李、林、未、本、查

②竖有钩，左右为点：

杂、杀、茶、条、寨、亲

③秦、非木，从禾，竖无钩，左撇右点

单写禾，竖无钩，左撇右捺

4. 左偏旁用提的，不能用横：

如，封、鞋、到、政、鲜、邦、判、或、船、兢

有些字左侧必须写短横，则不能用提，如那、非

5. 有些字中，改捺为点，是为了体现“一字不重捺”的书写规则。如：

炎、述、退、迷、送、这、返、达、迟、楚、聚

但有些字还有重捺，不能改点，这得注意。如：逢、透、途、逾、逢



6. 竖弯钩和竖提要区别开。

岂、恺、铠、闿中的己，末笔皆竖弯钩。倘用在左侧，则改为

竖提，如凯、剀

而巳（jié，同卩），用在下面也是竖弯钩，如：仓、枪、怆、卷，倘用在左侧，却不能改用竖提，如创，还得用竖弯钩，绝不能写成创，此字错得多。

7. 竖撇贯通，竖竖贯通，点点贯通。

竖撇贯通，如卑、免、象、鬼

竖竖贯通，如尚、敝

点点贯通，如毌、贯

8. 钩的有无。

亦，有钩。奕、弈也有钩。是亦字头。

变、栾、峦、弯，无钩，且中为两竖，是变字头。

赤、有钩。赫、郝、赦、赧，皆有钩。

小，有钩。小在上，无钩，尖、尘、少、劣。

殳，无钩，如沿、铅、没、朵；几有钩，如咒、凫、凡、亮。

9. 己、巳、已的区分。

岂、凯不能误为岂、凯导、异、撰，不能误为导、异、撰仓、苍不能误为仓苍圯（yí 桥）不能误为圮（pǐ 倒塌）

10. 长、短横的区分。

吉，下横短；周，下横长。辛，五横长，六横短；幸，六横短，七横长。士，下横短，声、款、鼓、彭、嘉、喜，下横皆短。而袁，下横长。

11. 偏旁易错：

忄、犭、钅、西、罒、子、女、舟、贝、日、月、目，错写为忄、犭、钅、西、罒、子、女、舟、贝、日、月、目。

凡中有竖穿者，内横居中，不挨两框。如甲、电、用、里、由

请注意：同一偏旁，在有的字里简化，在有的字里不简化。

如：爿（pán），已简化为丬：将、奖、壮、寝。但是，奘不能简化为奘；寤寐不能简化为寤寐。

又如：𡿺已简化为㐫：恼、脑。但是，瑙不能简化为瑙。

最后想说的一点，是繁简字问题。这是造成书写混乱的又一大因素。

一是繁简混用，这是书法作品大忌。许多影视作品中屡屡出现简化汉字，而且多出现在历史题材中，成为笑柄。

二是由简化汉字逆推繁体造成失误，这已经成为重灾区。问题就出在一个简化字多义，

却只能对应一个繁体字，形成对应错位。如果由简推繁那就需要有一定的文化根基，才能做出正确选择。倘按拼音敲字，就更容易胡乱选择繁体字。

比如：征，它是徵的简化字，古文中的～兵、～地、～税、～候、特～都写作徵；而～讨、～战、～途、～服没有繁体，自古就写作征。如果没有这个阅读基础，自然就写出了“二万五千里长徵”。人们还以为是跑二万五千里路去“徵收”税款。

我把从媒体、影视居中文字说明、广告等发现的误写列了个《繁体字误用35例》作为附体附在后面，供大家参考，目的就是减少误用，绝无批评指责的意思。我希望能和大家共勉。

**【附】**

## 繁体字误用三十五例

1. 几（①矮小的桌子；②将近。无繁体；③询问数目；作幾）误用：茶幾、窗明幾净。

2. 干（①乾，乾隆，乾坤，未简化。只在水枯竭，作乾。②主干，做事，作幹）误用：饼幹，葡萄幹，一员乾将。

3. 才（①刚刚，仅仅，作纔。②有能力的人。）误用：人纔难得。

4. 云（云彩，用作姓氏，作雲。用作“说”，就是云）误用：孔子雲、子曰诗雲、临表涕零不知所雲。

5. 历（①经历、历次为歷。②历法、日历为曆）误用：日歷。

6. 丑（①难看，作醜。②地支即丑）误用：子鼠醜牛，醜末寅初。

7. 术（①方法、手段、技术、作術；②白术、苍术，zhú，草本中药，本就是术。）误用：白術、苍術、金兀術。

8. 只（①隻，单个的；量词。②仅仅，zhǐ，副词，作衹。）误用：衹身入虎穴。

9. 发（①发生，发射；量词，用于枪弹、炮弹。以上二义作發。②头髮。作髮。）误用：理發馆、程十發、令人發指。

10. 朴（①姓氏；兵器；朴素，作樸。②中药，厚朴（pò），本就是朴。）误用：厚樸。

11. 后（①与先、前相对、较晚的、靠后的，作後。②君主正妻，本为后。）误用：皇後，西太後。

12. 坛（①高台，讲台，作壇；②坛子，作罎、罈）误用：杏罎、菊罈、百家讲罈。

13. 里（①衣被内层，作裏，［裡］；②街巷，量词，本就是里。）误用：津门故裏、毛峰故裡、东风裡市场。

14. 别（①分离，差异；②别扭，作彆）误用：再彆康桥。

15. 余（①自称，我。②剩下，多出来，作餘）误用：餘致力国民革命。

16. 谷（①谷子，粮食统称，作穀；②峡谷；③吐谷浑）误用：峡穀风云。

17. 系（①打结；②绑，联结，作係繫；③是作係）误用：中文係、关繫。

18. 沈（①同沉；②瀋阳）误用：瀋括，瀋石田，瀋钧儒。

19. 范（①模子、法式、榜样、框子，作範。②姓氏）误用：範仲淹。

20. 松（①松树；②松散，不紧密，不紧张，肉松，作鬆）误用：青鬆岭、古鬆琴。

21. 制（①裁剪；②做、造，以上二义可作製；③制度，准则）误用：法製社会，体製改革。

22. 刮（①吹，风吹作颳；②用硬器在物体表面移动）误用：汽车被颳了一道。

23. 征（①远行。②出兵讨伐。③征收、寻求、募集，可作徵）误用：万里长徵，长徵组歌。

24. 舍（①放弃，丢下，把财物送人，可作捨；②房屋，住所）误用：请到寒捨一叙。

25. 卷（①把东西弯转，可作捲；②书画、卷宗、试卷）误用：青灯黄捲、书捲气。

26. 胡（①古称北方、西方民族；②胡子，作鬍；③胡同，作衚）误用：五鬍乱华、不教鬍马度阴山。

27. 咸（①全、都；②味道像盐，作鹹）误用：老幼鹹宜。

28. 面（①脸；②事物的各个部分；③粮食面粉，面条，作麵）误用：独挡一麵、知人知麵。

29. 钟（①古打击乐器；②报时器具，以上二义作鐘；③酒器、容器；④姓氏，以上二义作鍾）误用：鍾表馆、酒鐘、鐘子期、老态龙鐘、鐘爱有加、墓鼓晨鍾、鍾鼓楼。

30. 须（①胡子，作鬚；②一定要）误用：使用鬚知，入围鬚知。

31. 姜（①调味品，生姜，作薑；②姓氏）误用：孟薑女、薑太公。

32. 致（①送达、给予；②使达到；③周密、精密，作緻）误用：美到极緻、送緻北京。

33. 淀（①较浅湖泊；②未溶解物质沉到液体底层，作澱）误用：海澱、白洋澱。

34. 御（①同帝王有关的事物；②抵挡，抵抗，作禦）误用：禦用美酒、禦用美膳、禦用书案。

35. 欲（①想要，希望，动词；②欲望，名词，作慾，属异体字）误用：慾穷千里目、我慾乘风归去。

（2008 年 9 月成稿，2015 年 10 月修改）

# 好写字·写字好·写好字

## ——在天津二中书法系列活动中的讲座



大家对我讲座的期望值别太高，我七十四岁了，废物利用而已。这次二中开展书法系列活动，我的体会，意义非同小可。

意义之一，这是为全体同学造福，既利于眼下，又利于一生。这是一门应试之外的大课程，是为咱们人生发展的大工程，这是大家难得的幸运和机遇，机不可失，失不再来。其实他对咱们哪一门课的应试，包括高考，都有关系，都有好处，特别是作文。下边我还会提到这个问题。

意义之二，对学校来说，二中又开拓了一个新境界，迈上了一个新高峰，这说明二中的校领导和老师们有战略眼光，有远见卓识，敢为人先，敢破难题，真正把素质教育抓到了实处，应该说这是一件造福当代，功在千秋的大好事。

意义之三，《党的十七届六中全会公报》有这样一段话：培养高度的文化自觉和文化自信，提高全民族文明素质，增强国家文化软实力，弘扬中华文化。我体会这里有五个概念，一个叫作文化自觉，一个叫作文化自信，一个叫作文明素质，一个叫作文化软实力，一个叫作弘扬中华文化。咱们的书法活动，这五条瓷瓷实实都占上了。应该说我们这个活动真的是贯彻体现了六中全会的精神，功在民族，功在国家，功在未来。所以我说意义非同小可啊，所以对这个活动，对二中，我觉得应该说可喜、可贺、可敬。这次给我机会来参加学习和交流，也是我的荣幸，谢谢二中！

今天我只说三个体会，先说好写字，我常听有人说：好写字儿，没我事儿。因为我就写不好字，所以我也不好写字——错了，本末倒置了，因果倒置了，必然恶性循环——倒个个儿不就全解决了么？写字用处太多了，我们河北区这样的例子就很多，比如有个红星路小学，从建校那天起，全校师生每天一刻钟写字，后来在全市评比，我印象很深，老年组教师三个人，中年组教师三个人，青年组教师三个人，九个人都拿了全市冠军，市里给挂了一个匾，叫“书法状元校”。都是天才么？不是！就是人人写，天天写，就写出来了，其中好几个小孩上我家跟我写去，有的后来都写到进了国际拍卖市场了，有的拿了全国金奖啊，所以呢，如果大家真的是好写，坚持写，准能写好。我说：我要写，这就是文化自觉，我能写，这就是文化自信，对不对？说我没有文化基因，我没有写字基因，我天生就不是写字的材料。没有文化基因大伙儿怎么坐到二中这儿来了？对不对？不是基因决定论，而是你们自己努力的结果，如果你们各科的学习成绩都能达到二中的标准的话，何愁写字达不到天津市水平，达不到中国水平？大家都会写字，都认字，都会写，九年啊，小学六年，初中三年，认识那么多字，写过那么多字，离写好字只有一步之遥，对不对？所以不敢动手不是咱真不行，而是咱缺乏自信，没有人是天生写字的材料，任何人，包括咱们在座的所有的同学们，一练就有，不练永远没有，你们身上都有自己的潜能，而人人都有自己看不见的潜能，有潜能是事实，看不见也是事实，如果都能看到自己身上的潜能的话，爆发出来的能量就不得了。（板书“睫在眼前长不见，道非身外更何求。”）这不是我的句子，是杜牧的。杜牧的诗都学过么？杜牧死在公元852年，他生前距离现在至少是1200年了。1200年前的杜牧就有这样的见地。睫毛谁都有，谁看得见？一辈子都看不见，但是你得承认，离眼睛最近的睫毛人人有，“睫在眼前长不见，道非身外更何求”，不要成天问爸爸我怎么办？同学我怎么办？老师我怎么办？办法都在你自己身上，这叫主观能动性。如果你认识到你身上也有睫毛，那你就同样可以认识到你身上还有诸多潜力还没有发挥出来。这恐怕不光是写字有用，从自己身上挖掘潜力，增强自信、自觉，人人都能写好字，我不动员大家将来都当书法家，但是我动员大家将来都写一笔好字儿，你用一辈子，人人可以做到。古代的粮店，煤铺，账房先生的字，都比现在的人好，为什么呢？那是生活所迫，不写不行，可是一写也就写出书法家的水平来了，但是那会儿没有书协。所以，只要解放思想，培养自觉性和自信心，就能写一笔好字，写了一笔好字，渐渐就能从“好写字”上升到“写好字”。不信大家试试看。

你要想写好字，动力从哪儿来？靠三个来源：一个是从情感上感到写字美，真享受；二是从理性上感到写字好，真重要；三是靠学习成果的正反馈，一旦看见自己的字进步了，改观了，立刻信心百倍，勇气大增，欲罢而不能。这就是我要谈的第二点：写字好。

首先是情感。“兴趣是最好的老师，它往往胜过责任感。”（爱因斯坦）“知之者不如好之者，好之者不如乐之者。”（《论语·雍也章》）好之，乐之，这里就有个审美过程，书法是审美大户。没有一个书法爱好者不是经历了这样一个审美的心路历程和实践过程的。什么叫美？美是一种客观存在，无非三大类：自然美、社会美、艺术美。艺术美是自然美和社会美的提炼、升华、艺术化。汉字书法艺术，既源于自然美，又融入社会美，更属于艺术美。那么，什么叫审美？——感知美，鉴赏美，创造美。审美过程充满了创造的愉悦，欣赏和创作的快感，以及区分美丑的思辨。这就是好写字的动力之一，看多了，喜欢了，就跃跃欲试了。

好写字的动力之二，是对写字好的理性认识。

为什么要练字？为什么要把汉字写好？不仅要有情感，而且要懂道理。这理由有六个：

一、习字和书法，这是国家和我市高度重视并不断做出强化规定的校本课程。《2010—2011 学年度天津市中小学课程计划安排意见》就明确指出“要切实加强中小学生的写字训练，提高书写能力，培养良好的写字习惯。”现在市教委要求小学都开设《习字与书法》课程。

国家制订的《全日制义务教育语文课程标准》则十分明确地提出了有关汉字书写的规范要求：“在使用硬笔熟练地书写正楷字的基础上，学会规范、通行的行楷字，提高书写的速度。”“临摹名家书法，体会书法的审美价值。”都说到了。

教育部有关负责人在接受新华社记者采访时说：“规范、端正、整洁地书写汉字，是培养学生终身学习能力的基础，是现代中国公民应有的基本素养。”可见，练习写字和书法，这是国家、学校为同学们长远利益考虑的重要决策，是素质教育的组成部分之一。

二、字是每个人的第二形象和文化形象

字是一个人的素质的组成部分。所以，写字教育是素质教育的组成部分。

看一个人的字，就能基本判断出他的文化程度、文化底蕴（当然与学历无关），甚至可以看出他的脾气秉性，性格修养，可以看出他是稳重还是浮躁，是细致还是马虎，是清秀还是粗俗，是只管自己写得飞快、潦草、痛快，还是对看你字的老师、同学、亲友和工作服务对象有高度的责任感，力求让人看着清爽、醒目、美观、舒服。一句话，字如其人。不好好写字，就是不好好做人。写字不能“唯我”。

2006年春天，我市某重点大学把一些大企业领导请来学校，开人才推荐会，重点推荐一批精英毕业生，英语不是六级就是八级，结果一填表全露了馅，不会写中国字了，只能敲字不会写字，甚至连常用字都想不起怎么写了。句子逻辑混乱，词不达意，有的只能让老妈代笔填表，结果这批所谓精英一个都没聘出去，没人要。一个大学精英把母语都丢了，还能算中国人吗？现在硕士、博士的字有的不如小学生，让我们有何感想？硕是大，博是宽，连中国字都不会写，够硕吗？够博吗？曾仕强说：“我们现在的博士都只能叫专士!”“应会少少中的多多，但只会多多中的少少。”

三、字是我们的终生工具

有人说，网络时代了，无笔时代了，写字没用，练字多余。无知、愚昧得可怜可悲。往近了说，高考能带着电脑、手机进去吗?往远了说，写字伴你终生。所有的原始材料、原始笔录、存档材料，连打印件、复印件都绝不能用，这是常识。现在写一笔规范、端正、整洁的字并形成习惯，已经成为你高考作文进一类文的重要因素了，你的字就是对阅卷老师的第一视觉冲击力。何况，这笔字你会受用终生!

四、字是我们的良师益友，学习助手

练字绝不仅仅是为了把字写好看，更不是为了将来当书法家。练字的过程能让人变聪明，变敏锐，变能干，这个能力系统的整体强化，不仅能磨炼人的意志，改变人的性格，而且能有助于你学好各门课程。

练字过程是文化修养和品德修养的过程。无数事例证明，通过练字，多动的坐住了，浮躁的沉静了，粗枝大叶的细心了，精神不集中的专注了，平素听而不闻、视而不见、食而不知其味的，耳聪目明、心灵手巧了。练字的过程就是一个人成长的过程，不断走向成熟的过程!

写好字，怎么写?最有效的必经之路是临帖。临帖成功的标准就是一个字：像!临什么帖?不必强求一律，你喜欢什么帖就临什么帖。用硬笔临硬笔字帖，可以，用硬笔临毛笔字帖，更好!不临帖行吗?不行，那是做无用功。不临帖，一个字认真写一百遍，还是你那个原样。临帖是用人家那个写得好看的字，临像了，来改造和纠正自己那个习惯的不好看的写法。所以临帖的关键就是要临得像它，越像越好。别人写得快，十分钟临了二十字，又多又快，但是全不像，你十分钟就临了两字，又少又慢，可临得特别像。那含金量比人家那二十字高得多。欧阳中石先生说：“你要是有十分时间，用七分念书，两分读帖，用一分写字。”他强调“学问家的字”，不俗。

怎么才能临得像？先给帖上那个字相面，看他哪儿长哪儿短，哪儿宽哪儿窄，哪儿轻哪儿重，哪儿收哪儿放，哪儿方哪儿圆，各笔画之间的比例、距离。看准确再动笔临。思维是先分析后综合。思维能力越强，观察能力越强，模仿能力越强，越练目光越敏锐，手底下越准确。临像了是大成功，但还不够，还得多写几遍，把它记住了，这才真正变成自己的财富，彻底改变了自己的习惯。欧阳中石先生说："写字一定要'学'，而不要'练'。'学'，能将古人、今人的优点集于一身，有利于自己的进步和提高。'练'是对自己的重复，有时甚至是对自己的错误进行重复。"

大家想想，在这样的学字过程中，有多少能力得到强化了？观察能力、思维能力（分析能力、综合能力）、想象能力、模仿能力、动手操作能力、记忆能力、思辨能力（辨别美在哪里，丑在哪里，成在哪里，败在哪里）、创新能力。这八大能力是一个完整的智力因素系统。而这能力系统中，哪个学科不需要？这是智力因素全系统的强化。能力是会迁移的。语数外、理化生、政史地全受益。有些从小跟我学写字的学生，在全市、全国书法大赛上拿了金奖，有的作品进了国际拍卖市场，他们的初高中课程不但一点儿没耽误，而且考入了重点大学。现在工作了，还全都收益于一笔好字，有特长！

可见，练好字，确实是我们的良师益友，学习助手，是"终生学习能力的基础"。反过来，也必须把写字放在各门学问中来认识它。没有文化底蕴，也写不了字。

当然，不能急于求成。"字无百日功"！切忌浮躁！侯宝林名句："凡是好的，都是难的。"（逆定理不成立！）凡是难的，不一定都是好的。但是：办法总比问题多！只要你坚持！

五、字是我们的保健医生



练字绝对有益于身心健康。练字是屏息凝神，进入聚精会神高度关注的境界，没有一丝浮躁和杂念，每临好一个字，都有一种艺术创作的快感。整个练字过程充满愉悦和轻松，这是一种享受。在学习压力大、负担重、身心俱乏的情况下，这是一种极好的调理和休息，一举多得。我曾有一身病，严重到无药可治，五十多岁时濒临灭亡。我不肯坐以待毙，就写字，没想到坚持一冬，轻了；坚持三年，好了。中国书法打败了美国红霉素。

六、习字和练书法是实实在在的爱国行动

为什么这么说？汉字是我们母语，写字不是一门孤立的艺术。书法是我们民族文化的精粹，是国之瑰宝，是中华文明的重要组成部分。

世界各国、各个地区的古文字都早已不再使用，只作为文物在博物馆陈列了。只有我们的汉字是唯一不但没有消亡，而且一直使用到今天，发展到美的极致的文字。是世界独一份！汉字有多少年了？有三种说法：

1. 一说商代，即河南安阳殷墟出土的甲骨文，距今三千多年；

2. 二说夏代，即山东大汶口文化晚期出土的文物上发现的象形字，距今4500年；

3. 三说西安半坡遗址出土的彩陶上的文字，已经由中国科学院考古研究所实验室用同位素碳14（$C^{14}$）测定无疑了，郭沫若院长说："可以肯定地说，这是中国文字的起源！"距今6000年。

我们正在书写的是传承发展了六千年的文字，能没有民族自豪感吗？

应该说，几千年来，最能体现汉民族文化和精神的，是什么？是汉字。从时间说，今人能通过文字了解古人；从空间说，北方人能通过文字与南方人、港台人沟通，汉字，有多大的凝聚力量！能让这国之瑰宝在我们手里消亡吗？败家有罪啊！一个国家没有科技，一打就垮；没有文化，不打就垮！

尊重汉字就是尊重历史，热爱汉字书写，就是热爱祖国；练好汉字就是为中华民族书写未来！

培养爱国情怀，传承民族文化，拯救母语，造福一生，请从写好汉字开始！

综上所述，我们看问题的方法，就是要立足点高一些；视野宽一些；前瞻远一些；思考深一些。作文是如此，写字也是如此。审美情趣、愉悦体验，再加上理性思考，文化自觉，文化自信，这是成功的关键，这就是我们乐于习字，坚持不懈的动力所在。我们学习任何一门学问和技能，也离不开动机、兴趣、情感、意志、心理、习惯，缺一不可。这就是非智力因素系统的强化。深刻理解写字好，才能决心好写字，最终达到写好字。

那么，怎么才能写好字呢？提几点建议：

一、有一个老规矩，是先练毛笔，后用硬笔。近二十年的实践，完全把老规矩突破了。先硬笔后毛笔更好，效率更高。同时练，“两手硬”更好。

二、再一个老规矩，是用毛笔临毛笔字帖，用硬笔临硬笔字帖。近二十年的实践也完全把这老规矩突破了。用硬笔临毛笔字帖效果更好，进步更快。原因是，硬笔字要好看，要有味道，就得把硬笔当毛笔用，写出毛笔的味道来。不求快，不求多，只求像，特别是第一笔的定位，特别重要。

三、第三个老规矩没错，先练笔画，再练结构，但重要放在练结构上。

笔画不必单练，放在临写整个字的过程中逐步解决。八种基本笔画相对结构来说，容易得多，很快就能掌握。

一个字好看与否，关键在结构。一篇字好看与否，在章法。笔画、结构、章法，写字、书法就这三大因素。一个字的成败，主要在结构，即笔画之间的搭配关系协调不协调。倘若写出来看着不顺眼，一定要在结构上检查临帖哪点不像。找得准，改得像，就好看了。关键是要临像！启功、欧阳中石都强调结构！赵子昂（孟頫）说：“结构因时而变，用笔千古不易。”中石：“书法之可以称为书法，就是由结构决定的。”



四、第四个老规矩是书法先练楷书，后练行楷（非行草）。现在可以突破，可以先楷后行，也可以二者同时并进，甚至可以上手就写行楷。但是，写行楷也得按规矩写，不能由性乱写。从应用性来说，作文、作业、书信，难以写正楷，难免稍有连笔。“楷如立，行如走（跑），草如奔”。行楷的实用价值最高。但必须规范，通行，公认，最怕的是“自创连笔字”，“自创草书”。绝不能除了自己，谁也不认识，甚至连自己也不认识了。如：

为（为）、的（的）、学（学）、水（水）

只有笔笔有出处，才能一对，二快，三好。

在临帖有一定基础时，可离帖创作，先写一些几十字的小幅字，再到百字以上。

五、把当今规范楷书写法与书法楷书写法区别开来。这二者既有区别又有联系。

国家要求把3500个常用字的规范写法学好练好。这是为了与电脑、报刊、课本所用楷书同步，一致。小学写字不必先教这个。

有些规范要了解，但它不是书法。比如：

1. 悬针、垂露不能混用。

如：阝，在左侧必须垂露，如“阳”；在右侧必须悬针，如“邱”。

2. 木字底，两种不能混用：除“杂、茶、杀、条、亲、寨”六字外，皆用“木”，如染、梁、荣、桨、桌……

3. 众、森不行，必须众、森。

4. 己字底（岂、凯）≠巳（jié）字底（枪、卷、苍、创）≠巳字底、巳字头（港、导）。

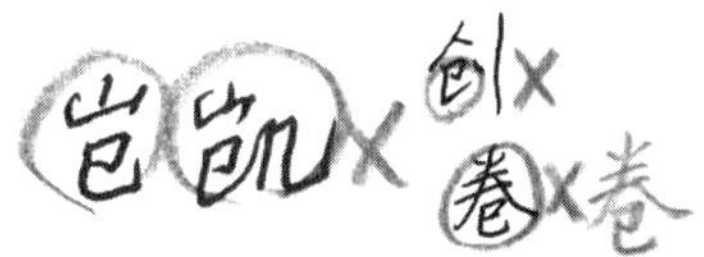


倘临帖，书法，这些规范就可以不管了。倘写行楷，这些规范也可以不管了。这些事必须知道。不然将来你当语文老师就麻烦了，

糊涂了。

六、关于繁体字，不认识怎么办？慢慢认，临帖也能认一批。

1. 坚持用简体字，绝对不要用繁体字。这叫识繁用简。

2. 做长期识繁的有心人，以便传承传统文化。

现在社会上用字相当混乱。有些人以复古为时尚，随意使用繁体字，取媚于港台，且显示自己有学问，但偏偏这里有些人不学无术，却自命不凡，用繁体用得错误百出。

如：鼓楼西口立地大影壁，四个大字：津门故裡；又，黄山脚下茶店：毛峰故裡

河西区（紫金山路）东风裏市场；鹏程万裏

电台主持人：令人发（fā）指。髮≠發。美發厅。程十發。

书刊：子曰诗雲。

四人邦，茶幾，餘致力国民革命

著名书法家《岳阳楼记》落款：範仲淹

电视：金兀術（本应为“术”，音 zhú），白術

电视剧：古琴上刻聽鬆、鬆涛

包装袋：（兰州特产）百合幹，饼幹

电视剧：幹杯，万里长徵

这里顺便说一下：写字、临帖，先要把字识准识对，写得再好看，一用，成了错别字，白练了。特别是习惯性易混易错字，千万弄准。否则书法文化中却没了文化。

如：

美国位临亚洲、报刊、吞没、添加、养蚕、西安

忍耐、勇敢、菏泽……

七、练字过程中一定要坚持边练写，边改进，边见效，边落实。一定要把练字的终极目标定在逐渐养成新的书写习惯，不能等“练好了再用”。练好一个字马上就用，练就是为了用！

一个字写好看了马上就用，它才能得到巩固，得到记忆，成为

习惯。关键在于四个字：持之以恒。“字无百日功”。欧阳中石最喜欢的一方印：“有始无终”。艺术哪有头啊！

八、用格纸练字。格的大小以 1.5 厘米见方为好。字在格中既不要大得顶格甚至出格，也不要小得像蚂蚁。在 1.5 厘米见方的格中，字以 1 厘米见方为宜。

不要用作文稿纸练，格太小，伸不开。在 1.5 厘米格中练好了，练惯了，再在稿纸里写作文，又好看，又舒服，不挤不小，正好。

不用买格纸（当然买也可），用 A4 纸练，用一张 A4 纸打格，用黑墨水。白纸蒙在上面，透过来很清楚，一张格纸很耐久。

总之，把写好字同做好人联系起来，它本来就是一回事，不是两张皮。只要我们认认真真写字，堂堂正正做人，我们就会成为既有学问专长，又有书法特长的全方位立体发展的人才，将来大有用武之地，终生受用无穷。

祝你们人人成功！

祝你们的书法系列活动圆满成功！

（2011 年 12 月 9 日）

（本文是依据“树人讲堂”第 3 次讲座主场的讲座实录和王辛铭先生讲座手稿整理而成。）

# 假期练练字

——写字漫谈之一

暑假挺长，谁不想假期过得丰富多彩而有意义？我提个建议吧：练练字如何？

你会说，现在都电脑时代了，练字干什么？将来有个鼠标就够了，连笔都没用了。

此言差矣！

不论再过多少年，电脑也不能完全取代笔，尤其是我们中国人手里这支笔，更别说那毛笔！中国字那叫艺术，中国书法那叫国粹。一万个人写出字来一万个风格，那是一台电脑能代替的吗？再说了，现在的小、中、高三考总还没到提着电脑进考场去敲卷子的时候！

写字的好处太多了，我说几条主要的：

第一，字是人的第二形象，特别是内在形象。它不仅是人的外在美的补充，更是内在美的亮相。人的内涵，诸如品格、作风、气质、情趣、文化素养、审美水平等等，全在他的字上了。练字的过程可以强化修养，净化心灵，陶冶性情，优化素质。可以说，写字既是语文教学的一个内容，又是艺术教育的一个分支，更是素质教育的一个组成部分。光摁鼠标行吗？



第二，字是人的终身工具。字不仅是给人看的，更是给人用的。练一手好字，终生受用不尽，受益无穷。远的不说，近几年的中考、高考作文，因为字写得太差而丢掉“文面”分的，据说颇有人在。字过大的挤成一团，字过小的难以辨认，字过乱的让人眼晕，字过草的（并非规范行草）令人头疼，你那卷子人家能看好吗？反之，一看你的字，先让阅卷老师眼睛一亮，从而神清气爽，精神为之一振，那是什么成色！何况写字远不止是为了考试，将来就业、工作、一辈子有用啊！

第三，字是人的学习助手。写字时既练眼，又练脑，又练手，各项智能同步锻炼全面开发。观察能力、思维能力（分析——综合）、想象能力、记忆能力、操作能力、表达能力、审美能力、创造能力全面发展，它必然会迁移到各门学科的学习中去，人变得沉静了，专注了，心灵手巧眼尖脑子活了，观察、思考、操作变得准确、灵敏、协调了，能不促进各科学习成绩的提高吗？这方面例子多了。何乐而不为？

第四，字是人的保健医生。写字是一项文明而高雅的兴趣活动，一旦有了进步，有了成果，你还会感到一种艺术享受，绝对有益身心。老年人坚持写字尚能祛病强身延年益寿，何况我们青年！

有人说，我天生不是写字的材料，练不出来了。请问，你练了吗？还没练过，你怎么知道练不出来？谁天生是电脑的高手，长跑的冠军，数学的天才？还不都是练出来的！拉锯就会出末儿，练什么有什么。当然，你先别把目标定在“书法家”上。求规范、求整洁、求美观，可乎？日有所进，将来真成了书法家也未可知。

练字吧，没亏吃！

（本文发表于2000年8月5日《每日新报》）

# 说临帖

——写字漫谈之二

练字得讲效率。要想事半功倍少走弯路，那就要“得法”，关键是临帖。

为什么非临帖不可？因为帖是样子，它比你的字好看。临帖的根本目的是用样子的长处来纠正和改造自己的字的短处。有人嫌麻烦，懒得临帖，兴头一来，找张白纸就写，或抄书，或胡写，这就叫不得法。不但无用，还白耽误功夫。你没拿字帖照过镜子，连自己的字毛病在哪儿都不知道，“练”了半天不还是原样儿吗？毛病照旧。

既然这样，那么应该选什么帖呢？首先看你是练钢笔还是练毛笔。对于大多数从没练过字的同学来说，建议你先练钢笔字。它比毛笔字练起来简便快捷得多，而且完全可以把字练得很漂亮，这早已为无数事例所证明。那么钢笔字帖书店里有的是，一要选规范、美观、秀雅、大气的字帖；二要选楷书（小楷或中楷），先别忙着临行书，先楷后行，打好基础，循序渐进；三要你自己喜欢，看着舒服，同你的字形比较接近，接受起来方便。再提个建议：用钢笔临写毛笔字帖，如隋人、唐人写经，灵飞经，明清小楷等等，效果奇佳，不妨一试。



临帖之前先要用心读帖。既然是字而不是文，怎么个读法呢？

要读出这个字美在何处，以及写好它的诀窍在哪里，同时再找准自己写得不好看的毛病出自哪里。读不深入，悟不明白，不得要领，动笔就写，那叫抄书，不叫临字，写出来不像它，倒像你，那不白练了吗？

临帖不要贪多图快。关键在于观察要准，分析要透，临写要像。一个字临两遍就很像了，说明你读得仔细认真，把人家的范字研究透了，把自己的毛病也琢磨透了，这叫高效率，是高手，看着慢点，其实是快。如果人家才写两个字，你写了二十个，可个个不像字帖，等于做无用功。

读和临的要点是什么呢？一在笔画，二在结构，三在布局。

先研究和模仿范字的笔画，看人家从起笔到行笔再到收笔，用的什么方法，出的什么效果。把轻重虚实，顿挫转折，方圆粗细看准了，临像了，拿钢笔当毛笔用，准能出来味儿。

结构则要看准各部分的比例关系，整体着眼，局部下手，弄清、写准各个组成部分的宽窄高矮，疏密大小，迎让向背，穿插组合，合理安排间架结构，使之不挤不散、不歪不倒、稳当、和谐、美观。笔画加结构，这就是一个字。

至于布局，也叫章法，那是看字与字、行与行以及通篇安排是否合理、美观。字距行距，天地边框，都需恰到好处，这是写字成篇、组字成章时要讲究的了。

临帖是练字的主要手段，但不是最终目的、倘若练了半天，一离开字帖就恢复原样，旧病复发，那就跟没练一样。最终不但得临像了还得默像了，而且要熟练、快速、自如，那才算把营养真正吸收了，变成了自己的血和肉。

然后呢？再去临更多更美的字帖吧，博采众长，兼收并蓄，直到永远。

（本文发表于2000年8月12日《每日新报》）

# 托了写字的福

## ——写字漫谈之三

虽说几十年病病歪歪，居然精神抖擞地同大家一起跨进21世纪，真托了写字的福。写字果真能养生吗？这话还得从头说起。

教了一辈子语文，难免是个“话痨”。打二十几岁起就落了个慢性支气管炎，逢冬必咳，咳久则喘，咽炎发展到喉炎，痼疾难医，不亦乐乎。最后大夫说：“你不能再讲课了，免疫治疗吧，吃美国红霉素，从春天吃到冬天。”我的天！

那时我已五十多岁，“知天命”了。就算那美国灵丹能止咳喘，我这肠胃还要不要了？算了。

谁知这咳嗽竟由冬天发作提前到了初秋，欺人太甚！终于有善人把美国宝贝弄来了。我不舍得吃，待到咳得地动山摇金光乱冒时，这才狠心服下一粒，谁知竟是猪八戒吃人参果，越盼越止不住，泥牛入海无消息了。看来我只能坐以待毙了，无药可治了。

无奈之下，想起了写字。毛笔虽是多年的朋友，但此时嫌它麻烦，索性就用碳素墨水黑钢笔，认认真真恭恭敬敬地临毛笔字帖，从王羲之到沈尹默，屏息静气一笔不苟。临，就得临像了，否则岂不是抄书？就这样，每临一个小时，皆如大梦方醒——不知从哪一刻起，咳嗽竟然止住了。几年坚持下来，这病竟奇迹般地基本消失了。虽然喉疾依旧，还时时如鲠在喉，但咳喘已入强弩之末，只是偶尔来逗你玩玩了。

有人说，这写字是气功。我对气功一窍不通，不敢妄议。只是写字时屏气凝神，十分专注，无半点杂念，但觉心旷神怡，忘却了一切病痛，收摊时神清气爽，这是真的。

在我这儿，中国书法打败了美国红霉素。当然有大夫跟我说，你这还是功能性的疾病，要是器质性的病变，书法能当手术刀使吗？我以为此公所言极是，诚服。我想，养生之道当是静以养心，动以养身。人到中年，重担在肩，身心俱乏；待到老年，心力渐衰，难免患疾。倘能每天坚持写写字，必当有益身心，静中有动，动中取静，至少可以祛痛安神止咳定喘，免费疗养，何乐而不为？

当然，有病还得上医院，该检查检查，该吃药吃药，千万别让写字耽误了。

（本文发表于2001年1月5日《每日新报》）

# 《六千常用词钢笔楷书字帖》前言

把钢笔字写得规范、美观、实用、快捷，已日益成为人们的工作需求和文化时尚，钢笔书法训练既需要在提高的指导下普及，又需要在普及的基础上提高。各种风格的钢笔书法作品、范本以及教材正如雨后春笋，层出不穷。这本字帖则是我们提供给大家的又一个新的品类，在编排设计和书写上，我们力求使它具有以下两个特点。

特点之一是它的实用性。

以常用词作为字帖的内容是一项新的探索，它最贴近我们的工作、学习和生活。本书所写的六千九百多个词是参考了北京语言出版社 1986 年出版的《现代汉语频率词典》，从使用度最高的八千五百多个词中选出的。排列顺序既不是按笔画、部首，也不是按汉语拼音，而是基本上按照使用度的高低顺序排列的。当然，随着时代的发展，社会的发展，词的使用度不是一成不变的，新的词汇也会不断出现，因此，这些词的使用度也不是绝对的。但是应该说，这些词中的大部分在我们今天使用文字中的覆盖率仍然是比较高的。那么，作为一本字帖来说，侧重以这六千多个词作为练写内容，其实际应用的价值无疑是比较高的。

特点之二是它的规范性。

我们在书写过程中力避使用繁体字、异体字、“二简字”、自造字以及错别字。这就为习书者提供了比较规范的练写样式。尽管临写古代碑帖或学习当代一些比较优秀的繁体书法作品仍然是我们打好基础、提高水平的重要途径之一，但是，如果写不好我们每日、每时、每处都要广泛使用的规范汉字，那就不能不说是一大缺陷了。人们常说，简体字、规范字不如繁体字好写、好看，这不无道理。然而语言文字毕竟是我们全社会的重要交流工具，规范化这个大前提是不容置疑的，它是我们的民族、我们的社会、我们的经济、我们的文化不断向前发展的需要。规范汉字不但一定要练，而且一定要练好，也一定能够练好。关键在于四条：一是重视；二是兴趣；三是坚持；四是得法。

这本小册子希望能体现出上述的两个特点，希望能为大家提供一些参考与帮助。作为编写者，更希望能得到大家的批评与指教。

（《六千常用词钢笔楷书字帖》，王辛铭书，中国青年出版社 1995 年 2 月版。本文是该书的前言）

# 《王辛铭书法作品选》自序

我本教书匠，从1960年大学门出来，到年过古稀，教了四十八年。这算是主业，写写画画只是业余爱好，至今也就是个业余水平。承蒙天津书法家协会诸公抬爱，选我为名誉理事，自知是鼓励和鞭策，但平心而论，我看谁的字都比我强，所以才给自己的陋室起个名字叫“望尘室”，意思就是，看人家的字，望尘莫及；看自己的字，尘垢满纸。愧为书法家，写字匠而已。

正因为如此，我始终不肯也不敢搞什么“个展”，出什么“作品集”。我很清楚，露脸就是现眼，露多大脸现多大眼。书法同教育是一个道理：永无止境。昨天觉得教得很好，今天反思就出了冷汗；昨天觉得写得还行，今天一看全是毛病，真该撕掉。

现在唯一能做的，就是坚持临帖，认认真真临，恭恭敬敬临，用前人的楷模来纠正自己的毛病，弥补自己的不足。这也是一种自我检查，自我批评，自我整改，自我救赎。七十七岁了，没有老本可吃了，只能不断进步，不追时髦，不寻捷径，不求速成。只要一息尚存，时时都在路上。

万没有想到的是，去年，天津市怡嘉宜尔健康咨询有限公司找到我，邀我加入他们的书画院，而且动员并慷慨支援我印一本书法作品集，这使我深受感动。除了书画院陈祖康、房继华、盛茂林等几位领导鼎力举荐外，公司董事长许兴海先生是主倡出版这套系列作品集的关键。许先生致力于老年事业，多行义举，曾被天津市民政局、天津市红十字会、天津日报传媒集团《每日新报》授予爱心大使称号。我想，借拙作付梓之际，除了表示由衷的感谢之外，更要表达深深的钦佩和敬意！

2014 年 8 月 15 日

# 翰墨神从书卷来

## ——谈王双启教授的书法艺术

王双启，字启之，历任南开大学、天津大学教授，业余爱好书法篆刻，所作行草书与爨体印尤有特色。本文只谈他的书法。

展读王教授的书法，仿佛置身于静谧的书斋之中。尽管这一幅幅作品有着大小疏密的不同，呈现着多姿多彩的面貌，但其气质、风骨、品味、格调却是完全一致的。观赏之际，笔者逐渐被带进了一个美妙的艺术境界，感受到了一种高雅的精神愉悦，情不自禁地频频颔首。怎么说呢？这里没有做作，没有矫饰，没有匠气、俗气，也没有江湖气和市井气，感受的是学问，是修养，只觉得清畅温润，怡人心脾，如沐时雨，坐如春风。这，大概就是那不易说得清楚却又能深切地感受得到的“书卷气”吧？而启之先生书法的最显著特点，正是这种浓郁的书卷气。

早在1984年，启之先生出任日本神户大学客座教授的时候，曾应邀在京都思文阁举办个人书法篆刻展览。当时，日本著名书法理论家、京都教育大学教授杉村邦彦曾撰专文予以介绍。文中特别指出启之先生的书作是产生于书斋之中的充溢着文人书风的艺术作品。可见，“文人字”“书卷气”是国内外学者书家一致推崇的一种气质和境界。

书卷气由何而来？当然是来自书卷，来自学养，同时，也来自品德。启之先生从事中国古典文学教学与研究工作已逾四十载，作为一位造诣深厚的学者，他的学问根底对于他的书法创作来说，那就不仅是有助于丰富其内涵，深化其意境，提高其技法，更重要的，是有助于形成其恬淡自然的风格与高雅脱俗的气质。只有当事人的学识同书法融为一体的时候，书卷气才能跃然纸上，成为它的书法艺术的灵魂。当然，书卷气也要表现在当事人的言谈举止、待人接物以及思维方式、诗文画印等等方面，因为，它已经成为当事人的整体素质、品德修养和文化底蕴的重要标志。书法功夫在书外，古往今来有成就的书家莫不如此。

启之先生书法艺术的特征之二，是它鲜明的个性。这一点也是与其书卷气紧密相关的。

先生作字可以说是自然流露，信笔所至，从不刻意为之。当然，他有着研习碑帖的功力，有着多年执笔磨砺的过程，但他并不拘于一格。细读启之先生的墨迹，我们从中看得见王羲之，看得见赵孟頫，也看得见《书谱》和《月仪》，但终归还是他自己。这正是他出入于古人，先无我而后有我，熔众长于一炉而终成自家面目的继承发展之路。

启之先生的书作，笔笔有法而不拘于法，字字有本而不止于本，灵动而不失稳健，潇洒而不失端庄，清新而不失朴厚，有些篇幅还呈现出一种老辣之气，达到了个性化的“真淳”境界，这不正是书卷气的具体体现吗？他的学识修养、气质、心态和审美情趣尽在其中了。

启之先生诗句有云：“少壮光阴等闲过，十年难补临池功。”他还说：“倘遇知音，不免感激；知音不赏，归卧故丘亦不改其乐也。”足见先生的谦逊与达观，而其书风人品亦由此可窥一斑。

愿王双启教授的书法艺术之树长青！

（本文刊载于《中国书画报》1998 年 7 月 23 日第 4 版）

# 所贵者胆　所存者魂

## ——陈连羲现代书法艺术浅论

津门有幸，著名学者、书法大师吴玉如先生半个世纪以来言传身教，培育出一批卓有成就的著名书法家，成为当今书坛的中坚力量。陈连羲先生便是其中一位既恪守师承，又勇于创新的开拓者。他的艺术成就引起了广泛关注，并且早已传入京都，飞出国门，两度赴日，饮誉欧洲，甚至在联合国展出，赢得好评如潮，产生了深远影响。

### （一）

十几年来，陈连羲有三项成就引起世人瞩目：一是他对楷、行、草、篆、隶诸体书法兼擅博通，作品显示出深厚的传统功力和文化底蕴；二是他的山水画作品显示出清新的格调，雄伟的气势和诗的意境、字的韵律，使诗、书、画融为一体；三是他对现代书法创作强烈的意识，创新的精神，大胆的探索，严谨的态度和不懈的追求。丰硕的成果饱含着时代的气息。



应该说，这三项成就不是孤立的、割裂的、静止的。它们是互为因果，互为基础，互相促进，互相融和的。它们共同发展，与时俱进。特别是，陈连羲的现代书法作品熔传统精髓、山水意象气度、现代审美视角于一炉，自然不同凡响，令人精神振奋，耳目一新。尽管它还有待深化，有待开拓，有待完善，有待成熟，但它的价值，它的未来，它的生命力是不容置疑的。把传统书法和国画融入现代书法，这毕竟是一种大思路，大眼界，大智慧和大追求。

## （二）

什么是“现代书法”？

首先它应该是“书法”，而且必须是“书法”。如果“现代”得不像书法，甚至不是书法了，那就干脆别叫“现代书法”，因为那是对我们这份珍贵的传统文化瑰宝的背离、否定和玷污，喧宾夺主，舍本逐末了。

那么，从哪里体现“现代”呢？从内容创新到形式创新。无论内容是古典还是当代，无论形式是真草还是篆隶，是立轴还是横幅，是圆、扇还是斗方，是浓墨淡墨还是色彩斑斓，它都应该是对陈旧内容、单一模式的突破和改进，都应该体现出鲜明的时代特征和现代精神。

对此，陈连羲有着非常深刻的思考和论述。他说：“‘现代书法’是相对传统书法而言的。因此，我认为书法的本质属性、特征功能这些都不应该打破或改变，即以汉字为载体，以汉字的书写为表现形式不变。与传统书法所不同的是，‘现代书法’的表现形式应带有浓厚的现代意味、现代情趣、现代气息……融抽象、具象、意象于一炉，较之传统书法内涵更丰富、容量更大、联想引发点更多，因此更能满足当今社会审美多元化的精神需求。它应该是传统书法的进步、充实和提高。”

倘没有丰富的实践、科学的态度和理性的思考，陈连羲是难以有这样的理论升华的。

我们不能把“现代”当个筐，什么都往里装，打着“现代”的旗号，掩盖认知的苍白、技能的匮乏、情感的偏颇、功力的薄弱和思想动机的急功近利。那些糊涂乱抹，以怪为新，以丑为美，以假充真，欺世盗名的“现代书法”作品，我们见得还少吗？尽管有的“理论”调门也很高，但一写字便其实难副了，理论与实践“两张皮”。

陈连羲的现代书法作品之所以能赢得人们的广泛认同和普遍赞美，正是因为他在理论与实践上坚持了真善美的高标准。他认为，“只有既显示传统精华，又体现时代精神；既有丰富的内涵，又不使人困惑不解；既风格独特、个性鲜明，又没有狂怪、荒诞之感；既‘对外开放’‘吸收、引进’，又不背离书法艺术的本质属性；既使人耳目一新，又符合中国人的审美习惯”，这才是真正的现代书法的本质特征。

## （三）

现代书法的创作需要书家具备什么样的素质和条件？陈连羲用他自己的创作实践回答了这个问题。首先要有强烈的创新意识和开拓精神，有创作无愧于时代的、为人民大众喜闻乐见的书法作品的责任感和使命感。

纵观一部中国书法史，就是一部不断创新，与时俱进，新人辈出，新风引路的书法发展史。从古到今，无论是书体的不断演变还是流派的不断涌现，不都体现着“笔墨当随时代”的发展规律吗？谁都知道，创新的道路总是充满阻力，充满风险，充满坎坷，即使小心谨慎，稳扎稳打，取得了一些成果，赢得了人民的欢迎和社会的信誉，也难免蜚短流长，众口难调。倘没有第一个吃螃蟹的勇气，没有“千磨万击还坚劲，任尔东南西北风”的韧劲儿，就难以站在时代的前沿，做“现代书法”的探索者和开路先锋。



现代中国书画大师齐白石五十多岁有题画句云：“余作画数十年，未称己意。从此决心大变，不欲人知；即饿死京华，公等勿怜，乃余或可自问快心时也。”老人家直到古稀之后还敢于变法，敢于否定自我，变法创新。他七十八岁还改进了画虾方法，以求形神兼备，终于达到炉火纯青的境界。如果我们只满足于驾轻就熟，习惯于故步自封，一辈子仿古学古不敢越雷池一步，最终连自我都失去了，还谈什么代表先进文化的前进方向！

其次要有深厚的学识和传统书法的功力。没有学识就没有见识，没有见识就没有能力。现代书法不是与传统书法背道而驰分庭抗礼的另起炉灶，而是对传统书法的继承与发展。

纵观陈连羲的各体书法作品，无不臻于佳境。这缘于他从六十年代便跟随恩师吴玉如先生，既学做人，又学古文，苦练书法，从不懈怠。连羲先生确实有极高的天赋和极强的悟性，但吴玉老的诗句“一日尚余一口气，着鞭前路莫迟疑”始终激励着他淡泊名利，耐住寂寞，以极强的定力，扎实地走向自己的目标：“先师足涉处，我辈必登临。”他博采众长，熔百家于一炉，入唐帖，出魏碑，学迂叟，追二王，写汉隶，习金文，从邓石如到赵之谦，从《天发神谶碑》到《三代吉金文存》，用功至苦，乃有大成。没有厚积就没有薄发，没有量的积累就没有质的飞跃，没有雄厚的基础就没有创新的前提。皮之不存，毛将焉附！

第三要有很高的艺术修养和审美情趣。

现代书法是新生事物，它不可能只是一个模式，一个品种。它方兴未艾，来日方长，必将是千姿百态，万紫千红。它不仅应该是最新的，而且应该是最美的；不仅应该是大众的，而且应该是雅俗共赏的。这就必然对书家的艺术修养和审美情趣提出了更高的要求，绝不仅仅是“有想法”、敢胡抡就行的。它必须是艺术精品。

西汉杨雄说：“书，心画也。”南齐王僧虔说：“书之妙道，神采为上，形质次之。”而书法大师沈尹默则说：“世人公认中国书法是最高艺术，就是因为它能显示出惊人的奇迹。”

要防止现代书法走上哗众取宠、媚俗、浅薄、狂怪、急功近利的歧途，书家必须有淳厚的品德，高雅的格调，必须有高品位的认知美、鉴赏美、评价美、创造美的审美功力。

陈连羲除了深厚的书法造诣，还兼擅丹青。其山水作品恢宏大气，用笔老练，着色清雅，构图灵活，布局严整。他多年师从津门著名画家赵松涛教授，不但得恩师真传，而且以恩师“生命不息，创新不止”的探索精神为自己终生学习的榜样，以画出自己的风格为一生追求的目标。这种绘画艺术的修养迁移到现代书法的创作，就自然形成了书中有画，画中有书，书画和谐，相得益彰的风格。

面对陈连羲创作的屈赋系列，每一幅作品都达到了内容和形式的高度统一，不仅有鲜明的可观赏性，而且有一种扑面而来的巨大的冲击力和震撼力。品味作品，人们可以直观地感受到《天问》的愤懑困惑，苦极呼天，大气磅礴；《九辩》的凤舞龙腾，云烟满纸，浓墨横空；《少司命》《河伯》的书印错落，大小参差，灵动有致；《东君》的巨日出霞，龙车飞奔，气势非凡；《国殇》的战车长戈，血染沙场，惨烈悲壮。这一切，不但准确形象地再现了屈赋的精神实质和深厚内涵，而且使真、草、隶、篆各体书作作为主体，在绘画意境的烘托下显得更加神采奕奕，活泼灵动，被赋予了生命力和感染力，使整幅作品具有了造型之美、气韵之美、意境之美，更加突出了书法艺术的笔墨风神，使中国古老的传统的书法艺术具有了崭新的审美价值。

## （四）

不难想象，陈连羲先生在现代书法艺术上的探索有多么困苦，多么艰辛。唯其难能，方觉可贵。设计和创作一幅富有新意的现代书法作品，比写一张常规的传统的千年未变的立轴和镜心，不知要付出多少倍的心血。这种知难而进，求新求精的进取精神和创作态度，在我们书界不值得鼓励和提倡吗？



陈连羲先生成功的原因是多方面的，因为现代书法本身就是一项系统工程。陈先生的成功，最根本的原因不外两点：所贵者胆，所存者魂。所谓胆，是敢为人先，敢为时先，敢为天下先之胆；所谓魂，是千秋书法瑰宝之魂，是一代宗师教诲之魂，是中华民族传统文化之魂。光有勇敢不行，还得有品格，有学识，有民族精神。

当然，现代书法的内涵究竟有多深，外延究竟有多宽，前程究竟有多远，意义究竟有多大，还有待书坛艺苑广大有志之士、有识之士、有为之士深入研讨，从理论和实践上有所发展。至于目前，还只能说是一种尝试，一个开端，一丛新绿，一缕春风。只要我们坚持先进文化的前进方向，我想，现代书法的姹紫嫣红开遍已经为期不远了。异彩纷呈，这不也是一种祥瑞和谐吗？

“新松恨不高千尺”，愿陈连羲先生的现代书法艺术走向更广阔的领域，更壮丽的未来！

（本文刊载于《企业界》2013 年第 1 期，93 页，刊载时有删节，现就作者手稿整理）

## 笔酣墨畅　刚健雍容

### ——读贺美华书法作品有感

当年市书协副主席王千先生健在时曾组织过几次笔会，我得以结识了贺美华老师，感觉这位女书法家以颜体大楷见长，而且沉默寡言，谦虚低调。其字笔沉墨饱，凝重端庄。

后来王千先生年事渐高，身体欠佳，便多次谈起她作为天津妇女书法研究会会长，颇感工作吃力，该做的事情很多，但真正肯出力帮她的助手首推贺美华。作为王千老师的学生，贺美华更多的不是跟老师学写字，而是出于对老师的敬重和爱戴，出于对妇女书法研究会工作的责任和热心，默默地帮助王千先生做了大量烦琐而细致的工作，尽管那时她还没有退休，还有着很重的工作和负担。

妇女书研会的工作只有苦和累，没有报酬。看着自己的弟子尽心尽力尽义务，王千先生始终心存感激，在几封信札中赞许有加。

从这里，我们看到了贺美华老师的人品。

据了解，贺老师1954年生于上海，天津工艺美院毕业。现为天津市书法家协会会员，天津市青年书法家协会副主席，天津市政协书画艺术研究会理事。她的书法作品曾刊载于《中国书法报》《天津日报》《今晚报》《天津书画艺术名人作品选》等各种报刊，且有多家馆藏。她多次参加全国性展览及中日、中韩等联展；参加过百名书法家共同书写百米长卷；参加过天津电视台文化娱乐频道举办的女书画家风采系列特别节目；她还曾被天津文化艺术网采访报道。

2012年春，在市政协书画艺术研究会举办的大型书画展中，贺美华的一幅“龙”字立轴力拔头筹，荣获金龙奖。

纵观贺美华老师的书法历程和艺术成就，有以下四个特点：

## 一、尊重传统　基础厚实

贺老师学书以颜入门奠基而后追二王，此后兼习篆隶碑帖，重点临习创作行草。其中受到王千先生的指教和熏陶遂有大进。

2001年3月8日，为庆祝“三八”国际妇女节，我市举办了隆重的天津市“迈向新世纪”首届女书画家作品展，贺美华老师以她的一副对联力作赢得了书法家们和广大观众的交口称赞。“品若梅花香在骨；人如秋水玉为神”十四个颜体大字写得端庄凝重，工稳疏朗，静气怡人，厚实而不板滞，朴素而有内涵，十分秀美耐看。其颜字功底，于此可见一斑。

不难想象，把颜楷写到这个程度，没有深入的领悟功夫，没有刻苦的临帖功夫，没有入于帖、出于帖，从而在临帖基础上创新的功夫，是不可能的。张旭先生说，古人临帖时“如对至尊”，这体会是很深的。

## 二、广修诸体　转益多师

2006年12月26日，由市书协主办，荟萃津门二十位女书法家最新精品力作的“天津市妇女书法提名展”隆重开幕，贺美华老师以行书作品参展。开幕后的研讨会上，市书协顾问、文艺理论家王全聚先生在发言中有一段非常中肯的评论。他说：“刚才我与贺美华聊，她过去给我的印象是颜体大字，但这次看小行书也不错。对她来讲，写哪一种字体更好？哪种风格最适合自己？如果她不做新的尝试，就写过去，走颜体豪放雄强这一路，可能一辈子就是这样。

你不知道自己还有这一方面的才能。如果进行新的尝试，写这次王赵风格的可能更适合你，写得更好，是完全可能的。我们不要完全受周围的影响，不要固守以前所学的东西，要不断地进行尝试。”

实践证明，全聚先生这段精彩的点评与指导对美华老师的影响是深远的。

贺美华老师的行草作品，习古而不泥古，看得出有自家的性情，自家的面貌。虽然她也力求把字写洒脱，写灵动，稳中求变，但她依然以严肃的态度把字写得中规中矩，而丝毫没有“粗野狂怪”的所谓“超现代书风”。朱和羹在《临池心解》中说“信笔是作书一病”。贺美华的作品中，没有“信笔”的影子。

细细观赏她的作品，无论是扇面“净缘”两个行楷大字，还是横批“清气如兰”四个行书大字；无论是斗方所录曹禺格言，还是立轴所书“朝华夕秀”，都写得有筋有骨有血有肉，有气势，有韵味，笔酣墨畅，潇洒沉着，没有丝毫脂粉气。她的几幅寿字，古拙厚重，笔力雄强。尤其是今春所书的擘窠行楷“龙”字立轴，更见其气势雄浑，终获“金龙奖”。一字之中写出干湿浓淡，不容易。

难能可贵的是，她还能一反雄强大字的风格，写出工整娟秀的小楷，这就更不容易。她的《金刚经》全文立轴洋洋洒洒数千字一气呵成，无一错漏之处。她的磁青金书扇面《将进酒》，小行草写得婀娜多姿，老练持重，相当好。

苏东坡在《跋秦少游书》中说：“大字难结密，小字常局促。真书患不放，草书苦无法。”真是经验之谈，句句说在了点子上。

## 三、书画兼擅　融会贯通

美华老师毕业于工艺美院，学的并非书法专业。她一生从事的是出口商品包装设计工作，自然以美术为主，写字也是重在各体美术字。显然她对颜体和行草的掌握，完全是自己业余时下的苦功。但是我们从中也看到了美术功底和书法功底不仅是相通的，而且完全可以相辅相成，互相促进，虽然她画的还不是国画。艺术门类都是相通的。书画既是同源，又是同道，就连音乐舞蹈都有益于书法来借鉴，何况美术又是书法的近亲。

书画相通之处究竟有多少？这一切，都可以从临帖和创作过程中所需的观察能力、模仿能力、感悟能力、分析能力、综合能力、审美能力、思辨能力、批判能力和创新能力中看出端倪。倘若一个人书画功夫全都具备，那他的进步与成就是不可限量的。

举一个例子。2007 年 2 月，由市文联、市文史馆主办，市书协承办的“王千师生书法作品展”上，贺美华老师参展的一幅立轴引起了书法家们一致赞誉，这是她临写的赵孟頫的《洛神赋》，其笔墨之精道、准确、传神，令人眼前一亮。王千先生坐在轮椅上面对这幅作品久久注目，然后高兴地笑了。王千先生是轻易不夸奖人的，但对这件作品给予了充分的肯定。

何以一件临帖作品会取得如此上佳的效果？这就是活临与死临的不同，临形与临神的不同。临摹中融进了自己的思想感情。作者的美术功夫、审美功夫与临写功夫有机地融为一体了。这就是原因所在。

梁启超在《饮冰室专集》卷 102 中说：“如果说能够表现个性，就是最高美术，那么各种美术之中，以写字为最高。”这是很有见地的。

## 四、书品人品　相得益彰

人品是根，书品是树；人品是魂，书品是身。书家的人生观、价值观、审美观、艺术观以及他的思想、感情、性格、品德、学识、修养，同他的字是基本一致的。它们互相映照，互相影响，也互相促进。一句话，字如其人。书品是人品的镜子，是书家综合素质的体现。

刘熙载在他的《艺概·书概》中说：“笔性墨情，皆以其人之性情为本。”

我同贺美华老师接触不多，了解不深，但从有限的几次交往中，我明显地感觉到这位女书法家不张扬，不炒作，不多言，不虚伪，不文人相轻，不褒贬他人，是一个厚道谦和的老实人。我想，这同她的书风字品应该是一致的。她的字总体风格是平和安静厚重。值得欣赏，更值得研究。

以上所说，不一定准确、全面，姑妄言之耳。

祝贺美华老师与时俱进，书有大成！

（本文刊载于天津市政协书画艺术研究会主办的《画畫》双月刊2012年第3期17至20页）

# 楹联观智慧　翰墨品精神

## ——张凤民先生楹联集读后

结识凤民先生二十多年了。对他的感觉，与其说他是一位精明仁厚的老领导，倒不如说他是一位温文尔雅的老朋友。我们的共同点是，既有教育心，又有语文癖，更有翰墨缘。

但是对于他的楹联创作天才，我还是首次发现。

虽说这里只选了五十副，但正如佛经所云，一毛孔中有十万朵金莲花。五十个闪晶晶的亮点，足以让人看到一片灿烂的星空。

楹联创作绝对不是简单的对对子。它需要深厚的学识，高度的悟性，敏锐的灵感和驾驭语言文字的强硬的根底，乃至包括对字音、字义、词性、句式、语法、逻辑、修辞、语汇等等的谙熟程度。没有这些，想做出一副无懈可击的佳联巧对来，谈何容易！凤民先生举重若轻，足见其功力之深！

毫不夸张地说，要创作一副立意高、理性强、对仗工、技巧活、音韵美、趣味浓、不沉腐、不平庸、不勉强、有意蕴、有回味、有创新的对联，必须具备极强的思想修养、文学修养、语言文字修养和综合的语文表达能力。观一联而识底蕴，正所谓“一花一世界，一叶一如来”！

不是么？

让人惊喜的是，上述楹联的诸多特征和创作机制，在凤民先生的楹联作品中都体现出来了，而且体现得琳琅满目，令人目不暇接。作为读者，我觉得读得过瘾，读得解渴，读得有趣，读得佩服。凤民先生联作达到这个成就，我想至少有四个原因：一是博观约取，厚积薄发；二是勤奋刻苦，多思多写；三是立意高远，贴近现实；四是继承发展，勇于创新。因此它的作品才有深度，有意蕴，有技巧，有生机。

更为难得的是，凤民先生不仅善于创作对联，而且能够亲自书写，达到联墨双馨，他的字诸体兼擅，有自己的特色和风格。联墨融为一体，相得益彰，相映成趣，这是中国传统文化中的重要组成部分。这里既有大智慧，又有大功力、大精神、大文章。

当前，全国楹联的创作正在提高水平的指导下大普及，在普及的基础上大提高，有些中小学已经抓出特色，形成基地。凤民先生此举，必将在提高楹联创作和书写水平的大潮中，起到积极作用，善莫大焉！

二〇一一年六月

（《联墨留痕——张凤民书自撰联语五十则》，天津古籍出版社2012年1月版，本文是该书的代序）

# 陈连羲先生山水画特色浅议

近年来，全国山水画创作蓬勃兴旺，佳作频出，琳琅满目。在林林总总的山水画家之中，陈连羲先生的艺术成就是世人瞩目的。且不说他的勤奋，他的高产，单就他的山水画特色来说，就给人留下深刻的印象，引发他人深刻思考。

连羲先生越是年近古稀，他的艺术特色就越加鲜明，越加突出，越加丰富多彩，越加引人深思。

纵观先生作品，我以为主要特色有以下几点。

一是重在气韵，重在意境

南齐谢赫在他的《古画品录》中把“气韵生动”列在六法之首，而清代黄钺则在他的《二十画品》中说：“六法之难，气韵为最。”可见，没有高远含蓄的气韵，就难以创造引人入胜的意境。恰是在这“最难”的一点上，连羲先生的作品显示出非凡的功力。

陈先生的山水画品类繁多，神采各异，题材意境全无雷同，绝非千篇一律的“标准件”，确是各有各的神韵。读他的山水，你会从丰富的具象中读出意象，读出思想，读出情感，读出个性，读出神气，读出韵味，使你感觉境意相生，融为一体，从而产生丰富的想象和感悟。

气韵是艺术境界的生命。只有形神兼备，才能炉火纯青。

二是雄深峻雅，壮美有力

连羲先生作品，不论是丈二巨制，还是尺幅小品，透露出的气质，多是雄伟、深邃、峻健、灵秀、高雅、脱俗。

佛教四大名山的庄严凝重，“拒马”“十渡”的壮阔清丽，嵩山雪霁的博大秀美，无不展现出雄浑的气势和高远的境界。共同的特点则是健而不粗，雅而不薄，秀不乏力，美不胜收。正如林风眠大师所云：“艺术的第一利器，是他的美！第二利器，是他的力！”

很高的审美价值和力度，这是大智慧！

三是北宗风骨，南宗韵味

南宗源于王维，重渲染而少勾勒；北宗源于李思训父子，重写实，用重彩。其实传至现代，南北各有借鉴交流，早已进入风格技法多元的时代。

难能可贵的是，作为一位探索型、创新型的画家，连羲先生把南北两家以至各门各派的精华融会贯通，兼收并蓄，将各家风骨韵味熔于一炉，师古而绝不泥古，从而形成了自家的特色与风格。

四是融会多元，自成面目

连羲先生在多种山水品类上几乎无不涉足，而且绝非浅尝辄止，顾此失彼。他的大量佳作精品，从形式看，既有浅绛山水、青绿山水，又有泼墨山水、雪景山水；从技法看，既有深远法、平远法，又有高远法、迷远法。十八般武艺都有成功运用，用得都那么精湛纯熟。

特别是近年来，他创作的多幅金碧山水，大气磅礴，富丽堂皇，读之令人震撼，但觉经典的传统之风扑面而来，随之也带来时代新风。

从他的画作中，我们能品出元四家、明四僧、清四王的影子，也能体会出张大千等近现代山水名家的滋养。先生既能“别裁伪体”，又能“转益多师”，这是一个问题的两个面。无所不师，而无定师；无法而法，乃为至法。非此不能成就自家面目。



五是书画兼工，相生相成

众所周知，作为吴玉如先生的入室弟子，连羲先生笃遵师教，品学兼优。加之勤学苦练，广览多读，连羲先生在书法造诣上已经达到相当的高度。他篆、隶、楷、行、草诸体兼擅，其作品精美厚重，笔力沉雄，屡获大奖。多年来，他把书法与绘画结合起来，开创了崭新的创意书法，书中有画，画中有书，以书领画，以画托书，书画融为有机整体，相得益彰，而且充满浓厚的现代意味，现代情趣，现代气息。这种深厚的书法功力，无疑使他的山水画从用笔、用墨、用色和布局构图、创意出新上自然达到了炉火纯青的境界。书画本同源，共同用来塑造祖国的大好河山，能不精彩！

六是学养丰厚，底蕴扎实

连羲先生的画外功夫不亚于作画功夫。除了他的山水画，专看他的字，他的题画诗，便知他的学问功底、文化功底之深。仅从他的创意书法作品中，我们就不难看出他对《诗经》和《离骚》有多么深刻的理解，否则断然创作不出《诗经》作品和屈赋系列。正因为如此，他的山水画作品才有了浓浓的诗意，才有了高雅的审美情趣，才有了深沉的立意构思和不俗的构图设计。

至于用笔用墨的书法神韵，赋彩设色的清雅大气，干湿浓淡的诗情画意，晦明氤氲的含蓄蕴藉，无不渗透着画家的学问、见识和文化功底。

这正如吴玉如大师的书法古朴内敛，苍润高雅，实源于他的博学高致，学问精深。连羲先生秉承师训，深得老师的人品学风、道德风范、文学艺术修养的熏陶，这才有了今天的艺术成就。可见，没有丰厚的学养，没有扎实的底蕴，就没有书卷气，至多是个画匠，难以成为画家，更难以达到顶峰。

祝陈连羲先生的山水画创作再出新意，再创辉煌！

# 霜叶红于二月花

## ——为王义明先生《苦乐心旅》一书作序

义明先生这辈子编过、出过多少书，写过、印过多少文章，我没数，大概他也没数。光我跟他合作写的、印的东西也记不得有多少了。不过，那都是语文教学、作文教学专业范畴的文章，统统交给事业，交给历史了。记住也好，忘却也罢，无所谓了。

唯独这本集子，价值不同寻常，因为它是作者不肯、不能、也永远不会忘却的心路历程的背诵和默写。它的制版不是普通的激光照排，而是深深刻在心里的，愈久弥深，愈老弥清，因此也就弥足珍贵。就凭这个，它的付梓，可喜可贺！

义明嘱我作序，诚惶诚恐，生怕佛头着秽，有伤大雅。作为老朋友，就说点题外话吧。当与不当，幸垂察焉。

义明兄长我一岁，我们都有幸超过孔夫子的岁数了。可是，我不如他的是，他的模样像四十多的，心态像二十多的。比不了！真比不了！

尤其比不了的，是他的性格、品格、精气神。

义明这辈子不容易。我多次听他以极其轻松、极其平和的语气讲他那些极其惊险的坎坷经历和极其沉重的复杂心情。笑声中透着苦涩，艰难里透着幽默，那么矛盾，可又那么自然，无限苍凉中还有人生感悟的意蕴，羚羊挂角，无迹可求。他的这种乐观与豁达，难得！

义明磕磕绊绊地走到今天，虽非官运亨通，一帆风顺，倒也逢凶化吉，遇难呈祥。凭什么呢？根本原因，除了他的工作能力、实干精神和文采、智慧外。是他的人品，他的人气，他的人缘。

说到人品，我与义明相识相交三十多年，感受最深的，是他待人善良、诚恳、平和、厚道，是他的孝悌忠信。大家都知道，他在教育界、语文界、文化界乃至诸亲贵友之间，结交甚广，他一律以古道热肠相待。爱护他的居多，伤害他的也有，可是，他从不以牙还牙，而是以德报怨——这连孔老夫子也不赞成。孔子强调“以直报怨，以德报德”。义明能宽以待人若此，其恻隐之心、辞让之心难得！

谈到工作，义明至今还在第一线发挥着余热。从教近五十年了，退休也十多年了，仍为教育事业呕心沥血。作为进修学术委员，他以校为家，与时俱进，终日在电脑前耕耘探索，这种敬业奉献精神，更难得！

记得1997年，他同区教研室语文老同行周恩涛先生同度花甲，我曾写过一首《浣溪沙》向两位老友致贺：

乐为他人做嫁裳，栉风沐雨又何妨？夕阳似锦好辉煌。应羡双牛得自在，无边桃李胜琼浆，祝君长寿醉千觞！

弹指一挥间，十年过去了。为义明古稀华诞之庆，我又送了他一首《临江仙》，词曰：

孝悌宽宏心若海，以德报怨风淳。历经磨难苦耕耘，教坛吹鼓手，文苑育花人。与世无争长潇洒，偏偏舞鹤行云。古稀才子正青春。善哉仁者寿，健者乐为魂！

纵观义明这个人，说他是花，他干的大多是叶的奉献；说他是叶，却又常常鲜艳得比花还耀眼。真应了杜牧的“霜叶红于二月花”！

孔子说：“七十而从心所欲，不逾矩。”又要“从心所欲”，又要“不逾矩”，难矣哉！何必如此累心？我看最好的办法就是“心无挂碍”，让心胸比碧海蓝天还开阔，多好，长寿之道啊！

回顾昨天，享受温馨的梦；

过好今天，享受夕阳的美；

迎接明天，享受百岁的福。

祝义明兄，心无挂碍，长乐永康！

2010年冬末

（《苦乐心旅》，王义明著，中国教育出版社2011年3月版。本文是该书的序言）

# 雏凤清于老凤声

## ——为南开中学高一学生吴夏旸散文集《雏凤声清》一书作序

教了五十年作文，读读写写过了古稀，自以为曾经沧海，已经没有什么学生的文章可以让我拍案惊奇了。

不料，吴夏旸的这本《雏凤声清》不但令我称奇，而且让我震撼，让我深思了。

小姑娘十六岁，只是把她从初一到高一的兴之所至的文章汇集成册，竟成为这样一本文采斑斓的精品集。其思想之深刻，个性之鲜明，题材之丰富，文笔之老辣，构思之新颖，气势之恢宏，不能不令人叹为观止。后生可畏呀！

写作能力当然不是从天上掉下来的，然而酷爱文学的兴趣、感悟生活的灵性、善于表达的才华，也不是人人都有的。加之小作者细于观察，深于探索，广于阅读，勤于动笔，博观而约取，厚积而薄发，她的锦其心而绣其口也就是必然的了。好文章是心里流出来的，而不是谁逼出来的。它是心花的绽放，材料的织锦，语言与技巧的结晶。

“要我写”，搜索枯肠，心力交瘁；“我要写”，一吐为快，心旷神怡。这是写作动力机制的差异。

写得差，越差越怕写；写得好，越好越爱写。这是写作兴趣机制的差异。

夏旸成功了。写作成果的正反馈必然使她的写作动机、兴趣、情感、意志，乃至能力、习惯、心理，不断得到强化和优化，她的文章必将越写越好，日臻成熟。随着阅历的增长，学识的增厚，继之《宿莽》《木兰》这两束经冬不枯的香草和《雏凤声清》的付梓，更新更美更成熟的佳作文集，一定会源源不断涌现出来的，我们期待着。

刘禹锡说："芳林新叶催陈叶，流水前波让后波。"

李商隐说："桐花万里丹山路，雏凤清于老凤声。"

魏征说得更贴切："十步之内，必有芳草；四海之中，岂无奇秀！"夏旸就是有力的例证。这是规律。

我相信，有春雨的滋润，有夏旸的朗照，秋收的山野一定会层林尽染，蔚为大观！雏凤必然凌空！一定的！

我们期待着。

这就是我的读后感，兼为序。

（《雏凤声清》，吴夏旸著，中国教育出版社2010年7月版。本文是该书的序言）

# 津南的风，好暖

人们常说，经得多了，见得广了，心气儿凉了，感情淡了，连眼泪儿都少了——都是“曾经沧海难为水”闹的。

其实不然。

这不，五月十五号去了趟咸水沽，我就着实被感动了一回。

说来这事儿跟残疾人有关。

咱们市文史馆和市残联共同组织了一支书画家小分队下乡支农助残，我也忝列其中，其实出发之前对那里的情况是不大了解的。

车到咸水沽，旧时印象已全然不见，除了镇政府的楼是旧的，周围一片新，满目繁荣。没等我们下车，镇领导就把我们的车领进了刚刚建成的残疾人养护院。先参观，后挥毫，这安排自然合情合理合乎逻辑。

置身养护院中，倘无当地领导的介绍，绝不会想到这是为残疾人提供的安身之所，谁都会觉得这是一个精致的旅舍，双人间，漂亮的特制椅子近乎豪华。尽管设施还没有配全——因为离正式启用还有十天，但它的明亮、整洁、高级、舒适已经是看得见，摸得着的了。再看看房间窗外的小花园和走廊大玻璃窗外的养鱼池，好不羡煞人也。

视线越过养鱼池，对岸还有两幢楼，一问才知那是镇里先办起来的养老院和老年公寓，据说连市区都有患病老人来这里住的，连吃带住加特护才不过四五百元，而本镇经济困难的老人和残疾人吃住在这里是免费的。

何止是吃住，简直是休养。健身房里可以锻炼，养鱼池边可以钓鱼！

咸水沽的老人们，咸水沽的残疾人们，你们好福气！

难怪镇里的书记和镇长们一说起他们即将到来的“五·二五”工程（5月25日全镇的助残义举及残疾人养护院开幕），人人满脸的喜气，满脸的幸福和满脸疲惫掩饰不住的自豪。积德行善呵，能不痛快吗？

谁心里装着老百姓，谁惦记着最困难、最贫弱、最善良、最无奈的老百姓的疾苦，谁就是最有良心的父母官。我不知道这个镇究竟有多少家底儿——这并不重要，因为比咸水沽富的地方有的是，比这里的干部阔得多的官员也有的是，把养老助残扶危济困的事干得这么实在的有多少？“得人心者得天下”，这岂是挂在口头上的外包装！

在大家挥笔写字作画的时候，人人精神抖擞，把看家的本领都拿出来了。大家心里明白：为残疾人做点事情，为镇政府的“五·二五”工程添上一砖一瓦，不但应该，而且光荣，值！这就叫感情。

归来后虽然腰有些酸，腿有些直，但心里舒坦，如饮甘露，遂成一绝，聊抒未尽之意耳：

人间情暖看冰融，咸水沽花五月红。
心力自知微薄甚，但将枯笔助熏风。

熏风者，南风也。端午节前，有风自南方来，不亦乐乎？

津南的风呵，好暖。



（本文刊载于2000年5月28日《每日新报》）

# 诗词创作篇

# 老有所学　老有所为

## ——我与天津文史馆



### （一）

倏忽之间，入馆已近十四年了，由花甲初度，竟然到了古稀过半。

1999年，我有幸被文史馆录取。忐忑之余，自愧不够资格。左右一看，满堂银发长辈，都是大贤。自己无非是个教书匠兼写字匠，何德何能忝列翰林院，自觉比那个连升三级的“张好古”强不了多少。

想这些没用，还是横下一条心，夹起尾巴做人，鼓起勇气做事。既已年过花甲，更得努力学习，认真创作，力求与文史馆馆员的称号相称。纵不能为馆争光，也绝不能给馆抹黑。自律的好处，就是可以逼着自己不断充电，不断进步，避免在人生的下坡路上意志衰退，倚老卖老，老没出息。

进入文史馆，除了老有所乐，更重要的，是老有所学，老有所为，朝气焕发，让自己的世界观、人生观、价值观、审美观升华到底。

既有所感，当时就写了几句诗，呈给文史馆，聊表寸心：

瀛洲荟萃仰诸公，健笔挥来世纪风。
愿效群贤同报国，琼林院里夕阳红。

## (二)

刚入馆的时候，我被列入书画组，就是写字的。当时馆员中画家多，书家少，我就感觉压力很大。压力大缘于责任大，更是缘于自知字不如人，水平有限。怎么办？只有一条路：边干边学，苦学苦练，把工作时没来得及学练的知识和技能来一番恶补，所下功夫不亚于青少年学字，就连病中也未曾停笔。

除了用毛笔临帖外，同时用硬笔临写毛笔经典诸帖，感觉收获极大，双管齐下互相促进。

为了出版一本《现代汉语常用字书写范本》，我把国家规定的3500个常用字及次常用字写到了第六遍，每次都要把不够规范的地方做一些修改，以免贻害青少年和社会。待到我与王千先生、乔强先生合作的《范本》由吉林文史出版社出版的时候，才把错误率降到最低程度。

在书法创作这个领域，永远没有老本可吃，永远没有急功近利的捷径，只能进，不能退，非此就不能算个文史馆馆员。倘自己降低了标准，就对不起馆员这个称号了，何况还为大学教材书写了范字。

目前，我已用毛笔临写了一整本《米芾书法大字典》；用硬笔临写了几十种经典名帖。

在这基础上，我才敢用唐人写经体为佛教协会写了《药师经》，为北京写了《孝经》。

在这基础上，在全国首届硬笔书法大赛上，我的两件作品一件入展，一件入选，为津门争了点荣誉。唯一的感想就是，写字，真不容易！

十几年来，我能在写字上有点进步，离不开文史馆的鼓励与鞭策，否则我早就歇着去了。

当然我很清楚，离着孙过庭说的“通会之际，人书俱老”还差着十万八千里。人是老了，书却未老，更谈不上通会。好好学习天天向上吧。

## （三）

除了书法，还得说说诗词联的创作。

刚入馆的时候，馆里只知道我是写字的，并未把我列入诗词组。不知通过什么考试，一来二去的，就给了我一些“命题作文”，把我也拴在诗词上了。

说实在的，我根本不信自己还是个作诗的材料。诗词学会我就不敢入。入馆之前，自己教了一辈子书，偶尔写点歪诗，原因有二：一是既教语文，不能不懂诗词格律，不能不写点“亲自下水”的东西，否则怎么教学生；二是自娱自乐，写点解闷而已。

这一登堂入室，胡说八道就不行了，又得深入学习，认真创作。不能让别人说咱文史馆诗词这块后继无人了，新上来个棒槌拿着荒腔走板不着调的顺口溜冒充律诗绝句。这就不是我个人丢人的事了。

诗词联别说作好了，就是写对了，又谈何容易！一个字违背了格律，就现了大眼。压力太大了。社会上假冒诗词可以，文史馆不可以。

还得感谢文史馆，虽说给我增加了压力，但也给我提供了丰富的创作源泉、创作机会和强大的创作动力。

这主要体现在三个方面：政治活动，馆内活动，采风活动。

文史馆始终坚持正确的政治方向，积极开展政治活动，成为我们天津市弘扬民族文化、传统文化，促进社会主义文化大发展大繁荣的重要阵地。几乎所有的重大政治活动和纪念活动，文史馆都带领馆员积极参加了。

作为馆员之一，手里这支笔就经常能感受到分量不轻的正能量和推动力。有了压力就得正经八百地完成作业。搜索枯肠很苦，但毕竟是逼上梁山了。

姑举一例：

2000 年 3 月，文史馆奉北京之命，要为西部大开发呐喊助威，要参展作品。任务下达了，有我一份。难坏了，只好先学习，后创作。最后写了两首词，交卷了。

第一首·浣溪沙

壮气凌云鼓角频，春风浩荡过三秦，东西携手换乾坤。

莫道长河唯落日，敢教大漠不扬尘，关山绿满九州魂！

第二首·诉衷情

兴邦大略谱新章，西部沐春光。
冰川瀚海重塑，万里筑康庄。

擎美酒，祝千觞，彩云飏。
凯歌声里，虎跃龙腾，鹤舞鹰扬！

再举一例：

2005 年，为纪念抗日战争胜利六十周年，我又奉命作七律二首，刊于《天津文史》。

第一首

敢将侵略改施恩，以耻为荣骗子孙。
篡史藏刀刀带血，参屠拜鬼鬼还魂。
擒狼伏虎神州固，刻骨铭心史册存。
但愿人民常友好，一衣带水共乾坤。

第二首

传宗鬼蜮念弥陀，卷土之心终未磨。
何惧东邻狼子恶，须防中土汉奸多。
改天换地今非昔，富国强兵人胜魔。
举世同声呼正义，和平应是主题歌！

除了政治命题之外，本馆活动丰富多彩，自然也会常常提出创作要求。

例如，2002 年 5 月，文史馆热情洋溢地约作一首诗词，以为端午节及诗人节庆祝活动助兴，我曾奉上虞美人一首，以应雅属。

湘忧楚恨萦端午，岁岁怀忠骨。
但悲无补赴清流，莫道一肩担尽古今愁。

星移斗转江山改，华夏诗如海。
艾香蒲绿醉诗翁，奋笔浩歌千里快哉风！

除了政治活动、本馆活动外，还有第三个创作机会，那就是一年一度的采风活动。

例如，2000 年五、六月间的江南行，是我入馆以来第一次参加采风创作活动，出去一趟，采集素材甚丰，开阔了眼界和心胸，归来后立即创作了绝句二十四首，留下了珍贵的记忆。姑举三首：

### 苏州留园览胜之一・咏冠云峰

涵碧山房看树红，林泉雕月叹玲珑。
鸳鸯厅北峰云冠，无愧名园第一雄。

**由苏赴杭途中遇雨**

吴风越雨绘苏杭，情满车窗画满廊。
一路运河舟似鲫，江南何处不天堂！

**上海外滩小别十年有感作**

心潮似海倚栏杆，刮目十年惊外滩。
大略宏图挥大笔，腾飞翼比大鹏宽！

此外，印象最深的一次是2002年六七月间的四川之行，归来写了组诗十四首。也举三例：

**下峨眉**

冷杉青竹碧生辉，泉水淙淙云雾飞。
山里未逢甘露雨，人人载得净心归。

**走川西**

但凭余勇走川西，越岭穿崖步栈梯。
雪冠黄龙山路远，云凝长海宇天低。
月明羌馆亲歌舞，日黯江涛吊叠溪。
九寨瀑飞惊水碧，蓝湖孔雀展虹霓。

**武侯祠**

沧桑千载敬犹深，亮节高风智慧心。
淳正精忠贤宰相，淡泊宁静大胸襟。
名珠岂奈投昏主，老骥何堪负旧忱。
古柏黄鹂无觅处，芭蕉新绿已成阴。



收获再大的，便是2009年9月的安徽之行了。归来之后，除了西递村、南屏村、关麓村、宏村等黄山黟县古民居四村采风各得一律外，还写了一首《黄山云中咏》的古体长诗。这些，就不在此处赘述了。

蓦然回首，入馆的时候六十一岁，而今竟然过了七十五了。十几年的馆员生涯过得飞快。虽然人生苦短，但退休后能进入这样一所老年大学的“研究生班”从事终身学习，而且不能偷懒，不能懈怠，不能退步，必须活到老，学到老，干到老，这是多大的幸事！

感谢文史馆！

祝文史馆日益壮大，再创辉煌！

为祝贺建馆六十年大庆，献上鹧鸪天一首：

继往开来气若虹，金声玉振仰诸公。
丰碑代代千秋史，健笔篇篇百岁翁。
承伟业，写神龙，繁荣文化建奇功。
春风浩荡津门暖，鼎盛琼林遍劲松！

2013年4月20日

（本文刊于《天津文史》第五十期）

# 《望尘集》诗词

## ——学诗断想（兼自序）

### （一）

什么是诗?

作为文学体裁，反映生活高度集中，感情浓郁，想象丰富，语言凝练，有节奏，有韵律，而非散文、论文、标语、口号分行写者，谓之诗。

我以为，诗是大千世界的形象浓缩，是精神世界的感情极致，是哲理世界的艺术窗口。诗是时代发展的脉搏律动，是社会进步的鼓角足音，是个性特征的交响乐章。

诗是勇者的呐喊，是智者的灵犀，是人生观、世界观、价值观的亮相，是思想感情境界的升华，是无声的天籁，是音乐化的美术，是艺术化的哲思。

诗是青年人的高歌与梦想，是中年人的强音与华彩，是老年人的参悟与沉吟。



因此，这世界不能没有诗，这时代不能没有诗，这人类不能没有诗——不仅是诗人，芸芸众生也不能离开诗。没有诗的世界不如荒山，因为山中尚有撼人心魄的虎啸；没有诗的世界不如沙漠，因为大漠尚有令人遐想的驼铃。

## （二）

这就是我——一个教了四十多年书的老教书匠也不自量力地常常伴着长夜孤灯学写几首歪诗的缘故。经过那么多的风风雨雨，除了忘了、丢了、撕了、淘汰了的以外，捡点起来，稍堪入目的也就只有二三百首，终归是一堆废纸。它们唯一的用途，就是留作暮年的记忆，自娱自慰而已。再说，语文教师总不能“动口不动手”吧？

感谢老友词作家金黎先生，他竟然用自家电脑，亲自把这些作业稿打印成两本书——《望尘室诗词稿》和新诗、歌词汇编的《粉末集》，工程之大，可想而知。感激之深，无以名状。

感谢新友天津文印协会会长杜悦先生，出于对传统文化的热爱，又捐资出力把这两本诗集合二而一印制成册，使这堆废纸得以苟延残喘。义举可感，无以为报，惭愧了。

我常常感到惶恐不安，快七十的人了，干吗要“老夫聊发少年狂”呢？

我知道自己很笨，写的多是平庸之作，不足为外人道的。为什么还欣欣然同意把它印出来呢？难道不知道“露脸就是现眼”吗？——我想，一是可以恭呈专家学者教正；二是可以献给亲朋好友留作异日之念；三是可以激励自己以残年余力继续苦练语文教学基本功。我现在还在教着高中作文，倘不坚持写点“下水”的文字，不但会丧失发言权，恐怕离老年痴呆也就不远了，仅此而已。老来少一点名缰利锁，多一点阿Q精神，这不也是一种快乐吗？

## （三）

诗应该写什么？

我以为所见所闻所思所感无一不可入诗。当今时代正是我们可以广采诗材的大好时机。大到世界风云，小到松针芥子，范围之广阔，写作之自由，同五十、六十、七十年代相比，自是不可同日而语了。

时下有许多时髦的口头禅，什么以人为本啊，人文精神啊，个人价值啊，个性发展啊，个性张扬啊，等等等等，这无疑是社会的进步，诗歌自然就成了表现自我，抒发自家胸臆的重要窗口之一。于是，传统的，新潮的，回归的，前卫的，朦胧的，怪异的，豪放的，婉约的，争奇斗艳，各领风骚。

对此，我尊重各家各门的风格流派和创作权益，绝不敢凭个人好恶和一孔之见妄加评议。百花齐放毕竟难得，值得珍惜。

我只想说，作诗从立意到选材，从内容到形式，总得有个是非优劣的标准，更得有个较高的标准，有个符合广大人民群众价值取向的审美标准。

应该说，诗歌的评价标准，正是诗歌创作的导向和准则。它既不是框子，也不是帽子。一要弘扬时代的主旋律，使诗歌成为进军号，而不是绊马索、迷魂汤，至少不能让人弄不清东南西北，一头雾水。二是把个性表现融于民族大业，融于时代精神，融于社会进步，而不是把它们割裂开来，甚至对立起来。三是要做人民的喉舌，吐人民的心声，让广大读者喜闻乐见，读得懂，听得明白，哪怕是校园学童、市井翁媪也能引起一点共鸣。

当然，这绝不是反对写个人的小天地、小见闻、小感悟、小趣味、小喜怒、小忧伤。一得之功，一管之见，一家之言，一闪之念，往往还能以小见大，用小题材表现大主题，使之既具有独特的个性魅力，又寓有鲜明的共性特征，把主旋律表现得更有新意，这有什么不好？佛经有云：“一花一世界，一叶一如来。”又云：“一毛孔中有十万朵金莲花。”这是何等的气概！袁枚诗云：“但肯寻诗便有诗，灵犀一点是吾师。夕阳芳草寻常物，解用都为绝妙词。”古人的见地不令那些以颓废为诗格、以异类为时尚的消极无聊、故弄玄虚、晦涩狂怪、不知所云的诗风愧煞！

鲜明的个性，独特的创意，高昂的旋律，优美的形式，雄厚精深的传统功力加上大胆奇绝的开拓创新，写什么都是精品，它必然是科学的，民族的，大众的。这总该是我们奋力追求的目标吧？

实实在在讲，我没做到，远远没有做到，也可能永远不会做到，但我愿努力朝这个目标跋涉，哪怕人笑我才疏学浅，哪怕人笑我步履蹒跚！

## （四）

诗应该怎么写？

这个问题大得没边儿。这里只能就自己的写作实践，谈两点突出的感受。

一、一首诗，既需要鲜活的形象，又需要理性的内涵，更需要丰富的情感。难矣哉！

诗作者的生活积累、精神境界、文学修养和文化底蕴如何，尽在此处显现，一览无余。造不了假，也藏不了拙。

诗不能没有形象，否则就是标语口号；诗不能没有理性，否则就是现象堆砌；诗更不能没有情感，否则就是白开水。

没有形象的诗就失去了血肉；没有理性的诗就失去了灵魂；没有情感的诗就失去了生命。

一首诗如果没有鲜活的形象，谁看？如果没有深刻的内涵，谁读？如果没有真实的情感，谁信？

有理无情枯似草，
有情无理浅如池。
理如五岳情如海，
方是惊天动地诗！

二、既然是诗，它的语言必须是艺术精品。我们必须字斟句酌，反复推敲，反复修改，使每一句、每一词、每一字都能闪现出生动、形象、精炼、节奏、韵律的风采。这就更难。

这里仅以涉及格律的近体诗为例。

1987 年 7 月，我到山东长岛开会，有幸途径故乡烟台福山，虽然只是一个坐在汽车上的匆匆过客，但年届五十第一次看到自己的生命之源，那种感情是无法形容的。归来写了六首组诗《故乡行·山东诗草》，这里选录三首为例：

第一首

**七律·烟台行**

归心早已越船舷，只道今生无此缘。
养马岛前云淡淡，烟台山顶意拳拳。
悠悠故里家家富，娓娓乡音句句甜。
五十年来一愿了，海天长阔月长圆。

这首诗写成后发现出了问题：一、二、四、八句句末的四个韵字都隶属于下平声“一先”韵部，唯独第六句末的“甜”字属于“十四盐”，出韵了。改吧，费了大劲儿了。改成“绵”，不行，山东话又硬又快，怎么会“句句绵”呢？说“句句甜”，是为了突出亲切感，改成“绵”，这种感情色彩全没了。把“一先”韵部查个遍，再也找不出可代替的的字来了，无奈，出韵就出韵吧，宁可犯格律错误，也得确保真情实感，不往外拿就是了。

第二首

**七绝·由蓬莱赴烟台，途径福山**

仙境断无人境好，他乡岂有故乡亲。
青山过处频回首，树树情牵落叶心。



这首诗是当时坐在汽车上就从心里流出来的。回来一查《佩文诗韵》，又错了。“心”是下平声“十二侵”里的，“亲”却属于上平声“十一真”。最后挖空心思才把第二句改成了“新根岂有老根深”，这就不是心里流出来的，而是硬憋出来的，怎么想怎么不如原句，以韵害句，格律不饶人，奈何！

第三首

**七绝·赴养马岛途中遇雨**

绿阴十里卖瓜声，山色迷茫柳色青。

谁遣丹青泼水墨，醉风醺雨过牟平。

又错了。这回不是韵字，而是“泼”字不能用。这里必须用平声字，忘了“泼”是入声字了。这里倘用仄声字，“泼水墨”就犯了“三仄脚”的毛病。专家说了，“三仄脚”“三平脚”全不行。改吧，用了三天，才找出一个“酾”字来，专家认可了，我却像吃了虫子。“泼墨山水”多自然，有说“酾墨山水”的吗？

这就是写格律诗的快乐和苦恼。

格律诗的麻烦就在格律，成也格律，败也格律！

显然，写好格律诗词，除了不能没有形象，不能没有理性，不能没有情感以外，还不能没有技巧。语言技巧是重中之重，首要的当然是格律娴熟，必须在诸多限制中能够游刃有余。格律不熟，顾此失彼，捉襟见肘，那就赶紧补练基本功，否则苦死了不说，还要被人讥为假冒伪劣，拿“数来宝”冒充格律诗，何苦来！

格律束缚思想，格律限制感情，格律更压缩了语言的选择天地。能改革吗？能创新吗？能触动一下这老祖宗留下的法度森严的禁区吗？

我的看法是：格律必须要有，音韵应该放宽。改革是迟早的事。

为什么说格律必须要有？

美在格律，格律诗的特点就在于格律。格律中的平仄安排、对仗规则、押韵要求这三大项，至今仍有着强大的生命力。按照这些规则写出的诗，音调优美，节奏鲜明，韵律协调，朗朗上口，具有无与伦比的极高的美学价值。没了它们，格律诗就不复存在了。这是古人天才的创造，智慧的结晶，是我们宝贵的文化遗产，民族瑰宝。用这个独特的艺术形式来表现新时代新生活，依然千姿百态，光彩夺目，韵味十足，我们必须继承它，发展它，充分用好它，唱出古韵新声。

现在有些人完全不知格律为何物，却偏要把自己编的顺口溜冠以五绝七律沁园春西江月，这不是改革而是践踏，不是创新而是亵渎，反取笑焉。倘把“仄仄平平仄，平平仄仄平”随意改为“仄仄仄仄仄，平平平平平”，写出“我去买面酱，谁来追歌星”这样的“五绝”来，只能造成对无知青少年的误导，要负历史责任的。

为什么说音韵应该放宽?

我们今天写格律诗和词，必须得确认自己选用的每个字的平仄和确保自己选用的每个韵字都得在同一个韵部。写诗，手头没有《佩文诗韵》不行；写词，手头没有《词林正韵》不行。随作随查，否则寸步难行——除非把这两本工具书完全背下来。

那么，今天依然奉为法度的平上去入和106个韵部，依据的又是什么呢?——是七百五十多年前1252年南宋江北平水刘渊编制的《壬子新刊礼部韵略》(107韵，后并为106韵)。平水韵历经宋元明清，皆属于“官韵”。奇怪的是，现代汉语普通话比南宋人的语音变了不知有多大，可还得以他们为基准，错一点也不行，天晓得宋朝人说话是什么味儿!

这里至少有三大弊端，或者说“三大不讲理”。

第一，现代汉语同韵的字，七百多年前却分在好几个韵部里，不准在一首诗里混用，否则犯规。刮风的“风”和山峰的“峰”，今天读音完全一样，可前者在“一东”，后者在“二冬”，不准同时使用；青草的“青”和清明的“清”，前者在“九青”，后者在“八庚”，谁知古人是怎么读出区别来的，反正我们不能用在一首诗里。难道我们今天作的诗是写给宋朝人读的吗?明摆着荒唐，要合理就不合法!

第二，现代汉语根本不同韵的字，古人却把它们放在同一韵部里。所以用古韵作出的诗，今天读起来并不合辙押韵。比如“四支”这个韵部里，支、移、儿、词、葵、衰、而、差，今天读起来，这些字怎能押韵呢？要多别扭有多别扭，不合理却合法！

第三，入声字一大堆，占了十七个韵部，全属仄声。时至今日，相当一大批早变了平声，可是不行，必须按入声字读，按仄声字用。就说数目字，现代汉语一、三、七、八、十、千全读平声，可古代读平声的只有三和千，其余全是入声！

具有讽刺意味的是，在平水韵制定出来之后仅仅 72 年，即 1324 年，元朝的周德清编著的《中原音韵》就大造了平水韵的反，他根据当时元大都（今北京）的实际语音系统对平水韵做了重大改革，重新分合后，把它的 106 韵并成了 19 韵，“一东二冬”早合到一块儿去了，“八庚九青”也“合并同类项”了，作起元曲来自然方便多了，它可以完全不受“官韵”的限制。我们连这点胆量都没有，什么原因？百思不得其解！

当然，我并不是说要放弃“平水”而从“中原”，中原音韵把四声通押，也并不适合我们今天应用。要改革，就必须以今天规范的汉语拼音为准，重新编制一套新诗韵，平仄也好，押韵也好，都以当今的语音规范为依据，既利普及，又利提高，有何不可？

王力先生曾有一段精辟的论述，他说：“任何规则都有它的灵活性，诗词的格律也不能是例外。处处拘泥格律，反而损害了诗的意境，同时也降低了艺术。格律是为我们服务的；我们不能反过来成为格律的奴隶，我们不能让思想内容去迁就格律。”（王力：《诗词格律》中华书局 2000 年 4 月新一版，P149）这话说得多么尖锐，又多么透彻啊！

总之，格律诗乃至词和联，不能没有格律；而要运用好格律首先必须学会格律，熟谙格律，精通格律；对于严重脱离时代、脱离人民、脱离语言实际，已经严重障碍格律诗发展甚至危及格律诗生存的那些僵死滞后的音韵部分必须做重大改革，彻底放宽，以使其古为今用，充满活力，恢复生机。这也算人心不古大逆不道吗？

愿我们的格律诗、词、联也能与时俱进，老树繁花！

闻一多先生在他的《诗与批评》中说："诗是社会的产物，若不是于社会有用的工具，社会是不要它的。"

别林斯基在他的《亚历山大·普希金的作品》中说："有哪个诗人只写他自己，或者是蔑视群众，只为自己而写作的话，那恐怕只有诗人自己是他的作品的读者了。"

愿与所有爱诗、读诗、写诗的朋友们共勉！

2003 年初稿

2005 年二稿

# 风清骨峻　意切情深

## ——高祥樟先生《海隅流客诗词集》读后



诗言志，读诗如见其人。读完祥樟先生这一百余首诗词，我完整地看到了一位平凡、高贵、深情、理智而且才华横溢的诗人形象。他有强烈的爱国情怀，丰富的人生感悟，深厚的文史积淀和高度的诗词修养。他是一位默默无闻却才高八斗的学者诗人。

祥樟先生一生坎坷，屡遭磨难。生在那个特殊的历史年代，他怀才不遇，壮志难酬。

也正因为如此，他的不幸才造就了他的好诗。先生的许多诗词包含着悲壮，渗透着苍凉，有着极强的感染力和冲击力，平和淡泊中令人感动，令人回味，令人深思。尽管作者也曾不无幽默地说："五十年间何所得，满头疙瘩一身伤。"但幽默中满含苦涩，自嘲而已。待读到"相看白头俱无言，心中似闻狮子吼"时，便不能不为之震撼了。

可喜的是，先生晚年欣逢盛世，成为天津市社科院的专家，天津市文史馆的馆员。他精神焕发，笔锋更健，诗词中散发出从未有过的蓬勃奋进的磅礴之气。正如他在八十岁所作《南乡子》中所唱的"笔底龙蛇舞正狂"！读来令人心潮澎湃，热血沸腾。十几年来，诸多出版社对他的作品十分关注，十分看中，乃至稿约不断，他的诗词得以陆续出版。对诗人来说，这是值得欣慰的。

同为文史馆馆员，我同先生相见恨晚，只是2000年与老先生同去江南采风，才相处了短短的一段时间。那时我虽过花甲，而先生已年近耄耋，加之行色匆匆，未及深聆教诲，实为一大憾事。

纵观先生诗词，以下几个特点令人印象深刻。

一是强烈的爱国热忱。

他在《寄友人》二首中诚挚敦请老友归国，句子非常感人。如：“满眼河山春似海，归来莫待白发嗔。”“生花有笔归来好，锦绣江山待画师。”他对国家的兴盛充满自豪。

无论是对龙太郎参拜靖国神社的尖锐批判，还是用竹枝词对彭定康进行辛辣的讽刺，他旗帜鲜明地表现出对日本右翼妄图复活军国主义的愤慨，同时对英国殖民主义者进行猛烈抨击，爱国情怀跃然纸上。

诗人的一首《斥自称不是中国人者流》，痛快淋漓地痛斥了台独分子认贼作父弃祖抛宗的罪恶行径，而且预言：“一朝日出冰山倒，贼种无根何处躜。”表现了先生明辨大是大非，热盼祖国统一的政治热情。他坚定地指出，台独必败！

祥樟先生的《长歌哭伟人——深切哀悼邓小平同志》，满怀深情一气呵成写了六十二行诗，感人至深，足见先生对党、对伟人、对改革开放大政方针的衷心拥护，一片赤诚。

爱国主义是先生诗词的主旋律。

二是丰富的人生感悟。

先生在不少作品中都表达了自己的宏伟抱负。例如《孤鹰》：“眼底千山小，风前百鸟轻。羞为凡翼伍，长逝入青冥。”作者以鹰自况，不甘平庸，心胸开阔，不同凡响。

诗人的《出峡行》有句云：“苦乐本在心，外物孰能阻？适意苦还乐，违心乐亦苦。”这是多么豁达的苦乐观！他在这首诗里还说：“大款何足多，人生各自取。碌碌聚金钱，金钱亦网罟。试看大江流，孰为今与古？”先生的人生观、价值观又何其鲜明！这是对弥漫于社会的拜金主义的有力否定。

在饱受折磨，蒙冤十载后仍被压制的环境下，诗人曾经一吐满腔悲愤。在一首《贺新郎》中，先生写道：“雄心磨尽，壮怀销却”。“问天”，“天不语”，只有“风萧索”。令人感慨，更令人深思。

然而，诗人真的“磨尽”、“销却”了吗？没有！请看他在《戏题铁甲松前小照》中的诗句：

“我就是我，从来不受拘管。
叶可以折，枝可以砍，
尖不会变圆，刺不会变软。”

他在结尾时呐喊道：

“铁甲松，生命的力，真理的脸。”

这才是先生一身铁骨，一腔浩气的自我写照，从中我们不难看出诗人耿直的一生。

晚年，先生唱出了他人生感悟的华彩乐段：

“意气当年归海隅，诗歌此日袅云端。”
“夕阳浴火红方艳，细草沐风绿更狷。”
“任彼崦嵫行远近，铜琶铁板唱江山。”

一首《负暄歌》尽抒老骥伏枥之志，奋笔报国之情，令人感佩。再听他在《世纪歌头》中的引吭高歌——

“九州生气动春雷，世纪新风匝地吹。”
“信是成功由庙算，英雄开放纵天飞。”

诗人在改革开放的新时代，抑郁之情一扫而空，耄耋学者唱出了时代最强音!

三是深厚的文史积淀。

祥樟先生不是专业的史学家，而是经济学家，是专工社会科学研究的学者。然而他的文史功底之深厚，却令一般的文史工作者汗颜。它涉及历史经验的诗词不但量多、面广，而且其深度、力度皆不同凡响。他不是就文说文，就史论史，他毕竟写的是诗词。诗词不是说教，既要以史实、史论为基础，又要联系现实，给人以启迪，更要有丰富的形象思维和浓郁的感情色彩。

例如《双石铺怀古》七首，诗人感慨于蜀魏之役，街亭轻失，庸将误军，纸上谈兵误国，今天读来，仍觉教训沉痛。

再如《登兴城鼓楼歌》，诗人就明崇祯帝杀害抗清功臣袁崇焕一事云：“权位迷心是非变，人人指点说封建。封建幽灵消未消？诗人投笔空长叹!”可谓语重心长，振聋发聩。

还如《封建三律》，诗人深刻剖析了中国五千年封建制度的历史和深远影响，尖锐批判了“锱铢敛尽黎民死，万岁呼来黔首愚。”的封建社会的重要特征。与此同时，诗人还讴歌了“销歇霸王民作主，顺热当从宇宙风”的社会进步，表达了“天下为公”的美好愿望。诗人对历史，对现实，对未来充满理性的认知和强烈的责任感。

《新唐书·刘知几传》有句云：“史有三长：才学识。”祥樟先生三长俱备之外，还具备诗人的独特视角和丰富情感。古往今来咏史诗可谓多矣，大多就史论史，寓褒寓贬。祥樟先生能深刻总结历史经验以益后世者，当属精品。司马迁在《报任安书》中说“究天人之际，通古今之变，成一家之言。”这是很有道理的。

四是高度的诗词修养。

祥樟先生的诗词反映出他有深厚的文学修养和扎实的古文功底。先生诗词格律谙熟，文言词汇和句式丰富，所以他的作品不但有韵律，有意蕴，有文采，而且有个性，有新意，有突破。他不为格律所拘，不落前人窠臼，自然洒脱，有鲜明的自家风格，是真正的诗词作品。

就格律而言，除古风外，近体诗的律诗绝句，平仄、对仗都很严谨；就连比较生僻的词牌，也填得中规中矩，避免疏漏，没有一点勉强的痕迹，浑然天成，这是十分难得的。唯音韵不拘于《佩文诗韵》和《词林正韵》，率意为之，但求自然，不以音害意，这正是先生的风格，无可厚非。先生更看重的是心意和情感的表达，不以音韵求之也。有些作品，则无一字出韵！

例如，《江城子·农场遇故人》：

牛衣暮雨一相逢。泥途中。俱匆匆。相对无言，意似暂从容。又畏悠悠飑蜮口，轻颔首，各西东。

当时豪气可干虹。心存公。语如锋。孰料一番，狂雨扫嫣红。此去不知何日见，纵不死，白头翁。

这首词除了情深意切，读来令人凄楚，备觉苍凉，感人至深之外，全词七十字，无一字平仄失律；全词十个韵字，无一字出韵。可见先生填词格律多么严谨，修养多么深厚！

无情不是诗。作为诗人，先生的《悼亡——八七清明》四律，字字血泪，荡气回肠。其感情的真挚、深沉、浓烈绝不亚于唐宋诸家的悼亡名作，盖源于夫妻二人同生死，共患难，廿五年的相濡以沫，相依为命！这种至纯至深的情感，与古人的悼亡作品是不可同日而语的。

与这四首异曲同工的，还有《有忆》二首，诗中的“孤灯常独坐，小照每相亲。玉盏清茶供，馨香可到君？”读之令人泪下。

先生的诗词还体现出丰富奇绝的想象力。

例如《听法双松歌》，就是一首奇诗。

诗人从想象当年听法天花乱坠，到而今双松孑然俯首，“平生但解低头拜，此时低头拜何人？”进而联想到“位卑不失夭矫度”的山下群松，“直干虬枝向青天，时来自是擎天柱”，二者形成对比。结尾再回到现实：“奈何一世总低头，枝敛叶垂类楚囚。时来偶饱残羹饭，时去苍茫何处留？”起伏跌宕，一唱三叹，咏物拟人，表现了诗人深刻的立意构思和想象能力。

先生的诗词，驾驭长短的能力也十分突出。《长江大桥歌》长达五十九句，歌古颂今，大气磅礴，酣畅淋漓。而他的《题承德外八庙》，寥寥八句五十六字，竟然写了秦始皇的自锁，汉武帝的挞伐，唐帝的恢弘，宋、明的卑侣和康乾的蒙藏多族聚一家，纵向比较了历代民族政策的是非优劣，甚至还提出了对未来的期望——“金瓯永铸大中华”。这种高超的历史概括能力和思辨能力以及他的炼字功夫实在令人吃惊！

先生的诗词，形象之丰富、优美，也达到了诗中有画的程度。

请看他的《水调歌头·暮上石头城》：

苍茫登故垒，城上正斜阳。城内市声如水，城外晚烟长。迤逦残砖蔓草，时有吟虫寒蛩，偶语说秋凉。倾圮女墙尽，叶落钟山黄。

一幅城头秋暮图画得苍茫大气，色彩斑斓，从宏观到微观，有声有色有特点，这不是妙笔生花吗？还是袁枚说得对：“夕阳芳草寻常物，解用都为绝妙词。”

综上所述，祥樟先生的大半生是不幸的，但是作为专家、学者兼诗人，他又是幸运的。他留下的丰硕而精美的诗词作品必将在我们民族文化的史册上历久弥新，永远熠熠生辉！

（本文刊载于《天津文史》2009年第二期“海隅流客诗词辑”56—64页）

# 诗词部分

## 1—3　绝句三首

**《望尘集》题记**

二〇〇五年十二月

望尘莫及仰群贤，野调无腔到晚年。
纵使平庸聊自慰，黔驴犹可再加鞭。

凡尘满纸寄清魂，信口云来信手存。
一曲心声低唱罢，随风飞去了无痕。

红尘紫陌动芳华，风雨楼台起乱鸦。
不与人间争寸草，权将老眼望天涯。

## 4　江城子

**三夏赴北郊支农收麦作于田间**

七四年夏

晓风晨露透微凉，
菜畦香，麦波黄，
渠水清清泥润柳堤长。
远树横烟闻布谷：

"忙打麦，快扬场！"

定教颗粒尽归仓，
血一行，汗一行，
苦后方甜得失漫思量。
龙口夺粮酣欲醉，
全不觉，日当央！

**5　七绝**

**疾风骤雨中信笔**

七四年十月十四日晨

秋风秋雨不须愁，败叶残枝一旦收。
不是此番勤打扫，焉能新绿满枝头！

**6　七绝**

**为友人题松鹤图**

八五年九月五日

日日松涛夜夜泉，何须顾影叹流年。
此身不令一尘染，天自清清月自圆。

**7　七律**

**重游独乐寺**

七五年三月作于古渔阳

古柏清风石径幽，早春时节又重游。
千姿罗汉千秋壁，十面观音十丈楼。
四野雄山横北国，五朝烟雨付东流。
当年战场今何在？铁马隆隆换铁牛。

**8　七律**

**忽闻粉碎“四人帮”，人心大快，书以志喜**

七六年十月

秋风卷起两重波，奏罢哀歌奏凯歌。
铁臂锄奸生有望，忠魂把酒泪成河。
殃民十载人心冷，创业千秋鬼蜮多。
举世欢呼除四害，盼将余勇治沉疴。

**9　七律**

**赴沪途中闻广播有感作**

七七年七月廿二日晚津浦线车中

仆仆风尘一扫光，欢声顷刻震车厢。
有灵总理微微笑，无限关山阵阵苍。
万户今宵擎美酒，四奸何处泣黄粱？
淮河两岸旌旗舞，一路熏风过大江。

**10　五绝**

**参加“文化大革命”后首次高考阅卷，读优秀试卷有感作**

七七年冬

案头浑似醉，佳作胜甘醇。
新绿萌荒野，神州尚有春！

**11　五绝**

**粉碎“四人帮”后，电台节目渐有新意，遂有此作**

七八年春

久惯杀声吼，忽闻百鸟鸣。
千家如梦醒，此曲胜湘灵。

**12　七律**

**登盘山怀抗日烈士**

七九年清明节后

依旧清泉映翠微，当年壮士几人归。
千秋浩气凌松吼，满目桃花带血飞。
铁壁苍茫横大野，田园缥缈入新晖。
硝烟尽处雄风在，凛凛群峰万古威。

**13　七律**

**阅一九七九年天津考生高考语文试卷纪实**

七九年七月

桃李稀疏满目凋，长嗟掩卷面发烧。
敢将韩信装邮筒，竟派刘邦打汉高。
四害已除三载尽，群盲更待几时消？
但求春雨滋荒野，润透枯园救晚苗！

**14　七律**

**己未秋末，王双启教授惠赠所治杜甫印谱，清新淳朴，满目琳琅，尤觉黑纸拓朱印者有异趣。读之受益匪浅，赋以为谢。**

夫子神来造化功，频将诗趣入刀中。
清奇不减新松意，朴厚浑如老杜风。
铁笔堪争黄甫秀，丹霞因傍暮江红。
草堂安得邀工部，对印狂歌醉蜀翁。

**15　七律**

**从教二十年有感作**

八〇年夏

粉笔生涯屡倒悬，风雷滚滚费周旋。
神伤喜怒哀愁外，梦断酸甜苦辣边。

放眼明朝须放胆，忧心后代不忧天。
中华自古多桃李，且把余年付少年。

### 16　风筝谣

**自戒耳**

八〇年夏

头儿圆，嘴儿尖，
脚底没根架势宽。
支楞楞一张白纸不禁捅，
轻飘飘几根软骨怎禁掂。
长年价倚着墙儿站，
却偏要摆个"大"字充好汉。
哎哟哟，可卖的什么蒜？

谁怕你鹰鼻鹞眼，
谁惧你熊肝狗胆，
就算有好风送尔上青天，
谁不见背后一根线儿牵，
抖一抖，颤一颤，
放一放，蹿一蹿。
说什么时来运转，
摆什么爆发嘴脸，
咳呀呀，
谁不懂这一套乘除加减！

你看他，
东风强时往西打，
西风硬时向东钻，
只钻得忘了姓名籍贯，

只钻得忘了西北东南。
星星由我敛，
月亮任我搬，
有朝一日踹破天！
噫吁嘻，
真是个迷了心窍，
发了疯癫。

猛然间，
线儿断，透骨寒，
好梦儿只做了一半。
跌筋斗快如飞，
倒栽葱似闪电。
千人指，万人看，
坠入何方看不见，
只激起臭气冲天，
苍蝇一片。

呜呼，君不见，
天有涯，地有限，
古往今来千万载，
有几个风筝不朽不烂不断线，
真个上了天？

**17　七律**

**香山红叶即景**

八〇年十月卅一日
郁郁诗情郁郁风，丹崖极目火熊熊。
春归密雨残花里，秋在千红万紫中。

敢向苍天抒正气，何惜碧血抗西风。
霜林总对愁人黯，却傍残阳竞晚红。

**18－23　绝句六首**

**承德避暑山庄诗草**

八〇年夏

（一）烟雨楼注①

塞北江南共此楼，几朝烟雨送君侯。
楼台不解兴亡事，依旧朱栏映碧流。

（二）锤峰落照注②

万山红紫暮霞中，千古幽思塞外风。
何必锤峰观落照，残阳似血在离宫。

（三）四面云山注③

远峰缥缈入苍穹，四面云山静若空。
恍觉人间皆是海，此身常在浪涛中。

（四）松林峪

龙吟深谷伴幽兰，二百年间傲岁寒。
只为山河添壮气，奈何天子作花看。

（五）热河泉

松屏壑影碧茵茵，湖里云烟送暖春。
莫向源头寻古趣，浪花翻处水长新。

---

① 1780年，乾隆仿浙江嘉兴南湖烟雨楼建此，且未易楼名。

② 锤峰落照系山庄七十二景之一，在离宫北山，亭名。倚亭东望，磬锤峰巍然在目，故名。

③ 从锤峰落照沿山脊北上，至峰顶又有亭，名四面云山，亦七十二景之一。登亭四顾，云雾苍茫，重峦叠嶂，状如潮涌，直没天涯。

（六）七星抱月注[①]

七孔玲珑一扫平，寒星何至惹狰狞。

文津阁外池中月，寂寞残辉抱恨明。

**24—27　绝句四首**

**读诗有感**

（一）

八一年一月廿九日

春燕春风春柳斜，春山春雨复春花。

陈词唱得春无趣，反使人云秋色佳。

（二）

读一年前一月廿九日诗，觉有片面性，聊补四句。

八二年七月十二日

春风春雨本无瑕，败在诗人意境差。

一样瓜蔬千手做，最鲜风味是行家。

（三）

八一年二月五日

只写黄金不写沙，为嫌沙土少光华。

其实世上无凡物，只是先生眼不佳。

（四）

八一年二月十三日

有理无情枯似草，有情无理浅如池。

理如五岳情如海，方是惊天动地诗！

---

① 文津阁建于一七七四年，原藏《四库全书》一部。阁中所贮《古今图书集成》抗战前已被军阀盗窃一空。阁前有一清池，对岸池边有巨型石壁，玲珑剔透，俊俏奇绝。池中水映七星抱月，晶莹明澈，系石壁孔隙所透天光映照而成，蔚为奇观。惜"文革"中造反派已将山石可透七星处全部砸坏；唯一轮明月因未找到射光之孔，无处下手，方幸免于难。土石何罪？星月何辜？悲夫痛哉！

## 28　五律

**偶感**

八一年二月

半世浮沉里，萍踪觅旧痕。
贫时方立志，绝处始成人。
荣辱身边雨，悲欢雨后身。
此生甘俯首，何必叹风尘！

## 29　江城子

**送别八二届高中毕业同学**

八二年新春

离情不诉诉豪情，
送鲲鹏，祝飞腾，
展翅凌云千里壮歌行。
此去高寒多保重，
心要稳，眼须明。

天涯芳草计归程，
且叮咛，盼相迎，
报效中华捷报待群英。
漫道烛残孤焰冷，
长相映，满天星！

## 30　沁园春

**北戴河莲蓬山看日出**

八一年夏

夜上西峰，莲花石畔，山鸟声中。
正松林漾月，月华如水，水天凝碧，碧宇衔红。
紫浪千层，丹霞一抹，惊起群鸥掠彩虹。

朝阳起，信山川不朽，日月无穷。

人生何去何从？
待举步崎岖路几重。
叹如云纨绔，挥金似土，行尸走肉，来去匆匆。
天马沉沙，泥牛入海，依旧神州唱大风。
潮起处，听惊涛万里，暮鼓晨钟！

**31—34　绝句四首**

**北戴河即景**

八一年夏

（一）酒吧

冬烘窥酒吧，酒价令魂飞。
富贵谁家子，千金买笑归。

（二）别墅阳台所见

麻将声声脆，茅台阵阵香。
凡人休驻足，此处是仙乡。

（三）西山俱乐部餐厅

小菜何其小，清汤格外清。
饥肠夜夜响，梦作海潮声。

（四）卖贝壳鸟的初中女学生

拾贝粘为鸟，辍学早赚钱。
询及家长意，双泪落襟前。

**35　七律**

**病中自嘲**

八二年十二月卅日

如此身躯命已长，管它甘草与麻黄。
书前夜嗽能防困，课后时烧却省粮。

自有童心歌快乐，何须泪眼话凄凉。
今生尚有无穷事，无限风光在百忙。

## 36　七律

**中年**

八二年十二月廿五日

人到中年事事牵，何甘勒马尚加鞭。
羞临晚岁空双手，喜遇春风满大千。
国有先驱开伟业，才无后继类狐禅。
谈兵纸上何时了，不务虚名不务钱。

## 37　秋宵吟

**痛悼慈母，时值中秋**

八三年九月廿一日

苦春寒，悲酷暑，谁料断肠白露！
忍回首，叹一世含辛，毕生贫素。
几多愁，几多恨，冷风凄雨无数。
悄然去，留热血慈情，春晖满路。

旧巷空楼，人去也，残阳如故。
今宵难度，不敢凭栏，明月何堪顾！
往事倩谁诉？患难相依，忧朝惧暮。
怎能忘，盼子归时，孤影窗前凝望处。

## 38　五律

**怀慈母**

八五年秋

怕见中秋月，难堪午夜风。
忆长心瑟瑟，梦短语匆匆。

衣暖针针在，灯寒处处空。
叮咛犹在耳，何以慰忧忡？

**39—44　故乡行**

**山东诗草六首**

八七年七月

（一）七律　南长山岛峰巅远眺

蓬莱淡远一痕青，拂面熏风送晚馨。
山鸟归时松影动，暮烟横处海涛宁。
群星尽洒珍珠岛，万户纷开孔雀屏。
人世而今胜海市，何须翘首望空溟。

（二）七律　烟台行

归心早已越船舷，只道今生无此缘。
养马岛前云淡淡，烟台山顶意拳拳。
悠悠故里家家富，娓娓乡音句句甜。
五十年来一愿了，海天长阔月长圆。

（三）七绝　车过福山

由蓬莱赴烟台，途径福山，倏忽而过。天命之年始得睹故乡于一瞬，幸乎怅哉！

仙境断无人境好，新根岂有老根深。
青山过处频回首，树树情牵落叶心。

（四）七绝　登蓬莱阁观海

晨曦照我上丹崖，千里银波炫紫霞。
荡尽胸中多少事，始知井底误年华。

（五）七绝　北长山岛月牙湾球石

清风碧水月牙宽，海底斑斓玉满滩。
道是嫦娥贻项链，渔家从此不饥寒。

（六）七绝　赴养马岛途中遇雨

绿阴十里卖瓜声，山色迷濛柳色清。

谁遣丹青泼水墨，醉风醺雨过牟平。

**45　五律**

**偶感**

市风纷扰，矛盾层出，好自为之，从我做起。

八七年十二月六日晨

苦乐皆由己，一私患百虞。

人生长复短，名利有还无。

冷眼方非我，清心自坦途。

涓滴滋碧草，何苦做财奴。

**46　五律**

**冬临秦皇岛**

长城东入海，豪气北横山。

潮涌秦皇岛，云飞山海关。

无暇登燕塞，有悟对人寰。

渺小如尘粟，何劳营苟间！

**47　临江仙**

**赠老友李宝琛老师**

八八年中秋

几度桃花催鬓雪，依然暮暮朝朝。

长将倦笔付良宵，

做牛当俯首，为米不弯腰。

义骨慈肠青白眼，由它古道新潮。

且凭杯酒对狂涛。

心随鸥鹭远，愁向海天抛！

**48　七绝**

**为何延喆先生所画青山幽居图题联凑得一绝**

八八年十月

远瀑凝烟听罄静，幽居倚翠觉春深。

东篱尚使陶公在，也羡今朝画里吟。

**49　七绝**

**为十四中第二届语文周致贺**

八八年十一月十四日

繁花似锦语文周，又见春风到晚秋。

愿祝清泉流不尽，年年读写两丰收。

**50　七绝**

**张济华老兄为摄照片于北海公园，自题之**

九〇年仲秋

四十年来忆旧游，白云白塔两悠悠。

湖西识得当年柳，曾为顽童遮钓钩。

**51—55　上海杂咏五绝句**

八五年五月

（一）游城隍庙

净土原来遍地银，城隍早已变财神。

茶楼桥下鱼摇尾，不向华人向外宾。

（二）趁黎明赴外滩画速写受阻

连天夜雨起寒波，喜料外滩人未多。

拂晓奔来无立处，沿江尽跳迪斯科。

（三）晨曲

漫道寒潮从北至，依然春水向东流。

迎风喜踏江南雨，一路花开笑点头。

（四）旧巷

横空蔽日晾衣竿，门外炉烟扇正欢。

巷口尤珍方寸地，小笼包子时装摊。

（五）公共汽车所见

车少人多出匠心，增容拆座立如林。

唯留几座优残妇，不幸全归加里森！

## 56　长相思

### 从教三十年有感

九〇年除夕

教一生，学一生，

到老犹伤业不精，无颜对后生。

风一程，雨一程，

不负残年未了情，耕耘趁晚晴。

## 57　仿小令

### 病牙

九〇年五月五日晨七时，病牙一颗忽自脱落，有感作。自嘲耳。

多病多灾，东倒西歪，不能碰来不能挨。

吃不得饭，嚼不得菜，

反为好牙添障碍——没根基高人一块。

充门面徒有其名，

开窗户并无大害，

靠人拔又费安排，

哪如自觉自愿跳出三界外。

善哉，痛快！

**58　五律**

**自戒**

九二年三月

浅滩潮弄响，深海水无声。
积厚言方重，语空身自轻。
不愁真笨拙，唯怕小聪明。
纵有半瓶醋，何如一口羹。

**59—61　渔阳三曲**

**津北蓟县古称渔阳**

九一年夏

（一）

自然保护区山中遇雨

雨泄泉飞石有声，深山无路踏溪行。
古来多少山中水，洗得千岩万壑清。

（二）

登长城黄崖关怀戚继光

曾把黄崖变铁崖，横刀立马望飞霞。
神州千载英雄血，化作长城岭上花。

（三）

翠屏湖边凤凰山上小住，夜游吟此

谁引凤凰依水停，银湖雨霁夜波宁。
渔阳城外松山月，误觅江南到翠屏。

**62—65　西安纪行**

**七律四首**

九二年五月

（一）登骊山

离宫别馆掩花丛，依旧青山簌簌风。

烽火台前遗笑柄，华清池外遁惊鸿。

一山恨史何须墨，万世榴花自管红。

兵谏亭中极目望，残云弹指过临潼。

（二）到新丰鸿门宴遗址有感作

楚帐森森杀气存，惊心动魄入鸿门。

吉凶莫测肴何味？

生死攸关酒几樽？

舞剑空遗千古恨，无谋终丧万夫魂。

今人不患前车鉴，各色筵席俱敢吞。

（三）赴乾陵武则天墓

秦中自古帝王都，十二王朝转瞬无。

断瓦残垣埋旧梦，雄才霸业付穷途。

何期汉苑寻文采，且上唐陵讨恶屠。

遥祭漫川黄土下，千秋白骨尽无辜。

（四）秦兵马俑一号坑抒怀

临潼军马待东征，此地无声胜有声。

三百丈中栖猛虎，[①] 两千年后起雄兵。

秦皇惧死终当死，徒隶残生却永生。

铸得丰碑惊宇宙，苍天难老土难坑！

**66　临江仙**

**敬呈王千教授**

九三年七月

翰逸神飞耕老圃，沧桑不改衷肠。

三千桃李竞芬芳。

① 《旧汉仪》载，秦始皇使丞相李斯主持营造自己的陵墓。一日李斯向秦始皇报：“臣所将徒隶七十二万人，治骊山者，已深已极，凿之不动，烧之不然，叩之空空如下天状。”始皇听后仍下令说：“其穷行三百丈，乃止。”兵马俑被发现后，经丈量，恰在秦陵东三百丈处，谜底才被揭开。

冷樗真范本，师表大文章。
恬淡雍容挥大雅，铮铮筋骨如钢。
人风书品两相当。
蓝天千里阔，白鹤万年康！

## 67—70 七律四首

### 学书有感

九四年春

（一）写字与学字

半世涂鸦兴味痴，老来情返启蒙时。
技穷常悔临习少，字拙当因领悟迟。
帖海碑林皆我友，书坛艺苑尽吾师。
望尘不耻蹒跚步，白发残烛共墨池。

（二）作书与作人

练字何尝不练人，书风字品见精神。
高低雅俗分情趣，美丑谦狂辨伪真。
字若行端遵法度，笔防心误走沉沦。
远离名利安宁甚，玉纸冰心自掸尘。

（三）风格与评论

书坛褒贬出多门，何必百花难共存。
历代源流成浩瀚，千家翰墨聚鹏鲲。
古香新巧宜兼爱，尺短寸长皆可尊。
莫借黄山嘲五岳，万峰同属九州魂。

（四）继承与创新

世代传承古为今，芳林新叶总成阴。
有承无创终停步，重创轻承枉费心。
已见新潮添雅韵，还将旧笔写雄襟。
千秋瑰宝传天下，不信神州万马喑。

## 71—74　绝句四首

### 咏牡丹

九四年四月

（一）

任褒任贬自融融，何必千花一色同。

不向人见夸富贵，但呈奇彩报春风。

（二）

总领群芳千百年，终由权贵捧成仙。

只缘头上强加冕，落得花间不自然。

（三）

姹紫嫣红走一遭，何须隐逸作清高。

且教华夏添春色，不负园丁血汗浇。

（四）

神州无处不瑶台，魏紫姚黄旖旎来。

国色终成天下富，岂甘专为帝王开！

## 75—77　太行诗草（三首）

九四年夏

（一）七绝避雨娲媓宫

九四年七月十五日下午登涉县太行山中之娲媓宫。此庙建于北齐，已历经一千四百余年，由八根铁索曳于背后，悬于绝壁，居势高险，气势恢弘，传为女娲补天处。方入正殿廊下，风雷即至，大雨滂沱，群峰震撼。傍晚忽晴，下山途中吟此以谢女娲。

悬崖避雨仰娲媓，骤雨惊雷卷太行。

幸得女神重补阙，披云踏水下残阳。

（二）七古踏险黑松林

太行山里黑松林，林深山陡路难寻。

盘山路窄方容足，左临峭壁右丛针。

手攀荆棘不觉痛，足防草陷尽凝神。

石虚泥滑踏不得，右手提包防左沉。
入山出山走往复，伤痕累累汗淋淋。
但觉心中多快慰，一足失落坠千寻。
山外看山美觉浅，山内品山美自深。
倘能踏遍荆棘路，便觉登山有信心。
倘能栽遍山中树，更知山中有我魂。
而今我为山中客，浅尝辄止不足论。
年近花甲追年少，惟求到老有精神。
黑松林里留足迹，心中长存不灭痕。

（三）五绝潜溪

深山不见溪，但觉溪流响。
石下隐清泉，只堪松月赏。

**78　五律**

**拜读《微芹》、《白水》二诗集，大喜过望，受益匪浅，感佩良深。诗呈明贤、紫衡二公敬贺耄耋之寿，并颂诗翁珠玑泉涌，松柏常青。**

九四年冬

燕赵悲歌壮，今朝两度闻。
黄钟谐大吕，白水映微芹。
蹴玉鸦欺雪，凌霄鹤伴云。
心香祝二叟：笔健寿无垠！

**79　七绝**

**恭贺《近代河间八家诗选》出版**

九五年春

寂寞文坛大雅回，八家诗唱响春雷。
风光信是河间好，几树青松几树梅！

**80 南歌子**

**为马玉勇先生题渐斋填词图**

九五年孟夏

老马识途久，渐斋舞笔勤。

春风秋雨入诗魂，

雅韵清琴多艺自通神。

苗圃馨香远，华章意味醇。

羡君兰竹已盈门，

更喜窗前桃李又缤纷！

**81 七律**

**叔曾祖王懿荣公殉国九十五周年祭**

九五年七月廿三日

曾研甲古惊华夏，敢掷身家震寇雠。

武略文韬逢乱世，腥风血雨泣神州。

千秋忠烈垂青史，万里狂涛换碧流。

告慰先贤天下事，福山儿女尽争优！

**82 浣溪沙**

**刘长兴先生惠赠《刘维哲书法篆刻集》，盛情可感，词以为谢。**

九六年春

尚使当初有幸逢，

哲翁案畔做书童，

而今何至字如虫。

应谢刘郎贻墨宝，

愧无桃李报春风，

残年犹可再描红。

**83—84　七绝二首**

**九六之春，天津大学王双启教授惠寄绝句二首云：“莫道山林与庙堂，自知天壤有王郎。笑掷缠头一段锦，学得五陵少年狂。”闹市笙歌任喧阗，繁华过眼即云烟。双目微合心自在，消受浮生半日闲”试步原韵奉和打油二首，寄呈双启教授哂正。**

（一）

自愧难登大雅堂，无能应是此王郎。
书生漫道痴呆甚，敢笑人间名利狂。

（二）

蜗角相争闹阗阗，惯将冷眼看烽烟。
斯文最是难堪事，要脸要钱又要闲。

**85　重返自然歌**

**预言之，以防言之不及也九六年六月**

来于自然，返于自然。
来如初醒，返如长眠。
来挑重担，返得休闲。
来何足喜，返何足怜。
来时赤手，返时空拳。
来当奉献，返当清廉。
瞬间往返，弹指百年。
谁能永生？惟有自然。
拜托生者，骨洒深潭。
多谢放我，回归自然。
平平淡淡，简简单单。
干干净净，自自然然。

**86—87　七绝二首**

**丁丑新正为陈邦杰先生题所绘山水中堂二幅**

九七年二月

（一）

山里烟云自在飘，秋风伴我下凌霄。

清泉送客穿幽谷，红叶招人过小桥。

（二）

几处云烟遮远树，一环溪水绕群峰。

山居未觉西风起，梦里忽闻万壑松。

**88—93　七律六首**

**京都忆旧**

九七年一月

予童年、少年时代（三十年代末至五十年代初）居于北京。虽阔别四十余载，然魂牵梦萦，怀旧之情愈老弥深，故有此作。

（一）景山·三眼井旧居

紫禁城北景山东，日日宫墙看血红。①

三眼井中说抗日，万春亭下闹防空。②

冬来已自期新草，国破方知惜故宫。

漫道儿童不解事，常登峰顶望苍穹。

（二）后门·鼓楼·什刹海

地安门外鼓楼前，半世沧桑别梦缠。

① 余童年正值沦陷时期，时居北京景山东街三眼井及其附近之黄化门碾儿胡同。在日寇铁蹄下，当亡国奴，度日如年，无人不谈抗日。

② 当年日军曾在景山东山坡安装了一组面向四方的大喇叭，时常鸣放空袭警报，进行防空演习，三眼井离之最近，终日不堪其扰。我们天天盼望飞机来炸日寇，惜乎直至日军投降，也未见“国军”来空袭过一次。

桥畔葫芦无觅处，[①] 楼弯琴曲已成烟。[②]

清幽小绿晨湖雨，淡远微红暮霭莲。

童趣盎然什刹海，手擎荷叶选毛片。[③]

（三）北海

童年园内遍徜徉，旧梦寻踪鬓已霜。

犹记读书濠濮涧，[④] 也曾食枣漪澜堂。[⑤]

九龙壁后佛门净，[⑥] 五龙亭前画舫忙。[⑦]

最是销魂明月夜，盂兰箫鼓动波光。[⑧]

---

① 地安门俗称后门，与鼓楼之间有小桥桥头西侧有著名炸灌肠店，店门外倚桥立一大红葫芦以为标志，远近驰名。五十年后重游此地，葫芦已无踪迹，怅然若有所失。

② 鼓楼东侧，俗称“楼弯儿”，当年不但有各种风味小吃，且有艺人卖艺演唱，我印象最深的是关学增的琴书和曹宝禄的单弦。

③ 什刹海中盛产荷花，故湖边摊贩云集，多卖荷叶，莲蓬，亦卖儿童玩具，其中以各种“毛片”最为引人。“毛片”即香烟盒中所附之精美画片，有《红楼》《三国》《水浒》人物之类，凑足一套颇不易，所以儿童多以来此选购毛片为极大乐趣。

④ 北海东侧之濠濮涧凉爽清幽，余每逢考前复习功课即来此地，效果极佳。

⑤ 当年漪澜堂长廊中、五龙亭内以及琼岛山中承露盘下皆有茶座，白桌布，藤椅，一壶茶，四小碟：糖蘸花生、瓜子、蜜枣、豌豆黄。湖光山色，品茗观舟，赏月纳凉，别有风味。

⑥ 九龙壁后有古刹大慈真如殿，再后为十佛塔，琉璃阁。

⑦ 太液池中有横穿南北之大渡船，由二船夫在舟两侧持长篙撑行，现已改为游艇。

⑧ 盂兰盆会，为每年农历七月十五举行之佛教仪式。余尝坐于琼岛山中，遥观众僧在湖中举办盂兰盛会，舟灯荡影，月轮如盘，笙管悠扬，鼓乐齐奏，余虽幼，亦觉心静神凝。此情此景，终生难忘。盂兰盆，系梵文意译，意为“救倒悬”也。

（四）东四·十二条旧居

风雨故园十二条，[①] 寒衣叫卖北新桥。[②]
隆福寺里空喧嚣，雍和宫前苦寂寥。
西鹤年堂老主顾，[③] 东安市场小无聊。[④]
学潮波涌心潮起，[⑤] 城外炮声已不遥。

（五）中山公园

“公理战胜”好风光，牌坊反成耻辱桩。[⑥]
忧患苍生五色土，兴衰社稷中山堂。
千秋翠柏红墙老，满目黄花金桂香。
紫禁城边方觅古，唐花坞里又还乡。

（六）颐和园

海军军费掷一湖，[⑦] 腐败如斯天下无。
万寿山风吟旧梦，昆明池水染新图。
每憎石舫宜权贵，常羡铜牛傲鬼狐。
智慧海前观世界，百年风雨灌醍醐。

---

① 抗战胜利后，余曾居东四十二条老君堂九号，就读之十二条小学与吾家仅一壁之隔。1948年复迁回碾儿胡同后，上学则须经地安门东大街铁狮子胡同长途步行矣。

② 1948年冬，民不聊生，诸同学多叫卖街头，或沦为报童。余亦在北新桥北口西侧一宽胡同中摆地摊卖冬衣糊口。因辍学谋生者众，学校不得不常常停课。

③ 著名中药店。祖母卧病，请医抓药时为常事。

④ 父亲失业，余亦辍学，实在无聊，便穷遛东安市场，多次目睹国民党兵痞闹事；更见美军在金鱼胡同大卖军用物资，然后酗酒横行。余虽年少，亦知礼义丧尽，廉耻无存。

⑤ “反饥饿，反内战”，“抗议美军制造沈崇事件兽行”，学生运动席卷京师。小学生们亦常随队奔跑，呐喊助威。

⑥ 中山公园正门内有白色石坊，蓝琉璃瓦顶，非常壮丽。记得上面曾镌有“公理战胜纪念坊”字样，系第一次世界大战后，中国以“战胜国”的身份留下的“光荣纪念”。在半封建半殖民地的旧中国，这牌坊只能让人刺目伤心，童叟皆以为耻。中华人民共和国成立后已改为由郭沫若题书之“保卫和平。”

⑦ 慈禧动用海军军费修颐和园供自己享乐，祸国殃民，登峰造极。

**94—95　七律二首**

**喜迎香港回归**

九七年五月廿日

（一）

为庆团圆花满城，津门万里喜相迎。
香江浩渺通渤海，月季芳菲透紫荆。
国耻自当今日雪，棋局终有此番赢。
统一大业完成日，泪洒天涯唱月明。

（二）

百年世事已全非，历史潮流岂可违。
霸梦空随残梦去，乌云散作彩云飞。
国分两制开新纪，路辟三通待晓晖。
告慰炎黄归一统，神州崛起振华威。

**96　排律**

**六十岁生日口占六十字**

一九九八年一月卅一日戊寅正月初四日

倏尔临花甲，怡然做木鸡。
无偿仍卖力，久病半成医。
翰墨消尘虑，山川入画题。
助人多乐趣，觅句每痴迷。
共济凭亲友，相扶仗老妻。
眼前飞雪雨，心底有虹霓。

**97—100　退休咏怀四绝句**

**一九九八年二月，予退休于教师进修学校，深知学无止境，教无止境，研无止境，安敢言休！**

（一）

进修难止退难休，修到来生无尽头。

但使桃林花似锦，呕心沥血又何求！

（二）

悄然一叶落寒枫，尚有余丹映草丛。

偶借秋风旋起舞，夕阳犹照透心红。

（三）

时日无暇叹几多，岂甘收手让沉疴。

丹青翰墨星星火，谱我余光余热歌。

（四）

名利场中难善终，何如野鹤伴春风。

惟余两翼轻清羽，且趁残阳奋力翀。

## 101—103 诗三首京北三题

### 九七酷暑作于密云、怀柔

（一）黑龙潭

青崖溅雪通天瀑，翠谷穿鱼落雁滩。

八里黑龙驱酷暑，欢歌一路送清寒。

（二）红螺寺

朗朗红螺寺，幽幽绿竹林。

紫藤惊老健，银杏仰萧森。

古刹千秋寂，青山万木深。

慈云当化雨，松海望甘霖。

（三）泛舟青龙峡

横空一壁筑平湖，镜里群峰入画图。

云雾迷濛疑望蜀，烟波浩渺似经吴。

岩悬玉瀑飞明灭，石隐虹鳟戏有无。

但得青龙峡畔住，何须万里羡江舻。

## 104 古体四言诗楹联颂

**九八年七月廿日中国国际民间艺术节及楹联诗词创作经验交流会在津举办，书呈阎复兴会长。**

中华有对，世界无双。
珠联璧合，源远流长。
宏观宇宙，微写毫芒。
阴阳万象，奇偶两行。
陶情砺志，荡气回肠。
宜家宜国，益寿益康。
民族瑰宝，诗赋津梁。
实用面广，观赏性强。
联思奇巧，翰墨琳琅。
文辞精粹，音律铿锵。
可长可短，亦谐亦庄。
雅俗共赏，今古同光。
文风浩荡，联苑辉煌。
百花争艳，万世流芳。

## 105 七绝贺天津市政协书画艺术研究会成立

九八年十二月廿一日

春满政协花满城，书坛画苑汇群英。
民族文化千秋业，世纪宏图万里程。

## 106 七绝喜迎九九重阳，兼应《今晚报》之征作

九九年八月

醉在丹枫夕照时，何须惆怅鬓边丝。
重阳最是今秋好，共写中华崛起诗。

## 107　水调歌头

**庆祝中华人民共和国建国五十周年**

九九年三月卅日

逝水滔天去，慷慨啸罡风。

历史长河澎湃，半世浪涛汹。

几度山重水复，几度雷惊雨怒，一泄过千峰。

回首长征路，潮涌大旗红。

迎新纪，开新宇，建新功。

百年华夏崛起，逐鹿竞群雄。

纵目云蒸霞蔚，弹指鹏程万里，四海瞩腾龙。

更祝无疆寿，春满九州中。

## 108　七绝·喜迎澳门回归

九九年十一月十七日

歌潮花海动春雷，完璧归宗共举杯。

玉镜圆从红日照，白莲香继紫荆回。

## 109　七绝

**九九年十一月八日承蒙市政府聘为天津市文史馆馆员。十二月廿三日盛霖市长亲临颁发证书。幸甚至哉，诗以咏志。**

瀛洲荟萃仰诸公，健笔挥来世纪风。

愿效群贤同报国，琼林苑里夕阳红。

## 110　七律

**一九〇〇年八国联军攻陷京都。先叔曾祖王懿荣公殉国一百周年祭。**

二〇〇〇年七月四日

百年忧患忆神州，庚子狼烟恨未休。

朝有孤忠徒殉节，国无实力屡蒙羞。

振兴华夏雄风起，告慰先贤壮志酬。
敢抗霸权维正义，强邦伟业重千秋。

## 111－134　绝句二十四首

### 江南行

二〇〇〇年五至六月

一、无锡锡惠公园访古

寂寞深幽阿炳墓，斑斓清雅惠山泉。①
青山方诧愚公谷，银杏又惊三百年。

二、太湖三山岛上，处处道家风光

一叶轻舟入太湖，三山岛上步虚无。
归来霞染鼋头渚，疑抹丹砂作画图。

三、姑苏城外寒山寺小记

树影婆娑橹慢摇，小船流水过枫桥。
青藏绿隐寒山寺，不复钟声听寂寥。

四、苏州留园览胜之一

涵碧山房看树红，② 林泉雕月叹玲珑。③
鸳鸯厅北峰云冠，④ 无愧名园第一雄。

五、留园览胜之二

喜雨佳晴快雪风，观花走马路匆匆。⑤

---

① 陆羽品题为天下第二泉。

② “涵碧山房”为中部主厅，取朱熹“一水方涵碧，千林已变红”诗意。

③ “林泉耆硕之馆”中门窗、挂落、挂灯等雕刻精细，玲珑剔透。厅堂中间尤以银杏木精雕之月宫门洞屏风为绝品，它将厅堂隔成南北二室，故又名鸳鸯厅。

④ “鸳鸯厅”北院，矗立著名的留园三峰：冠云峰、瑞云峰、岫云峰。冠云峰居中，高六米五，重五吨，有江南园林峰石之冠之美誉。三峰皆宋代花石纲遗物，采运途中曾落入太湖，捞取后运来园中。

⑤ 冠云峰西，有三面长廊环绕之小院，名曰“佳晴喜雨快雪之亭”，喻四时皆美。

此行最憾无暇顾，三百书碑一望中。[①]

六、西园寺[②]

观音四丈仰香樟，五百金辉罗汉光。

最羡老鼋三百岁，放生池里看沧桑。

七、虎丘即景之一　白莲池

千人石下白莲池，[③] 紫壁青苔拂绿枝。

潭水幽凉清见底，悬空红鲤戏涟漪。

八、虎丘即景之二　剑池[④]

谁从风壑看云泉，池底吴王带恨眠。

金剑不知犹在否，再传豪气两千年。

九、虎丘即景之三　虎丘塔[⑤]

云岩寺塔越千年，五代王侯俱化烟。

巧匠能工留伟绩，塔斜七尺尚巍然。

十、由苏赴杭途中遇雨

吴风越雨绘苏杭，情满车窗画满廊。

一路运河舟似鲫，江南何处不天堂！

---

① 园中四大景区以七百米曲廊为脉络，两面壁上嵌有历代名家书法石刻三百多方，称“留园法帖”，稀世珍宝也。憾未及细观。

② 西园寺为戒幢律寺和西花园放生池之总称。始建于元代，初名归元寺。罗汉堂中央是一根香樟木雕成的千手千眼观音，高达十三米多。

③ 千人石为晋代高僧生公（竺道生）讲经处，池中有“点头石”听经时曾“点头称是”。

④ 剑池为两千年前吴王夫差之父阖闾的坟墓。苏州城即阖闾在公元前五一四年命楚国叛将伍子胥所建。春秋时为吴国都城。剑池广约四十五米，水深六米，终年不干，清澈见底。阖闾生前所爱之扁渚、鱼肠等金剑皆作为殉葬品埋于墓底。石壁所刻“风壑云泉”四字为米芾所书，“虎丘剑池”为颜真卿所书，崖左壁篆文“剑池”二字为晋王羲之所书。虎丘被称为“吴中第一名胜”，名不虚传也。此墓至今未开，遂为千古之谜。

⑤ 虎丘塔称云岩寺塔，世界闻名，建于五代周显德六年（九五九），为古城苏州标志。现塔高四七・五米，塔顶中心点距塔中心垂直线已达二・三四米（七尺），斜度为二・四八度。

十一、车过嘉兴

外公、慈母嘉兴人也，代代思乡苦未得归。余今到此，阖家夙愿得偿矣。

嘉兴过处喜琳琅，三代乡心此刻偿。

细雨柔风醇似酒，陶然一醉到余杭。

十二、适逢端午

造访嘉兴名店五芳斋

嘉兴斧头粽子有百余种，名冠江南，亦吾传家物也，家母每于端午为之。老人辞世后，吾辈不复尝矣。今逢佳节，又值故乡，睹物思亲，感慨万千。

五芳斋里过端阳，尽赞囊中糯米香。

独惧此间观此物，倍思慈母黯神伤。

十三、试饮桐乡特产杭白菊，茶店中即景

桐乡小憩试新茶，夏雨初晴访店家。

干渴如牛充雅士，正襟危坐品菊花。

十四、杭州飞来峰灵隐寺①

冷泉亭里热成灾，始信峰从印度来。

灵隐寺中香火盛，我求好雨你发财。

十五、钱塘江铁桥

六和南眺莽苍苍，渺渺烟波一带长。

历难铁桥钦敬久，神州浩气在钱塘。

十六、苏堤

湖滨远望碧山幽，岸草如茵泊画舟。

怅见雷峰思晚照，小船载我到瀛洲。

十七、小瀛洲

湖中有岛岛中湖，印月三潭白日孤。



① 一千六百多年前，东晋咸和元年（三二六），印度僧人慧理由中原云游来此，见有一峰，叹为“（印度）天竺灵鹫峰—小岭飞来的”，并称这里为“仙灵所隐”之处，遂有“飞来峰”和“灵隐”之称。

开网亭前心最喜，[①]

满池红鲤尽欢呼。

十八、岳飞墓前有感

冷眼坟前看戏嬉，岳王难忍墓中悲。

历来麻木滋奸佞，谁念忠良腹背危！

十九、虎跑泉[②]

青山郁郁草葱葱，虎跑泉来一梦中。

方谒济公归葬处，堂前又拜李叔同。

廿、豫园小记之一

海上名园富八方，子孙三代一挥光。

豪宅竟售粮商用，可笑更名三穗堂。

廿一、豫园小记之二

铜狮遭难掠扶桑，劫后余生返故乡。

从此门边长怒目，此园千载不容狼！

廿二、城隍庙

斗拱飞檐聚凤凰，城隍庙里看辉煌。

湖心楼内清茶美，九曲桥旁酒酿香。

廿三、上海外滩小别十载有感作

心潮似海倚栏杆，刮目十年惊外滩。

大略宏图挥大笔，腾飞翼比大鹏宽！

廿四、钱塘北岸六和塔[③]

童子填江梦已遥，越王修塔镇狂潮。

钱塘依旧滔天浪，忠义千秋数大桥。

---

① 开网亭者，网开一面之亭也，此处禁止捕鱼，五色锦鲤尽得安生。善哉！

② 虎跑泉在大悲山定慧禅寺内。传说唐代性空高僧居此，因水源缺少而欲迁走。一日梦中得神仙指示，南岳衡山有童子泉，当遣二虎移来，果见二虎刨地作穴，涌出泉水，故称虎跑梦泉。

③ 六和塔又称六合塔，传说童子六和之父打鱼时为江潮吞没，六和投石填江，龙王惊服，遂放其父，江潮即平。此塔建于北宋开宝三年（九七〇）。吴越王钱俶修建此塔，借佛之力以镇江潮。又，东西南北天地谓之六合；而佛经六和为：身和同住，口和无争，意和同悦，戒和同修，见和同解，利和同均。

**135—136　诗二首**

**为西部大开发助威**

二〇〇〇年三月为文史馆作

一、浣溪沙

壮气凌云鼓角频，
春风浩荡过三秦，
东西携手换乾坤。

莫道长河唯落日，
敢教大漠不扬尘，
关山绿满九州魂！

二、诉衷情

兴邦大略谱新章，西部沐春光。
冰川翰海重塑，万里筑康庄。

擎美酒，祝千觞，
彩云飏，凯歌声里，
虎跃龙腾，鹤舞鹰扬！

**137　五绝**

**跨世纪时刻口占**

二〇〇〇年十二月卅一日夜十二时，即二〇〇一年一月一日新千年之始。

千年辞旧岁，世纪展新姿。
科教腾飞日，神州崛起时！

**138　满江红**

**贺中国共产党建党八十周年华诞**

二〇〇〇年四月廿八日

砥柱中流，擎天立劈风斩浪。

八十载，大旗独树，浩歌酣畅。
万众一心红日朗，五湖四海春潮涨。
正凌云号角振千军，声声壮！

霸权梦，休狂妄；
分裂曲，洪涛葬。
看神州崛起，醒狮谁抗？
火炬长传征路远，风鹏正举冲霄上。
展宏图大笔绘乾坤，奇花放！

**139　七律**

**壬午春深，天津市硬笔书协成立，喜呈一律，以致贺忱。**

二〇〇二年四月十五日

二十年来苦探求，蔚然霞起上层楼。
凌霄早见先飞鸟，破浪还看竞渡舟。
沃土津门花有信，奇葩艺苑世凝眸。
心田久旱逢春雨，万道清溪汇海流。

**140　虞美人**

**壬午端阳为文史馆作兼贺诗人节**

二〇〇二年六月十一日

湘忧楚恨萦端午，岁岁怀忠骨。
但悲无补赴清流，莫道一肩担尽古今愁。

星移斗转江山改，华夏诗如海。
艾香蒲绿醉诗翁，奋笔浩歌千里快哉风！

**141—154　组诗十四首**

**蜀中吟**

二〇〇二年六月二十二日至七月三日

一、乐山大佛

凌霄寺外仰佛头，千古奇观万古留。
遥望三江交汇口，清浊一线不同流。

二、报国寺长老

古寺山门坐老僧，九三髯叟目如灯。
佛珠千串随缘赠，只换玉壶心若冰。

三、金顶观云海

峨眉烟岫莽苍苍，破雾凌霄入浩茫。
云海碧空心似洗，何须金顶觅佛光。

四、下峨眉

冷杉青竹碧生辉，泉水淙淙云雾飞。
山里未逢甘露雨，人人载得净心归。

五、自峨眉返成都武侯祠

峨眉夜雨晓难晴，一路夹江伴水行，
丞相祠堂观雨霁，果然花重锦官城。

六、武侯祠

沧桑千载敬犹深，亮节高风智慧心。
淳正精忠贤宰相，淡泊宁静大胸襟。
名珠岂奈投昏主，老骥何堪负旧忱。
古柏黄鹂无觅处，芭蕉新绿已成阴。

七、汉昭烈祠、昭烈墓

昭烈祠堂昭烈坟，岂如相殿满人群。
洛阳阿斗不思蜀，可叹忠良枉殉君。



八、杜甫草堂

一千二百年前事，尽现今朝此院中。
独倚柴门寻古道，仰观茅屋忆秋风。

江村未减黎民苦，水槛长怀野客忠。

安得浣花溪畔酒，草堂花径酹诗翁。

九、读草堂联有感作

杜甫草堂见郭沫若一九五三年撰书联曰：“世上疮痍，诗中圣哲；民间疾苦，笔底波澜”，文情俱佳，遂有所感。戏作打油一首。

文革郭老翻新谱，重评李白与杜甫。
缘何一百八十度，诗圣忽然变地主。
老杜有苦说不出，郭老不说也有苦。
言不由衷苦难言，古往今来诗人苦。

十、走川西

但凭余勇走川西，越岭穿崖步栈梯。
雪冠黄龙山路远，云凝长海宇天低。
月明羌馆亲歌舞，日黯江涛吊叠溪。
九寨瀑飞惊水碧，蓝湖孔雀展虹霓。

十一、川西一日行

晨起别锦官，仲夏艳阳天
桥过都江堰，车走邛崃山。
雄山夹大壑，岷水绕其间。
江流疾似箭，白浪卷石翻。
激水平江岸，其势欲吞山。
岷江南下直泻八百里，
溯江北上翻越万重山。
汶水群峰险，长城立山间。
大将姜维筑，汉魏起狼烟。
茂州皆羌寨，无字有语言。
民居砌石堡，征战两千年。
家家供白石，神石保平安。
羌女营酒店，优质甲西川。
民风多淳朴，热情又周全。

归途曾居此，手足情相连。
月下锅庄舞，歌声振九天。
旅客同起舞，青稞共一坛。
九顶山中夜，奇遇不成眠。
车过叠溪海，人人心俱悬。
三三大地震，遗址令胆寒。
山崩地又裂，深谷起狂澜。
村镇皆变海，顷刻无人烟。
巍峨经茂县，雄险在松潘。
当年草地红军过，更在此处爬雪山。
历尽千难与万险，三军过后尽开颜。
红军长征纪念碑，巍然耸立蓝天翠岭白云间。
松州回族聚，铁壁立雄关。
藏区多古寺，遍岭飘经幡。
格萨尔王英雄汉，驻军遗址有营盘。
雨打帐篷湿，风吹弓箭寒。
遥望碧山谷，已是岷江源。
原始森林凌霄立，熊鹰鹿豹自盘桓。
暮色沉沉笼峭壁，山雨阵阵伴云烟。
乱云飞时山隐现，寒风掠处树摇弯。
车绕九道拐，云岫擦身边。
人到九寨沟，恍觉入仙山。
川西一日九百里，不虚此生六十年！

十二、九寨沟

接天长海夏犹寒，翠岭青峦涌巨澜。
映日垂帘诺日朗，飞珠溅玉珍珠滩。
五花海里蓝如梦，九寨沟中草若兰。
料得金秋山似火，流光溢彩醉枫丹。

十三、黄龙

岷山宝鼎雪连天，海拔黄龙越五千。

未上瑶池应怅甚，半登仙境亦欣然。
山亭已觉风林冷，沟壑还疑鸟兽旋。
满目云烟夕照远，山花似锦伴清泉。

十四、青城山

漫山翡翠入清流，不愧青城天下幽。
石路拨开云里树，画船飘过水中鸥。
上清宫内观书法，丈人峰前忘杞忧。
玉笛声声心寂静，无为何必觅封侯！

**155　五律**

**恭贺天津文史馆建馆五十周年**

二〇〇三年二月十二日

盛世兴文史，和风荟百家。
桑榆霞似锦，翰墨锦添花。
后继应无尽，前驱岂有涯。
浩歌新世纪，肝胆照中华。

**156　七绝**

**为天津市“三、五、八、十”成就书画展作**

二〇〇三年二月廿日

津门故里展雄姿，喜绽东风第一枝。
渤海明珠腾起处，满天花雨满城诗。

**157　虞美人**

**颂抗击非典前沿的医护工作者**

二〇〇三年五月廿八日

义无反顾披肝胆，莫道征途险。
拼将热血制凶顽，众志成城通力挽狂澜。

舍生忘死情如海，青史留千载。
白衣天使树丰碑，遥祝大军高唱凯歌归！

**158　行香子**

**赞忠诚卫士威武之师**

二○○三年六月十日

虎跃龙骧，铁壁铜墙。
建奇功，百炼成钢。
护航保驾，除暴安良。
正扫阴霾，忘生死，谱华章。

肃若秋霜，和若春阳。
卫神州，固若金汤。
一腔热血，万里康庄。
更凯歌飞，风鹏举，海天长。

**159　虞美人**

**为张聚贤先生作**

二○○三年六月廿一日

聚贤工程师酷爱文学艺术，继五年前出版《灯火阑珊处》金石书画集后，年届古稀，又汇编《夕阳山外山》一书付梓。词以为贺。

文坛艺苑丹山路，凤觅梧桐树。
当年犹记汇文澜，沉醉春风灯火正阑珊。

诗书画印凝真美，但取一瓢水。
夕阳如锦照清泉，纵仰群贤山外有青山。

## 160　七绝

**世态**

二〇〇三年

夜阑寒雨扰秋池，败叶衰荷惹梦思。

多少爱莲风雅客，却将白眼睨残枝！

## 161　浣溪沙

**赠老友金黎**

二〇〇三年七月二日

心有灵犀笔唱歌，

豪情似火笑声多，

诗泉词海涌新波。

万里云山飞彩梦，

千秋岁月走长河，

人生壮丽喜吟哦。①

## 162　浣溪沙

**金黎为余打印诗词稿，盛情可感，赋以为谢。**

二〇〇三年七月二日

君子之交贵若诗，

无烟无酒更相知，

甘将电脑慰银丝。

何必糟糠披锦绣，

但将俚曲献晨曦，

老鸡犹可唱金黎。

---

① 金黎曾有词集《壮丽人生》问世。

**163 浪淘沙**

**贺天津建卫六百周年**

二〇〇三七月十八日

渤海退狂澜，弹指千年。
贝壳堤上现桑田。
六百春秋风雨过，碧水晴天。

情满海河边，竞渡千帆。
雄图大略谱新篇。
华北明珠腾起处，光照人寰！

**164 鹧鸪天**

**贺《今晚报》创刊二十周年华诞**

二〇〇四年三月卅一日

岁岁新篇岁岁情，夕阳似火送文明。
廿年七千三百日，日日金晖照满城。

赢皓月，胜群星，万家沉醉伴华灯。
晓来犹觉馨香远，多彩神州入画屏。

**165 四言诗**

**题赠文学社高中毕业学生**

二〇〇四年五月八日

孝心奉亲，诚心待人。
公心处世，爱心合群。
热心工作，潜心习文。
细心思考，耐心耕耘。
雄心进取，小心防身。
信心长在，恒心永存。

## 166—167　七律二首

**纪念抗日战争胜利六十周年**

二〇〇五年七月二日

（一）

敢将侵略改施恩，以耻为荣骗子孙。
篡史藏刀刀带血，参屠拜鬼鬼还魂。
擒狼伏虎神州固，刻骨铭心史册存。
但愿人民常友好，一衣带水共乾坤。

（二）

传宗鬼蜮念弥陀，卷土之心终未磨。
何惧东邻狼子恶，须防中土汉奸多。
改天换地今非昔，富国强兵人胜魔。
举世同声呼正义，和平应是主题歌！

## 168　鹧鸪天

**致台湾同胞**

**——应市台办、市文联之嘱作**

二〇〇五年八月

手足年来情益深，常来常往共金樽。
同求福祉神州幸，共护炎黄赤子根。

千秋史，万民心，一轮圆月怎堪分！
心香袅袅遥相祝：两岸家园一片春。

## 169　鹧鸪天

**赞津门老店隆顺榕**

**——应市书协嘱作**

二〇〇五年八月

老树繁花满目新，横空又见紫龙金。

逢春喜遇甘霖雨，奏凯还思总理恩。

弘伟业，创奇勋，振兴中药看津门。
百年最属今朝好，济世功归华夏魂。

**170　七律**

**呈刘尚恒先生**

**尚恒先生赐所著《二馀斋说书》，读之受益匪浅，诗以为谢。**

二〇〇五年十一月十四日

羡君参透五车书，万汇千钧见大儒。[①]
一世艰辛滋百世，双馀高远胜三馀。[②]
安徽才子津门幸，前度刘郎晚岁舒。
骋骛书林天下小，[③] 夕阳似锦意何如？

**171　七律**

**贺及树楠学长语文教学思想研讨会召开**

二〇〇五年十二月廿三日

五十年来种太阳，呕心沥血创辉煌。
德高望重尊风范，学厚研深仰栋梁。
桃李三千承伟业，雄文五百谱华章。
教坛文苑馨香远，海岳天松共寿长！

---

① 郭沫若有句云“胸藏万汇凭吞吐，笔有千钧任歙张”，先生当之无愧。“儒”字非用不可，借韵“七虞”。

② 《三国志》裴松之注云，董遇读书，以“冬者，岁之馀；夜者，日之馀；阴雨者，时之馀”名于世，而尚恒先生读书治学写作则皆在“公务之馀、家务之馀”，较之董遇，清苦奋勉多多矣。

③ 韩昌黎有句云“朝骋骛乎书林兮，夕翱翔乎艺苑”，尚恒先生则在《书林清话》中云“独坐书房小天下”，堪与古人神会焉。

**172　七律**

**敬呈母校天津一中**

**一九五六届高中毕业学子离校五十载后返校欢聚。百余同窗年近古稀，壮心不已，诗以志盛，并书呈母校留念。**

二〇〇六年三月十六日

当年豪气铸一中，誉满津门唱大风。
代代名师惊荟萃，年年彩凤竞凌空。
魂牵母校千秋业，情系尧天万里虹。
举座鬓霜欣聚首，共期青史贺新功。

**173　临江仙**

**王义明先生古稀华诞之贺**

二〇〇六年三月三十日

孝悌宽宏心若海，以德报怨风淳。
历经磨难苦耕耘。
教坛吹鼓手，文苑育花人。

与世无争长潇洒，翩翩舞鹤行云。
古稀才子正青春。
善哉仁者寿，健者乐为魂！

**174　临江仙·恭贺母校天津一中六十周年华诞**

二〇〇七年九月为历届毕业生敬献母校作

十万新松怀老圃，难忘甘露春风。
教坛花雨满天红。
金声传四海，钢铁铸一中。

半世沧桑薪火继，千秋伟业丰功。
神州崛起喜腾龙。
光辉同日月，师表亦英雄！

**175　七绝·阎复兴先生八秩寿诞之庆**

二〇〇七年六月十七日

书画诗联仰寿翁，德高望重泰山松。

丰功不减浩然气，百岁依然唱大风。

**176　江城子·赞天津滨海新区**

二〇〇七年五月二十日

宏图一展举朝阳，引康庄，亮东疆。

滨海明珠寰宇瞩辉煌。

喜看津门崛起处，高手笔，大文章。

群英荟萃共兴邦。

起龙骧，庆沧桑。

凤落梧桐良港聚千商。

国富民殷歌盛世，青史重，彩旗扬！

**177　七绝·为津门书法状元校红星路小学题赠**

二〇〇七年七月十日

二十年来翰墨情，飘香书法育群英。

中华经典弘扬处，雏凤清于老凤声。

**178　七律·七十抒怀**

二〇〇八年一月四日

弹指遑遑梦一场，古稀犹唱满庭芳。

无名无利无烦恼，寻美寻真寻善良。

望断残阳余热血，迎来新月照衷肠。

明朝纵使风吹去，不做重生假凤凰！

**179　七律·韩嘉祥先生赠所书长卷《范滂传》，盛情可感，献芹为谢。**

二〇〇七年十二月二十六日

好书贻我助残年，铁骨冰魂见浩然。
笔仰嘉羊惊大雅，神伤孟博谏先贤。
丹心碧血风云路，黄卷青灯肝胆篇。
料得迂公应笑慰，吴门学养汇长泉。

**180　满庭芳·古稀呓语**

二〇〇八年一月四日

心寄莲花，血凝枫叶，岁寒何避风霜。
败枝残树，无悔立斜阳。
纵使心如止水，为孺子，犹自神伤。
吾衰矣，何堪远虑，俯首趁余光。

茫茫，人间路，几番曲折，几度沧桑。
漫道钱和势，过眼黄粱。
常梦乾坤朗照，均贫富，和睦安康。
泉台下，蒙传喜讯，一笑泪千行！

**181　七绝·为河北区政协津沽书画会第十届聚会作**

二〇〇八年二月十五日

十载政协飞彩虹，画坛书苑舞东风。
无边春色观河北，尽在丹青翰墨中。

**182　七绝·为王震老友作**

二〇〇八年二月十八日

二十年来笔一枝，新朋旧雨乐于斯。
人生何异爬格子，步步艰辛字字诗。

## 183　五绝·为陈毅谦作东坡佛印论禅玉雕作品题

二〇〇八年七月一日

豁达方为道，和谐便是禅。

先贤谈笑处，无语不超然。

## 184　五绝1应邀为天津电台“新闻九〇九”开播四周年庆典题

二〇〇七年十二月二十日

时代主旋律，社会最强音。

功在千秋业，情怀百姓心。

## 185　鹧鸪天·赞国家金奖药品京万红

二〇〇八年三月十三日

水火无情为害凶，津门圣剂显奇功。

生肌去腐消灾宝，救死扶伤济世雄。

驰欧美，冠寰中，健春神品送春风。

千家藏药难全备，儿户不存京万红！

## 186　减字木兰花·为天津市文史馆五十五周年馆庆作

二〇〇八年三月十四日

春风送暖，荟萃琼林文史馆。

众志成城，健笔夕阳报国情。

丹心似火，五十五年呈硕果。

盛世津门，翰墨文章华夏魂。

## 187　临江仙·赞津门优秀出租车女司机康春玲

二〇〇八年四月四日

义骨慈肠心似火，文明使者春玲。

行车八载见精诚。

拾金追远客，济困有深情。

誉满津门春满路，群英榜上标兵。

长征万里写人生。

和谐呈社会，华彩谱前程。

**188　五律·“中华文字美”奉霍然方家之属作**

二〇〇八年九月

中华文字美，源远脉相传。

多彩书如锦，豪情华似椽。

群龙飞凤阙，众鹤戏云天。

一部文明史，千秋翰墨缘。

**189　古体·十听谣**

二〇〇八年十月二十九日

涧边听飞瀑，松外听惊涛。

山间听幽鸟，月下听清箫。

窗前听夜雨，舟内听秋潮。

座右听良训，世上听喧嚣。

心中听自警，身后听哓哓。

一聋失万籁，一返耳逍遥。

**190　七绝·纪念改革开放三十周年为天津市文史馆作**

二〇〇八年十一月一日

津门故里展雄姿，三十年来花满枝。

滨海明珠腾起处，凌云浩气谱新诗。

**191　五律·乐山翁慷慨赠精美扇面及长卷，盛情可感，无以为报，赧呈俚句，并贺乔迁之喜。**

无缘寻大隐，有幸遇先生。

仁义风淳厚，丹青艺湛精，

乐山千载寿，挥翰一心清。
焕彩渔阳久，京津誉满城。

**192　七律·恭贺建国六十周年华诞**

二〇〇九年二月十九日

以人为本九州雄，本固邦宁唱大风。
六十春秋惊浩宇，十三亿众建丰功。
百年期盼原非梦，万里长征未有终。
和谐发展乾坤阔，一统江山指顾中。

**193　七律二首·贺河北区教师进修学校建校五十周年**

二〇〇九年五月二十六日

（一）

科教兴邦举世功，强师强校振雄风。
寰球网络通天下，历届精英遍域中。
人才竞争花似锦，科学发展势如虹。
杏坛千载尊师表，万里神州看大同。

（二）

满园桃李竞芬芳，五十年来一脉香。
代代名师惊荟萃，年年硕果喜琳琅。
乔松劲健增光彩，新竹清嘉起凤凰。
功在千秋征路远，再将心血铸辉煌！

**195－198　七律四首·黄山黟县古民居**

二〇〇九年九月

（一）西递村

环山越岭入葱茏，西递村中古韵浓。
仰望绣楼思往趣，经商巷陌展新容。

家家书画陈珍宝，处处遗存感列宗。
犹记西园瓜架下，桃花源里享轻松。

（二）南屏村

南屏村里数祠堂，古木斑斑尽栋梁。
方谒当年知县府，又惊僻壤翰林乡。
茫茫百代留青史，缈缈群峰映紫阳。
堂内居然菊豆住，染坊依旧彩条长。

（三）关麓村

马头墙下家家院，关麓村中户户通。
六宅连房凭暗道，一婆拒寇戏顽童。
美轮美奂观徽建，多彩多姿羡古风。
小小村庄凝大智，青山满目夕阳红。

（四）宏村

户户山泉过院门，小桥流水遍宏村。
山庄墙外林花影，石径湖边柳叶痕，
四野青山盈画卷，千秋碧水照乾坤。
黄山此去无多路，留下八方游子魂。

**199　古体·观变——黄山云中咏**

二〇〇九年九月

忽然臻老境，膝腿痛连连。
为酬平生愿，策杖上黄山。
风自身边过，云从脚底翻。
方在云中隐，又往雾上攀。
送客松已逝，望客松接班。
迎客松尚健，游人心始安。
青狮白象石相立，摩崖石刻壮观瞻。
迎客松前东南望，天都峰顶现云端。

松鼠跳天都，云飞似箭穿。
举机方欲照，云雾遮满山。
迎客松后西北望，莲花峭壁走云烟。
刀劈斧剁悬崖险，石纹直贯地和天。
瞬间一片白云过，空濛万里宇宙宽。
始觉变幻无穷际，乾坤变在指顾间。
自身也在云雾里，融入苍茫大自然。
他人看我有还无，是耶非耶辨不全。
人生皆如此，万变在身边。
僵化不顺变，分裂主客观。
顺变无准则，变中进退难。
气定神闲应万变，风起云涌安如山。
波谲云诡由它变，冷眼观变立大千！

## 200 七律·赠李泽艺小朋友

二〇一〇年四月四日

泽艺九岁，聪明多艺，习书作画，起舞抚筝，天道酬勤，前途无量。诗以为赞，兼勖勉之。

春雨无声泽九州，艺林新绿喜清幽。
毫间雅趣书堪赏，笔底童心画亦优。
舞榭拉丁观节奏，银筝唱晚醉渔舟。
前程万里凌云起，碧浪蓝天一海鸥。

## 201 虞美人·赠师大同窗老友

二〇一〇年八月十一日

如烟往事挥难走，旧梦浓于酒。
故人生死两茫茫，纵有千言无语对斜阳。
青丝已变眉边雪，漫道心如铁。
唯期老友寿而康，百岁重逢再话好时光。

**202　古体·财非财——仿白居易《花非花》**

财非财，物非物。

不义来，无情去。

来如闪电几多时，去似飞灰无觅处。

**【附】**

**白诗《花非花》**

花非花，雾非雾。

夜半来，天明去。

来如春梦几多时，去似朝云无觅处。

**203　七绝·应书协之邀再为周邓纪念馆作**

二〇一〇年十一月二十六日

周恩来颂

周身是胆对刀丛，恩荫苍生两袖风。

来自津门归大海，颂传千载永怀公。

**204　七绝·庆祝中国共产党建党九十周年**

二〇一一年七月一日

乾坤朗照大旗红，石破天惊见彩虹。

华夏复兴征路远，千秋史册铸丰功。

**205　七绝·辛亥革命百年纪念**

二〇一一年十月十日

喋血神州盼大同，当年胜利半成功。

而今鼎盛金瓯固，告慰先驱国力雄。

## 206—217 五律十二首·生肖题咏

二〇一一年一月一日

（一）鼠

莫道身躯小，居然老大哥。
笨猫何足惧，本领不嫌多。
动漫夸灵鼠，米奇飞凯歌。
迪士尼最乐，美鼠舞婆娑。

（二）牛

劳苦不怀忧，功高不虑酬。
风雷不止步，刀剑不低头。
孺子身边友，豺狼角下仇。
所需唯碧草，奉献誉全球。

（三）虎

龙腾千丈水，虎啸一山风。
远瞩群峰小，低吟众兽空。
扬威非霸道，亲子亦英雄。
脉脉回眸处，柔情冰雪融。

（四）兔

玉洁复冰清，双睛红玛瑙。
能胜高处寒，未觉千年老。
百顺似羊柔，三窟如鼠狡。
仙宫捣药勤，下界捎多少？

（五）龙

天旱多行雨，国威思卧龙。
苍穹云漫漫，华夏日彤彤。
皇帝名声伪，人民力量丰。
东方腾起处，谁敢再争锋！

（六）蛇

漫道人皆畏，灵蛇号小龙。
沉冤憎法海，祭塔悯雷峰。
画足嘲愚者，杯弓惧影踪。
毒汁堪大任，良药克顽凶。

（七）马

龙骧万里风，天马自行空。
战场托生死，征程有始终。
歧途凭老骥，浩气贯长虹。
君子平生信，英雄盖世忠。

（八）羊

黄沙涌白云，碧草遍羊群。
温顺千秋友，贤良一世勋。
孝亲知跪乳，伴使效忠君。
开泰三阳喜，吉祥美意殷。

（九）猴

观猴思远祖，跨马喜封侯。
乐在枝头舞，何堪酒店囚。
穿峡吟李白，闻曲忆轻舟。
杂技无伦比，人缘第一流。

（十）鸡

晨来千户曲，啼碎满天星。
天子闻声起，将军勒马听。
昂扬观宇宙，潇洒步闲庭。
五德传天下，堪为座右铭。

（十一）狗

人类忠诚友，首推仁义狗。
终生共主贫，生死随君走。

今古恨多奸，心肝难比狗。
盼兴仁义风，不论童和叟。

（十二）猪

无豕不成家，豕多最可嘉。
羊如千里雪，猪是一枝花。
聪慧非刁棍，温良岂傻瓜。
天蓬虽下岗，四海尽争夸。

**218　七律·七五抒怀（一）**

二〇一二年四月

来日不多风雨多，青灯黄卷夜如何。
老妻羸病须扶侍，兄弟艰难待护呵。
社会有需无反顾，身心乏力漫蹉跎。
他年喜奏回归乐，勿唱哀歌唱凯歌。

**219　七律·七五抒怀（二）赠老妻**

二〇一二年

七十年来喜复忧，同甘共苦度春秋。
平生灯下双书蠹，久病床前一老头。
往事如歌遥作梦，残阳似血且充牛。
惟期耄耋堪携手，风雨由它过小楼。

**220　七律·七五抒怀（三）**

二〇一二年

半世从教志未磨，乱风斜雨逐漩涡。
休嗟大漠无骐骥，尚有荒原走骆驼。
暮色苍凉怀旧梦，秋声萧瑟入沉疴。
一生艰险如烟过，衰马临渊奈若何！

**221　七律·七五抒怀（四）**

二〇一二年

风中芥子任沉浮，默对长天月似钩。

刻骨童年亡国恨，伤心文革举家愁。

峰回路转匆匆老，日暮途穷隐隐忧。

心如止水霞如锦，民富邦宁祝九州。

**222　虞美人·贺天津一中建校六十五周年华诞为一九五六届全体高中毕业生献礼作**

二〇一二年六月

古稀学子情难了，母校心中宝。

当年钢铁铸一中，虎跃龙腾半世有雄风。

教坛永葆常青树，时代先锋路。

年年桃李竞缤纷，功在千秋豪气满乾坤。

**223　七律·无题（一）**

二〇一三年四月八日

滚滚红尘掩舜尧，天风海雨任喧嚣。

邪财亿万招群鬼，弱水三千饮一瓢。

却是寒门尊道义，惟将冷眼睨狼潮。

人间自有清平日，洗净乾坤路尚遥。

**224　七律·无题（二）**

二〇一三年四月十日

浅尝辄止掠毛皮，国学何堪热一时。

历代尊儒凭入世，老庄传道劝无为。

禅经参透心空净，文史研深腹有诗。
待到死书读活日，千秋万里尽良师。

## 225　七律·无题（三）

二〇一三年四月十五日

地球依旧动刀兵，百姓无辜血泪横。
弱肉强吞屠正义，穷兵黩武踏民生。
睦邻当可谋安定，强国方能保太平。
警惕豺狼重卷土，金瓯永固备长征。

## 226　七律·无题（四）

二〇一三年五月二日

冰心鄙弃索金壶，国计民生不在乎。
十万豪餐公款宴，三千沃土地王图。
肥官富贾迷香浴，黑血脏肝洗净无？
乐极生悲观报应，群情国法共当诛！

## 227　恭贺天津市文史馆建馆六十周年

二〇一三年四月二十日

**调寄鹧鸪天**

继往开来气若虹，金声玉振仰诸公。
丰碑代代千秋史，健笔篇篇百岁翁。
承伟业，写神龙，繁荣文化建奇功。
春风浩荡津门暖，鼎盛琼林遍劲松。

## 228　诉衷情·热烈庆祝《天津文史》创办五十期



二〇一三年七月十八日

天津文史铸丰功，卷卷漾春风。
百家心血凝就，学术价无穷。

谋发展，创恢宏。祝繁荣。
高端文化，繁若群星，荣若群峰。

**229　七绝·为尹枫先生题水墨石榴**

二〇一三年五月十五日

铁干琼枝雨润成，榴花绽树引群莺。
年来淡洒砚池水，收得千颗墨水晶。

**230　七绝·为尹枫先生题水墨芭蕉**

二〇一三年五月十五日

喜有良禽感厚恩，遮风蔽日仰萧森。
千番夜雨千番梦，一寸芭蕉一寸心。

**231　鹧鸪天·纪念引滦入津三十年**

二〇一三年七月二十二日

饮水思源感厚恩，谁将甘露送津门。
群山勇辟英雄路，青史长怀烈士魂。
传大爱，护乾坤，不教滴水染污痕。
节能环保千秋业，赢得神州万里春。

**232—235　读魏暑临《知夏吟稿》有感作，代序**

丙申春深

其一

好词贻我赏瑰奇，醉雨醺风酒一卮。
何必天涯芳草碧，堪将老朽傍新枝。

其二

好词贻我胜甘霖，久旱心田见绿阴。
花雨满城飞妙句，但期词友会高吟。

其三

好词贻我暑生凉，始见冰心映玉光。
彩笔有知知夏锦，花坛不赋赋华章。

其四

好词贻我古风存，俊逸清新大匠门。
尚使梦窗邦彦在，也惊才子丽乾坤。

# 新诗部分



**01　种稻组曲（三章）**

一九七六年七月

**起秧**

芽子起得快，

根子涮得白。

猛回头：

绿地毯卷到了云天外。

运秧担儿一排排，

春风展翅雁飞来。

水影里：

绿翅膀正与那落霞赛。

挑一担丰收的希望，

载一车劳动的欢快。

从此盼：

稻花儿迎着那彩云开！

**插秧**

手里千株嫩秧苗，

心中万顷丰收稻，
眼前一片绿波涛。

一撮七棵，越插越有准，
横平竖直，越插越爱瞧，
你追我赶。夏日起春潮。

腿疼了，抗过去！
腰疼了，不直腰！
流汗了，洒青苗！

顾不得放出声儿唱，
顾不得放出声儿笑，
水波里荡漾着笑脸儿摇。

画一幅新图，
插一片新绿，
育一代新苗！

**挠秧**

挠秧，挠秧，勤翻土，细梳妆。
让稻秧窜得更猛，
让稻秧长得更壮。

三棱草，连根拔掉！
稗子草，一棵不放！
不管你藏得多深，装得多像，也躲不过我们的眼睛雪亮！



我们热爱每一棵新苗，
汗水浇灌，精心培养；

我们憎恨每一棵杂草，
除恶务尽，灭害保秧！

### 02　粉笔吟

一九八〇年十一月二十七日

你朴实无华，表里如一——
　　玉一般纯净，却不需要尊贵的称号，
　　云一般洁白，却没有清高的怪癖。

你谦虚好学，追求真理——
　　是知识的化身，却从不满足现状，
　　是科学的使者，却从不炫耀自己。

你胸怀宽广，刚柔相济——
　　有雪的温和，却比雪坚强，
　　有冰的坚强，却比冰和煦。

你鞠躬尽瘁，死而后已——
　　像春雨情深，但滋润的是人的心田，
　　像春蚕义重，可牺牲得比它还彻底。

你的生命平凡而又短暂——
　　连最后一粒粉末也化作希望的种子：
　　盼中华民族早日崛起！

### 03　烽火台抒怀

一九八一年五月于八达岭

登上烽火台，
山风扑面来。

巨浪滔天山似海，
长龙镇海浪劈开，
豪气满胸怀！

多少回秦风汉雨，
多少处铁壁铜台。
任胡马萧萧豺狼吼，
烽烟滚滚起阴霾，
你巍然倚天立，
两千载，历兴衰！

烽火台，血泪台，漫山白骨筑起来。
说什么秦皇伟业，
道什么汉武雄才，
却早已流水落花无觅处，
西风残照化尘埃。
万世悠悠谁不朽？
唯有这，历史的丰碑
民族的脊梁
——长城万里烽火台！

烽火台，望未来，谁将天下重安排？
四顾雄山无坦路，
荆棘处处脚前埋。
英雄慷慨浩歌去，
代代新人跟上来！



新长城，我们筑，
新道路，我们开。

艰险何足惧？
失败不堪哀。
莫叹那嘉峪关前残阳血，
且看这八达岭上东方白。
待到中华崛起日，
约相会，再重来，让凯歌飞上烽火台！

## 04　灯下漫笔

一九八一年六月

一

学习，需要积累。
积累，需要时间。

时间在哪里？
在身边，在眼前，在心间！

二

着急，标志着学习动力。
懈怠，意味着能源危机。

紧迫感，推动着科学加苦干。
懒惰，暴露着无能加空虚。

三

速度，是奔驰的骏马；
效率，是马到成功。

没有速度，效率是空话，
没有效率，速度等于零！

四

谁叫苦叫得最欢，

谁的船就离搁浅不远。

谁吃苦默默无言，
谁的船就鼓起了胜利的风帆。

五

向往蓝天，但不要轻视大地。
羡慕高楼，更不可忽视地基。

千里之行，总得从足下走起。
多大的数学家也不敢小看 1+1。

六

蜻蜓一边点水一边想：
“啊，我踏遍了知识的海洋！”

蜜蜂忙得什么也顾不得想，
心中却有源源不断的
甜蜜和芳香。

### 05　望白云

一九八一年六月

白云，静静走，

以蓝天为路，与清风为友。

白云，静静走，
只有纯洁的心，没有肮脏的手。

白云，静静走，
带几分喜悦？含几分忧愁？

白云，静静走，
只管向前，从不回首。

白云，静静走，
是去滋润大地，还是汇入江流？

白云，静静走，
飘出我的视野，留在我的心头。

### 06　绿

一九八二年四月十九日　晨

淡淡的一痕，你是春的使者；
浓浓的一片，你是夏的身躯；
变作红褐、金黄，你是秋的魂魄；
化为青苔、墨绿，你是冬的生机。

残冰，在你身边瓦解，
酷日，在你身边匿迹，
果实，在你身边成熟，
风雪，在你身边叹息。

你庇护着山川大地，
你牵挂着万物生息，
虽说地球的四分之三是蓝色的水，
你却主宰着那生动的四分之一。

你是和平的象征，
你是永恒的主题，
你是美的旋律，

你是丑的天敌。

尽管害虫们会借你来伪装，
尽管风沙烈火不断地向你进袭，
但是，你从没有屈服，从没有灭绝，
始终和我们同命运，共呼吸。

尽管，你有时会从秋风中飘落，
但是，落叶归根，你扑向大地。
你默默地把自己融入芳林，
深情地滋养着一代新绿。

我知道，你永远不会离开我们，
我们也永远离不开你——
就像那绚丽的彩虹，
赤橙黄，青蓝紫，
永远和你紧紧地依傍在一起！

**07　马**

一九八二年十月十五日
不羡慕好吃懒做，
不懂得见风使舵，
不叹息生不逢时，
不理会功名显赫，
没践踏过朋友和良心，
没抱怨过遇不上伯乐。



你只是一个劲儿地向前奔驰，
任千里顽石在脚下闪过。

哦，对了，你也有过愤怒
——像一团烈火，
那时正义便冲破了沉默！

**08　街头**

一九八三年三月
——并非虚构的故事
几个孩子正津津有味地屠宰一只猫俘虏，
——不，不是屠宰，是凌迟，折磨。
他们用木棍、铁铲、砖头演奏凌厉的乐曲，
在哀号和呻吟声中享受残忍的快活。

道旁病倒一位须发斑白的老者，
呐喊的是一帮围观的时髦小伙：
“谁当雷锋来呀？立功的机会到啦！”
——痛苦的痉挛伴着哄笑的声波。

父母们啊，
孩子们在你们身边究竟是怎样长大的？
难道你们就仅仅满足了他们的穿戴与吃喝？
等到他们丧尽了最后一点天良和人性，
只怕你们的结局比那小猫老叟也好不了太多。

**09　磨坊鬼话**

一九八三年四月十二日
一步，两步，三步……
一圈，两圈，三圈……

汗珠子越滴越多，

腰杆子越弯越酸，
脚底下越走越沉，
心里头说不出是苦是甜……

为什么？
还不就为挣这几个钱！

一步，两步，三步……
一圈，两圈，三圈……

都骂我青面獠牙，
都骂我虎狼心肝，
人还说有钱能叫我推磨，
谁知这是骂我还是骂钱？

推磨，怎么着？我不亏心！
可有些叫作人的人连磨都不推光赚昧心钱，
我冤不冤？我冤不冤？

一步，两步，三步……
一圈，两圈，三圈……

我知道，我是个“不是人的东西”，
可我绝不比那些不是东西的人更奸：
我不会缺斤短两，以假当真，以次充好，
更不会贪污受贿，投机倒把，赚卖国钱！



有“人”还说：“人不为己，天诛地灭。”
这算是人的心肝？人的心肝？

一步，两步，三步……
一圈，两圈，三圈……

**10　怎能忘（歌词）**

一九八五年十月二十九日
——为西藏学生作

怎能忘，美丽的西藏，
怎能忘，亲爱的家乡，
怎能忘，人民的希望，
怎能忘，亲人的目光！

刻苦学习，团结向上，
茁壮成长，百炼成钢。
怎能忘，祖国的未来担在我们的肩上，
怎能忘，我们是建设新西藏的栋梁！
怎能忘，海河，你在我们心中永远流淌，
怎能忘，天津，我们亲爱的第二故乡！

后记：1985年夏，我在天津红光中学任副校长时，迎来首批西藏班学生。为对学生进行思想教育，创作了这首歌词，并由徐冰老师谱写了非常优美的西藏风格的曲子，很快传唱开来，并且传到全国各省市的西藏班。

1986年1月30日《西藏日报》在二版发表了这首歌曲，于是，这支歌又唱遍了西藏。

# 对联部分

1. 为友人山水中堂题画（1989）

远瀑凝烟观壑静

幽居倚翠觉春深

2. 为友人山水中堂题画（1989）

丛阴不减清泉趣

万壑长萦玉瀑声

3. 为友人山水中堂题画（1991）

云海松涛随客意

山风水韵入琴诗

4. 1991·贺扶轮中学（铁路一中）七十年校庆代六位老校友作

为国家为民族奠万载雄基时代列车长驱华夏

出栋梁出成果创千秋伟业功勋师表永葆青春



5. 应邀为台商曹赐添先生拟嵌名联（1992）

天地有情赐福赐寿

海天无界添友添朋

6. 自嘲（1994）

辛苦辛辣辛酸惟无甘耳

铭骨铭心铭腑岂有胆乎

7. 为天津市美术高中作（1995）

自然美社会美升华为艺术美

画家心园丁心凝聚作中国心

8. 为周恩来邓颖超纪念馆作（1996）

情满南开神驰渤海长怀第二故里

身先觉悟心系津沽拥有亿万亲人

9. 为周恩来总理百年诞辰作（1998）

凌云志公仆心一腔热血两袖清风功绩如山堪报国

盖世才英雄胆百年丰碑千秋伟业神州似锦尽怀公

10. 喜迎澳门回归（一）（1999. 7. 25）

玉镜圆从红日照

白莲香继紫荆来

11. 庆祝建国五十周年（1999）

顶天立地改天换地千秋华夏开新宇

治国安民强国富民万里鹏程奔小康

12. 为天津市夕阳红老年万里骑行队赴澳门壮行（1999）

夕阳染透凌云翼

枫叶燃红爱国心

13. 为求真高中文学社对联大赛拟联（2004）

酉岁访友人家家富有（出句）

鸡年抓机遇事事安吉（对句）

14. 应市台办、市文联之邀，拟对台征联出句（2005）
血浓于水千秋一脉（出句）
情深似海两岸同根（对句）

15. 应对台湾中华书学会所出下联（2005）
云帆共济喜同舟寄情手足惟诗赋（奉对句）
富贵由来皆积德行善儿孙俱贤哲（台湾出句）

16. 为河北区教师进修学校作（2005. 12）
引万道清泉润芳林新叶
弘千秋正气铸师表丰碑

17.（2007）
江山如画
华夏同春

18.（2007）
碧海春城玉宇
和风丽日明珠

19.（2007）
渤海这边独好
津门如此多娇

20.（2007）
九河春色浮天地
渤海明珠入画图

21.（2010 为市文史馆作）
浩气起津门满城春色
明珠腾滨海无限生机

22.（2011为区委组织部作）
嘉言懿行公仆为重
清风峻节众望所归

23.（2011为市文史馆作）
文史齐扬于文载道
德才兼备以德为魂

24.（2011）
科技功高万里风鹏正举
教育事重千秋薪火相传

25. 为刘尚恒先生作（2007）
北大学子安徽精英乾坤朗照半轮月
古籍专家津门才俊珠玑泉涌二余斋

26. 为天津达仁堂京万红药业公司作（2008）
神州济世功千载
津卫达仁京万红

27. 为永乐书画院陈祖康先生作（2010）
心有慈悲如尊佛祖
情随书画永乐安康

28. 贺河北区楹联学会成立（2010）
楹联观智慧
翰墨品精神

29. 中国共产党建党九十周年大庆（2011. 7. 1）
长征万里无穷期誓把红旗打到底
大计百年兴伟业敢教碧宇起腾龙

30. 辛亥革命百年纪念（2011. 10. 10）

革命虽告成功任重道远

同志仍须努力民富国强

31. 为市联协百家联展合作之南昌起义拟联（2011. 5）

南昌起义颂建军八一军威扬天下

中华图强须磨剑千秋剑利护金瓯

32. 为陈毅谦彩塑艺术作（2011. 5）

以慈悲心塑众生品

凭上善品修智慧心

33. 赞张凤民先生联墨五十副有感作（2011. 7）

脱却乌纱飞彩凤

挥来妙笔颂黎民

34. 卞慧新、夏明远先生百岁华诞同庆（2011）

一世耕耘花满苑

百年跨越寿无疆

35. 为大江路小学作（2011. 10）

大江擎日月

桃李壮乾坤

36. 书画频道出上联征对下句（一）（叠字联）（2012. 1. 15）

龙族起龙吟龙年万里腾龙马（出句）

虎门闻虎啸虎胆千钧壮虎师（对句）



37. 书画频道出上联征对下句（二）（九画字联）（2012. 1. 15）

看庭院春临闻荧屏贺语（出句）

待峦峡秋染映洲阁飞虹（对句）

38. 书画频道出下联征对上句（三）（词牌联）（2012. 1. 15）

六州歌头凤归云暗香疏影（对句）

九重春色龙吟曲沉醉东风（出句）

39. （2011）

敬业建功益群众志成城前程有望

拜金享乐利己三灾酿祸后患无穷

40. （2012）

残年方知生命脆弱

困境须葆精神健康

41. （2012）

倚山照海花无数

似水流年梦有涯

上联偷得东坡句；下联曾国藩曾以“流水高山心自知”应对。予改作之。

42. （2012）

不羡圣贤耻为禽兽

休谈名利只问良心

43. （2011）

以书画为珍馐于文史求智慧

凭残年书乐趣将余力献苍生

44. （2010）

能屈能伸能忍耐

不卑不亢不盲从

45.（2010）
死爱诗书画
活凭精气神

46.（2011）
国学若水何须热
经典如山只待深

47.（2011）
温良恭俭让市场能容否
仁义礼智信发财有望乎

48. 为“天津精神”拟联（2012）
爱国为魂诚信为本务实为路
创新见志开放见机包容见天

49.（2011）
无欲无求无懊恼
有诚有信有尊严

50.（2012）
幸有好书堪夜读
未甘拙笔效时髦

51.（2012）
细勘清浊防偏见常思两点论
明鉴古今靠哲思莫用一指禅



52.（2012）
心洗一泓清水
身披几缕斜阳

53.（2012）

窗前一痕秋色
砚畔几页兰亭

54.（2012）

衰心病榻闻新雨
败笔昏窗录旧诗

55.（2012）

湖光摇碧落
云水过苍茫

56.（2012）

青年比阳光灿烂
晚岁如云水苍茫

57.（2012）

公平正义明如日月
国计民生重若泰山

58.（2012）

花鸟皆多年师友
丹青乃无量福缘

59.（2012）

诗联乃学子维生素
书画为方家心电图

60.（2005）

亿台电脑联天网
一片冰心在玉壶

61.（2006）（地名联）

五河飞虹四面钟前三岔口

二宫赏月九经路外万新村

62.（2006）

务实事务实情务实干部讲实效

求真知求真理求真沃土育真人

63.（2010）

一箭载人曾是梦

百年兴国已成真

64.（2006）

德智体凭德挂帅

真善美以真为魂

65.（2007）

旭日飞红满园春色

和风染绿一片生机

66.（2005）（京剧对）

群英会上群英会

玉门关前玉门关

67.（2006）

笔底纵谈天下事

心头长有古今情



68.（2012）

感情超过理智祸不远矣

实践背离规律能无败乎

69.（2012）

荣誉当惜切勿恃才傲物而招辱

愆尤须改焉能文过饰非再蒙羞

70.（2011）

文化繁荣金声玉振

中华崛起石破天惊

71. 为谭汝为先生作（2012. 3）

语谭文苑玉汝于成孚众望

沾雨津风为师以表重千秋

72.（2011）

人生长度不如深度厚度有益度

工作乐时胜过苦时闲时无聊时

73.（2011）

低俗庸俗媚俗玷污中华文化

骗民害民坑民败坏道德人心

74.（2012）

浓墨重彩歌新岁

淡写轻描话半生

75.（2012）

反省越少越笑他人可笑

读书愈多愈知自己无知

76.（2012）

人情练达多替对方想想

世事通明少为自己营营

77.（2012）
心无挂碍远离颠倒梦想
笔有春风长写福寿康宁

78.（2012）
平和温和谦和随和以和为贵
幽静肃静宁静镇静惟静是安

79.（2012）
万恶生于不畏耻
全球乱在太贪婪

80.（2012）
市风沦落良心不泯
老境苍凉豪气难衰

81.（2012）
幸福不在钱多少
美丑还看眼高低

82.（2012）
我不爱人谁爱我
师能尊业世尊师

83.（2012）
经济繁荣未必催生快乐
民生改善方能促进和谐



84.（2012）
超前消费奢侈消费透支消费败家气象日盛
艰苦成风勤俭成风廉洁成风兴国精神长存

85.（2012）

陋俗若沉渣泛起污泥染壁

新风如花雨纷飞玉宇澄空

86.（2011）

欲望越多越痛苦

读书愈少愈艰难

87.（2011）

强化国民素质从小辨别真善美尤须知耻

提高道德水平到老遵循礼义廉更要净心

88.（2011）

恻隐心羞恶心恭敬心是非心德非自外

博学者笃志者切问者近思者仁在其中

89.（2012）

绚烂至极归于平淡

适可而止反见华滋

90.（2012）

灯红酒绿纸醉金迷一代潮儿成纨绔

水碧山青天高海阔千秋华夏待栋梁

91.（2012）

不感恩焉知图报

能敬业更要乐群

92.（2011）

佛是慈悲禅是空澈

爱当奉献善当帮扶

93.（2012）
冷眼临窗观善恶
潜心对镜审瑕瑜

94.（2012）
信念难动摇能吃千辛万苦
善行不懈怠尊重三教九流

95.（2011）
善待他人快乐自己
建功今日造福未来

96.（2012）
水为冰愈冷骨愈硬
山有瀑越高声越低

97.（2012）
我羡潭中鱼若此
鱼观水外我如何

98.（2012）
自信与骄隔一线
成功离败差三分

99.（2012）
雀鼠高声遭厄运
鹰猫无语捕饶舌



100.（2012）
余生犹拙还痴衰年若废品
不义而富且贵于我如浮云

101.（2012）

过犹不及越度成患

物极必反居安近危

102.（2012）

不沾祖宗光不啃爹娘肉

能挺自家骨能扬民族魂

103.（2012）

不温不火雅俗共赏书卷气

多彩多姿老少咸宜古今风

104.（2012）

翠鸟隐翠阴翠湖春晚

红岩飘红叶红雨秋枫

105.（2012）

红楼一梦年年重演几人醒

墨海千秋页页皆为长寿歌

106.（2012）

人情薄似纸

纸币厚于亲

107.（2012）

做事不能擦底线

为人岂可有脏心

108.（2012）

少虑乌纱多恤百姓

常怀赤胆何顾三亲

109.（2012）
勒马悬崖危兵可救
回春妙手俗病难医

110.（2012）
人生没有返程车不教分秒虚度
晚岁犹如充电器应与月星同光

111.（2012）
亲情友情因财变冷
智力能力以德增辉

112.（2012）
泥沙俱下号称多元化
鱼龙混杂人道新潮流

113.（2012）
诗词歌赋千钟酒
经史子集万代粮

114.（2012）
尊敬他人即尊重自己
轻视历史必轻忽未来

115.（2012）
焉有闲情充典雅
愧无余力对江湖



116.（2012）
临终不做亏心事
到老羞为逐利徒

117.（2012）

日子简单心态好

衣食平淡感情淳

118.

仲春十五庆花朝年年思老母

凉月下弦悲白露夜夜梦慈恩

作于2012年5月13日母亲节

家母生于1920年二月初一日，早于花朝半月，每逢寿诞即念花朝，与百花同过生日。母系嘉兴人，江南才女也，能背诵《红楼梦》目录而无一错字。卒于1983年白露。

119.（2012）

望过去看看山川远

停下来闻闻玫瑰香 下联为欧洲谚语

120.（2012）

共照一片阳光心地有寒有暖

长如三秋月色人生时暗时明

121.

位高权重离家近责任何在

事少钱多负担轻羞耻全无

2012年5月8日央视报道披露，有大学生为毕业后做官提出要求，联曰：“位高权重离家近；事少钱多负担轻。”不知天下有羞耻事！

122.（2012）

认清自我才能成全自我

善待他人岂可算计他人

123.（2012）

恶犬伤人深受宠

功牛济世反遭屠

124.（2012）

醉掷千金胸无点墨

风清两袖日有三思

125.（2012）

希望不如失望少

好人总比坏人多

126.（2012）

红叶千峰秋壮阔

金风万里月辉煌

127.（2012）

雨奏芭蕉风戏竹

花眠烟雾月摇波

128.（2012）

不戚戚于贫贱不汲汲于富贵

当欣欣然垂老当坦坦然浮沉（上联为晋陶渊明《五柳先生传》中句）



129.（2012）

预防邪气弘扬正气善养浩气

忘却昨天相信明天过好今天

130.（2012）

先贤为师其言可敬

上善若水与世无争

131.（2012）

肯视他说为相对

休将主见作惟一

132.（2012）

人生没有返程票

历史长观轮转时

133.（2012）

青羊观内铜羊青青牛西去

紫罗兰边藤萝紫紫气东来

注：函谷关令尹喜见有紫气东来，知有圣人将至，果然老子骑青牛来，遂请老子写《道德经》。临别老子曰："子行道千日后，于成都青羊肆寻吾。"故有青羊观。唐后改为青羊宫，宫内有古物铜制青羊。

134.（2012）

千钟禄何如仁者寿

百炼钢化作绕指柔

135.（2012）

千里马多伯乐少

百合花瘦牡丹肥

136.（2012）

细节决定成败小事如天大

心胸关系存亡微观比日弘

137.（2012）

道貌假神医绿豆居然疗百病

峨冠伪学者黑文窃以骗八方

138.（2012）

幸福当含一世苦

甘蔗岂有两头甜

139.（2012）

真善美假恶丑缘何倒置

仁义诚贪腐奸岂可并存

140.（2012）

花态柳情山容水意

云姿松影鹤舞泉声

上联为明袁宏道《晚游六桥待月记》中句